锦绣盈门

暗香 著
AN XIANG

下册

重庆出版集团 重庆出版社

目录

第十四章　生辰盛宴如愿赴约，露锋芒冠盖满京华 // 1

第十五章　父子联手强强对阵，梓锦细心暗留后手 // 24

第十六章　梓锦知晓惊天秘密，盼得孙子暗查真相 // 47

第十七章　清水庵初得好消息，大皇子下手伤溟轩 // 72

第十八章　洗三宴悍妻也威武，大皇子救美反惊魂 // 97

第十九章　情知所起而无终结，顺藤摸瓜喜从天降 // 120

第二十章　众人筹谋共度风雨，再见故人被人算计 // 144

第二十一章　秦时风身份忽揭秘，长公主痛哭失常态 // 168

第二十二章　开到荼蘼花事渐了，举杯对饮忠告溟轩 // 192

第二十三章　暗查往事梓锦出招，大哥威武袒护娇妻 // 217

第二十四章　太意外梓锦封诰命，挖陷阱万荣受磋磨 // 243

第二十五章　大年夜梓锦入火海，回现代梓锦几疯狂 // 270

叶擎番外：吾家表妹初长成 // 300

第十四章
生辰盛宴如愿赴约，露锋芒冠盖满京华

天方亮，梓锦就起了床，梓锦嫁过来的时候说好了是生母吴姨娘跟前的周妈妈跟过来做管事妈妈，但是出嫁前周妈妈的儿子出点事情，因此周妈妈要晚几天才能过来，梓锦估摸着这几日也就该来了，周妈妈来了，老太太给梓锦的后备力量也就来了，梓锦想到这里心里又安稳了许多。

在几个丫头的服侍下，梓锦梳洗完毕，用过早饭就先去长公主那里请安，就说了叶溟轩的事情，长公主又带着梓锦去了露园老夫人那里把情由说了一遍，老夫人只得看着梓锦说道："朝廷公务也是没有法子，只希望亲家母亲家公不要怪罪才是。"

杜曼秋在一旁不插话，楚氏跟沈氏只是笑盈盈地看着梓锦。

梓锦看着叶老夫人笑道："夫君为国分忧，梓锦唯一能做的就是不让夫君有后顾之忧，祖母只管放心，我家人定能理解的。"

叶老夫人笑着点点头，道："你是个通情达理的好孩子，横竖这段日子没事，咱们这院子里还有几处风景不错，没事的时候让你大嫂二嫂陪你随意逛逛。"

叶老夫人这么说，就是希望梓锦能跟楚氏沈氏打好关系，毕竟都是叶家的媳妇，不要闹得太难堪，这几日她们之间的暗涌老夫人也看到一些。

"是，梓锦初来乍到，就怕叨扰了两位嫂嫂。"梓锦温温地一笑。

楚氏立马说道："咱们正闲得没事，有时间陪着三弟妹逛逛园子，既能看风景还有好吃好喝的，高兴都来不及呢，就怕三弟妹嫌我们聒噪呢。"

楚氏这么一打趣，屋子里的气氛就欢了起来，沈氏也说道："是啊，我就是个直肠子，嘴上没把门的，三弟妹到时候可别恼了我才是。"

漂亮话谁都会说，当着老夫人的面，这两人自然是装乖卖巧，梓锦也不含糊，低声笑道："梓锦口舌愚笨，两位嫂嫂多提点我才是，哪里敢嫌厌烦。"

杜曼秋跟长公主从头到尾视线都没有交会，叶老夫人也没插嘴年轻人之间的对话，又说笑了一阵，众人这才都告辞了。长公主对梓锦说道："你也回去休息吧，昨晚上定是没睡好，年轻人也不要觉得身子扛得住，好生的养着才是道理。"

梓锦忙谢过了，送走了长公主，这才带着纤巧往安园走。刚走没两步，就听到身后有人喊："三弟妹，等等。"

梓锦顿住了脚，听得出这是沈氏的声音，就转过身来，看着沈氏往这边走来，笑道："二嫂，有什么事情？"

沈氏胖乎乎的圆脸，近日又穿了一身姜黄色的衫裙，倒是多了几分柔美，走到了梓锦的面前，就笑道："我想着反正三弟出门了，你自己在家也无事，不如中午咱们聚一聚？这院子里有一处风景临着玫瑰园，此时花开正盛，倒是有几分情趣。"

叶溟轩走了她就在家无事？沈氏还真是一句话也不肯吃亏，上来就讽刺梓锦以色侍人，梓锦心里冷笑一声，面上却有些不好意思地道："二嫂邀约本不该辞，只是梓锦刚嫁过来，还有很多东西没有整理，总要先理出个头绪，等过几天梓锦一定亲自做个东道请大嫂二嫂过来吃酒。"

沈氏早就知道梓锦嫁妆丰厚，当初侯府下的聘礼可比她们的还要多，就为这事她跟楚氏都没少生了闷气，此时听梓锦这么说就格外地刺耳，皮笑肉不笑地说道："知道三弟妹嫁妆丰厚，到底是咱们侯府肯跟三弟妹作脸。"

这话就有些刻薄了，意思就是讽刺梓锦，要不是侯府聘礼多，以梓锦庶女的身份只怕是没有这份嫁妆的，分明就是取笑梓锦！

梓锦倒也不生气，只是笑盈盈地看着沈氏，不急不缓地说道："二嫂这话可就有些让梓锦想不通了，难不成二嫂曾经得罪过侯府？"

沈氏一愣不解地问道："愚嫂愚钝，不知道三弟妹这话何解？"

梓锦就故作惊讶道："方才二嫂不是说侯府肯给我作脸，那二嫂嫁妆不多难不成是因为侯府不肯给二嫂作脸？所以小妹想不通二嫂哪里得罪侯府了。"

沈氏一愣，没想到梓锦这般的牙尖嘴利，也不恼怒，轻轻一笑："三弟妹真是好口舌，好话也能歪曲成这样。"

"这就奇怪了，小妹分明是顺着二嫂的意思说，怎么就成了歪曲了？哦，我明白了，是不是二嫂跟娘家……"梓锦剩余的话没说完，随即做出一个了然的笑容，劝道："二嫂也别生气，毕竟是一家人，娘家人哪里真的能跟你生气的，回头说两句好话就是了。"

沈氏这次真的气到了，正要辩解，梓锦又接着说道："我还有事，就不跟二嫂继续聊了，二嫂有空闲的时候就来安园坐坐，咱们妯娌也能好好地说说话。"

沈氏看着梓锦的背影，只气得恨不能咬碎一口银牙，她身边一直没有说话的邹嬷嬷这时上前一步低声说道："夫人，有什么话回房再说，这里人多口杂。"

沈氏憋着火回了自己的晖园，进了门就一把将黄杨木雕花圆桌上的茶盏扫到地上，这才气呼呼地坐在临窗的大炕上，将丫头都赶了下去，这才看着自己的乳娘邹嬷嬷道："不过是一个姨娘生的小蹄子，居然还敢这么猖狂，还真把自己当盘菜了。"

邹嬷嬷忙低声劝道："您别生气，气坏了身子还是自己的，多不划算？现在她刚进门就这么猖狂，以后有的是机会整治，这家大业大的哪里没有一点纰漏的。"

沈氏闻言放松了些，面上有了些笑容，缓缓地说道："是啊，如今叶溟轩又出了公差，可不正是大好的机会，一个庶女出身的人还能被别人瞧得起吗？一人一口唾沫就够她受的。"

梓锦瞧着手里大红的烫金帖子，眉头皱成了一团，宣和公主生辰……按理说梓锦一个新进门的小媳妇，这样的场合不是她能去的，但是梓锦却接到了请帖，梓锦又特意让人打听过，宣和公主跟宣华长公主素来不和，宣和公主生辰长公主去就足够了，至于还巴巴地给她下帖子吗？

梓锦的玉手紧紧地握成一团，想起今儿个楚氏看自己时那似笑非笑的容颜，恍然大悟。梓锦一直以为杜曼秋会在叶府之内收拾她，不曾想人家手段高着呢，想要一举从根本上把她打压下，只要梓锦出席宣和公主的宴会被大家厌弃，以后想要在这个圈子里走动更是举步维艰，真够狠的！

梓锦看着四个丫头，是她从娘家带来的最贴心的四个人，努力地让自己缓和下来，说道："该来的躲不掉，怕什么。"

纤巧毕竟是老太太跟前的，眼界跟见识都是较宽的，这时咬着牙说道："这些人真是够狠的，真是要将您放在火上烤。"

梓锦觉得这个比喻相当地妥当，一个不留神，火一大，梓锦就变成了烤全羊，任人品尝了。如果这个时候周妈妈来了就好了，她以前是获罪的长兴侯府的管事妈妈，一定知道很多规矩。想到这里，梓锦就对纤巧说道："你想办法给姚家送个信，让周妈妈尽快过来。"

"周妈妈？"纤巧一愣，不知道这个时候姑娘想起周妈妈做什么，一个姨娘身边的管事妈妈能做什么用？

看着几个丫头的疑惑眼神,梓锦低声说道:"周妈妈以前是获罪侯府的管事妈妈,对世家勋贵的交际来往很有经验,她过来咱们能事半功倍。"

纤巧几个大喜,寒梅嘴快,道:"没想到咱们姚府还是卧虎藏龙之处。"

梓锦就笑了,横了几个人一眼,低声交代:"院子里那几个眼线你们盯紧了,在她们面前一定要装出一副急躁又压抑的表情,一定要让她们把咱们惶惶不可终日的情形返回到她们主子那里去,敌人对我们越是蔑视,咱们就越能给她们最大的打击,明白了?"

几个丫头很是佩服地看着梓锦,纤巧想了想,总结道:"这叫做瞒天过海。"

梓锦赞赏地点点头:"不错,还知道这个。你们都去忙吧,我自己静一会儿要想些事情。"

宣和公主当年被指婚给福成伯世子,如今世子成了福成伯,宣和公主既是公主也是伯夫人,宣和公主的生母平贵妃当年也是先帝最喜欢的妃子之一,因此宣和公主也是极受宠爱的,从小就跟宣华长公主别苗头,不对盘,当年的皇后跟平贵妃斗得火热,这两位公主也是针尖与麦芒,先皇过世后,平贵妃如今成了太妃,皇后成了太后,但是平家的势力也不容小觑,因此平贵妃依旧安然地活着,宣和公主依旧霸道。

与大boss对抗最倒霉的就是小喽啰,梓锦作为宣华长公主的嫡儿媳妇,梓锦已经能想象自己将会面对怎么样的狂风暴雨。杜氏婆媳想要借宣和公主的手收拾自己,这步棋走得相当高明,难怪这几日她们不过是嘴头上占占便宜,却从没有实际行动,原来人家早就挖好坑了。

纤巧的消息送得很快,下午的时候周妈妈就到了,梓锦惊喜不已,看着行跪拜大礼的周妈妈一把扶起来:"妈妈快起,家里的事情都忙完了没有,这么着急地就让您来了,实在对不住了。"

周妈妈在梓锦的搀扶下站起来,抹着眼角说道:"姑娘说的哪里话,都是老婆子不好被家事绊住了脚,不然早就该来了。"

当着众多的丫头婆子上演了一幕主仆情深的戏码给有心人看,然后梓锦让大家都退下,只留了纤巧,让寒梅守住门,水蓉跟雁桃在外面指挥着大家工作。梓锦这才将周妈妈唤进暖阁,梓锦坐在紫檀雕花炕上,身侧是文竹小柜格,摆着檀木座青花三友图玉壶春瓶一对,青玉雕进宝图盆,珊瑚盆景,坐褥上放着一件铜镀金嵌烧蓝打磨光滑的铜镜。炕上摆着紫檀铜包角炕几,几上摆着一件掐丝珐琅香炉,周妈妈看着点点头，叹道："到底是侯府，富贵之地，跟昔年老奴在长兴侯府见到的一样。"

梓锦很是正色地问道："妈妈，平北侯府比之长兴侯府如何？"

周妈妈毕竟在长兴侯府待过很多年，听到梓锦问及，叹口气说道："长兴侯府要略胜一筹，毕竟是百年之家颇有根基。"

梓锦就点点头，周妈妈这么一说她心里就有了底，长兴侯府当年比平北侯府还要胜一筹，那么在规矩礼仪上，梓锦就不用担心了。想到这里长舒了一口气，笑着说道："请妈妈回来的缘由纤巧可跟您说过？"

周妈妈忙点点头："说过了，姑娘放心，老奴知道该怎么做了。"

纤巧听着周妈妈的话这个时候说道："有妈妈在就没什么可担心的了，如今人家巴不得咱们姑娘出笑话被人厌弃鄙夷，咱们越要昂起头挺起胸长志气才是。"

纤巧跟梓锦相视一笑，知道其实像周妈妈这种人是有些不甘于寂寞的，吴姨娘实在是太与世无争了，周妈妈的一身本事都埋没了，如今跟了梓锦也算是能有机会大显身手了。

纤巧知道周妈妈一定还有话跟梓锦私下说，就道："奴婢出去看看，顺便打听下那边有什么动静没有。"宣和公主的生辰不知道叶家准备让几个人去，这一点还是要弄清楚的好，知己知彼。

梓锦点点头，纤巧退下去，转身关了门。周妈妈这才换上了一副正经的神情，看着梓锦说道："老太太有话让老奴转告给姑娘。"

梓锦就知道老太太一定会点拨她，问道："祖母说了什么？"

周妈妈坐在锦机上微微地动了动身子，然后才说道："老太太说让姑娘不要害怕，与人交往身份固然是极重要的，但是既然您已经坐到了侯府嫡子嫡妻这个位置上，不是去想怎么应付别人的眼光，而是拿出自己的本事与做派赢得别人的尊重。身份地位是必不可少的，但是自身的气派跟学识也是赢得别人尊重的重要原因。"

梓锦眼眶微润，她明白老太太的意思，自己已经是庶女出身，就算是把名字寄在海氏的名下弄个嫡女的名号，但是只要有心人一打听，其实还知道她的真正出身，一个半调子嫡女也够别人嘲笑的，与其这样反倒不如这样面对众人，倒是有几分坦荡，只要自己拿出真本事赢得别人的尊重，就能立足。

老太太用心良苦，梓锦能明白的。

周妈妈瞧着梓锦的神色心里一宽，这才又说道："这次老奴来还奉老太太的命令把您的陪房都带来了，铺子田庄的管事所有人的卖身契全都带来了。"说着就拿出一个小匣子递给了梓锦。

梓锦伸手接了过去，眼眶酸酸的，老太太什么都替她想到了。接着周妈妈又说道："老太太之所以晚几天才把这些人的卖身契给姑娘，是因为老太太专门把这些管事聚在一起训了话，这些都是老太太手下得力的，以后跟着姑娘也必定是要忠心耿耿，老太太怕这些人仗着资格老糊弄姑娘，这才专门见了他们，训斥过，才让老奴带着过来了，让姑娘跟大家见一见，以后也好明白主子是谁。"

"这个要往后延几天，等宣和公主的生辰过了再说。"梓锦缓缓地说道。

周妈妈知道梓锦暂时顾不上，又道："老奴知道姑娘一时顾不上，已经安排他们住在了客栈中，随时等着姑娘传话。"

周妈妈办事果然老道，梓锦很是安心地点点头，笑着："有妈妈在，我觉得省心不少。"说到这里又是一顿，道："妈妈以前在长兴侯府待过，想必对这些京都中的名门秘事知道得不少？"

周妈妈缓缓地点点头："知道的不是很多，姑娘想问什么只管问，老奴知道的一定讲。"

"别的暂时用不到，妈妈就先给我讲讲关于宣和公主的事情，比如这个人的脾气性格处事风格，行为手段之类的。"既然宣和公主跟长公主不合，为难自己肯定是板上钉钉的事情，梓锦总要做到知己知彼，让周妈妈来的目的就在于此了。

叶家的情况比较特殊，往年宣和公主生辰都是由宣华长公主亲自去，杜曼秋婆媳并不去的，可是今年宣和公主却还专门给杜曼秋婆媳下了请帖，梓锦听到这个消息的时候，心里就泛出一声冷笑。

宣和公主跟自己婆婆果然是不对盘，故意请去杜曼秋不仅会让长公主难看，也会借机挑起平北侯府内讧，可见此人也是一个厉害的角色，举手间就是雷霆阵阵。

自从那日周妈妈跟她详细说过宣和公主的事情后，梓锦倒是觉得这个人物也蛮有意思的，心里就没有那么忐忑了，是人就有缺点，只要有缺点就是罩门，宣和公主最好懂得见好就收，不然她也不会轻易地让步。

到了这一日，梓锦早上特意早起，梳洗过后，打开包铜雕花的箱笼，细细地选着衣裳。因为在新婚，梓锦不好打扮得素淡，但是过于浓艳又显得轻浮，最后眼神留在了那一身樱桃红绛丝镶边遍地撒花的衣衫上，这衣裳是梓锦在闺中时亲手缝制的，上面的绣工也都是自己一针一线做出来的。

里面是一件樱桃红绛丝遍地撒花袄子，外面罩一件湘妃色竹纹镶亮缎包边的褶子，下面是一条樱桃红裥裙，裙边绣着繁复细密的璎珞串珠八宝纹裙襕，裙褶较多，走起路来甚是飘逸。

梓锦又让寒梅梳了一个天鸾髻，簪一支赤金缧丝嵌红宝石三尾凤首步摇，细细的金丝流苏在鬓边晃动，添一丝妩媚。发髻两边簪着嵌宝花蝶鎏金簪压着鬓角，耳上戴着嵌珠宝花坠子。长眉螺黛轻描，桃花粉敷面，樱唇点口脂，端的是眉目如画，身姿如柳，寒梅瞧着镜子里的人轻笑："少夫人，您看如何？"

梓锦端详一番，点点头，人是衣裳马是鞍，这番倒腾下来倒是不错，就笑道："手艺不错。"

梓锦用过饭漱过口净过手，这才带着纤巧跟寒梅往长公主的玫园行来。

长公主也刚用完饭，见梓锦来了，就站起身来说道："直接去老夫人那里辞行，今儿个咱们早些过去，我也介绍些人给你认识，这以后你也要慢慢地与大家开始交往，总得先认识认识才是。"

到底是嫡亲的婆婆，梓锦心里一暖，有长公主作为引荐，梓锦的路自然是好走一些。

婆媳二人来到露园的时候，杜曼秋婆媳三人也是刚来，两拨人马在门口遇见，互相见过礼，这才往里走去。

见过老夫人之后，叶老夫人叮嘱了大家几句，不外乎注意侯府的颜面，在外要抱成一团等等，知道两房人的矛盾，老夫人这才叮嘱一番，在家里关起门来怎么斗那是自家的事情，要是在外面让人看笑话，大家脸上都不好看，后面这句是梓锦的脑补，想着叶老夫人真不容易，只怕是心里也纠结得很，出去了要真斗起来，可真是丢脸了，所以才提前警告一番。

大家自然是低声应了，门房早就预备好了马车，长公主这次用的是私人的五驾七彩琉璃华盖翠帷马车，杜曼秋她们坐的是三驾朱轮华盖车，相比之下自然是逊了一筹。因为是要去宣和公主府贺寿，长公主自然是要拿出长公主的威仪，相形之下，杜曼秋就立刻被甩出几条街区，所以说投胎的好坏就决定了你日后的社会地位的高低，这句话一点也不错的。

梓锦自然是跟着长公主上了那辆无比拉风的华车，这要是搁在现代，怎么也是法拉利级别的啊。这种物质上的优势，让梓锦顿时觉得有些扬眉吐气，因为她看到那边婆媳几个很是纠结的目光，虽然极尽掩饰，奈何梓锦眼睛犀利啊。

宣和公主嫁给福成伯之后并未住在福成伯府而是在公主府居住，宣和公主的公主府比起宣华长公主的公主府自然是不能相提并论的，这也是宣和公主讨厌宣华长公主的原因之一。宣和跟宣华之间的差别，就如同嫡女跟庶女的差别，平贵妃虽然是贵妃到底不是皇后，放在大户人家也就是一个贵妾，梓锦的生母吴姨娘还是贵妾呢，贵妾到底也是妾。

宣和公主府虽然比不上宣华长公主的气派，但是到底是要比侯府气派许多，门口的两只瑞兽石狮端的是威风凛凛，五间气派门楼，红漆大门上纵九横七排鎏金门钉，国公府纵横皆七排，侯府以下皆是纵横皆五排，门上门钉的行数和枚数也是地位跟权势的标志。

大门上的筒瓦瓦面雕刻着花草禽兽的花纹，探出的柱头上雕成了菊花头，檐角上立着各种小瑞兽，远远一看，给人一种无比庄重凝肃的感觉，就连说话也下意识地变得小声，梓锦知道这就是所谓的气场。

长公主驾到，宣和公主亲自迎了出来，两人就算是不合，但是有些面上的事情该做的还是要做。

梓锦细细打量：宣和公主穿一身枣红色织金妆花云肩通袖凤纹缎小竖领对襟袄子，两袖格外地宽大，绣着繁复细密的锦边，系一条绯色织金双凤海水纹襕裙。头上簪着通体莹润的翡翠头面，一双大大的丹凤眼满是笑意，面上肌肤依旧滑润，梓锦想着保养得挺不错，是个美人。

两位公主叙完话，杜曼秋就带着两位儿媳妇上前拜见，梓锦安安稳稳地立在长公主的身后，不急不躁，不怒不悲，面上带着浅浅的笑意，杜曼秋跟宣和公主也见过几面的，楚沈二人也自然是见过的，行过礼后，长公主这才看了梓锦一眼，对着宣和公主笑道："这就是溟轩媳妇了。"

梓锦这才从长公主的身后缓缓地走出来，双手叠放在腰间，盈盈下半蹲行了一礼，道："梓锦见过公主殿下，祝公主殿下寿同金石，锦悦成祥。"

宣和公主锐利的眼睛缓缓地扫过梓锦，面上却戴着浓浓的笑意，道："真是好标致，长姐好福气娶得这样的儿媳妇。"说着就摘下头上戴着的赤金点翠金步摇递给梓锦，顺便将梓锦扶起来，道："戴着玩吧，不是什么贵重的物件。"

梓锦忙谢过了，入手颇沉，可见是实心的金子，这点翠并不是普通人家能用得起的，这点翠的羽毛全都是成色极好的细羽泛着极纯的色泽。说是戴着玩，这份见面礼可真够大方的，至少面子上给了长公主极大的颜面。

宣和公主跟宣华长公主在前面走着，梓锦诸人在后面慢慢的跟着，整个公主府占地颇大，来来往往的奴仆都低着头不敢四处观望，进了垂花门这才坐上了软轿往里行去，大约走了一盏茶的工夫才停了下来，她们来得尚早，来的客人并不多，看到她们下轿三三两两地围了过来，围着长公主请安，又跟杜曼秋打招呼，一时间就热闹起来。

关于梓锦高嫁进侯门的事情在京都也是无人不知。这个无人不知并不是因为梓锦多有名，而是好奇叶溟轩看不上罗玦那样的美女，喜欢上的究竟是个什么女子。因此当长公主把梓锦介绍给大家的时候，尽管有了心理准备，可是看着眼前风华绝代的美丽女子，众人的呼吸还是微微一滞。

黛眉开娇横远岫，绿鬓淳浓染春烟。那一双眸子清澈得就如同山泉之水，肌肤白如积雪，赛如凝脂，挺直的俏鼻下樱唇泛着粉色莹润的光泽。身姿如三月春风拂柳，行止间又仿若步步生莲，端的是耀煞人眼，尤其是这一身樱桃红的衫裙越发地衬托梓锦清纯中带着丝丝妩媚，就连女子都看呆了眼。

"难怪能让叶三少一见倾心，果然是天仙绝色。"有人低声说道，言语中满是钦羡。

"不过是姿容出众，以色事人焉能长久？等过了新鲜头，这样的出身能立住脚才怪。"也有人如此刻薄。

更有人一言不发，只是默默端详，梓锦尽量让自己放松，看起来神色如常，其实心里还是有点紧张，长公主看着梓锦轻声笑道："莫怕，有我呢，这些人最是见惯风头的，不用去管就是了。"

梓锦听到长公主这么说心里就放松了些，今日的长公主在众人面前的仪态跟在叶府的退让不管世事是完全不一样的，到底是长公主往那里一坐，那骨头里散发出来的皇家威严的确是挺唬人的，梓锦愣一愣，觉得这样的长公主才是真正的公主，高高在上令人不敢仰视的金枝玉叶。

随着人越来越多，梓锦也见到了一两个熟人，先看到的是凉国公夫人，两人不经意的见面都有些尴尬，毕竟为了罗玦的婚事，凉国公夫人在姚府下了不少功夫，梓锦跟罗玦又是把话说透的人，其实这两人虽然嘴上没说过，但是心里门清呢。

凉国公夫人瘦了许多，大约是因为罗玦前段时间闹出的那些事情，虽然最后跟齐府顺利结了亲家，只是终究不如意。凉国公夫人冷冷地打量着梓锦，周围的人似乎并没有注意到两人之间的波涛汹涌，各忙各的，长公主也被别人缠住了说话一时顾不上梓锦。

梓锦看着凉国公夫人那凶狠的眼神，心中了然，面上却是不显，只是淡淡地看着她，却一言不发。

"终究还是你赢了。"凉国公夫人从牙缝里蹦出来这么一句，那眼神恨不得将梓锦撕裂一般，从骨头里都散发出浓浓恨意。

"夫人说什么呢？梓锦可听不懂，自古婚嫁都是父母之命媒妁之言，我可没有令嫒的本事，哪里有什么胜负之说？"梓锦淡淡说道，在外面打死也不会跟任何人承认她跟叶溟轩有私情，死也不会的，尽管凉国公夫人心里门清。

"哼，你也别得意，不过是在新鲜头上，等过了新鲜劲，像你这样出身不高的庶女，大宅门里每年也得葬个一两个。"凉国公夫人嘲弄道。

"是吗？那夫人可要擦亮眼睛看好了，不过我想夫人还是先关心令嫒比较好，听说在婆家过得不怎么如意，虽然尽得丈夫欢心奈何婆婆不喜，是啊没有哪个婆婆喜欢一个心里爱着别的男人的儿媳妇吧？更何况……"梓锦轻轻一顿，打量到周围有眼神扫过来，梓锦的面上越发地带了柔柔的笑意，"破坏我婚事的正是令嫒，夫人怎么就不觉得内疚了？"

说来也是，罗瑛先是死追着叶溟轩不放，偏生叶溟轩喜欢的是梓锦，而后又破坏了梓锦跟齐恒的婚事，可不是梓锦的天生对头吗？

"瑛儿说得没错，你真是牙尖嘴利不好应付的，以前我还想着你这样的温和，怎么就会把瑛儿气得三天吃不下饭，今日一言果然是令人惊讶。"凉国公夫人眨眼间收起了那一副冰冷阴毒的面容，换上了同样和蔼的带着长辈的温和笑脸。

梓锦早就知道这人不能小看，变脸的功夫真是令人叹为观止。

"比起夫人还是差远了，以后还请夫人不吝赐教才是，梓锦尚且年幼，再修炼个十年八年，想必就能及得上夫人的十分之一了。"梓锦清脆的笑声溢出嘴角，道了声再会，这才徐徐走开。

梓锦刚走，就有凉国公夫人的好友围了过来悄悄打听梓锦，凉国公夫人素来是老道的，怎么也不会在众人面前公然说梓锦的不是，她怕的不是梓锦，不过是梓锦身后厉害无比的姚老太太，但是说一些似是而非的话还是可以的。

梓锦转身离开后，这才悄悄地叹了口气，没想到凉国公夫人这样的狠辣，瞧着自己的眼神那是一个不甘心，只怕以后还不定生出什么幺蛾子来，自己可要当心了。正想着，梓锦一抬头不曾想又遇上了一个熟人，便是一呆，来人是谁，却是曾经的靖海侯府的三夫人，两人一见面俱是一愣。

"三夫人？您怎么来了？"梓锦惊喜地问道，对于这位三夫人梓锦是很有好感的，因此格外地亲切。

三夫人依旧是气色不错，看到梓锦先是惊讶，随后笑了起来："没想到在这里遇到了三少夫人……"

"夫人，您还是叫我梓锦吧。"梓锦觉得三夫人这样称呼她很是别扭，这个爽朗的夫人梓锦一直挺喜欢的。

三夫人也不别扭，不过到底没喊梓锦这样失礼，而是叫了一声五姑娘，然后又道："没想到兜兜转转咱们还有见面的时候，可见真是缘分。"

梓锦也很奇怪，靖海侯府出事以后，虽然没有牵连三房二房，但是毕竟也是落败了，两房的儿子又没有功名在身，怎么还能出入这种场合？看着梓锦惊讶的神情，三夫人也挺痛快，就说道："君秋离京前施了一些手段，给他的两位弟弟，我膝下的长子，三弟妹膝下的长子都谋了一份差事，虽然没有正经的功名在身，但是两人也都是自小习武，颇有底子，一个做了从七品的游牧都尉，一个做了七品的把总，只要好好地混，以后总能否极泰来。"

梓锦就有些怔怔的，吴祯到底是心善的，临走前还做了这样的安排，于是就笑道："真是恭喜夫人了，这可是好事情。"

三夫人眉开眼笑，叹息一声："当初我真是喜欢你这个孩子，巴不得你进我家门做我侄媳妇，君秋那孩子对你……"意识到这话不该说出口，毕竟梓锦已嫁作人妇，忙改口说道："你现在可好？"

这只是三夫人打心里的关切，梓锦自然感受得出来，就低声说道："老夫人挺和善，婆婆也是宽容的，夫君对我极好。"

"这就好，你这孩子一看就是有福气的……"

两人絮絮叨叨地说了一会儿家常，这才分开，临走前三夫人又回过身来看着梓锦远去的背影，想起孤单南下的侄子，不由得叹息一声，多么匹配的一对，为了家族却落得劳燕分飞，只是可怜了君秋。前些日子还来信问她过得好不好，那般地放心不下，却又为了家狠心舍下了……

孽缘啊！

梓锦自然不知道三夫人的感慨，而三夫人也并不知道她们三人之间的纠葛，没走几步就遇上了楚沈二人，三人互相打过招呼，楚氏看着三夫人远去的背影，看着梓锦问道："三弟妹，那人好像是原靖海侯家的三夫人吧？"

梓锦跟吴祯订过婚事的事情是公开的，自然是很多人知道的，梓锦听着楚氏这般问，就很大方地笑道："大嫂好眼力，正是三夫人，以前在闺中见过几次，方才见面打了个招呼。"

没别人的时候，这妯娌三个倒是没了表面的和谐，沈氏就冷笑一声，斜斜地打量梓锦，道："靖海侯家是获罪的罪臣之家，三弟妹可别误交一些匪人连累大家。"

靖海侯家这才出事不久，三夫人这个时候还出来交际也需要极大的勇气，自然少不得像眼前这种势利之人的排挤。梓锦闻言心里不悦，嘴上就说道："我不过是跟一个故人打了一个招呼而已，二嫂不用担心会有祸事临头。更何况如今三夫人的儿子已经做起了命官，这以后的事情谁又能预料呢？还有，靖海侯府虽然被夺爵，但是驻守西南沿海的还是吴家人。"

楚氏这是捂嘴一笑，道："到底是曾经订过亲的人家，三弟妹知道得倒是详细。"

这话真是刻薄至极了，几乎是直接说梓锦一女许过几家了。梓锦也不生气，只是冷冷地瞅了楚氏一眼，道："梓锦闺阁女子，只知道父母之命不可违，并不如大嫂好运气，可以一说亲就顺利出嫁，可见大嫂真是厉害呢。"

梓锦这就是以其人之道还治其人之身，楚氏讥讽梓锦一女许三家，梓锦却又反过来讥讽楚氏不安稳，婚事顺遂自然是两家提前相看过，男女也以不同的方式见过的。

楚氏顿时气得脸色微红，却又无法反驳，梓锦还真蒙准了，楚氏是偷偷跟叶锦见过的，虽然是做无意状，到底有些失于莽撞了，因此梓锦这么一讥讽，一时间她倒是蒙住了。

"三弟妹看着温吞真真是牙尖嘴利，祖母都被你骗了过去了。"沈氏讥讽地说道，她就是看到梓锦越这样的淡定心里越是不满。

"彼此彼此，大家都披着皮，不过是看谁撑的时间长。两位嫂子为了今日也是煞费苦心了吧？"梓锦意有所指，毕竟从来到现在除了凉国公夫人跟三夫人还没有哪一家的贵妇主动跟梓锦说话，这就意味着别人在排挤你，很明显，梓锦这个庶女果然不被别人放进眼里。

楚沈二人相视一眼，楚氏抿嘴一笑："三弟妹真是多心了，你这话可说得有些不明不白，咱们没听懂呢。"

"听不懂？是该听不懂，我说的是人话。"梓锦说完不再理会她们擦肩而去。

沈氏愣愣的，看着楚氏道："她……居然骂我们不是人？"

楚氏眼眸微眯，冷笑一声："咱们跟过去，好戏要上演了呢，我倒要看看她怎么办。"

生辰宴会办得很是热闹，不过是巳时初刻，整个公主府里已经是热闹非凡，男女有别，分内外院宴客，梓锦从头至尾恭恭敬敬地立在长公主身边伺候，静静地听着长公主跟这些名门贵妇们交谈，杜曼秋倒也是会演戏的，这个时候跟长公主配合得极好，一点也看不出这两位平妻之间的矛盾，梓锦在长公主喝茶的时候适时地递上茶水，吃瓜果的时候亲手用银签子插好了递过去，从头到尾始终是带着淡淡的笑容，动作恰到好处，既不显得谄媚也不显得生疏，一切刚刚好，偶尔长公主跟她说话的时候，或者在座的人问她话的时候，梓锦都能回答得刚刚好，既不显得自己卑微也不显得自己张狂，正因为这个刚刚好，让在座的诸人对梓锦越发地好奇了。

"听闻三少夫人一手绣艺名冠京都，不知道今日给公主殿下送来了什么贺礼，是不是亲手绣的屏风呢？"

一语既出满堂寂静，这里的人都知道梓锦刚嫁给叶溟轩没多久，紧接着就到了宣和公主的寿辰，就算是想要送只怕也是赶不出来的，这样没有礼貌的询问分明就是想要看梓锦的笑话。毕竟梓锦名声大显的根由除了是鲤跃龙门嫁给了叶溟轩，更早的时候就是以一手卓绝的绣工在京都流传。

梓锦抬头望说话的人瞧去，却是一位二八妙龄的少女，一身桃红的衣衫尽显娇俏，一双大眼睛盈盈地望着自己似乎是并不知道她说的话将会让梓锦多难看，只是纯属好奇地问问而已。这人方才长公主介绍过，是安顺侯的嫡长女严慈，而严慈又是罗玦的闺中密友，原来是替好友出头来了。

宣和公主笑眯眯地看着梓锦一点也没有阻止的意思，长公主对梓锦很有信心，要是这么一点小问题就难倒了梓锦，那她真是看走眼了，想起前几次梓锦跟楚沈二人的交锋，长公主浅浅地笑了，不管梓锦做什么决定，说什么话，她这个做婆婆的都会支持她的。

杜曼秋婆媳三人，也只是带着"善意"的笑容望着梓锦，其余的人见叶家的人并不出头，都以为梓锦在叶家并不受重视，因此看热闹的心越发地重了，梓锦自然是能感受到这满厅里的各色眼光，当众给自己难堪，这也不过是梓锦预料中的事情。

这位严大小姐看着不像是那种有很多心眼的人，能问出这样的问题，只怕是有人在背后教唆吧，想到这里梓锦的眼睛就状似无意地扫过了凉国公夫人，只见她正坐在安顺侯夫人的身边，低眉敛目地并未看向梓锦。

梓锦无声地笑了，这才将目光转向了严慈。说来絮叨，其实这一切不过是眨眼间的事情，梓锦轻轻开口："严大小姐过奖了，一手绣艺名冠京都这样地称赞，梓锦并不敢领,不过是自幼对绣活多了几分喜爱,因此在这方面下了些功夫,要说名冠京都自然是官里的绣坊司,梓锦哪敢坐井观天大言不惭。"

这句话既没有贬低自己的绣工,又没有狂傲地眼中无人,只是承认比不上官里的绣娘,至于其他的……梓锦觉得自己还是能略胜一筹的。这样一来就没有藐视皇家的不敬,又没有贬低自己的自卑,这一句话一出,倒是有几位夫人的眼神朝着梓锦看来,犀利中又夹着赞赏。

向她们这种家族,给主人家送寿礼都是出一个头的,以平北侯府的名义送上。但是长公主跟宣和公主还是姐妹,又都是公主,所以还会单独送一份,正因为有了这个不同,严慈才会这样发问。

梓锦一顿,又笑道:"公主殿下什么稀奇珍宝没见过,梓锦的一点绣活又怎么会瞧进眼里。梓锦刚进侯府没多久就恰逢公主寿辰,所以没有时间给公主殿下绣一幅大屏风,不过却也连夜绣出了一方福寿禄的帕子,东西不贵重,不过是梓锦的一番心意,还请公主殿下见谅。"

就连长公主都是吃了一惊,梓锦竟然有备而来,严慈的一张脸顿时涨得通红,不过却还嘴硬说道:"一方帕子有什么稀奇的。"

梓锦也不说话,只是从袖笼中拿出一个大红色填漆牡丹的小锦盒,缓缓地往前走了几步,立在宣和公主身旁,这才双手奉了上去。宣和公主笑了笑,道:"你倒是有心了。"

一语双关!

梓锦自然听得懂这里面的深意,大约是宣和公主没有想到梓锦居然连这个都能准备得妥当以防有人发难。梓锦这时却故作有些不好意思地说道:"本想着等着无人的时候再送给公主,毕竟礼物轻薄些,只是严大小姐既然问了,我也只好献丑了,还请公主殿下原宥。"

话说到这里,宣和公主却也不好说什么了。心里想着不过是一方福寿禄的帕子,福寿禄的图像都已经被人绣得俗气了,能有什么新意,就算是绣工再好也不过是一方帕子。只是梓锦既然当众拿了出来,自己也不好不公然打开,毕竟还要给宣华长公主面子,两人尽管私下不和,大面还是要走的。只得笑了笑,亲手打开了锦盒。

宣和公主打开盒子后却是一愣,众人看到宣和公主的神情都有些好奇,都想知道这盒子里的绣帕究竟有什么奇怪的地方?一时间就有交头接耳的低声细语,显然是好奇之极。

宣和公主抬起头来看了梓锦一眼，只见梓锦依旧背挺腰直盈盈而立，面上依旧带着温和恬淡的笑容，似乎不管什么事情都不能让这个小女子有任何的改变一样，这样的稳重……作出的活计却又这样的与众不同……

"不知道三少夫人绣成什么样子连咱们的寿星都惊讶至此，公主殿下可否让咱们长长眼？"说话的是寿昌伯夫人，梓锦的四姐姚玉棠就是这位寿昌伯夫人的族侄媳妇，因此跟姚家也算是沾亲，这个时候给梓锦长威风来了，亲戚之间其实就是这样互相帮衬，且不说梓锦的娘家如今正锋芒正盛，就是夫家也如此地显赫，跟寿昌伯又是姻亲，这个时候自然会搭把手的。

寿昌伯夫人这么一说就有很多人附和起来，大厅里又热闹起来，宣和公主其实很不想梓锦这样锋芒大增，奈何自己一见到的时候实在是太惊讶，这个时候骑虎难下，只得勉强笑了笑，伸手将锦盒里的帕子拿了出来，这时脸上已经换成惊喜的笑容，看着大家说道："真真是心灵手巧，我见过各式各样的帕子，就没见过这样的，你们瞧瞧。"

宣和公主身边的嬷嬷就接过帕子站在厅中央展了开来，福寿禄的图案大家都是极熟悉的，通常是可爱可亲的老寿星，拄杖牵鹿，杖头挂着葫芦，手里捧着仙桃，身边飞舞着蝙蝠。蝙蝠、鹿、葫芦、仙桃，分别寓意福寿禄。

一般的都是用五彩丝线绣成也没什么稀奇的，梓锦的这方帕子奇就奇在好像并不是用五彩丝线绣成，而且看着光彩亮丽比丝线更甚，就有人议论起来，然后有人问道："这似乎并不是丝线绣成，看着光泽莹润倒像是珠玉之类的东西做成的小珠子。"

寻常人家也有专门打磨的小珠子做绣工的，俗称珠绣，但是像梓锦帕子上这样细小的却是没有，因此才好奇不已。

宣和公主就看着梓锦问道："我也好奇得紧，你这些东西究竟是什么？"

梓锦浅浅一笑，这才应道："回公主殿下的话，其实这就是寻常的珠子，只是梓锦这些珠子打磨得更小，颜色更多，所以绣出来的活计更显得精致而已。"这话倒是不假，这幅福寿禄图只是用色就几十种，要寻找这样多颜色的珠子可不容易，而有的还是梓锦自己做了花汁加了染料自己染成的，当然这个秘密是不会跟大家说的。

听到梓锦这么一解说，众人也就觉得这没什么稀奇的了，就是用寻常的珠子打磨得小一些，然后做成的珠绣，主要是颜色实在是鲜亮，绣工又极好，这才惹得众人惊讶不已。

梓锦就知道这些人会有这样的神情，也不为意，看着那嬷嬷就要把帕子收起来，又接着说道："这方帕子的最惊奇之处并不是这些珠绣，而是在帕子的背面。"

此言一出，那拿帕子的嬷嬷一愣，惊异地看了梓锦一眼，不过还是将帕子当众翻了过来，众人这才惊呼不已，颇为惊讶地看着梓锦，没想到帕子的背面居然是一个正翘首仰望的小童，而仰望的方向正是帕子的另一面的寿星老身边盘旋的蝙蝠，因为帕子用的是绢丝，极薄极通透，迎着阳光一展开，顺着童子的眼神看去的正是那几只蝙蝠，在民间有一种说法，童子翘首期盼叫做"翘盼福音"。

方才展开另一面，只因为寿星老体形较大，所以完全将后面的童子遮掩住了，众人才并未发现这帕子另有乾坤，此时一翻过来，众人惊艳，居然是双面绣，更令大家吃惊的是，双面绣也不少见，基本上双面绣都应该是两面大小相差不大，但是梓锦这一幅，分明是大小不一样，那……多余的丝线藏到哪里去了？

绣工的卓绝最要紧的地方就是别人看不透你的针法，梓锦利用自己的卓越的女红，在这满堂的贵妇中间终于赢得了第一步，要知道女子能有一手卓绝的女红甚至于要比你会诗词歌赋，琴棋书画更令人喜欢，否则《女则》中怎么会着重讲女红。

女子就要守本分，德言容功四项，言、容、功三项梓锦已经被众人认可，至于德一项，这可不是一朝一夕就能判别的，梓锦知道以后的路还长。

梓锦本就有备而来，这一出手就是雷霆之音，让众人不得不记住平北侯府家的三少夫人一手绣工艳绝天下。

前朝苏绣女苏三娘一副绣屏就能卖上万两银子，那手艺是多少绣娘可望而不可即的。就在众人还在吃惊的时候，门口突然传来一声笑声："前朝有苏三娘，今朝有姚梓锦，这手艺真真是令人惊艳。我昨儿个进宫，顺宜公主还吵着一定要见见她表嫂，没想到前几年的屏风还没玩够，今儿个你又有了这样的好活计，顺宜公主只怕恨不得要将你拴在身边才好了，进宫就听她念叨你，耳朵都起茧子了。"

梓锦抬头看向来人，面色茫然，这人她不认识啊。真红色缂丝遍地牡丹花褙子，一条湖绿色十八幅一年景的湘裙，头梳参鸾髻，簪一支赤金嵌宝五尾大珠钗，端的是耀煞人眼，再细细看去，梓锦只觉得这张脸有几分熟悉……好似在哪里见过，突然之间脑中闪过一张人脸，秦文洛……那眼前的一定是，梓锦就朝着来人福身行礼："见过廉王妃。"

叶倾寒细细打量梓锦，这就是让她的傻儿子跟侄子都喜欢得不得了的姚家五姑娘了，果然是如皎皎兮若青云之蔽月，飘飘兮若流风之回雪，纤纤作细步，精妙世无双，好一个冰雪般的妙人儿，第一眼叶倾寒就喜欢上了梓锦，有些人本就是一类人，喜欢从不用理由，尤其是廉王妃这样脾性的人，喜欢就是喜欢，讨厌就是讨厌，向来是恩怨分明的。

"快起来，快起来，难怪溟轩那孩子娶了媳妇就跟得了宝一样，要是我也要当眼珠子护着了。"廉王妃一语惊人，有些话做婆婆的长公主不能说，但是做姑妈的廉王妃却能说，因此长公主提前给廉王妃送了信，让她专门来照应自己儿媳妇的。

这轻轻的一句话，却是在告诉众人，叶溟轩是怎么样宝贝姚梓锦的，又在告诉大家她是罩着她的，哪个不长眼的想要踩梓锦，也得看看自己的本事。一语既出，厅中的气氛顿时大为改观，看着梓锦的目光也多了几分热切。

廉王可是当今圣上的亲弟弟，手握重权，那是跺一跺脚京都摇三摇的人物，可是这位廉王有个最大的毛病那就是惧内！

廉王府不要说妾室通房就是王府连个苍蝇那都是公的，不知道多少人羡煞了廉王妃，当然关于廉王妃的各色传言那也是街头巷尾皆流传，梓锦对这位廉王妃也是多有仰慕的，这妒妇做的真是令人羡慕，那位廉王更有意思，据闻当年为了求娶廉王妃也是吃尽了苦头，在叶老夫人那里不知道碰了多少霉头，成亲后对妻子言听计从，那畏妻如虎的德行，就连当今圣上都曾经感慨："在外面别说你是我弟弟。"

廉王却哈哈大笑："除非你让我重新投胎，几十年前天下人都知道了。"

因此这也成为一则笑话，廉王惧内连皇上都没有办法的，谁还敢说三道四，因此廉王妃那才是这世上最令人羡慕的女子。

梓锦没想到这位廉王妃这般的洒脱，更没有想到说话这样的直接，最没有想到的是她居然这样护着自己，贸贸然站起身来，自己的手已经被廉王妃握在手里，就见她转头看着长公主说道："真是后悔死我了，后悔死我了，当初我就不该把这样的好媳妇让给你。你提前见过了锦丫头必然知道她的好却又对我瞒着，又告诉我你家已经跟姚家联了亲，要是我见到了这丫头，就是你先提了亲，我也要抢回来。"

长公主抿嘴轻笑："你呀这个时候贫什么嘴，梓锦已经是我家媳妇了，让文洛再寻个好的去。"

众人惊骇，看着梓锦的目光又多了几分打量，廉王妃当初居然也相中了梓锦，却因为长公主抢先一步而撒手，这对姑嫂的关系好大家是知道的，没想到眼光居然一致到这个地步。

梓锦满脸的惊骇，忙垂下头不说话，没想到今生秦文洛对她还是有那份心思的，前一生秦文洛可不就是跟姚梓锦配成一对嘛，这该死的复杂关系，让梓锦都有些紧张起来了，觉得廉王妃握着自己的手格外的火烫。

杜曼秋皱着眉头面色微怒，转眼间又遮掩过去，她没有想到廉王妃这般喜欢姚梓锦，又是一个意外，自从要梓锦进了门，似乎意外一直在发生，完全脱离了掌控。不要说长公主护着，廉王妃护着，就连官里还有一位顺宜公主惦记着，她是不是做错了，当初就该想尽办法阻挡这门婚事的。

廉王妃的到来让梓锦完全明白了实权人物的风光，就连宣和公主对着廉王妃都是笑容不断，故作亲密，一直跟廉王妃不停地说话，梓锦就顺势退回了长公主的身边，没一会儿开席了，长公主自然是坐在首席上，梓锦就跟楚氏沈氏坐在一席，她们这一席上还有方才发难的严慈，还有别的几位公卿家的小姐，梓锦都不甚熟悉，但是却对其中一位很有好感，平阳侯家的秦素雪，两人挨着坐着，性情颇有几分投契，相淡甚欢。一顿饭下来，两人倒是有了惜惜之情。用过饭之后，大家都到了外面临水花榭去听戏，梓锦本想在长公主前伺候，长公主却让她坐着歇息去听戏，梓锦推辞不过这才坐到了一边，没想到秦素雪就在旁边，又是一个巧遇，两人相视一笑，开心不已。

听戏听到一半，秦素雪想要去方便，就拉着梓锦去做伴，戏台上麻姑献寿唱得正欢，也没人注意到两人，在小丫头的指引下，两人方便完后，净了手这才慢慢地往回走。秦素雪就低声说道："咱们慢慢走，那戏台上咿咿呀呀吵死人了。"

"我分明看你听得很是喜欢的模样。"梓锦调笑道，谁知道秦素雪却叹道："不喜欢也要喜欢，哪一家的姑娘夫人不会听戏都会被人笑话的。"

听着话里的无奈，梓锦心里顿有同感，就说道："可以把不喜欢变成喜欢，就不会觉得累了。"

秦素雪看着梓锦，闷声说道："我以前就听过你的名字，那个时候就在想小小年纪就以一手绣工闻名京都，那你得从几岁就开始拿针？那个时候对你好奇得紧，我娘常说我老大不小了一只鸟儿都绣不好，看看人家姚家五姑娘都闻名京都了。"

梓锦失笑，瞧着秦素雪很是正经地问道："那你应该极讨厌我的。"

"那倒没有，只是觉得你很厉害可不是凡人，那针那么细那么滑你怎么捏得住还能绣出好看的花样。"秦素雪说完提着裙角就往前跑。

梓锦回过神来，忙追了过去，幸好园子里没什么人，都去听戏了，嘴里还说道：

"好你个小蹄子居然敢说我不是人，看我捉住你怎么罚你……"

毕竟不是在自己花园，追着追着两人就迷了路，梓锦又是个路痴，看着秦素雪问道："咱们这是到了哪里了？好像来的时候不是这条路来着，早知道就不该把那个领路的丫头打发走的。"

秦素雪突然脸色一白，正要拉着梓锦走，梓锦就感觉到衣袖突然被人用力拉住了，身后传了一个无比惊喜的声音："阿若？阿若你终于回来了！"

梓锦浑身一僵，并不晓得发生了什么事情，下意识地用力夺回衣袖，迅速地后退一步，这不过是多年养成的下意识习惯。等到了安全之地，梓锦这才回过神来，只见拽自己衣袖的男子正怔怔地瞧着自己，那一双眸子里满是柔情，那铺天盖地而来的柔情似乎要将人溺毙一样，梓锦心里就是一凛，又往后退了一步。

细细打量，就见此人穿着着实不凡，宝蓝色的直裰上居然绣着龙纹，心一下子提了起来，皇族才能用龙纹。压下心里的惊骇，再瞧去，这男子剑眉星目薄唇，浑身上下都散发着一种让人难以言喻的锋利，这样的男子一定是非常强势的人，梓锦心里又怕了几分。转头看向秦素雪，只见秦素雪也是白了脸，显然并不认识此人，两人对视一眼，顿时下了决定。

"公子认错了，我并不是什么阿若，男女授受不亲，就此拜别。"梓锦不欲生事，也不想被人看到这一幕，说完就跟秦素雪往后走，谁知道这男子霸道得紧，居然追了进来，一个箭步挡在两人的面前，那眼睛里的柔情眨眼间已经消失不见，换上的却是满腔的怒火，似乎要将梓锦给焚烧殆尽一般。

梓锦活了两辈子也没见过这样霸道的男子，心里说不清楚的一种惊惧，仿佛这人有一种能毁灭天地的力量，惊骇地往后退了一步，嘴上却说道："臣妇跟阁下并不相识，光天化日之下还请守礼方是君子之风。"

"你真的不记得我了？"

那男子咬牙的声音似乎都能透过空气传过来，梓锦觉得这人真是不可理喻，怒道："你这人好无礼，我跟你素不相识，臣妇从小到大的记忆也不曾缺失，并不曾失忆过，何来记不记得你？请让开，不然……"

"不然怎样？"男子唇角扬起一抹冷笑，又往前逼了一步，那冰冷的眼神似乎能将人冻僵一般。

梓锦还真没见过这样软硬不吃的人，她还真不能将他怎么样，身上穿着龙纹衣，头上戴着金龙冠，一看就是皇子之流，梓锦暗呼自己倒霉，怎么触霉头还遇上皇家的人。这个时候就是嚷开了,大家也不会说某皇子怎么样,世俗的舆论只会说自己不守妇道勾搭男人。梓锦心中惊惧,秦素雪也吓得不轻,却依旧没有独自逃命,依旧跟梓锦在一起,其实心里也怕极了,浑身都湿透了。

看着梓锦不说话,男子又往前逼了一步,追问道:"不然怎样?"

梓锦又往后退一步,脚都有些软了,却不想脚后跟碰到了石头做成的小台阶,显然已经遇到了二门,退无可退了。这不小心碰到了小台阶,梓锦毫无准备,一个站不稳往后仰去,顿时惊魂不已,心里暗骂一声,真他妈的喝口凉水都塞牙了。

原以为自己会摔倒在地,不曾想腰间被人一拦,身子一个旋转,稳稳地落入一个怀抱,梓锦还未从头晕眼花中回过神来,就听到头顶上有人说道:"不知道大皇子意欲何为?要是拙荆有个三长两短,下官一定跟你对质御前讨个公道。"

这声音……梓锦从男子的胸前猛地抬起头来,抬眼望去正是叶溟轩充满怒气的俊脸,梓锦眼眶一润,满腔的委屈一下子散了出来,也顾不得周围有人在场伸手环住了叶溟轩的腰,哽咽着喊了一声:"溟轩……你来了……"

梓锦的声音带着哽咽夹杂着惊恐委屈,叶溟轩皱眉心疼不已,垂眸看着她,柔声说道:"莫怕,莫怕,让你受委屈了。"

原来这男子竟是当今圣上的大儿子秦时风,此刻他正瞧着相拥的两人,脸色阴晴莫辨,最后眼神落在了叶溟轩的身上,眉峰一扬:"这就是你新娶的妻子?"

"正是。"叶溟轩干脆地应道,又瞧着秦时风说道,"大皇子只怕是喝多了,连内院都跨进来了。"梓锦也从叶溟轩的怀里立起身来站在他的身边,拿起帕子小心地拭着眼角遮掩着窘态。

秦素雪已经惊呆了,这也太……不可思议了,居然在这个时候叶溟轩出现了,更没有想到叶溟轩对梓锦这样呵护,居然敢跟大皇子对阵,要是换做旁人只怕是要喊着妻子给大皇子赔罪了,秦素雪只觉得嫁给这样的男人梓锦真是有福气。

"我并没有喝醉。"秦时风淡淡说道,面上已经是云淡风轻之态,似乎方才的冲突都已经烟消云散,"只是将尊夫人误作了一位故人,实在是唐突了,还请叶大人海涵。"

叶溟轩似乎一点也不惊奇秦时风会这样让步,只是轻笑一声,缓缓地告诫:"大皇子明白就好,这是本官明媒正娶的妻子,以后大皇子可不要再认错了。"

秦时风又看了梓锦一眼,眼光又落在了两人一直交握的手上,眼眸顿时染了一层阴暗之色,再抬眸时已经消失不见了,淡淡地应道:"那叶大人可要将人看好了。"

说毕秦时风从几人身边迅速走过，眨眼间消失不见。

梓锦已经慢慢地回过神来，怔怔地看着叶溟轩，脱口问道："你怎么在这里？"

叶溟轩笑而不答，转头看向秦素雪，笑道："还请这位姑娘帮在下传句话，就说拙荆受了惊，在下已经将人接走了。"说到这里一顿，又道："姑娘可以将刚才的事情如实说出。"

秦素雪默默点点头，道："小女明白，就此别过。"

秦素雪话音一落，就听到远远有人喊道："叶大人？那不是叶大人吗？"这人一喊不要紧，二门内外就有人往这边瞧来，梓锦微怒，这下子真是弄巧成拙了。

这个想法刚落地，就见一群人围了过来，各色的熏香在空气中交织，秦素雪毕竟是未嫁的姑娘，早已经背过身去，梓锦也不欲跟这些人见面，就跟叶溟轩说道："我们先进去。"

叶溟轩皱眉不虞，但还是点点头，道："去吧，小心点，若再有人对你不敬，莫怕，你就是杀人放火，爷也替你兜着。"

秦素雪已经说不出话来了，梓锦俏脸一红轻轻应了一声，这才拉着秦素雪的手在那些人过来前迅速消失在花草之后。两人又走了许久才找到了个丫头问明了路线，回到了戏台前。大家听戏正入迷，似乎并没有发现两人离开的时间有些长，两人对视一眼这才轻轻地松了口气，方才的花园惊魂实在是太令人吃不消了。

两人坐下喝了口茶，定定心之后，情绪才缓了下来，梓锦还沉浸在叶溟轩归来的惊喜中，秦素雪却还在想着叶溟轩那句话，良久转头看着梓锦抿嘴一笑："三少夫人好福气，有这样的好夫君。"

梓锦看她一眼，道："私底下就喊我梓锦吧，一口一个三少夫人多别扭，我也喊你素雪好不好？"

秦素雪就点点头，道："好啊，千金难买一知己。"

"人与人的相遇总是讲究个缘分的，以后你也会遇到一个好夫君的。"梓锦敛眉低笑，眉眼间都是遮掩不住的幸福，心里不是不感动的，叶溟轩因为她跟大皇子对抗，居然还说她就是杀人放火他也给她兜着，这人真是……什么话也敢说，更何况还有秦素雪在旁，更是觉得不好意思的。

"你听说凉国公府六小姐的事情了吗？"秦素雪低声问道。

梓锦摇摇头，她新婚进门很多消息都没有来源，自然不知道的，想起凉国公夫人的神态，还是问道："她怎么了？不是嫁给了齐恒了吗？"

锦绣盈门 下

梓锦跟罗玦的恩怨在外人的眼睛里，就是罗玦抢走了梓锦的未婚夫齐恒，只是谁也没有想到最后梓锦能嫁进叶家，这时秦素雪低声对梓锦说道："罗六小姐素来孤傲，又是一门心思的苦追叶大人，谁知道最后居然还是脚踏两只船，到底是偷鸡不成蚀把米，破坏了你跟齐家的婚事。齐夫人很不喜欢这个儿媳妇，说来也是正经人家谁愿意娶一个心里喜欢别的男人的女子为媳妇，更何况为了这个媳妇自己儿子的命差点都没了。因此罗玦进了齐府就很是受排挤，婆婆整日让她立规矩，端茶递水，捶肩捏背，就连齐夫人的衣衫鞋子都是交给她亲自去做竟不用针线房，为此，凉国公夫人曾经前去交涉过，齐夫人倒也有趣，便对凉国公夫人说，哪家的儿媳妇不在婆婆跟前立规矩？哪家的儿媳妇不给婆婆做衣衫鞋袜？哪家的儿媳妇不懂规矩？算我家倒霉，不得不娶一个心里喜欢着别人的女人，还害得我儿子差点命都没了，我儿子原先好好的婚事也被你女儿搅了，你要是觉得我做得不对，只管把女儿接回去好了。"

梓锦听到这心里咂舌，这个齐夫人还真厉害，幸好自己没嫁过去，要是有个这么厉害的婆婆，这日子真是不好过啊。想了想问道："那后来呢？"

"后来？能有什么后来，凉国公两口子这会子只怕是悔青了肠子，当初要是对罗玦管束得严一些，不闹出这么多事情来，哪里有今天被婆婆这般瞧不起的，说起来罗玦到底是国公家的小姐，可是嫁了人还不是一样被人磋磨？所以说啊女子万万不能走错一步，这走错一步就要命了。"秦素雪想起方才的事情还有些后怕，要是传了出去还不定被传成什么样子呢。幸好没什么大事，不然这以后自己也不用出门了。

梓锦苦笑一声，是啊，人啊都要为自己的行为负责的，当初罗玦以为自己一定会嫁给叶溟轩的，所以做事情都没给自己留后路，要是遇上别的官员家大约会瞧在凉国公府的面子上睁一只眼闭一只眼也就算了。偏偏是齐御史家，齐御史本就是个耿直的脾气，没想到齐夫人也是一个厉害的，竟然丝毫不怕凉国公府，这以后罗玦的日子只怕更不好过呢。

"齐恒没有替妻子求情吗？"梓锦轻声问道。

秦素雪听梓锦这么一问，道："求了，能不求吗？为了罗玦连命都能不要，不要说这点事情了。只可惜魔高一尺道高一丈，齐恒去求齐夫人，齐夫人就捏着帕子去祠堂，一把鼻涕一把泪地哭诉，说自己为了齐家生儿育女，如今养了个儿子居然不孝生母，反倒帮着媳妇忤逆高堂，这是丈夫还活着就这般对自己，要是以后丈夫驾鹤西归，自己还能有什么好日子过，与其等到那日被儿子嫌弃倒不如现在就一头撞死,那齐夫人是个厉害的真的一头去撞柱子,要不是齐恒眼疾手快用力拉住了,真就没命了,就算这样额头上都见了血,躺在床上好几天。齐大人听说后气得半死,拿着板子把儿子打了半死,又扔到祠堂里思过,到头来还是罗玦跪在齐夫人跟前认错,只是婆媳关系更恶劣了。"

梓锦已经完全呆住了,这齐夫人的战斗力相当彪悍啊!

待到从宣和公主府归来的马车上,梓锦这才将在花园里的事情跟长公主说了,瞒别人可以,但是绝对不能瞒长公主,更何况还有叶溟轩回来的事情,都是要交代清楚的。梓锦说完看着长公主有些不安,长公主却拍拍梓锦的手,嘱咐道:"以后千万不要跟大皇子见面,有他的地方你就不要去。"

长公主这般吩咐,梓锦点头应了,却也不敢追问这是为什么,看着长公主的神情,这里面分明有难言之隐,可是她又不说出来,梓锦越发谨慎,打定主意以后一定离秦时风远一点,更何况只要一想起秦时风的眼神,梓锦就从心里感到了惧怕,这个人就如同现在人说的那种具有精神分裂症的特征,这样的人很危险啊。

梓锦只觉得自己的生活充满了不可预知的危险,令人骨子里头冒着寒气。

第十五章
父子联手强强对阵，梓锦细心暗留后手

　　梓锦和大皇子的事终究还是走漏了风声，至少叶府主子都知道了，最终闹到了老夫人跟前。杜曼秋跟长公主针锋相对，梓锦跟楚沈二人也是机锋不断，叶繁跟叶溟轩甚至推攘起来，一通吵闹下来，叶繁理亏被罚跪祠堂以示惩戒。

　　叶府的祠堂建在最西面的阴凉之处，院子里种着几十年的老树，树冠庞大，将整个院子遮得密密实实，立在这里，顿时觉得一片阴凉。叶溟轩推开院门慢慢地走了进去，不承想正遇到叶锦，显然叶锦刚走进去，叶溟轩随后就来了。

　　听到声音，叶锦停住了脚步，转身看到叶溟轩似乎一点也不意外，就停了脚。

　　叶溟轩也顿住了脚，两人就这样你看着我，我看着你，颇有种高手对决的味道。叶溟轩的眼神犀利中带着嘲弄，叶锦的眼神冰冷中夹杂着刀锋，两人互不相让，就这么对峙着。

　　也不知道过了多久，终于还是叶锦开了口："这次是叶繁不对，我代他跟你道歉。"

　　"这倒不用。"叶溟轩徐徐开口，盯着叶锦说道，"只要他以后不要蠢得去招惹大皇子就好。"

　　叶锦知道叶溟轩身在锦衣卫，一定知道了关于阿若的事情，想了想还是问道："那个阿若……"

　　"那女人以后在叶家谁也不要提起，你看我不顺眼，我看你不顺眼，关起门来各出奇招，将来谁胜谁负是我们自家的事情，可是……谁要是引狼入室，将整个叶府置于险地，到时候别怪我心狠手辣。"叶溟轩杀机顿现，死死地盯着叶锦。

　　叶锦笑了，浑身觉得轻松了许多："你知道我最讨厌你什么吗？"

　　"那你知道我最讨厌你什么吗？"

　　两人谁也没有回答谁的话，心里都是明了的，他俩都是一个性子，就连喜好多

有相同，只不过叶锦城府深藏于心底不露于面，叶溟轩却是故作张狂惹人注目，这两兄弟倒真是旗鼓相当。

"既然你来了，我就不进去了，替我转告叶繁一句话，想要好好地活着享受荣华富贵，就不要去招惹大皇子。"声音一顿，又加了一句，很是慎重地说道，"这人我招惹不起，整个侯府也招惹不起。"

叶锦面带惊讶，瞧着叶溟轩，脱口问道："这么严重？"

"你以为这次我为什么匆忙赶回来？税银被劫多大的案子我都丢下了，这里面的厉害你该知道了。"叶溟轩道。

叶锦全身一震，在院子慢慢地转圈，脚步越来越急，面色越来越凝重，道："爹爹如今虽然封侯，但是手中的兵权逐年分化已不比当年，你在锦衣卫任职，虽然是皇上亲卫，却无兵权，我在五城兵马司如今也不过是一个从五品的镇抚，叶繁在京卫指挥司一个小小的从七品经历……"

叶溟轩看着叶锦，听着他的话，接口说道："所以咱们看着挺荣耀，其实内里还是动了筋骨，若是里面那个再被人当了枪头，这爵位别说是我，就是你们谁又能拿到手？就算是抢到了手，一个无实权的爵位又有什么意义？这满京都世家勋贵多了，可是真的有实权的有几家？而且……当年关于这个阿若的事情能被灭口的都灭了，可是大皇子怎么就会知道梓锦与阿若相像？"

这才是最严重的，别人已经打到了家门口，他们还一无所觉。叶锦抬头看着叶溟轩，知道他管着锦衣卫，消息良多，就问道："你可有头绪？"

叶溟轩其实很不想跟叶锦联手，但是有些地方是锦衣卫无法插手进去的，必须要借助叶锦的力量，所以才会费这么多口舌跟他交谈。在家族利益面前，不管是叶溟轩，还是叶锦，恩怨暂且搁下，集中炮火一致对外，才是最要紧的。

叶溟轩上前一步，在叶锦的耳边轻轻说了一个名字，叶锦微震，惊道："你可有把握？"

叶溟轩点点头，道："我一个人动不了他，需要你帮我演场戏，里面那个愣头青也需要来场苦肉计，今晚行动你觉得如何？"

叶锦瞥了叶溟轩一眼，心里恨得牙痒痒，他知道这厮有公报私仇的嫌疑，一定还记恨叶繁对他媳妇不敬，才要让叶繁再出演苦肉计，可是……除了叶繁好像还真没合适的人了，只得说道："依你所言，今晚子时这里相见。"

"等等，我还有话说。"叶溟轩叫住了叶锦。

叶锦停住脚,玄色的直缀袍角被风扬起,衣袂飞扬。双眼瞧着叶溟轩,暗沉凛冽。

叶溟轩往前走一步,缓缓地说道:"你要记住不要把我们的计划告诉叶繁,以他的个性,说不定会露馅,你只要告诉他防着我晚上来揍他就好。"

"你不怕他恨你?"叶锦凝道,眉峰蹙在一起,这叶溟轩还真是不按牌理出牌。

"恨了这么多年,不在乎多这一笔,可要是他泄露了风声,你我都有生命之险,你可要想好了。"叶溟轩说完这句这才转身离开。

叶锦瞧着叶溟轩龙行虎步的身影,第一次有这种强烈的感觉,昔年的小阿蛮真的长大了,举手投足之间颇有大将之风。他微微地垂了眉,双拳紧紧地握在一起,好半晌才往祠堂里面行去。

叶溟轩回到了安园的时候,梓锦已经将饭菜摆上了桌,并没有跟以前一样摆在小花厅,而是将两张黄花梨包铜角雕海棠花的炕桌对在一起,窗子全都换了雨过天晴的窗纱,窗户大开,拼起来的炕桌上摆满了饭菜,细细一瞧倒有大半是他爱吃的。

清蒸鲈鱼,火腿炖肘子,小鸡炖蘑菇,红烧狮子头,芦笋酸菜汤,还有几样时新的素炒青菜,桌子上摆了酒壶,酒香扑鼻却是陈年的金华酒,叶溟轩哈哈一笑,看着梓锦说道:"这酒好,你从哪里弄来的?"

"先去洗脸净手。"梓锦亲自摆着碗筷勺子,头也不回地说道,脸上带着盈盈的笑意。

叶溟轩摸摸鼻子大步地去了,梓锦让丫头们都下去了,纤巧说道:"要不奴婢在这里伺候吧,都走了哪里能让您亲自动手的?"

"你去陪着周妈妈,周妈妈刚来跟院子里的人还不熟悉,索性晚上不出门了,你摆一桌酒,把院子里的人聚一聚,也顺便联络联络感情。"梓锦别有用意地说道。

纤巧立刻明白过来,笑道:"是,奴婢这就去。"梓锦是让她帮着周妈妈立威,顺便趁着这个时候摸一下各人的底,喝了酒,有些事情反倒是好打探了。正巧院子里这些人的底细都还没有摸清,这是个好机会。

纤巧下去了,就叫了寒梅、水蓉还有雁桃把梓锦的意思传达了一下,几个丫头点头同意,便分头去忙碌了。纵然是晚上相聚,也还是要安排好值夜的人,还有很多事情要去准备,还要让小厨房做出份例饭菜来,纤巧另外贴了二两银子,让厨娘做出些好饭菜,整一坛好酒,这才挨个地去请人了。

这边梓锦趁着叶溟轩洗脸的工夫,把身上的大衣裳换成了家常的香色潞䌷雁衔芦花样的白绫竖领对襟袄子,一溜的鎏金蜂赶菊纽扣,系一条一尺宽海马潮金沿边挑线裙子，大红缎子白绫高底鞋，白日里的华髻已经拆开了，松松地绾了一个纂儿，用一支碧莹莹的翠绿簪子绾了，只是平白地看着，就觉得一颗心都要蹦了出来，越是这样不经心的装扮，越能撩动人的心。

梓锦正想脱了鞋上炕，却不防腰间里突然横出一只手，将她拖进背后那宽广的怀里，耳垂边便传来一声低喃："你存心不想让我吃饭是不是？"

梓锦先是脸一红，心里大呼冤枉，其实她是想使劲勾搭他来着，谁让他白日子里对自己那般好，让她忍不住就想要对他好。从他怀里扭过身去，看着叶溟轩眼波微转，低声笑道："先用饭，这是我吩咐厨房特意为你做的，忙了一天想必饿坏了。"

叶溟轩不肯松手，只觉得浑身都有点躁动，面对这样的一个国色天香，谁还能有心思吃饭，想着就要去解梓锦的衣衫。梓锦没想到叶溟轩这么耐不住，只得在他唇上轻轻一吻，低声说道："我饿了，中午都没好好地吃饭。"

叶溟轩无奈地叹口气，狠狠地亲了梓锦一口，然后才道："先让你吃饭。等你吃饱了也比较有力气。"

梓锦狠狠地瞪他一眼，这个说话不着调的。叶溟轩嘻嘻一笑，跟梓锦在大炕上相对而坐："别说，还真有点饿了。"

梓锦为他斟上酒，道："这是我嫁妆里带来的，你尝尝看，是我大哥哥的珍藏，听说是我爹埋在树下十几年的，统共就十坛，这些年渐渐喝了些，这一坛还是大哥哥中了榜眼爹爹奖给他的，没舍得喝，给了我。"

叶溟轩一愣，随即叹道："大舅子真是个好哥哥，我就没见过哪一家的大哥能把妹子当命根子护着的，当年因为你，舅兄差点把我给揍了。"

梓锦微愣，这事她并不知道，叶溟轩也无意多说，只是笑道："说是给你的，舅兄知道你一准给我喝，不过是拐个弯送我罢了。"

梓锦正喝汤，差点被呛到，这个厚脸皮……

酒是好酒，色泽金黄，入口醇厚，散发淡淡的酒香，叶溟轩就忍不住多喝了两杯。美酒在手，美人在前，这日子当真是快活似神仙了。叶溟轩格外高兴，话也就多了起来，梓锦也倒了一小杯，陪他浅酌，听他讲小时候捉弄叶繁的事情，忍不住地轻笑出声："你真是够坏的，那个时候也就五六岁吧，你居然自他的床上扔了蒺藜子？"

叶溟轩颇为得意："那是，谁让这小子说话不留神，还真以为我是好欺负的。七八岁的时候，有一次他惹怒了我，我闷不吭声，半夜的时候爬了墙头，溜进他屋子里，在他床上边沿往里倒了一桶的凉水，这小子睡得跟猪一般，我下手又轻，他竟然丝毫不察觉，天亮的时候才发觉不对劲，大嚷着闹鬼了……"

梓锦笑得实在是撑不住了，这小子下手够狠的，又忍不住问道："后来呢？"

"后来？后来得了风寒又受了惊吓躺了足足半月。"叶溟轩相当得意地说道。

"就没人查出是你？"梓锦想着七八岁他能一个人单枪匹马提着凉水摸进叶繁的屋子，躲过值夜的丫头婆子，这本事也是相当不得了了，只是他怎么没让这些人察觉的，于是问了出口。

"那是，我自小苦练武艺，我七八岁的时候功夫可比叶繁那个蠢货厉害多了。至于丫头婆子……我用了迷香，我就是踹她们两脚也醒不了啊。事后我开了窗子通了风，把迷香末子打扫干净，又将东西恢复原状，查了好久也没查到我头上。"忆起以前辉煌的历史叶溟轩那是相当地得意。

梓锦满脸是笑给叶溟轩夹了菜，然后才问道："你只捉弄叶繁，怎么不听你捉弄叶锦？"

"叶锦啊，那厮精得跟猴一样，叶繁三番两次着了道，他就怀疑到是我，只是苦无证据，防我防得跟贼一样，我是苦无机会下手。"叶溟轩也是颇为惆怅。

"我瞧着也是，大哥虽然沉默寡言却是个心里有数的，想要整他是不容易的。"梓锦两杯酒下肚，脸色一片嫣红，说话也是格外地透梭。

从小时候的事情逐渐说到以后，酒越喝越多，菜越吃越少，终于酒足饭饱，叶溟轩站起身来一把拉着梓锦的手把她抱进怀里，道："这会儿你可有吃饱了？"

喝了酒的缘故，两人的面色都有些绯红，叶溟轩的眼睛里似乎燃着一团火一般，抱着梓锦的手上下滑动也不老实起来。梓锦酒量不甚好，有些头重脚轻，聊天的时候太尽兴，不知不觉的酒喝多了。伸手圈住叶溟轩的脖子，六月的天穿得本就轻薄，袖子又宽大就顺着滑了下来，露出两节藕节般的雪臂来，俏脸上两团嫣红，眼波横流，嫣红的唇散发着淡淡的馨香，叶溟轩低头就吻了上去，手指慢慢地解开梓锦那一长串的华丽扣子，解了一个还一个，解了一个还一个……叶溟轩颇为恼怒，噙着梓锦的香唇抗议道："以后晚上不许穿带扣的衣服……"

梓锦就趴在他的肩上闷笑起来，她其实真的是故意穿的……

叶溟轩一路拥着梓锦进了卧房，衣衫零落了一地，当藕色的肚兜滑落在地时，两人也倒在了大床上，叶溟轩大手一挥，大红色的喜帐遮住了满室的春光。

叶锦身边的大丫头敲开了安园的大门，安园的小丫头打着哈欠不耐烦地开了门，问道："谁啊忙着三更半夜的还让不让人睡觉了？"

"我是大少爷身边的大丫头香凝……"焦急的声音透过门框传了进来。

这边叶溟轩正跟梓锦缠绵，不和谐的敲门声声声传来，叶溟轩那个恼怒，怒道："什么事情明天再说。"

纤巧唬了一跳，可是香凝说的事情她又不敢不回，只得壮着胆子回道："大人，是大少爷那边的香凝有重要的事情跟您说。"

叶溟轩一愣，伸手撩开帐子，往沙漏望去，可是还没有到约定的时间，看着脱了、压了、亲了就是还没吃到的媳妇，肝火直线飙升，想到叶锦不是不靠谱的人，暗骂一声，这混蛋估摸着知道自己要揍他弟弟，先来报复自己搅了自己的好事，但是又不敢大意只得怒道："没到约定的时间，急什么！让她偏房候着，马上来。"

梓锦拉过锦被遮住身体，笑道："赶紧去吧，说不定真的有急事。"

叶溟轩下了床打开紫檀木方角四件柜，拿出衣衫套在身上，然后看着梓锦说道："你先睡吧别等我了，今晚上我还有件重要的事情要去做。"

梓锦点点头，问道："是要跟叶锦联手？"

叶溟轩一边束着腰带，一边惊讶地问道："你怎么知道？"

"很简单啊，你向来不跟大房的人走得亲近，这次却是大哥身边的大丫头亲自过来，再加上今天发生的事情，不用想也知道了。"梓锦微微一笑，看着叶溟轩道。

"你就是太聪明了，什么事情也瞒不过你。等我回来跟你细说，你先睡吧。"叶溟轩束好腰带快步走过来在梓锦面上轻轻一碰，深吸一口气这才大步走了出去。

梓锦的脸瞬间沉了下来，叶溟轩这样高傲的一个人，素来不会轻易地向人低头，更不要说跟大房的人了，这次居然要跟叶锦联手……大皇子有这么可怕？还是……大皇子口中的那个阿若可怕？

正在出神，突然间有急促的脚步声传来，纤巧面色苍白地闯了进来，看到梓锦居然起了床坐在那里的时候愣了一愣，这才说道："少夫人您起来了，大少爷出事了，您赶紧过去看看吧，各院子都得了消息，往那边赶呢。"

梓锦双手一抖，面色苍白，一天之内连发事端，让她如何镇定得下来，立马站起身来，道："更衣，梳头。"

纤巧在门口招呼了丫头们进来伺候，寒梅给梓锦梳了简单的偏云髻，并没有戴上过多的首饰，只用了质朴的木簪子绾住发丝，换了浅色的褙子跟湘裙，这才扶着水蓉的手往外走，边走边吩咐道："周妈妈留下守着院子，纤巧跟水蓉跟着我出门，寒梅跟雁桃约束着小丫头别乱跑，有哪一个半夜出去传递消息的，立马给我捆了。"

梓锦知道一连串的事情过后，最不能自乱阵脚，众人听着梓锦冰冷的声音俱是一凛，苏皖跟碧荷也老老实实地应了，不敢多言。

来到叶锦两口子住的悦园的时候，里面已经灯火通明，刚进门就碰上了匆匆赶来的二少夫人，两人一打照面顿时有些尴尬。毕竟叶繁还在跪祠堂，梓锦打破尴尬，先开口喊道："二嫂也来了。"

沈氏这个时候也不想跟梓锦再生事端，点点头，道："你也得了消息？知不知道怎么回事？"

看着沈氏主动跟自己亲近，梓锦知道这个家里的每一个人都是演戏的好手，知道什么时候做什么事情，于是就老老实实地说道："丫头们送信只是说大哥出事了，却未说出什么事情。"

沈氏神情一缓，知道梓锦跟自己知道的一样，这才松了口气，深深地看了梓锦一眼道："今年好像格外不顺，事事要倒霉的样子，改天我要去上香，求菩萨保佑。"

梓锦心里暗骂一声，丫的，你直接说我是丧门星得了，心里这么想嘴上却说道："还是要听长辈的吩咐，做晚辈的哪里说出去就出去的，是不是二嫂？"

沈氏一咯噔，有些不悦，却又不好说什么，便率先走了进去。梓锦无奈地一笑，跟着走了进去，两人到的时候叶青城、叶老夫人，杜曼秋跟长公主已经到了。一进门梓锦就闻到一股浓浓的血腥气，心里就好像有根线断了，脸色微白。沈氏也察觉到了什么，不安地动了动身子，和梓锦跟诸位长辈见了礼，立在一旁，这才问道："大嫂，大哥究竟出了什么事情？"

杜曼秋的眼睛红红的，楚氏的已经肿成了核桃，听到沈氏询问，哽咽地说道："你大哥晚上跟几位同僚出去吃饭，回来的路上却被一匹疯马给撞了，腿都断了。"

沈氏大惊，梓锦也唬了一跳，可是梓锦首先想到的是，几年前叶溟轩惊马踏伤了赵游礼，后来各种传闻说是叶锦叶繁做了手脚诬陷叶溟轩，而如今事过经年，叶锦却同样被惊马踏伤，同样断了腿，在今天侯府事端丛生的时候又出了这一出，就是傻子只怕也会有所联想，梓锦从楚氏看自己愤恨的眼神已经能想到了些端倪。

真是太巧合了，巧得让梓锦心惊不已，只怕是有人恨不得叶府内讧不断才好……可是这样的话，他图谋的究竟是什么……这个答案梓锦竟然不敢去想。

"大哥现在怎么样？"梓锦出声问道，做关切状，在长辈面前有些事情还是要伪装的。

楚氏大约不想理睬梓锦，忍了忍还是说道："大夫正在里面接骨……"

梓锦就不好再问什么了，默默立在了长公主的身后，长公主看着叶青城说道："顺天府可曾捉到了马主人？"

叶青城面色一凛，道："指着顺天府什么事情都晚了，顺天府府尹哪里敢招惹贵人。"

"那……难不成锦儿就白受了这番罪？这也太目无王法了，居然敢袭击朝廷命官，不管怎么样也要给我们一个公道才是。"杜曼秋急了看着叶青城问道。

叶青城一张俊脸早已经凝成黑色，冷笑一声："刀不出鞘，别人还以为生锈了，这些小兔崽子，大约是活得不耐烦了。"

第一次见到叶青城发怒，梓锦只觉得有股子浓浓的杀气扑面而来。常年征战的将军敛起锋芒就像无害，但是一旦释放出某种杀气，就连梓锦都觉得脊梁冷飕飕的，好像心一下子安定了许多。

"这件事情我去办，父亲别插手。"叶溟轩突然从内室走了出来，衣摆上还有斑斑血迹。

众人一愣，不明所以，杜曼秋很是激动，怒道："难不成你父亲为你大哥讨个公道你也不愿意？"

叶溟轩也不生气，转身看着杜曼秋，一字一句地说道："那人就是要等父亲出手，来个釜底抽薪，你要是不怕父亲被牵连只管闹着让他去。满朝文武谁不知道叶大将军功高震主，你让他去啊？等你当了寡妇别怪我没提醒你！"

梓锦只觉得满头的黑线哗哗飘过，这孩子嘴上真不积德，就连叶老夫人脸色都变了，不悦地看了叶溟轩一眼，哪有咒亲爹死的。

长公主斥道："胡说八道，道歉。"

叶溟轩却不理会，兀自说道："朝政大事，妇人不得参言，你以为叶锦断了腿是我做的是不是？我告诉你，还真不是我做的，要是我叶溟轩做的我至于不敢承认吗？谁他妈的不承认谁是龟孙子！"

杜曼秋的脸就涨红了，指着叶溟轩道："你……你居然对我这么无礼，好歹我也是你嫡母！"

"你若不是我嫡母，我直接提着你扔出去，免得将我爹害死！"叶溟轩毫不让步，不再理会杜曼秋，他的忍耐到了极限，直接看着叶青城说道："树大招风，爹你别出手，我来做，明儿早上定然会有人为叶锦偿命。"

叶青城心生不安，猛地站起来，一把拉住叶溟轩欲走的身子："不许莽撞，你爹还不至于没用到这个地步，让你个做儿子的罩着。"

叶溟轩嘻嘻一笑，伸手搭上叶青城的肩膀，在他耳边低声数语，叶青城脸色剧变，道："你俩好大的胆子？你给我好好地面壁思过去！"

叶溟轩却道："你别忘了我是锦衣卫，我最擅长什么！"

叶青城脸色急变，还是说道："你跟我来！"

叶青城带着叶溟轩转身离去，屋子里只剩下一群妇人，叶老夫人这才看着杜曼秋说道："方才锦儿受伤回家先让人找了溟轩过来，可见这两兄弟一定有什么密谋。兄弟能齐心是好事，莫要胡乱猜疑，反倒是坏了情分。"

杜曼秋一愣，还是恭顺地低下头，道："是，儿媳记住了。"

长公主看着杜曼秋不安的样子，缓缓说道："这件事情有些奇怪，咱们整天在内宅消息不灵通，叶锦跟溟轩毕竟是做官的，消息知道得多，咱们不要给他们添乱就好。孩子大了，就有自己的想法了，让他们自己去折腾吧。"

杜曼秋想要说什么又忍下了，垂眸不语，梓锦这个时候突然想起一件事情，看着杜曼秋道："母亲，有件事情儿媳要跟您说一下。"

杜曼秋瞧着梓锦，皱眉问道："什么事情？"

梓锦并不在意杜曼秋的神情，看了她一眼，又看向长公主，长公主点点头，最后眼神落在了叶老夫人的身上，梓锦才说道："大哥身边的香凝到安园去叫夫君的时候，我记得夫君说没到约定的时间这句话，也就是说夫君跟大哥一定是约好了去做什么事情，却没想到大哥却突然被人伤了。"

听到梓锦这么说，众人的神情都变得格外凝重，杜曼秋是个极聪明的，这时故意岔开话题，大声说道："胡说八道什么，我家锦儿才不会掺和那些。"话虽然这么说，可是人却悄悄地往一边挪动了几步，然后伸手招过自己的心腹谢嬷嬷，低声在她身边耳语几句，就见谢嬷嬷匆匆地走了出去，立在门口还把所有的丫头都支了开去，眨眼间就听到了屋子里传来的噼里啪啦的瓷器碎裂声。

谢嬷嬷一脸严肃地说道："大夫人跟三少夫人争吵的事情谁也不许泄露出去，谁泄露出去，就撕了谁的嘴！"看了悦园所有的丫头一眼，接着说道："都回你们自己的房间去，没有召唤谁也不许出来。"

谢嬷嬷在外面把所有的丫头支开，杜曼秋将屋子里的茶盏瓷器足足摔了好半晌这才住了手，然后看着叶老夫人立刻赔罪："媳妇鲁莽了，母亲别见怪，实在是事起突然，方才溟轩媳妇说的事情太重要了，如果按照她的说法，溟轩真的跟锦儿有约定，那么是谁走漏了消息害得锦儿受伤？这个悦园里一定有内奸，媳妇怕那内奸起疑这才故意闹的。"

杜曼秋的机智再一次让梓锦惊叹，难怪这么多年能跟长公主平起平坐还能掌了管家之权，不是没有道理的。就这一份机智，常人难所及，自己不过刚说了一个话头，她就知道接下来怎么做了，这人若是一个敌人相当的可怕。

叶老夫人缓缓地点点头，道："你做得极好，我没怪你。"然后又看向梓锦："锦丫头，你可还知道别的？"

长公主柔声说道："莫怕，知道什么就说出来，有人现在谋算咱们侯府，咱们这些人自然是要齐心协力对抗外敌的。"

梓锦点点头道："儿媳晓得，只是夫君外面的事情不太跟儿媳说，实是香凝去叫的时候他刚睡着，所以脾气大了些，这才说了这一句。现在大哥受了伤，我忽然想起这句话，这才觉得有蹊跷。"

杜曼秋难得露出一个温和的面容："好孩子，你有心了，这次你是替你大嫂办了一件好事。"

楚氏立刻就上前握着梓锦的手，哽咽道："三弟妹，我方才态度不好，你别跟我一般见识，大嫂承你的情。"

"大嫂别这么说，一家人不说两家话，侯府与大哥的安危最重要，梓锦明白的。"梓锦想着在叶老夫人面前都会演戏，大房知道给叶老夫人一个好印象，梓锦就陪着她们演戏。不过梓锦也听得出来，杜曼秋跟楚氏的确有几分真心感谢的，毕竟大难当头，人考虑富贵荣华反而少了些。

长公主看着叶老夫人，柔声道："母亲还是回去歇息吧，天太晚了，您也要保重身体。叶锦这边暂时无大事，姐姐跟锦哥媳妇不要忙。"

叶老夫人点点头，站起身来任由长公主搀扶着，道："该做什么你们都知道的，有事情就去露园。"

杜曼秋看了梓锦一眼，这才扶着叶老夫人远去，宋妈妈立刻跟了上去，屋子里的人就少了些。

梓锦看着大房的婆媳三人，缓缓说道："梓锦也告辞了，若有需要我的地方母亲只管开口。"梓锦实在是不想掺和大房的事情，毕竟要捉一个奸细，以杜曼秋跟楚氏的手段算不上什么高难度的事情。

杜曼秋点点头，楚氏亲自将梓锦送到门口，神色颇有些犹豫，不过还是说了一句：

"今天的事情谢谢三弟妹了。"

"大嫂客气，我相信如果他日遇到这样的事情，大嫂也一定会这么做的。"梓锦笑着说道，楚氏说得很清楚，今天的事情谢谢她，可是过了今天……她们之间还是对立的，这一点是改变不了的，只要有利益上的争夺，敌人永远成不了朋友。

书房。

叶青城看着叶溟轩，父子间颇有种剑拔弩张的气势，良久，叶青城先松了一口气，无奈地说道："你别以为你在锦衣卫那人就不敢动你。"

叶溟轩显然知道叶青城知道那人是谁，浑不在意地说道："他想要动我也非易事，如今我在锦衣卫也算是根深蒂固了，动我他是要付出代价的，可这个代价他目前出不起。倒是爹你处处掣肘，还是安生的好。"

"你这个混小子，有你这么跟你爹说话的？"叶青城哭笑不得，却不能否认儿子真是长大了，办起事情来也是雷厉风行。

"那没办法，都说虎父无犬子，更何况……他是冲着我媳妇来的，我若是示弱岂不是被他笑掉大牙？"叶溟轩眸光渐冷，原本玩笑的容颜突然变得冷凝。

叶青城沉思道："你跟你大哥原本打算怎么做？"

"想要把梓锦跟阿若长得相像的这个消息放出的人给做了，然后给他一个警告，没想到他倒是先下了手，手脚够快的。"叶溟轩哼道。

"你查出来是谁了？"尽管知道锦衣卫在这方面很有手段，却也没有想到这么快。

"那是，如果不知道是谁，那才是最不得了的事情。"叶溟轩嘴角一勾，又道，"大哥受伤了，晚上我自己去，不教训这厮他还真不知道天高地厚，以为可以为所欲为。"

"你想怎么做？"叶青城皱起了眉头，别闹得太大了才是。

"以彼之道还治彼身而已。"叶溟轩站起身来拍拍手，就往外走。

"你自己去？"叶青城忙喊住他。

"是啊，你放心，飞檐走壁我还耍得来。"叶溟轩大笑。

叶青城面无表情地说道："我和你一起去。"

叶溟轩一愣，道："你去做什么？让人家抓到很好玩吗？"

"你的身手都是我教的。"叶青城眼睛微眯，神色郑重地说道："必须要有一个接应的，你想想既然那人能派人袭击你哥哥，他就一定会猜到你会夜袭给他送信的人，势必会布下天罗地网等你去呢。"

"这个我有想到，我已经想好了办法，一个就行。"叶溟轩皱眉说道。

叶青城却不理会他，伸手拿下墙上的宝剑，然后说道："今晚就来一个父子闯敌营，要在敌人毫无察觉之下得手这才能镇住他们，小子，你要学的还多着呢，走吧。"

叶溟轩无奈地摇摇头，只得跟了上去。

这边两父子连夜出了叶府，梓锦也把周妈妈叫进了暖阁，看着她问道："妈妈，你现在还能跟以前的朋友联系上为我打听一个人吗？又或者你有没有听过一个叫做阿若的人？"

周妈妈显然一愣，蹙起了眉头："阿若？这个名字好像听谁说起过，不过老奴不认识此人，只是觉得耳熟得很。"

梓锦瞧着周妈妈慢慢说道："不着急，妈妈慢慢想。"梓锦边说边端起茶来慢慢地饮着，脑子里却在想这件事情真是一团乱麻，这个阿若究竟是何方神圣？

在梓锦神游的过程中，周妈妈突然喊道："老奴想起来了，我的确是听说过这件事情。"

梓锦一愣，双眼放光，据长公主说知道真情的人当年都已经被灭口了，那周妈妈是从哪里听说的？"周妈妈，你确定真的听说过？听说知道真情的人当年都已经被灭口了。"梓锦无比慎重地说道。

周妈妈抹一把汗，压低了声音，道："这件事情的确是已经很多年了，您要不提老奴都要忘记了，不过您说的没错，这件事情知道的人的确都被灭口了，所有的消息全都被强行镇压了，即使有人知道也不敢随便乱说了。老奴也不是有意打听知道的，是当年我一个好姐妹临终前跟我提过这个名字，我这才略有印象。"

梓锦觉得这个消息相当震撼，原来周妈妈果然是知道一点的，就立刻追问："那这个阿若究竟是什么人？"

周妈妈一开始想不起来的时候还没觉得怎么样，现在记忆被翻动，再提起这个名字，梓锦就敏锐地观察到了周妈妈浑身一颤，心里越发地咯噔一声，紧紧地盯着周妈妈。

周妈妈咽了一口唾沫，压低声音说道："我的好姑娘，你就当没听我说过这事，这可是被明令封口的。"

梓锦慎重地点点头，周妈妈这才松了一口气，然后说道："其实老奴知道的也不多，我这个姐妹以前曾经在宫里尚宫局做过尚衣局的尚宫，她之所以避过一劫，是因为事发的时候她正好回家探亲，回去的时候宫里就已经是被扫荡得差不多了，她也是陆陆续续地才听到一些传闻。这位阿若是宫里宁妃娘娘跟前的大宫女，当年宁妃娘娘是当今圣上最宠爱的妃子，可是我那好姐妹回家探了一次亲，等到回去的时候，宁妃娘娘被赐死，阿若姑娘居然也被大皇子毒杀，究竟发生了什么事情我那好姐妹没打听到，只是她后来被放出宫荣养，患了一场大病，临走之前我去探望她，才听她说了这一句。"

梓锦整个人懵了，皇帝最宠爱的宁妃被赐死，宁妃跟前的大宫女阿若被秦时风亲手毒杀……这究竟是个怎么样的纠结啊。

梓锦的汗就一下子从背后冒了出来，难怪当年的真相要被掩埋，只看这一个结局，就知道事情一定不简单。梓锦慢慢缓过神来，看着周妈妈说道："这件事情就当我没问过，周妈妈你也没听说过，就到这里为止吧。"

周妈妈忙不迭地点点头，这是最好没有的了，主子问她不能不答，这说了吧心里又有些害怕，梓锦这么一说她也放心了，就立刻转移了话题，问道："姑爷回来了，姑娘也得问问什么时候回门啊，总不能这样拖着，对您不好。"

"昨天宣和公主寿辰他才赶回来，如今深更半夜又跟公公商量大事，估计着明天回不去，后天也回去了，妈妈不要担心。"梓锦安抚道，又问道，"院子里的丫头婆子可还安生？"

周妈妈想了想就说道："想必都是调教过的，平常差事当得很好，找不出错处，除非出了什么大事，不然一时间还真不好发落。这两日老奴细细地观察，碧荷跟长公主院子里的人走得近一些，素婉跟杜夫人院子里的人走得近一些。"

梓锦就明白了这两人背后的靠山，笑道："碧荷是母亲的人想来不用担心，只是素婉你多注意些，凡是跟素婉走得近的小丫头也一并注意着，防微杜渐才是正理。"

周妈妈点头应了："姑娘没什么事情老奴就先下去了，您也该歇了，这都后半夜了，天亮还要早起请安。"声音里满是疼惜，到底周妈妈是从小看着梓锦长大的，情分非比一般。

梓锦觉得自己刚睡着，就听到寒梅叫起的声音，不由得呻吟一声，捂着脸说道："再让我躺一小会儿，拧个冰帕子来敷脸。"每当梓锦赖床的时候，就会让丫头拧冰帕子敷脸提神，这也是没有办法的办法。

久久没听到寒梅的回答声，倒是听到了一声闷笑声："赖床的小懒猪是用这种法子起床的？"

梓锦猛地睁开眼睛，就看到大红的床帐被掀开一条缝，叶溟轩笑着坐了进来，一双眼睛满是笑意地盯着梓锦直看。梓锦无奈地翻翻白眼："只睡了一个时辰，能睡得醒吗？"

　　说着就无奈地坐起身来，请安还是不能耽误的，就要穿衣下床，叶溟轩却拉住她的手说道："我来的时候祖母房里的宋妈妈说了不用过去请安了，我母亲那里蒋嬷嬷也说了不用过去请安了，至于那边正忙得不可开交，咱们不要过去打扰了。正好补个回笼觉，我一晚没睡，困死了。已经给姚府那边送了信，今儿个咱们回门，还能睡一个半时辰补眠。"

　　叶溟轩边说就已经脱了衣衫在梓锦身边躺了下来，正想要跟梓锦说话，喊了一声无人应答，抬头望去只见梓锦早已经闭上眼睛梦周公去了，想必是累得很了，一合眼就睡着了。叶溟轩失笑一声，吩咐了丫头一个半时辰后叫起，这才将梓锦拥进怀里，沉沉睡去，真的是累坏了。

　　纤巧跟寒梅几个收拾着回门的东西，杜夫人那边的管事妈妈已经将回门的礼单送了过来，周妈妈接了，请人喝了碗茶，打开单子一瞧，唬了一跳，好大的手笔，要是按照单子来看，要装满满两大车的东西呢，脸上就笑了，这也好给姑娘长脸了，回门就要风风光光才是正理。

　　这边收拾停当，又把叶溟轩两口子叫了起来，梳妆更衣，又去跟长辈们辞行，一直忙到了巳时二刻这才出门。叶溟轩高头大马骑在前，梓锦坐着三驾马车在后，这才浩浩荡荡地带着两大车的回门礼物，一众丫头婆子往姚府而去。

　　一路上叶溟轩看着春风满面，吊儿郎当的样子，可是那一双眸子里却是满怀戒备，昨晚上跟他爹袭击永顺侯府家通风报信的小兔崽子，没想到被他得了消息闻风而藏，只怕秦时风不会轻易松手，要想再见梓锦，这一段回门的路程就是个极好下手的机会。

　　叶溟轩当然不会拿着自己媳妇做诱饵，只是有些人却是不好打发而且极难缠，他没有见过那位传说中的阿若长得什么模样，只是风闻当年宁妃娘娘艳冠后宫，自己媳妇那也是出落得瑶池仙子一般，就可以想象那位跟宁妃七八分像的阿若定也是个极美的美人。

　　虽然下场很凄惨，也许正因为如此，秦时风更放不下，所以在知道了梓锦跟阿若有几分相像的时候，居然知道了梓锦要去宣和公主的生辰宴会，就存了见一面的心思，也幸好他多了心眼，在京都留了自己的人手，税银那边有了消息他连夜往回赶，正好遇上了给他送信的兄弟，这才有了宣和公主府救了自家媳妇的一幕。

　　梓锦坐在马车里出神，想着阿若的事情，突然之间，马车就晃动起来，好像是马儿受惊，梓锦被颠得顿时东倒西歪。这时坐在外面的寒梅跟水蓉连滚带爬地跌了进来，嚷道："少夫人，你怎么样？"

梓锦用手撑着车厢，忙说道："没事，出什么事情了？"

"也不知道怎么回事……啊……"水蓉话还没说完，马车突然往前狂奔起来，她出于惯性往后栽倒，顿时将还未出口的话咽了回去。梓锦也重重地撞在了车厢壁上，幸好车壁上都包了厚厚的锦缎，就是这样梓锦也觉得头晕眼花的，一时间连看人都是重影的。

这边马车里惨状连连，那边叶溟轩骑马追赶马车，面色铁青，他竟然不知道驾车的马夫居然换了人，该死的。

大街上被这疯狂前窜的马车给惊得人人自危，惊呼连连，大街上很多摆摊的摊子都被撞得七零八落，无数人的哀号声、怒骂声在这无比慌乱的空间里齐齐碰撞着，越发地显得嘈杂，混乱不堪。眼看着那马车就要冲出城门去，叶溟轩高举出锦衣卫令牌朝着看城门官吏喊道："关城门，关城门！"

马车夫一见顿时扬起鞭子加快了速度，城门无比厚重，要关上也需要点时间。叶溟轩怒极，整个人在马背上跃起，脚尖点在马头上借着这股力量飞身扑在了马车顶上，手指紧紧地扣着马车的边缘，借着这一丁点的力量成功地翻到了马车顶上，然后顺势就要去活捉车夫勒住马车，此时马车里的主仆三人已经被颠簸得头昏脑涨，骨头都散了架一般。

叶溟轩从车顶上反身而下，右手一滑一把锋利的匕首闪出一抹冰冷的银光往车夫的脖子划去。车夫顿时往后躲避，堪堪避过这猛烈的一击，手肘往后重重一撞就往叶溟轩的胸前袭来，这要是撞上了，就这股力道，只怕叶溟轩就要当场胸骨尽断吐血而亡。

叶溟轩却也不慌，修长的手臂用力拽紧缰绳，一边勒住马车，一边借着这股力量腾身而起，人在空中，右腿却夹杂着雷霆万钧之势往车夫的面门踢去，这一招反应得又快又狠，车夫显然是大为意外，没想到叶溟轩居然能半空中还能使出杀招，这一愣的功夫，身手就有些滞怠，往后躲得慢了些，右肩膀就被扫到了，一下子跌下马车去。

叶溟轩一见凌空换气，稳稳地落在车辕上，双手勒住缰绳强迫马车停了下来，此时距离城门口只有一臂的距离，真是险之又险。

叶溟轩安排在暗处的锦衣卫此时也追了上来，有几个已经擒拿住了跌下马车的车夫，还有几个朝着叶溟轩奔来："大人，您没事吧？都是小的没用，请大人责罚。"

叶溟轩哪里有时间跟他们啰唆，停稳马车后，就隔着车帘问道："小丫头，你没事吧？"

车厢里却无人回答，叶溟轩脸色一变，伸手掀起车帘往里面一看，只见纤巧跟水蓉双双昏倒在内，梓锦却没了踪影，马车的窗口破了一个洞，叶溟轩立刻出来，看着手下压低声音怒道："本大人的夫人被人挟持，命令你们立刻带队搜查。"

成钢跟宋虎这时也追了过来，宋虎远远地就跟成钢分了两路，成钢边跑便朝着叶溟轩喊道："大人……大人，那边。"喊着用手指了一个方向。

叶溟轩大喜，道："跟我来。"

除了叶溟轩还有这些隐在暗处的锦衣卫，跟着宋虎跟成刚来的全都是身穿八瓣帽盔，紫花布火漆丁钉圆领甲的锦衣卫，衣衫分明，所有百姓全都避到一边，惶惶不可终日，叶溟轩杀气毕露，带着手下往宋虎的方向追去，心里暗暗骂道，管你是皇子王爷，动我媳妇你就是找死！

因为马车在剧烈的行驶中，又夹着周围百姓的惊呼声，叶溟轩正跟武艺高强的车夫近身肉搏，居然没察觉到有人破车而去，强行掳走了梓锦，这一股子杀气蔓延上来，就连成钢都是浑身一颤，招呼着手下的兄弟一溜烟地追了上去。

话说梓锦被人从车厢里捂住嘴巴，拖了出来，只觉得眼前一晃，浑身一轻，也没觉出怎么样，睁开眼的时候人已经落在了一个很是隐秘的胡同里，耳边却还能清晰地听到大街上杂乱惊慌的哭喊声怒骂声叫嚣声。

一颗心扑通扑通跳个不停，抬眼就对上了那一双见过一面的眸子，秦时风！

梓锦整个人被抵在墙上，脖子上还有秦时风那一只狗爪子紧紧地摁着自己的喉咙，呼吸都有些不顺畅，梓锦皱着眉头，伸手指指他的手又指指自己的鼻子，秦时风颇为惊讶梓锦这个时候居然还能这样镇定，不过还是压低声音警告道："我松手你不要喊，你若一出声我就掐断你的喉咙。"

看着他凶狠的目光，梓锦知道他是说到做到的，对于这样的畜生没有良心可讲，梓锦觉得自己得先喘口气能呼吸活下去才能想办法逃走，只得用力地点点头。秦时风半眯着眸看了梓锦一眼，这才慢慢松了手，以防梓锦大叫出声能迅速捏断她的脖子。

梓锦大口喘着粗气，仿佛有种劫后余生的感觉，等到气息平稳了，这才平视着秦时风，怒道："堂堂皇子居然做掳夺臣子之妻的行为，臣妇活这么大还真是头一遭见到这种稀奇之事，真是长眼了。"

秦时风并不计较梓锦的恶言恶语，只是怔怔地看着她的脸，眼眸中又显出那一天的柔情，梓锦却只觉得恶心，小手不经意地晃动了下胳膊，那贴着胳膊藏好的弯刀还在，一颗心这才慢慢落地，大不了还有一死，怕个鸟毛啊，临死也要拉着这个王八蛋做垫背的。

"你放我回去，我就权当没见过你，怎么样？"梓锦试图开出条件与他沟通，能活下来她还是想跟叶溟轩白头到老的。

秦时风的思绪慢慢地归位，这个女人居然在这样的情况下还敢跟自己谈条件，不过这一点倒是像极了当年的阿若，阿若从来就是镇定自若，哪怕是手里端着毒药要喝下去的时候，也没慌张分一分。想到这里，他脸上的柔情又多了三分，居然笑道："我凭什么答应？你知道吗？你身后的这座院子是我的，只要我抓着你进了这院子，就是叶溟轩寻到这里来……等他发现你，也许你已经不是清白的了，又或者他还能亲眼看着你衣衫不整的样子，你说有这样羞辱他的机会，我为什么要放过？"

疯子之所以称之为疯子，就是因为他不是人！梓锦觉得眼前这个男人就是一个十足的疯子，他的疯狂已经接近于痴癫的地步。

暗暗地告诉自己不要慌，可是额头上还是渗出了一层密密实实的汗珠，梓锦对视着秦时风，她要尽可能地拖延时间，等到叶溟轩来援，于是故作不知道阿若的事情，反口问道："大皇子将臣妇掠来就是为了羞辱我夫君？原来你跟我夫君有恩怨却对女人下手，你不觉得可耻吗？"

"若我觉得可耻……你怎么会在这里？"秦时风的脸皮之厚绝对超乎了梓锦的预料十倍之余，这不仅是个疯子，更是一个无耻卑鄙肮脏的小人。

秦时风看着梓锦眼睛里迅速聚拢起来的恨意，下意识就想要去抚上她的眼睛，梓锦一偏头躲了开去，迅速地往旁边挪了一步，只可惜三步远的地方就一堵墙，挡住了她的去路，这是巷子的尽头。

就在这时隔着这一堵墙，锦衣卫搜索的声音清晰传来，梓锦心中一喜，心跳有些加速，叶溟轩来了，自己就能得救了。

秦时风听到声响皱起了眉头，一步步地逼向梓锦，压低声音说道："叶溟轩倒是好快的手脚，现在……跟我走。"说着一把捂住梓锦的手一手挟着她的腰，就要翻墙躲进宅子里去。

梓锦这时突然用没有被抓住的手，将自己的帕子借助着秦时风跃起的高度，扔到了墙的那一边。然后迅速将隐在袖笼中的小弯刀贴着手臂握在手里，在宽大袖子的遮掩下，外人是无法察觉她此刻手里有一个致命的弯刀。

梓锦能做的都做了，现在就要祈求苍天，让叶溟轩尽快地发现她的所在地，将她救出虎口。

秦时风并没有看到梓锦的小动作，跃进墙内之后将梓锦放开，梓锦一个站立不住，跟跟跄跄地往后倒了几步靠在了院墙上，这才停住了脚，谨慎地盯着秦时风，努力想着上辈子自己跟着好友学过的防狼十八招，可是年数太久远了，招式都记忆模糊了，更何况秦时风这厮有着高强的武功，自己那破铜烂铁的几招只怕屁事也不顶的，因此绝对不能轻举妄动，要在合适的机会，一举拉着他垫背！

正因为有了这个同归于尽的想法，梓锦反倒是一颗心静了下来，定定地望着秦时风，道："你究竟为了什么将我捉到这里来？不要说是为了报复我夫君，上次在宣和公主府你对着我的脸却喊出了阿若两个字。"

想要让敌人的冷静在刹那间崩溃，就得往他的心口上撕开条裂缝再撒一把盐，梓锦在这个时候不得不这么做，要拉着这厮同归于尽，就要让他暴躁失去理智，自己才能寻到机会下手。梓锦知道这样做自己的危险性也很高，可是她素来就是一个对别人狠对自己更狠的主。

梓锦想着自己被劫持了，清名也没有了，就算是还活着她要怎么面对这个世界？面对这个世界上所有鄙夷的目光？秦时风既然毁了她幸福的生活，那么她就要这厮跟着自己一起死。

听到这两个字，秦时风的眼眸突然一缩，整个人像是眨眼间蒙上一股子戾气，大步朝着梓锦走过去，脸上的青筋暴动着，怒道："不许你说这两个字，不然小心我拔了你的舌头。"

梓锦吞了一口唾沫，因为她看到了秦时风的背后的花丛里，突然出现了一个最不应该出现的身影——叶繁，整个人顿时有些瞠目结舌。幸好这个表情没有引起秦时风怀疑，毕竟他刚才说的话，换做任何一个女人，吓成这个德行，都是应该的。梓锦满心惊喜，瞧着秦时风背后的男子举着棍子越走越近，为了配合他转移秦时风的注意力，故意失笑一声，骂道："呸！你个丧尽天良的腌臜货，你能对着我的脸叫出另一个女人的名字，凭什么我就不能叫？长得人模狗样，穿着人皮不办人事，吃着人饭不讲人话，别跟我虚伪，我懒得敷衍你。你以为你很尊贵吗？省得我浪费口水，我的口水宁愿去喂苍蝇！别在我跟前装大爷，姑奶奶急了就跟你同归于尽！"

秦时风傻眼了，这辈子没被人这么指着鼻子骂过，她是个女人吗？是个诗书之家出来的大家闺秀吗？他身后的叶繁也傻眼了，他……有幻觉吗？这是那个他认识的姚梓锦吗？不会是有个人正好长得跟她一样吧？这骂人骂得太彪悍了，他直接当机了，太他妈强悍了！

梓锦费尽口舌，不惜自毁形象，就是想要让秦时风注意不到叶繁，让叶繁手里的大棍子能虎虎生威地把秦时风一闷棍子撂倒在地上。可是貌似自己火力太大了，不仅秦时风傻眼了，连带着叶繁也傻了。这个成事不足败事有余的二货……

梓锦没有办法了，决定使出杀手锏，回想着已经年代久远的防狼十八招中的一招，细细想着是什么招式来着。就在这时秦时风先回过神来，面色极其恐怖地伸手，手臂就往梓锦的脖子袭来。

去她的防狼十八招，梓锦脑海里最先出现的居然是武侠中经常出现的一招，叫啥名字不记得了，反正就是梓锦想到就做，贴在手臂的弯刀顺着滑落下来被梓锦紧紧地握在手里，然后右手迅速抬了起来，手里的宝刀迎着阳光一阵耀眼的光芒反射出去，差点耀花了叶繁的狗眼，终于让这厮回过神来，似乎他想起了自己的任务，举起大棒子就往这边跑。与此同时，梓锦手里的弯刀以梓锦最快的速度，想着脑子里那电视中无比潇洒的一招，顺着秦时风伸长的手臂一路贴着过去，朝着他的胸口刺下。

梓锦知道自己是伤不到秦时风的，她不过是想要给叶繁争取点时间营救自己。

果然，秦时风很敏锐，手臂一曲，食指跟中指用力地夹住了刀锋，梓锦寸丝难近。这时叶繁的大棒子用力抡了过来，目标，秦时风的后脑勺。秦时风这厮身体很是敏捷，不知道是不是已经知道了身后有偷袭的人，居然脑袋一偏，又愣生生地在梓锦的牵制下还往旁边挪了一小步，这样一来，那大棒子就落在了秦时风的肩膀上，梓锦听到了某人狼一般的低吼，心中觉得很是痛快，趁机抽回了自己的宝刀，谁知道用力过猛，跟跟跄跄地往后倒，又撞上了刚才撞过的墙，后背一阵阵生疼，今天这堵墙格外喜欢她。

秦时风猛地转过身去，等到瞧到叶繁的时候，任是他城府再深也是吃了一惊，双手握成拳，朝着叶繁徐徐走了过去，道："自己送上门来找死，可别怪我不客气。"

叶繁虽然也习武，可他的本事不要说跟叶溟轩斗，就是叶锦也比不过，此时拿着大棒子的手虽然有些哆嗦，却依旧僵着脖子说道："大皇子，你想要什么美人没有，何必为难我们叶家的人，只要你放过三弟妹，我就立刻从江南买两个……不，买十个瘦马送您怎么样？保管燕瘦环肥各色俱全。"

"你居然肯为叶溟轩出头？"秦时风觉得叶家人脑子有毛病吧，叶繁不是一直很讨厌叶溟轩？"你不是恨不得整死他吗？"

叶繁脱口说了一句："就因为我整不死他，所以才这么说。"

梓锦深刻觉得她之前对叶家人的评论是完全正确的，这一家子就是看着挺正常的疯子思维模式，要不是场合不对，要不是时间不对，要不是此刻还在跟人拼命，她真想大笑三声，这个叶繁好像也不那么讨厌了，虽然依旧很二，这话能说得出口吗？笨蛋！

叶繁自知不是秦时风的对手，浑身哆嗦着往后退了两步，干笑道："大皇子，您大人有大量，三弟妹得罪了您，回头我让三弟给你负荆请罪去，你看如何？"

这话说完，叶繁突然冲上前死死地抱住秦时风，朝着梓锦吼道："快跑，往前跑是个角门，我已经弄断了锁。"

秦时风一时不防被叶繁抱得死紧，梓锦没想到有这个变故，下意识地喊道："那你怎么办？"

"你他妈的快跑，老子一个男人跟他在一起不会怎么样，你一个女人家名声重要……"叶繁后背上被秦时风狠狠地撞了一记，后半句话还没吼出来，嘴角就沁出了道道血丝。

梓锦没有想到叶繁这个二愣子这个时候居然拿他的命来换自己的命，更没有想到在她印象里叶家本应该最阴毒的两兄弟，结果却做出了这样令她瞠目结舌的事情。梓锦知道，这并不是叶繁为了她这么做，他是为了叶家的颜面跟清誉，但是这个受惠者是自己，而且很有可能叶繁会丧生在秦时风的手里，因此梓锦哪里真的能走，她要这么走了，叶繁要是真出点什么事情，她怎么跟杜曼秋还有沈氏交代？

想到这里梓锦咬咬牙，握紧了手里的弯刀又冲了过来，看着秦时风吼道："你放了他，不然……不然……"

"不然怎样？"秦时风的手捏着叶繁的喉咙，叶繁因为窒息，手脚不得不松开了秦时风，一张原本俊朗的容颜顿时变得扭曲涨红。

"不然，咱们就同归于尽！"梓锦咬咬牙，先是趁秦时风不注意抬起脚狠狠地踢在他的膝盖上，然后趁着秦时风吃痛弯腰之时，迅速把弯刀架在他的脖子上，冰冷的刀锋触着柔软的肌肤，秦时风身子一僵，他这辈子居然被一个女人将刀架在了脖子上，半眯着眸，眼睛看向梓锦，冷冷说道："你不要命了吗？"

"你做出如此禽兽不如的事情，试图毁我清誉，与其活着被人诟病，我宁愿拉着你一起下地狱！"梓锦红了眼，老天真不长眼，梓锦刚有点幸福的感觉，就让这么一个疯子出来祸害她,她刚觉得人生有了点希望,这一瓢冷水就把自己给浇了透心凉,她恨不得将他凌迟才能泄心头之恨。

叶繁才是要吐血了,他豁出命来这个女人居然还不领情,还不滚又回来做什么?

梓锦的刀架在秦时风的脖子上,秦时风的手紧紧地捏着叶繁的脖子,三个人互相牵制着,谁也脱不开身,就在这时突然传来一阵拍掌声,在这空间里格外的突兀,众人抬眼望去,就只见叶溟轩高立墙头,一双鹰隼般犀利的眸子紧紧地锁着秦时风,然后跃下墙头,缓步走了过来。

梓锦这才觉得浑身一松,但是她手里的刀子依旧不敢离开秦时风的脖子,就怕秦时风又有什么动作。直到叶溟轩走到她跟前,伸手将她拥进怀里,手里的刀也落在了他的手里。叶溟轩看着梓锦柔声说道:"乖乖地在一旁等我。"

梓锦默默点点头,离开他的怀抱,往后站了几步,浑身上下就好像是被水淋过的,出了一身的汗。

叶溟轩将手里的弯刀别在腰带上,右手突然发难狠狠地捣在大皇子的腰间,叶溟轩这一拳可不是纸糊的,叶繁立刻就脱了身,握着脖子大口吸着气,活似鬼门关前捡了一条命回来,蹲在那里毫无形象地大喘气。

秦时风踉踉跄跄地往后退了好几步,这才停住脚,嘴里一抹腥甜涌了出来,他拿出洁白的帕子在唇角一拭,一抹嫣红开出了绚丽的花。然后……梓锦跟叶繁就看到叶溟轩像不要命地一样跟秦时风打在一起,拳脚生风,戾气阵阵,叶溟轩手下没有丝毫留情,一招一式带着极浓的杀气,只是出乎梓锦预料的,秦时风的功夫居然也相当不错,天潢贵胄居然也能练得这样一身功夫,的确是让人惊讶了。

但是秦时风终究没有叶溟轩实战经验多,渐渐落了下风,叶溟轩相当贼,从不招呼在秦时风的脸上等显眼的位置,可劲地往别人看不到的地方下黑手,倒是叶溟轩几处伤都在明面上,明眼一看就会想,哟!这位叶大人只怕是又抓了大人物,这都光荣负伤了!

两人终于停了手,叶溟轩瞧着秦时风淡淡地说道:"下次大皇子可要认准了路再走,不然真是要走到什么黑巷子里一不小心咽了气,这可真是成了冤大头了。"说到这一顿,又道:"记住你的阿若已经被你亲手杀死了,要是敢打我媳妇的主意,虽然你贵为皇子,可是要想失了圣心,我还是能出力一二的。"

秦时风闻言哈哈一笑,不像是落败了的丧家之犬,倒像是和风霁月在赏景,那有些苍白的脸上带着一丝执拗,嘴里却说道:"你最好有本事守她一辈子,就怕你没那个本事。若是我得不到……"下面的话没说完，只是眼睛淡淡地扫过梓锦的立身之地，梓锦只觉得汗毛尽竖，再定睛看去，哪里还有秦时风的影子。

叶溟轩大步地走到梓锦的身边，上下打量着她，低声问道："有没有受伤？"

梓锦摇摇头，指着叶繁着急地说道："二哥受伤了，你送他去看大夫，刚才都吐血了。"

叶繁这个二愣子却猛地站起来，看着梓锦怒道："谁受伤了？"

梓锦愣住了，这人说翻脸就翻脸啊，还真够……狗咬吕洞宾不识好人心的。梓锦哪里知道叶繁的伤心事，他一直觉得自己及不上叶溟轩，方才他在秦时风手下颇为狼狈成为手下败将，叶溟轩却是狠狠地将秦时风揍了一顿，面子上很是过不去，哪怕是伤得要死了，也是要死鸭子嘴硬硬撑到底。

"你不是在跪祠堂？你怎么到这里来了？"叶溟轩看着叶繁问道，却抬起手轻轻拍了拍，很快就有脚步声走来，纤巧跟水蓉走了进来，之间水蓉头上戴了垂纱帽遮住了脸，可是身上的衣服却是自己的，不由得疑惑地看着二人。

纤巧二人行了礼，扶着梓锦往空房子里走去，道："少夫人，咱们还要回门，您赶紧换身衣裳，婢子们服侍您。"

原来纤巧跟水蓉被叶溟轩的手下救醒后，知道梓锦被掳走了，两人吓坏了，可是一想到梓锦的清誉，水蓉想也不想地就换上了梓锦的预备衣裳，戴上了垂纱帽，故意在纤巧的搀扶下下了马车，让周围的百姓都知道姚梓锦没有被掳走，掳走的是姚梓锦身边的丫头，那抢匪认错了人，如此一来就保全了平北侯府跟姚府的声誉。

梓锦看着水蓉，眼中泛泪："那你怎么办？"

"奴婢一辈子不嫁了，就在您身边伺候着。"水蓉抿嘴笑道，开解着梓锦又道，"奴婢本来就不是家生子，也没什么依仗，嫁了人也未必就是好事，这样也挺好的，能护着小姐一生清誉，是奴婢的福分。"

本来是纤巧要假扮梓锦的，但是水蓉说纤巧有老子娘兄弟姐妹，平白就被连累了，不如她独自一人清静，没什么可连累的，这才抢着扮了梓锦，纤巧就觉得愧对水蓉，心里总有些难受，水蓉却笑着说道："若是我有家人姐姐没有，姐姐也一定会抢着这么做，是我心甘情愿的，你内疚什么。大不了将来你嫁了人，生了孩子认我做干妈就成了。"

这边主仆在屋子里换衣衫，那边叶溟轩跟叶繁还在大眼瞪小眼，最终叶繁敌不过叶溟轩如刀子般的锋利眼眸，只得老实地交代："大哥让我来的，大哥说今日你们回门，大皇子必定下手，大哥知道大皇子在这里有处私宅，就让我悄悄潜了进来等着，要是大皇子不来就罢了，要是大皇子真的下手抢了三弟妹，就让我把人抢回来。"

叶溟轩眉头紧锁，面带清寒，叶锦什么都想到了，果然还是那个算无遗漏的人，嘴里却说道："你不是巴不得我死了，最想要看我们夫妻的笑话，你怎么又来了？"

叶繁疼得站起身来，却因为后背上被秦时风重击过，又痛得蹲了回去，却依旧梗着脖子，道："你当我愿意？是大哥逼着我来的，我没办法罢了。"

"哦……原来这样啊。不过你总算是救了我媳妇一命，我也不能太小气了，这样吧，你小时候往我屋子里偷放蛇的事情我就不跟你计较了，以后也不再因为这件事情报复你了，扯平了。"叶溟轩嘴角一勾徐徐说道，他只说这一件事情不计较，没说别的不计较，买卖还是挺划算的。

叶繁惊讶地张大嘴巴，看着叶溟轩怒道："你早就知道是我做的？那你还装作不知道。"害得他白白得意这么多年。

叶溟轩瞧着换好衣服走出来的梓锦，扶着她往外走，嘴里闷笑不已，他虽然不跟叶繁计较这件事情，可是说出真相的结果，是让叶繁更郁闷了，其实也不算放过他，叶溟轩觉得自己向来心眼挺小的，总归是不能吃亏的。

走到门口，看着叶繁依旧垂着头郁闷不已，叶溟轩很是好心提醒道："二哥，我要是你当年放蛇的时候一定不会把蛇的毒牙拔掉！"

叶繁再也无法镇定了，抖着手指着角门的方向，吼道："你给我滚！"还让不让人活了，他怎么知道自己把蛇的毒牙拔了？这个该死的三小子……

第十六章
梓锦知晓惊天秘密，盼得孙子暗查真相

姚府早就准备好了，热热闹闹地把梓锦夫妻二人迎了进去，路上耽搁了这么久，众人肯定询问原因，叶溟轩就把跟梓锦串通好的理由说了出来："遇到了逃狱的匪徒，袭击了马车，劫持水蓉做人质，他们又把水蓉救回来这才耽搁了。"

男男女女老老少少这才松了口气，只有姚长杰跟姚谦的眼睛闪了闪，姚家的几个女婿也都是各有思量，但是都是没有发问，跟姚老太太行过礼，又说了会子话，男人集体移到了外院，只剩下女眷围着梓锦叽叽喳喳，姚老太太深深地看了一眼梓锦，却也没有立刻追问。

外院书房，叶溟轩避重就轻没有讲明大皇子是因为梓锦长得像阿若才下手，只是说大皇子跟他有私人恩怨，却劫持他妻子，顿时姚家的四位女婿外加丈人爹、大舅子、二舅子、三舅子群情激奋，怒容满面，这还得了，简直就是欺人太甚！

姚老爹当时就说道："我姚家动不了大皇子是不假，可是要动大皇子的臂膀还是有几分能耐的。"

大女婿冯述就应道："本是姻亲，就该互相支援，小婿回去后定会详查案底加以联手。"冯述在大理寺任职，谁要是有案底有前科，逃不过他的法眼。

二女婿柴绍半眯眯笑道："小婿任职都察院，别的本事没有，想要弄几个人的老底查一查还是很容易的。"都察院与刑部、大理寺人称三法司，牛得很。

三女婿郑源也不退后，但是想起自己任职在户部，他爹在翰林院没有实权，想要伸手帮忙却是力所难能，但是他拍着胸口说道："小婿虽然不能冲锋陷阵，总能摇旗呐喊，几位连襟只要上折子发动，小婿一定联络好友出声支援，以造声势。"摇旗呐喊的也必不可少啊。

四女婿侯奉杰是几个女婿里根基最浅的，如今不过是个庶吉士，同样任职在翰

林院，看着别人都能出力，他却做不了什么，惭愧地说道："小婿不才，居然帮不上忙。"

姚长杰看着四妹夫，忙说道："怎么帮不上忙，只要四妹夫什么也不做，就等于是帮忙了。要是姚家的姻亲都动了，只怕会引起别人的猜忌，就连三妹夫也不要出手，咱们不能所有人都蹚浑水，要一半在岸上，一半在水里，这样才能相互支援。"

姚谦点头同意，道："为父为翰林之首不好出面，长杰就由你出面，如今你是给事中，有风闻奏事上密折的权利，二女婿在都察院可以跟你同气连声，一明一暗相互配合。再加上溟轩的锦衣卫暗中搜罗证据呈到御前，三管齐下有些人是一定要付出代价的。"

叶溟轩看着满屋子的人，突然觉得人多就是力量大啊，不过更佩服他的岳丈大人。

姚月、姚雪、姚冰、姚玉棠都到了，两位孕妇挺着大肚子，梓锦忙说罪过罪过，又仔细叮嘱丫头们照看着，这才安心坐下，跟大家说话。提起叶溟轩新婚第二天就出远门，姚府诸女还是不欢乐的多，梓锦就忙说道："这也是没有办法的事情，如今你们想必也知道了，江南盐税银子居然在山东被劫，夫君在锦衣卫皇上一声令下，不要说是新婚第二天，就是洞房花烛夜也得抬脚就走。"

"那侯府里可有人因为此事为难你？"海氏关切地问道。

梓锦摇摇头，道："这倒没有，大家也都是相安无事。"

听到梓锦这么说，众人这才松了口气。

卫明珠进门这么久终于有了身孕，只是日子还浅，不要说酒就是凉性的东西一律不许吃，保护得就跟珍贵大熊猫一样，梓锦瞅着大嫂直乐，可惜没看到姚长杰那张棺材脸知道自己有了孩子的时候是个什么神情？梓锦只能自己脑补了，其实也是有点小郁闷的，打定主意没人的时候一定要问问卫明珠才成。

闹了一阵，用过饭都有些累了，老太太就让大家都去休息，一个时辰后再相聚，然后拉着梓锦进了内室。梓锦早就预料到哄不过老太太，就把事情原原本本地说了一遍，老太太眉头皱得死紧。要是老一辈的事情，老太太还能摸上头绪，但是大皇子毕竟是长杰这一辈的，虽然比长杰大了不少，但是也已经脱离了姚老太太的消息范围之内，因此叹口气说道："这件事情我还真不知道内情，不过既然周妈妈说了，那你以后一定避开大皇子，能躲多远就躲多远，就今日的事情看来，这个大皇子绝对不是容易对付之辈，他最好一辈子坐不上储位，不然的话，一旦坐上储位，就是平北侯府跟姚家的灭顶之灾。"

梓锦一愣，她居然没想到这一点，果然姜是老的辣，老太太想得就是长远。"可是储位之争咱们姚家素来是清流文人祖祖辈辈不插手，平北侯那边梓锦人微言轻，只怕是也起不了什么作用。"

梓锦就有些发愁，这才发现原来自己的人生中还有这样的危机。

"你告诉姑爷，姑爷自然会去办的，你一个女人家哪里能出头，被人知道了还得了。"老太太板起脸来训道："自古都是女主内男主外，哪有牝鸡司晨的，不要说婆家不悦，就是娘家也丢不起这个脸。"

梓锦忙垂头应道："是，孙女明白，祖母放心。"

老太太拿出一把钥匙，打开身后的小暗盒，从里面拿出一个巴掌大小的暗红色锦盒，然后打了开来，只见里面静静地躺着两个和田玉印章。老太太拿起其中略小的一把递给梓锦。

梓锦迟疑一下，还是接了过来，问道："祖母这是？"

"你祖母现在手边的都是我的陪嫁，可是除了陪嫁之外，我还有一大笔的资产，如今一分为二，一半你掌管着，一半你大哥哥掌管着。"老太太神色严肃地说道。

梓锦手一抖，印章差点跌落，忙说道："这使不得，祖母的东西都应该给姚府留下，梓锦的嫁妆已经足够了，不需要了。"梓锦不想做一个贪得无厌的人，而且她自己有田产有铺子，完全可以自己经营慢慢积累银钱，她不能撬姚家的墙脚，将来若是被人知道了，只怕姚长杰也会跟自己疏远了。

"你坐下，听我说完。"老太太似乎预料到了梓锦会推拒，一点也不惊讶。

梓锦只得坐了下去，无奈地叹息一声。

"你大哥哥手里的那一份比你这一份丰厚，那是额外的财产并不是给你大哥哥一人用的，而是防备将来姚府万一有难，姚府的后代子孙们可以有一个东山再起的资本。你手里的这一份，跟姚家没有关系，是单独给你们出嫁女儿的，你四位姐姐哪一个有了困难，亦或者再过十几年，姚家出嫁的孙女辈、重孙女辈有了困难你就从这份银子里拿出钱接济。如果姚府有一天遭蒙大难，你大哥也不在了，那你就拿出这份钱来，重新给姚家立门户，续血脉，宗嗣承继，这才是最重要的。"姚老太太斩钉截铁地说道。

若没有今日秦时风出手抢人的事情，姚老太太也不会今日就把这些事情托付给梓锦。姚老太太已经有了一种不好的预感，也许将来姚叶两家大厦将倾，唯一能力挽狂澜的却是梓锦，原因无他，因为大皇子继承皇位的可能性极大。

如果梓锦真的是很像那位阿若姑娘，那么将来已经不用去想，姚叶两家的命运已经可以预期了。

"祖母？"梓锦惶恐不安，心里满是惊恐，怎么有种交代遗言的感觉。

"祖母不过是提前跟你说，我还能再活十年八年，就是怕年岁渐长脑子不好用了，所以这才提前说给你。傻丫头，你怕什么。"姚老太太故作轻松地说道，梓锦年纪还小，而且前途还不能预料，跟她说得太多，怕是会压垮她，索性只说一半就好。

梓锦这才轻轻松了口气："吓死我了，那孙女就先替您保管着。"

姚老太太笑了笑，如果将来有人能活下去，一定是梓锦，所以姚老太太才会把所有的希望交给了她。家族获罪，不牵连出嫁女，所以老太太做了两手准备。

"记住祖母一句话，不管日子多么艰难，不管将来到了山穷水尽的哪一步，你都要想尽办法活下去，记住祖母的嘱托，姚家、叶家，你都不能放手。"老太太再次慎重地说道。

梓锦点点头，道："是，梓锦记住了。"梓锦却想着，老太太太杞人忧天了，就凭姚长杰那样的机智，哪里就能到了山穷水尽的地步，不过还是点头应了，宽慰老太太的心。

老太太这才松了口气，又道："这印章的事情你谁都不要告诉，就是溟轩也不要说，你大哥，任何人都不要说，只有你一个人知道，只有这样才能稳妥。"老太太言毕，又拿出一串钥匙，还有一本画册递给梓锦，道："所有的秘密都在这里了，你收好了。还有一件事情，这个世上知道的也不多了，今儿个一并告诉你吧。"

晚一会儿，梓锦强忍扮笑容跟姚府的人挥手告别，慢慢地上了马车，可是一颗心却依旧是咚咚跳个不停，大皇子竟然不是淑妃的亲生儿子，是当今皇上的私生子，遮天蔽日谎称是淑妃所生。当今皇后只有一个女儿顺宜公主，并无嫡子。皇上有三个儿子，大皇子就是秦时风，二皇子是襄嫔生的秦召立，三皇子是德妃生的秦凤麟。

三位皇子中，就是大皇子最尊贵，淑妃也是皇后之下最尊贵的妃子，德妃次之，襄嫔又次之。

叶溟轩看着梓锦凝重的神情，想不明白这是怎么了，看着她皱眉不展，就关切地问道："怎么了？跟家人拌嘴了？"

梓锦缓缓回过神来，看着近在咫尺的叶溟轩轻轻地摇摇头，张口问道："溟轩，你说皇上心中属意谁为太子？"皇上至今不立太子，只要一日不立太子，梓锦的心也无法放下。

叶溟轩一愣，看着梓锦说道："你是怕将来大皇子登基对我们不利？"

梓锦点点头："我当然怕，现在不过是一个皇子就这样张狂，那以后要真是做了皇帝咱们还怎么对抗？只有死路一条了。"

叶溟轩嘴角噙出一丝笑意，徐徐说道："大皇子拉拢我多时，我一直没有回应，如今跟咱们结了怨，你只管放心好了，太子的位置他想要拿到手也不容易的。这几天就会有一出好戏，等着看吧。"

梓锦知道叶溟轩一定会有动作，只是没有想到动作会那么大，更没有想到她亲爹跟亲大哥居然有参与，更没有想到短短半个月内，大皇子损失了三员大将，全都是在铁证如山的情况下迅速倒台，甚至于连复审都不用。

后来梓锦才知道，这一场好戏里面，她公公平北侯跟婆婆长公主，居然也是功不可没，虽然提前没有通消息，可是这几股力量劲往一处使，气往一处撒，然后结果就是轰动了整个朝廷，皇帝震怒，下令将陕西布政使隋棠就地斩首示众，扬州按察使海境，山东巡抚杨东城押解回京交由三法司会审。

消息传出，大皇子倒是沉得住气，居然舍得将这三人断臂自救，这三人倒也嘴硬，最后也没咬出大皇子，贪赃受贿，罔顾国法，买官卖官的各项罪名确实属实，按律当斩。

一连折了三员大将，秦时风颇为恼怒，就想着这替补的人最好还是自己的人，就给手下通了消息，让依附于自己的大臣联名保举他的人上任。却不曾想又被人抢了一步，山东巡抚的官职是三个缺口中最肥硕的，被叶溟轩通过手段保举了他的好友施威接任，扬州按察使一职距离西南沿海不远，吴祯不知道哪里得了消息，居然走了门路，让他的亲信郑远航弄到了手，而陕西布政使一职，却是皇帝自己的亲信罗林上任。

这样一来，一块铁板迅速被三股势力接手，除了郑远航是吴祯的人，人人知晓以外，罗林跟施威都是寻常一路从底层爬上来的，无人知道他们幕后是谁撑腰。

京都足足热闹了两个多月，这一场秦时风与叶溟轩姚家平北侯府的暗中较量才落下帷幕，而此时已经是八月底最炎热的时候，只是静静地坐在屋子里就能出一身汗，梓锦冬天怕冷夏天怕热，屋子里摆了冰盆，却还觉得有些难挨。

自从上次的事情发生后，平北侯府就陷入了一种极其诡异的平衡，而这种平衡很是令人觉得胆战心惊，尤其是每次见到楚沈二人的笑脸梓锦就觉得发毛，又不得不应付。

作为正妻，如果不能生育嫡子，婆家是可以休妻的。

杜曼秋两个儿媳出身都不错，所以休妻是不可能的，但是两个儿媳院子里也不是没有通房妾室，两人成亲多年，一直没有子嗣，通房妾室也都停了避子汤药，但是却一个怀孕的也没有。

"算算日子，妾室通房停了药三个月就能怀孕了，如今过去了有四五个月了吧？"杜曼秋看着谢嬷嬷沉声问道，脸色晦暗不明，在这黑夜里烛光的照耀下，越发添了丝丝阴霾。

"是，正确地说已经停了五个半月了。"谢嬷嬷也是一脸凝重。

杜曼秋重重叹息一声，面上带着一丝挫败："我一生顺畅，连子息也是连生两子，怎么到了孩子身上想要个孩子就这么艰难？"

"夫人，依老奴看，不能继续瞒着了，还是跟老夫人通通气吧，以前您一直替两位少夫人遮掩，如今要是那边先怀了身子，可就是占尽先机了。"谢嬷嬷怎么能不着急，孩子才是一切，没有孩子的哪里能站得住脚？更何况三少爷如今在锦衣卫做得风生水起，再过十年谁知道会是什么风景。

谢嬷嬷的话最终还是起了作用，第二天一早众人给叶老夫人请过安后，杜曼秋就留了下来。

叶老夫人看着杜曼秋的神情，让身边的宋妈妈带着人下去了，这才说道："发生什么事情了？"

杜曼秋双眼一红，就哽咽道："儿媳也没什么颜面见母亲，可是……事到如今，也只好把话讲出来了。"

已经很少见到杜曼秋这样委屈的模样，叶老夫人的神色一凛，问道："究竟出了什么事情？"

"你的意思是怀疑那边做的手脚？可有证据？"叶老夫人听了杜曼秋的哭诉沉声问道，面色凝重。

"儿媳没有证据，可是如果叶锦跟叶繁都没有子嗣，获利最大的是谁这不是一眼就能看得出来的事情？儿媳也希望自己猜错了，都是叶家的人，都是叶家的儿孙，就算是将来这爵位给谁，不也是叶家的人？至于这样赶尽杀绝不给人留后路吗？"杜曼秋的猜测也不是没有道理，按照女人最直接的反应，这个猜测也是发乎本能了，因为在她看来，外人谁还会谋害叶家的子孙，这简直就是笑话。

杜曼秋能这么想，叶老夫人同样是女人，自然也会这么想的。眼眸微垂，缓缓地说道："明日我会请太医来诊脉，到时候你让楚氏跟沈氏都过来，让太医为她们好好地把把脉，看看究竟有没有什么猫腻。寻常的郎中比起太医院的太医总是差了些。"

杜曼秋自然是应了，第二天果然带了楚氏跟沈氏过来，这次来的是太医院的院正，医术最是高明的。楚沈二人虽然有些羞怯，但是为了子嗣也只好豁出脸去。

结果出乎所有人的意料之外，院正依旧说两人的身体没有毛病，健康得很。

"既然这样，可是为什么不能怀孕？"杜曼秋着急地问道。

院正大人皱紧了眉头，过了好一会儿才说道："不知道大少爷跟二少爷可在府内？在下能不能为他们把一把脉？男子不能生育的也是有的，不要讳疾忌医。"

幸好为了保密，屋子里的丫头婆子都遣了出去，纵然这样杜曼秋面上还是带了些怒色，转头看了叶老夫人一眼。叶老夫人就道："请大少爷跟二少爷过来。"

杜曼秋只好咬咬牙，掀起帘子让自己的心腹谢嬷嬷亲自去请，务必不能走漏风声。

谢嬷嬷很快就把二人请来了，两人进来给叶老夫人杜氏请过安后，听说了这件事情自然是唬了一跳，叶老夫人柔声说道："这里没有外人，你们媳妇迟迟不能怀孕，妾室通房也无孕。刚才院正大人已经给你们媳妇把过脉，两人的身体并无事，让你们过来也不过是以防万一罢了。"

叶老夫人开了口，叶锦跟叶繁纵然脸色极为难看，还是依言坐下了，让太医扶脉。

院正大人道一声："得罪了。"这才坐下为两人把脉，屋子里的人都紧张得不得了，杜曼秋更是把帕子都捏得几乎要碎裂了，额头上也出了一层细细密密的汗珠，如果……如果真的是儿子出了问题，那可真是塌天了，她就是死也不会放过那边的人。时间过得很是漫长，叶老夫人也不敢出声催促，楚沈二人正是不安地立在一边，紧紧地抿着唇不言语，双手却都跟杜曼秋一样，紧紧地扭在一起，骨节泛白，可见用力之大。

院正大人慢慢站起身来，皱着眉头说道："真是奇怪，贵府两位少爷也都是身体强壮，并无问题。"

杜曼秋这才松了一口气，只觉得后背上都汗湿了，缓一口气，这才问道："既然都没有问题，可是为何就是不能怀孕？"

太医摇摇头，道："请恕下官无能，查不出是为何。"

叶老夫人年纪大一些，看了看院正的神色，就看着杜曼秋说道："你带着孩子们先回去，既然身体都没有问题，还是要多多努力才是，孩子的事情要随缘，也不能强求。寻个好日子，带着儿媳去庙里烧烧香，拜拜送子观音吧。"

杜曼秋也不是傻的，知道老夫人把她们支开是要跟太医私下询问，于是忙应道：

"是，儿媳知道了。"

当杜曼秋这边正在为没有子嗣的事情疑神疑鬼的时候，梓锦这边也得到了一点风声。纤巧几个大丫头立在梓锦的跟前，静静地看着梓锦。

"你确定是太医院的院正来诊脉？"梓锦皱眉又问道，按理说，一般的情况下给叶老夫人诊平安脉都是太医院里的寻常太医过来走一遭。可是今儿个，来的居然是院正大人，那么很有可能是叶老夫人亲自下帖子请来的。

可是好端端的，叶老夫人无病无灾，怎么就会请院正大人过来？这很显然不符合逻辑的，想到这里抬起头来问道："可去打听过了，这两天老夫人的露园可有什么人出入？"

寒梅最是机灵，自从入了侯府，就跟各色人等慢慢套近乎，人乖巧又会说话，倒也能时不时地打探些消息回来。这时候听到梓锦这样问，就说道："奴婢跟露园守门的婆子打听过了，这两天杜夫人去露园最是勤快，而且今儿个院正来了之后，杜夫人还带着大少夫人跟二少夫人过去了。"

水蓉也说道："奴婢跟二门守门的婆子也有几分相熟，听她说今儿个杜夫人身边的谢嬷嬷亲自出了二门去了外院，再回来的时候，大少爷跟二少爷都跟着进来了。"

寒梅也接着说道："对，他们进了露园，那婆子也说过的。"

纤巧这时看着梓锦说道："杜夫人一家在老夫人请了院正大人扶脉的时候过去，这真是让人有点不安，难不成老夫人的身体有什么不好？"

雁桃在几个丫头里资历最浅，不过却也是鬼精灵的一个，这个时候悄悄说道："奴婢下午去浆洗房拿衣服的时候，听浆洗房的小丫头叽叽喳喳的，压低声音说什么，这两日悦园跟晖园好像丢了什么东西，风声很紧。"

梓锦把这些消息综合起来，慢慢捋成一条线。悦园跟晖园说是丢了东西，查园子，在这个时候老夫人又请了院正进门，进门的时候杜曼秋还把儿子儿媳都叫过去了……这不管怎么看，都觉得有些奇怪啊。

鬼鬼祟祟的这是要做什么？梓锦皱紧了眉头。最可怕的事情不是你知道敌人要做什么，而是你不知道他们在谋算什么。若是知道了还能提前预防，可是不知道的话，那可真是天降灾祸了。

什么东西能跟太医有关，还是请来了院正大人……中毒？没听说哪个院子里有人倒下。生病？除了老夫人，几个主子生病请得动太医，寻常的人只怕没那个福分，也没听说有哪个主子生病啊。

如果不是这样，那究竟是怎么回事？

梓锦皱眉不语，几个丫头也不敢说话，这时周妈妈掀起帘子走了进来，看着梓锦说道："晖园有个丫头听说是偷了主子的首饰，被打了板子，撵了出去。"

梓锦一愣，"什么时候的事情？"

"就是刚才，老奴一得到消息就来了。"周妈妈忙说道。

梓锦猛地站起身来，脸色微白，突然想到了一点，看着几个丫头说道："纤巧跟寒梅留下守门，水蓉跟雁桃跟我去玫园，周妈妈你注意着院子里在这个时间都有什么人偷偷溜出去，一个个记牢了。"

众人忙应下了，梓锦抬脚往外走，水蓉跟雁桃立马跟上。周妈妈也去了院子里盯梢，纤巧看着寒梅说道："你守着正房不要出去，我去后面的小偏门候着，周妈妈一个人顾得了前面顾不了后面。"

寒梅就点点头同意了，拿了针线筐子，坐在正房的门口绣起帕子来。

这边梓锦带着丫头来到了玫园，长公主刚用过晚饭，听说梓锦到似乎没有一丝的惊讶，让梓锦进来，梓锦行过礼后，坐在一旁的锦杌上，看着长公主神色红润的脸，琢磨着该如何开口。

蒋嬷嬷亲自奉上茶来，梓锦忙谢过了，就见蒋嬷嬷笑着带着伺候的丫头们退了下去。

梓锦喝了一口茶，这才决定还是实话实说也不拐弯抹角了，毕竟这种事情如果还要拐着弯说，实在是太离谱了。定一定神，梓锦看着长公主说道："儿媳这么晚来实在是有一件要紧的事情要跟娘说。"

长公主应了一声，道："什么事情让你这么晚还要赶过来？"

听到长公主这么问梓锦微微松了一口气，然后说道："听说今儿个祖母请了太医院的院正来请脉，而且听说大哥大嫂，二哥二嫂都跟着杜夫人过去了。"

梓锦说完就看着长公主不再说话，长公主轻轻一笑，道："你的意思是咱们也要过去看看老夫人是不是哪里不舒服？"

梓锦点点头，又道："这件事情有些古怪，以前祖母请平安脉也没见那边全体过去问安的，今天着实有些让人意外。而且方才儿媳还得到一个消息，晖园有个丫头据说是偷了主子的首饰，被打了板子，撵了出去，这个节骨眼上实在是不得不令人生疑。"

长公主瞧着梓锦的神色有些郑重起来，沉声说道："你想说什么就直接说吧。"

锦绣盈门 下

梓锦也不怕，她担心的事情长公主未必就不担心，于是便说道："大嫂二嫂进门多年，一直无孕，儿媳只是怕有些人借机生事罢了。"

长公主没想到梓锦居然在有限的线索下，居然能推断出这样的结果，其实方才她已经听蒋嬷嬷说了那边的动静，心里也猜疑了几分，只是她素来不是一个主动出手的人，所以这件事情也没有十分地放在心上，毕竟不是她做的就不是她，也没什么好怕的。但是没有想到梓锦会主动来找她，也没有想到梓锦这么小的年纪，看事情居然这般的透彻，一时间原先的决定倒是有些动摇了。

"那你的意思是？"长公主轻声问道。

梓锦就叹息一声，道："儿媳进门不过数月，大嫂二嫂多年未孕要怀疑也怀疑不到儿媳的头上，可是咱们这边跟那边积怨颇深，那边要是真的查出她们不能生育是人为的，那么首先要怀疑的就是咱们这一边。毕竟大哥二哥没有子嗣受益最大的就是溟轩，没有子嗣是不能承爵的！夫君虽然性子火暴，可是品行高洁，绝对不会做这样龌龊的事情，娘您更是不屑于这种手段，正因为儿媳知道这一点，所以才更担心，如今心里实在是惶恐，还请娘拿个主意才是。"

长公主瞧着梓锦，突然说道："这件事情我已经知道了，要是按照我的想法那就是什么也不做，清白自在人的心中，也没什么可怕的。"

梓锦就怕这一点，长公主生性高傲，皇家贵女，怎么会自贬身份做这样的事情。可是别人不这么想，他们就会认为，长公主跟杜曼秋不和多年，最有可能下手的就是她们这边。就如同，如果长公主这一边出了什么大事情，人们也定会怀疑，是不是杜曼秋那一边做了什么手脚一样，这无关是非对错，只是人的惯性思维，越是这种惯性的思维，其实才是最可怕的，因为它会蒙蔽人的理智。

"是，儿媳知道娘品德高尚，决然不会做这样的事情。可是别人不会这么想，儿媳也知道娘您不会去管别人怎么想怎么说，您还是您自己，可是娘，您再细细地想一想，既然这件事情不是我们做的，那么还有谁会让大哥二哥无子？祖母？父亲？这简直就是笑话，祖母、父亲应该是最渴望侯府子嗣昌盛，世代繁荣的人，绝对不可能做这样的事情，那么不是溟轩，不是您，不是父亲，不是祖母，那这个府里还有谁，还能够，有什么理由能让大哥二哥没有子嗣？这才是最可怕的不是吗？"梓锦说着说着自己的脸都白了，这简直就是太可怕了，梓锦只觉得自己的心口跳得厉害，甚至于都有要跳将出来的意思。

长公主多年来已经养成了不跟杜曼秋针锋相对的习惯，所以没有这么仔细地去想，此时得到梓锦的提醒，细细一想，却是浑身一颤，眼眸中带着惊讶之意，然后看向梓锦。

梓锦的嘴巴有些干涩，面上带着苦笑，声音都是干巴巴的，就好像龟裂已久的土地："儿媳最害怕的……如果是咱们府里的人下手也就好了，揪出来，打出去，府里太平。可是就怕不是咱们府里的人动的手，而是咱们已经被人暗害了多年却毫无察觉，如今是大哥二哥生不出孩子，那……下一个会不会是咱们这一房？如果我跟溟轩同样也生不出孩子……如果那边真的以为是咱们动的手脚，因此侯府起了内讧，三兄弟闹个不停……"

梓锦不敢说了，声音都是颤抖的，从未有过的恐惧笼罩在她的心头，这是有人想要灭了平北侯府！没有孩子的侯府，最后的下场只能是爵位收回，家族消失，什么人会有这样的狠毒手段，既让侯府断了子嗣，还能让侯府三兄弟内斗不休，梓锦真的茫然了。

梓锦嫁进侯府也有三四个月了，肚子丝毫动静也无，前几日大姨妈刚造访过，梓锦不得不怀疑，自己是不是也同样生不出孩子。

婆媳二人面面相觑，就在这时帘子突然被掀了起来，平北侯爷青城大步地走了进来，梓锦唬了一跳，不知道叶青城什么时候到的，又在门外站了多久，一时脸色有些发白，还是忙起身行礼："儿媳见过父亲。"

长公主也站起身来，勉强挤出一个微笑，道："侯爷怎么这个时候过来了？这些丫头婆子也偷懒，也不通报一声。"

叶青城伸手握住长公主的手，道："你坐。"

长公主点点头，默默地坐下，叶青城又看向梓锦，神色有些复杂，不过纠结一番还是说道："溟轩媳妇你也坐下。"

梓锦惴惴不安地坐下，对于位高权重的公公，梓锦的心里还是有几分畏惧的，虽然鄙视这男人处理后院事务的无能，却也佩服他战场上的英勇战绩，那刀锋一样犀利的眼眸总能让人无端地心生惧意。

"方才的话我刚刚都听到了。"军人做事向来是手起刀落，毫不拖泥带水，因此叶青城开口就直奔事情的核心。

梓锦心里暗叹一声，她其实真的不想在公公大人的面前展现这样聪明的一面，太聪明的媳妇总会让人心生忌惮。你可以在内院庶务上管理得滴水不漏，把内院整治得妥妥当当，可是一旦女人的眼光能跃出后院，放眼外面的时候，总会令人心生不安的。这就是为什么后院生存下来的老太太、老夫人之辈，都是在自己的夫君过世之后，才展现雷霆手段整治家业是一个道理的。男人的寿命总熬不过女人，女人想要呼风唤雨，总得先熬死自己的男人，这样才能成为这个家族最高高在上的存在。

梓锦立刻眼盯鼻，板着身子坐在那里，垂着头一个字也不轻易说出口。

长公主这时说道："本来是我们婆媳说闲话，倒是被你听了去，既然你都听到了，那也就不瞒你了，侯爷有什么想法？"

梓锦心里苦笑一声，公主大人，这会子你倒是明白了，一下兜出来了，我可怎么办？

叶青城先是看了梓锦一眼，这才看向自己的妻子，道："溟轩媳妇倒是个极明白的人，做事稳妥，知道先跟你商议。"

梓锦有些坐不住了，心里哼一哼，我倒是想装作不明白，可是能行吗？我倒是想手持令箭翻个底朝天，可是能行吗？心里这么想，表面上却说道："儿媳不敢当，遇到这样的事情儿媳也是吓坏了，所以才请母亲拿个主意。父亲来了更好，也请父亲拿个主张才是。"

梓锦力图把自己埋没在平庸中，毕竟她还不是很了解平北侯是个怎么样的人，谨慎一点还是好的。

平北侯心里明镜似的，倒是没有想到梓锦居然这般惧怕他，说话都跟方才的腔调不一样了，那小心翼翼的模样倒是让他觉得有些想要笑。但是想着作为长辈也不能太过于平和，所以还是板着脸说道："遇事知道请教长辈，是个有规矩的。"说到这里声音一顿，又道："你方才说的那些，是你自己想到的？"

梓锦双手一握，然后说道："前几日夫君跟妾身无意中提过此事，他也觉得大哥二哥至今无子有些奇怪，只是我们当时并未多想。今儿个院正大人来，儿媳突然又想起前些天夫君的话，这才有些害怕，夫君不在家，儿媳不敢自己胡思乱想，只得来请教母亲。"

梓锦最终还是决定把事情的功劳推在叶溟轩的身上，她实在不想让自己光芒太盛，总归不是好事，而且哪一个当爹的愿意看着自己儿子还听媳妇的话，所以适时地示弱总是没错的，尤其是在自己老公的家人面前。

果然，叶青城的神色一缓，原来是溟轩提前提过，不过纵然如此，溟轩媳妇能在短时间内把事情贯穿起来，也是个极不错的了。事关子嗣大事，就是叶青城也察觉出事情有些不对了，抬头看着梓锦说道："你先回去吧。"

梓锦知道叶青城是有话要跟长公主私下说，她也巴不得离开，忙站起身来躬身退下了。

梓锦走后，叶青城看着长公主说道："溟轩的眼光真不错，他媳妇是个能调教的，将来也能撑得起一府门庭。"

长公主却是摇摇头，低声道："富贵荣华转眼皆空，我倒宁愿他们夫妻一辈子和和美美的，白头偕老。"叶青城看着长公主，眼中带着柔情，道："好，再过十年，等到锦儿能担得起重任，我就把侯府交给他，由他继承侯府的爵位，算是我弥补曼秋的。溟轩自己有本事，如今他在皇上的心中分量颇重，不用依靠着我这个老子，也能自己闯出天地。他们各自安家，然后咱们夫妻便游历天下去，我还记得当初你问我的那句话。"

长公主展颜轻笑，是啊，当初自己纵然是受尽万千宠爱，可是也只是一个锁在深宫里的公主，对着外面的天地有太多的好奇，有一日她曾经问过他："你会带着我走遍天下吗？我没出过宫，很是好奇外面的地方。"

那个时候，叶青城很是爽快地答应了。只是转眼这么多年过去了，却一直没有实现。

两人相视一笑，杜曼秋要的是一个稳如青山的依靠，长公主要的是爱情，其实她们大可以不必这样内斗，只是这么多年来，早已经势成水火，想要把话说开也不容易了。

"那现在你要怎么办？溟轩媳妇说的我觉得很有道理。"长公主皱着眉头，方才当着梓锦的面她并没有流露太多的情绪，只是不希望小一辈的乱了阵脚。

"这两年也是我疏忽了，我一直以为曼秋在这方面比我更注重，没想到还是被人钻了空子。"叶青城站起身来在屋子里来回踱步，这件事情比他想象的要复杂很多，想要把幕后的人揪出来并不是那么容易的。

能隐藏这么多年，还丝毫没有被发觉，这根本就是极大的本事，现在若不是溟轩媳妇警觉性高，说不定自己发觉的时候，连溟轩都被人算计了。

长公主看着他如此急躁，忙劝道："院正已经扶过脉，几个孩子的身体都没事情，也就是说只要咱们找出下手的人，以后子嗣是一定会有的。只是现在不知道别人用的什么办法，能这样在咱们丝毫不知道的情况下下了黑手，想要把这个人揪出来，务必要做到风声不起，私底下悄悄动手才好。"

叶青城知道现在不宜大动干戈，看着长公主说道："可是现在内院的中馈是曼秋管着，你要插手只怕她又要多心。"

"所以这件事情还是你亲自去跟她说，我就当做什么都不知道。由她出面亲自动手查，得出来的结果她也会放心。"长公主淡淡地说道。

"你生气了？"叶青城有些不安，这么多年了，在两个女人中间着实吃了不少苦头。

长公主摇摇头，道："这么多年了，还有什么放不下的，过去的事情我也不想再提。她也有她的委屈，我也有我的委屈，你也有你的委屈，如今你想通了，给了我们各自的承诺，我还有什么不知足的。我从头到尾要的也不过是你的心，别的我什么也不在乎。"

叶青城轻轻拥住长公主，道："是，我的心从来也只是你的，再给我十年，到时候你要去哪里我都带你去。"

女人寻寻觅觅一生，其实最想要的东西从来也只是最初的念想。然而欲望总是不断滋长，一开始只是想要一个拥抱，后来多了一个吻，再后来发现需要一张床，一套房子，一张证，再后来各种矛盾过后，离婚了，回头想想，一开始要的也不过是一个拥抱而已。

其实人的欲望是伴随着人的成长不断地增加的，当你用尽所有的手段去争夺，可到了最后你才发现，你最想要的也不过是最初想要的东西，而其他的不过是你人生旅途上的负累而已。

当晚，叶青城去了杜曼秋的澄园，之后梓锦就感觉到了生活突然发生了微微的改变。

杜曼秋跟长公主之间似乎有些不一样了，以前的时候两人之间从来都是面上维持着平和，可是现在梓锦察觉得出杜曼秋的敌意少了许多，长公主也比以前更加的平和了，杜曼秋要做什么事情，她从来也不会反对，如果人手不够了，还会从玫园拨出人手给她用，总而言之，两人的关系正在日益地和谐。

楚氏跟沈氏比以前更加地忙碌了，两人的神情表面上看着跟以前一样。可是心细于梓锦还是发现了两人正在慢慢地清理府里的人手，幅度很小，动作很轻，不注意都不会发觉出来。

梓锦思索了两日，这才明白，原来杜曼秋那边已经在行动了，一定要抓出这个幕后黑手，只是梓锦不知道，叶青城做了什么让杜曼秋一房没有怀疑长公主这边，还能释放出善意，突然之间梓锦觉得自己这个公公还是有两板斧的。

后来把这件事情说给了叶溟轩听,叶溟轩笑她,道:"老头子贼着呢。"

梓锦汗颜,有这么说亲爹的么?

"那你不是贼儿子?"梓锦嘲弄道。

"那你就是贼儿子的贼婆子。"叶溟轩哈哈大笑,心情很是好。

梓锦沉默了!

看着梓锦的模样,叶溟轩抱着她依偎在大炕上的迎枕上,低声说道:"如果说我以后没有办法继承爵位,你会怎么想?"

梓锦没想到叶溟轩会突然说这个,随口说道:"那更好,咱们找个山明水秀的地方做一对愚夫愚妇好不好?日出而作日入而息,平平安安地过一生,这样心惊胆战的富贵日子,我实在是过怕了,我再也不愿意睡到半夜还要想着明天会有什么不可预测的危险,我也不要想着我吃的饭菜里会不会被人加了作料,我更不要怀个身孕养个孩子还要胆战心惊。"

梓锦真的厌倦了家斗,她只想与她爱的人,好好地过一生,珍惜每一天的日子,等到将来老去了,在这个世界咽下最后一口气,回到了自己的世界,她还能抱着这些珍贵的日子回想一生。

叶家的人忽然之间就有了一种默契,这种默契就是平常的日子里依旧跟以前一样似乎有些不对眼,三天两头的也总有些事情发生,继续维持着给别人一种内斗不休的样子,他们却不知道叶家早已经乾坤已定。

八月底的时候,梓锦收到一个好消息,姚玉棠已经怀孕两月了。是姚玉棠身边的管事嬷嬷亲自来送的喜讯,梓锦满脸的笑容,厚厚地打赏了婆子,又命人打开自己的仓库,拿了上好的官燕包了一大包,又包了一些上好的保胎的药物让管事婆子带了回去。

隔日,梓锦又收到了姚月、姚雪跟姚冰的帖子,姚雪的预产期在十月底,姚冰的预产期在十一月,两人想要趁着身子还能动的情况下去看看姚玉棠,于是就给姚月跟梓锦下了帖子,约好了日子一起去,说起来,自从出嫁后姐妹五个还没有这么齐整地聚过,自然是一口应了。

卫明珠六月里有了身孕,如今还没有出头三月的危险期,自然不敢轻易挪动的,因此也并没有莽撞地邀请卫明珠一起去,听说海氏最近把卫明珠的独子当做宝贝一样,照顾得妥妥帖帖,她们还是不要找骂的好。

挑了一个好日子,梓锦一大早的就梳洗打扮,老夫人还有杜曼秋长公主那边都说过了，这样的事情断然没有不允许的，老夫人拿了一棵几十年人参让梓锦代为转交姚玉棠，杜曼秋也包了一大包保胎药，长公主则送的是上好的血燕，梓锦一一谢过了，这才告辞上了马车。

姚玉棠的神色还不错，因为正在孕吐期，所以脸色还是有些发黄，听到她们说起孕期易胖之事，就有些害怕，下意识地摸起了肚子。梓锦一见，忙安抚道："四姐姐不用担心，你现在瘦得跟风筝一样，正要多吃才是正理，只是千万别跟三姐姐胖成小猪就行了。"

姚冰气得扭了梓锦一把，幸好梓锦跑得快，姚雪跟姚月只是笑，姚玉棠也笑了起来。不过短短一两年的工夫，姚月越发有当家少妇的味道，姚雪比起在闺中的时候也开朗了些。梓锦想着那个时候姚谦跟老太太想得不错，柴绍是嫡次子，姚雪不用管理庶务，她的性子又恬淡，当家的大嫂也不会对她忌惮，只怕舒心得很，如今看着倒是比在闺中时还要漂亮了些。

姚冰不用说了，嫁给了心仪的人，自然是意气飞扬。没想到最先诉苦的不是姚玉棠，须知道姐妹几个家的最苦的就是她了，最先诉苦的反倒是姚冰了，叹口气看着姚雪说道："二姐，你怀孕了，你婆婆可有往你房里塞人？"

姚月就不用说了，当初跟她婆婆那是恶斗了一场。

姚玉棠的婆婆是个药罐子，再说了侯家以前都是靠着姚玉棠的嫁妆过日子，就算是姚玉棠有了身子，只怕也不会有人给她添堵。姚梓锦还没怀孕，更没有这方面的烦恼，所以姚冰就抓着姚雪问。

姚雪看着姚冰说道："妻子怀孕给丈夫准备通房本就是责任，怎么还能等到婆婆开口？"

梓锦默然，她们这几个姚家女子里，大约姚雪是最遵守女子规则的一个了。

姚月眉头皱成了一个褶子，姚玉棠轻咳一声，却有些不好开口，姚冰却瞪大眼睛看着姚雪，指着她说道："你……你……你竟然主动给二姐夫备了通房？"

姚雪点点头，道："那是自然。"

"你不吃醋？不嫉妒？你不讨厌有别的女人霸占了你丈夫？"姚冰甚为不满，怎么可以这样？

姚雪看着姚冰，缓缓地说道："不过是通房，就算是有了孩子最多抬成姨娘，总归还是奴才。而且这是规矩，为什么要讨厌？更何况，就算是我们自己不给丫头开脸，做了通房，总也有人送过来不是，还要背上善妒的名声，不划算。"

姚冰一口银牙都咬碎了，看着姚雪说道："我真搞不懂你在想什么，从小到大，你就是我们姐妹里最不合群的一个。我婆婆倒是想要给夫君塞通房，都被我挡了回去，我才不要。"

姚冰居然自己出面回绝了？梓锦觉得这胆子够大的："你婆婆没说你善妒？"

"说了。"姚冰爽快地说道，"可是那又怎么样？婆婆塞通房给夫君，不过就是看着我们夫妻感情好，她受不了罢了。我又不是不能给她家传宗接代，为什么要给我们塞通房？我就是不同意，善妒就善妒呗，我就是不同意。"

"你婆婆就这么认输了？"姚月笑着问道，觉得事情一定没有这么简单，郑夫人也是一个有心计的。

梓锦却有些明白姚雪的话了，有些人是挺变态的，就是见不得儿子儿媳感情好，好像这样做儿子的就会不要老妈一样，老做一些令人难以忍受的事情，最典型的就是塞通房破坏夫妻之间的情分了。

"那当然不会，我婆婆日日指桑骂槐，说我善妒，说我不容人。我也不肯认输，就哭闹说我又不是不能生，不能传宗接代，夫君又不是没有女人就不能过日子了，为什么要破坏我们夫妻的感情？她要塞人，我挺着肚子就去撞墙，我家小姑子跟我一条心，没少在我婆婆跟前说我的好话。我夫君就受了些苦，一边是我，一边是我婆婆，在夹缝里也挺不容易的。有阵子还被逼得睡在了书房，我婆婆还专门买了两个颜色甚好的丫头去伺候。"

啊？梓锦汗颜，这郑夫人也挺能折腾的。"后来呢？"八卦婆继续问道，两眼亮晶晶的。

姚月跟姚雪还有姚玉棠也都十分好奇。

"最后……最后也没怎么样，怎么进去的怎么出去的，夫君连她们的手都没碰一下。"姚冰得意地笑道，众女十分佩服，这郑源也算是柳下惠了，但是姚冰又接着说了一句，"其实我不过是让我的丫头给夫君送了句话，他要是敢碰她们，明儿早上就来给我们母子收尸吧。"

……果然彪悍，郑源喜欢姚冰，哪里能舍得姚冰带着孩子去死，总的来说，在姚冰这样的火爆性子的严重威胁下，大约是个男人也能忍住的。

大家最关注的还是梓锦，姚冰满眼星光地问道："五妹妹，那一房的人有没有为难你？"

"叶府素来水深，你可要多多地注意才是。"姚月叮嘱道。

"只要做事站住理字，想来也无大事。"姚雪如是道。

"五妹妹，我听说前些日子京都姑子庵里有个小尼姑还说起你的名讳，你什么时候去过姑子庵？"姚玉棠因为婆婆有病，常年在姑子庵里捐了香油钱，为婆婆祈福，所以姑子庵常去的。

梓锦却是一愣，皱着眉头说道："我从未去过什么姑子庵啊。"

众人皆是一愣，大眼瞪小眼。"不可能啊，如果你没去过，小尼姑怎么会知道你的名讳？"姚玉棠说道，"我上个月还不知道自己有孕，就一如既往地去姑子庵给婆婆祈福，我的确听到一个小尼姑说你的名讳，当时我还想着把这件事情给你说一下，只是回来后家务缠身一时给忘记了，我是绝对不会记错的。"

梓锦一愣，自己的名讳怎么会被姑子庵的小尼姑知道？梓锦觉得事情肯定不简单，于是就问道："四姐，你说的姑子庵是哪一家？"

京都的姑子庵并不少，大大小小十几座。

姚玉棠就说道："就是最有名的那一家，清水庵。"

清水庵也算在京都颇有盛名，以前清水庵也没多少名气，这十几年来名声大盛，是因为这一代的庵主静谧师太，能看风水，预测吉凶，看面相，批八字，都是极准的，这才名声渐盛，信徒越来越多，就连姚玉棠给婆婆祈福也选择了这里。

"我跟清水庵并无任何的往来。"梓锦道，又看着姚玉棠问道，"四姐，你真的听清楚了，没听错？"

"她们说的就是平北侯府三少夫人姚梓锦几个字，在京都跟你重名的还没有吧？更何况还说了平北侯府三少夫人几个字。"姚玉棠道。

梓锦茫然了，无缘无故的自己的名讳怎么会被一群尼姑知道了，这里面是不是有什么玄机？

寺庙道观姑子庵都是有排辈的，若是寻常的小姑子也就罢了，很有可能是从别人嘴里听说的，可是若是辈分高一点的，梓锦可真要用心查一查了。

姚玉棠经常去清水庵，对那里极是熟悉，想了想就说道："好像是恒字辈的。"

"恒字辈是静谧师太的徒弟还是徒孙或者是曾徒孙？"梓锦问道。

"好像是静谧师太的徒弟。"姚玉棠道。

梓锦心里一沉，既然是静谧师太的徒弟，那就肯定不会犯这种错误，故意说出贵人的名字，那就很有可能她们当时正在讨论什么事情，然后提起了自己，没想到正被姚玉棠听到。

正所谓大路上说话，草窝里偷听。就是说有的人以为自己处的地方很安全，不会被人偷听了去，可是也许在你想不到的地方，就会被人无意中听了去。就好像姚玉棠，若是寻常对梓锦不熟悉的人，就是听到小尼姑说起自己的名字也不会放在心上，偏偏被自己的姐姐听到了，自然就会听到心里去了，姚家子女众多，外人想要一一识别，也不是容易的事情。

梓锦不想让大家担心，就笑着把这件事情遮掩了过去："兴许是听别人说起，无意中重复一遍也是有的，等哪天我也去姑子庵上炷香。"

大家一听梓锦说得也有道理，毕竟这些寺庙道观姑子庵之类的地方，最不能得罪的就是京里的人物，梓锦也算是嫁进勋贵之家，被人提及也是很正常的。

梓锦将叶老夫人、杜曼秋还有长公主的礼物给姚玉棠，姚玉棠忙谢过了，并让梓锦代为道谢，在侯家用过了午饭，这才一一辞别各回各家。

梓锦回了侯府，先去叶老夫人屋子里替姚玉棠道了谢，不承想杜曼秋跟长公主都在，就一起谢过了。叶老夫人笑着问道："你姐姐怀像可好？"

"好着呢，能吃能睡，多谢祖母关心。"梓锦笑着说道。杜曼秋也笑着说道："女人怀孕头三个月最重要，只要挨过了这三个月，基本上就无碍了。"

"是，我几位姐姐也是这么叮嘱四姐姐的。"梓锦笑着应道。

长公主看着梓锦，轻声一笑："你几个姐姐都有了身子，你也要为叶家开枝散叶才是。"

话音一落，叶老夫人也笑道："正是这个道理，你几个姐姐都是好生养的，你也不会差到哪里去，多努力才是。"

杜曼秋的脸上就有些苦涩，却依旧强撑着笑容，只是那眼眸深处却有一团黑墨，浓得化不开，让人看不清楚究竟在想什么。

梓锦满脸通红，扭着帕子轻轻应了一声："孙媳不敢辜负长辈期望，只会努力尽心。"说到这里声音一顿，抬头看着叶老夫人说道："我四姐姐说，她开始也是不曾怀上，听人说清水庵的香火极灵验，就去过几次，果然就怀上了，孙媳想着不如也去拜一拜。"

清水庵在京都也算是颇有盛名，叶老夫人眯着眼睛想了想，转头看向杜曼秋说道："我记得前些年这个清水庵的庵主静谧师太曾经来过我们侯府是不是？"

杜曼秋神色微愣，大约是没有想到叶老夫人会突然问她，愣了愣回过神来笑道："是有这么回事，但是母亲并不太信这些，从那以后咱们也没有跟清水庵有过多的来往，儿媳也不过是每月捐点香油钱而已。"

梓锦自从进了府，就没听说过杜曼秋居然还给清水庵捐香油钱，还是每个月都会捐，看着杜曼秋说得轻描淡写似乎不是一个大事，眼光扫在了杜曼秋的双手上，虽然有宽大衣袖的遮掩，梓锦还是微微看到了有些发皱的帕子。

不过是一个清水庵，杜曼秋怎么会有这种紧张的感觉？梓锦觉得怪怪的，不过这个疑惑也不过是一眨眼间，因为再看去，杜曼秋的手已经松开了，面上的笑容一如既往，仿佛刚才只是梓锦眼花。

"前些年是前些年，既然侯少夫人在清水庵拜了菩萨有了身孕，可见也是灵验的，改日就让溟轩媳妇还有锦哥媳妇、繁哥媳妇一起去拜一拜。"叶老夫人叹息一声，信不信不重要，只要灵验就好。如今找不出来，叶锦跟叶繁两房不能生育的原因，就只能拜拜菩萨，求个心理安慰了。

"其实京都最有名的地方还是大觉寺，香火最盛，乾清观也是颇有盛名，都比清水庵好一些，不如咱们去大觉寺？"杜曼秋笑着问道，"既然是求子，香油钱索性多施舍些。"

叶老夫人却有些犹豫，一时拿不准去大觉寺还是清水庵，梓锦心里的感觉更加奇怪，杜曼秋好像有点故意要避开清水庵，心里某种疑团越来越盛，不过依旧面不改色，只是看着长公主使了一个求救的眼色。

长公主看了一眼梓锦，就笑着对杜曼秋说道："既然侯少夫人是在清水庵求子如愿以偿，不如咱们先去清水庵，若是清水庵不灵验再去大觉寺或者乾清观。"说完这句又看着叶老夫人问道："母亲，您看呢？"

叶老夫人就点点头，道："就这样吧，先去清水庵。"

梓锦心里舒了一口气，依旧垂眸了，脸色淡淡的，尽管没有抬头也能察觉到杜曼秋若有若无的目光在她的身上扫过，真是一种很古怪的感觉，仿佛就是在扫描一般，好像看看自己有没有什么古怪，幸好梓锦没有大意，面行的神情跟方才一样害羞着，毕竟还算是半个新媳妇，听到求子之类的话，是要脸红一番的。

从露园走出来，梓锦就跟着长公主回了玫园，蒋嬷嬷亲自奉了茶，站在一旁伺候。梓锦知道蒋嬷嬷是长公主身边最可信的人，因此也不避讳，只是抬起头透过窗子看了外面一眼。蒋嬷嬷立刻明白，装作不经意地打起帘子在外面巡视一圈，确定无人偷听后，这才慢慢地又回来了。

梓锦这才压低声音说道："娘，这次去看我四姐姐，听她说在清水庵有人提及我的名讳。"

长公主一愣，正要将头上沉重的嵌宝赤金缕丝的金步摇拿下来的手一僵，又将簪子推回了发间，问道："究竟怎么回事？"长公主毕竟是经历的事情多，很快就能察觉到不对劲，按理说姑子庵这种地方是不会随意提及勋贵之家贵人的名讳的。

蒋嬷嬷也皱着眉头说道："咱们家跟清水庵除了杜夫人那边会每月施一点香油钱，并没有人跟她们多来往，三少夫人的名讳怎么会无缘无故地出现在姑子庵小尼姑的嘴里？"

梓锦这时说道："并不是小尼姑，我四姐姐常去清水庵，对那里还有些了解，她说是恒字辈的尼姑。"

虽然对清水庵接触不多，长公主不知道恒字辈是什么辈，但是蒋嬷嬷知道，一愣，说道："竟是静谧师太的徒弟？"

香架上三足瑞兽小铜鼎里燃着淡淡的杏花香，旁边的博古架上摆着金银玉器，形式各异，杏黄色的帷幕用镂空雕花的玉钩绾着，风一吹，帘幕微动，好像水纹浮动，多姿多彩。

"难怪你今日将话题引到了清水庵，想必你是对那里有什么疑心了？"长公主轻叹一声，神色不明。

梓锦忙说道："本来是想跟娘商议过才能行事，没想到您跟杜夫人正好在，我就想着择日不如撞日了。而且我还发现在我提到清水庵的时候，杜夫人的神色有些怪怪的。"

梓锦就把自己的发现说了说，又道："毕竟是我自己的猜测，做不得准。"

"杜夫人此人素来是做事沉稳，出手狠准，居然也有失神的时候，看来是有些古怪。"蒋嬷嬷道，蒋嬷嬷对杜曼秋从来就没有好感过，这么多年了，纵然是没有十分了解，也能有几分猜准了。

长公主看着梓锦说道："你是怀疑那边跟我们不过是面上和解，其实私底下另有动作？"

梓锦觉得有些不好意思，面色微红，然后才道："可能是儿媳太小人之心了，我总觉得如果换做是我，可能也不会很放心。毕竟争了十几年，咱们说放手就放手了，任是谁也会有些怀疑是不是表里不一的。而且方才在祖母那里，杜夫人跟清水庵来往应该有好些年了，可是知道的人似乎并不多，娘您好像应该也是第一次知道杜夫人这些年居然一直给清水庵添香油钱的，而且每月必捐，维持了这么多年，是会令人奇怪的。"

长公主点点头:"我是第一次听到这些,我只是知道前些年清水庵是上过门的,只是我并没有在意,我是皇家人,平常去得更多的是皇家的寺庙大觉寺。"

几个人一合计,疑点越来越多,梓锦突然看着蒋嬷嬷问道:"嬷嬷,大嫂跟二嫂进门后可曾去过清水庵?"

蒋嬷嬷一愣,很是认真地想了想,道:"没有,至少没有公开从侯府出门去清水庵。"这话的意思是,进了侯府的门没去过但是在娘家去没去就无人知道了。

梓锦默默地沉思,如果楚氏跟沈氏都没有跟杜曼秋去过清水庵,这也就能说明一件事情,如果杜曼秋真的跟清水庵有什么来往,那么楚氏跟沈氏是不知情的,所以方才老夫人说让楚氏跟沈氏一起去,梓锦至少还多了两个遮掩耳目的。

想到这里,突然莞尔一笑,看着长公主说道:"咱们就看看这次去清水庵,大嫂跟二嫂能不能成行。"

长公主失笑一声,伸手点点梓锦的额头,"就你鬼机灵。"

蒋嬷嬷在一旁直笑:"三少夫人聪慧绝顶,是公主的福气呢。"

是啊,如果楚氏跟沈氏能够毫无阻碍地成行,那就说明可能她们对杜曼秋的疑心是有点不靠谱的,如果两人不能顺顺利利地成行,就能确定杜曼秋很可能有鬼的。当然,如果心思再狡狯一点,如果能顺利成行,也很有可能是杜曼秋已经在清水庵打点好一切,并不怕有人去探寻什么。

这一趟的清水庵之行,不过是梓锦试探杜曼秋的踏脚石,当然要是真的能查出清水庵有什么古怪就更好了,大约这一点梓锦是做不到的,但是很有可能叶溟轩能做到。

不过现在锦衣卫里万荣最大,而且现在叶溟轩对万荣也起了疑心,想要避过万荣查清水庵只怕也不是一件容易的事情。最令梓锦现在心里无底的就是叶锦跟叶繁,他们究竟在这里面扮演了什么角色。

面对着前面黑漆漆的一团迷雾,梓锦又觉得前途真是一片茫然。

如果不是姚玉棠突然提及自己的名讳出现在清水庵,如果不是自己回到侯府跟叶老夫人说起此事,然后发现杜曼秋有些不对劲,也许梓锦会真的放松警惕,毕竟叶青城已经答应让叶锦袭爵,那么杜曼秋应该没有再继续争夺的欲望,叶家应该联手共御外敌才是。现在侯府最大的敌人就是秦时风,最大的隐患就在于梓锦长了一张跟阿若相像的脸,不管怎么样,侯府的隐患已经埋下了。

回到了安园，梓锦就有些浑身脱力，太多的事情扑面而来，让她有些措手不及。本想一个人蒙上被子好好地睡一觉，谁知道刚进了门，周妈妈跟纤巧就跟了进来，两人神色凝重，透过窗子还看到了正屋的房檐下寒梅跟水蓉正在做针线，说是做针线，不过是给梓锦守住门不让别人偷听或者靠近。

看着两人神色凝重的模样，梓锦的一颗心也提了起来，所有的疲惫一下子全跑光了，问道："出什么事情了？"

"那日姑娘吩咐我们盯着院子内众人的行踪，今儿个终于有了头绪。"纤巧低声回道。

梓锦一愣抬起眼看着纤巧，问道："那一日我去长公主的露园她没有现身，但是在今天我出府的时候露了踪迹？"

周妈妈怒哼一声，道："可不是，狡猾的小蹄子，若不是老奴多长了一个心眼，只怕也会被欺瞒了过去。"

能骗过周妈妈的眼睛，也算是不得了的，梓锦这才觉得事关重大，忙坐直了身子，问道："慢慢说来，这人是谁？"

"素婉。"纤巧道。

乍然听到这个人名，梓锦只是一愣，并没有意外，素婉本就是杜夫人安进来的眼线，抬眼看着周妈妈问道："她去澄园那边递消息了？"

周妈妈却摇摇头，道："如果是去澄园那边也就算了，毕竟这府里谁不知道素婉原来就是杜夫人的人，可是并不是去了澄园。"

"不是去了澄园？那去了哪里？"梓锦神色渐凝，这个结果真是出乎意料了，难道素婉不是杜曼秋的人？

纤巧看了一眼周妈妈，这才说道："今儿个素婉不当值，就跟周妈妈请了一天假回去看望老子娘。"每个月各院子的丫头婆子都能轮着休息一天，这个是有的，素婉一家都是侯府的家生子，回去探望也是应该。梓锦就点点头，又道："然后呢？"

"夫人嫁过来也有几个月了，可是每个月的轮休也不见素婉回去探亲，周妈妈就觉得有些蹊跷，就跟奴婢说让奴婢去找了您的陪房，现管着您的嫁妆铺子的陈掌柜，让他的小儿子陈安在外面盯死了素婉的一举一动。"纤巧慢慢说道。

梓锦就默默地点点头，周妈妈做得很好，可以看得出的确用了心在做事情，用她在外面的陪房监督人，因为面生，反而不会引起别人的猜疑。

纤巧一顿，又接着说道："素婉回了家之后，她家的大门就关上了，也没见人出来。

陈掌柜的小儿子陈安是个机灵的，就围着她家转了一圈，因为她家是住在咱们侯府专门给奴仆住的那一片长巷后面的一片房子中间的一座，那巷子又长，陈安走一圈下来要小半个时辰，又想着怕自己走开了前面有人出来自己不知道，就拿出十个铜板给了街边的两个小乞丐，让他们帮忙盯着，要是有人出来，就一个跟着一个留下给他传消息，要是两个人出来，就让他们两个人一人盯一个，盯完了人就再回到这里等着他，他会再给两个小乞丐一人一两银子作为报酬。"

梓锦大感欣慰，他的仆人中卧虎藏龙啊，看来这个陈安以后可以重用了。

纤巧并不知道梓锦在想什么，继续说道："安排了两个小乞丐继续盯着，陈安这才悄悄地转到了素婉家房子的后面，看看有没有角门什么的方便出入，没想到陈安还未拐进去，就看到一顶小轿子停在了后巷，从里面出来一个尼姑敲响了一扇门，很快那扇门就开了，陈安并未看到开门的人，只是看到了那尼姑走了进去。那时候抬轿子的还在后巷，陈安不敢轻举妄动，又转身折了回去，把那两个小乞丐中的一个叫了过来，让他过去跟抬轿子的人乞讨，顺便记住那些人站在哪一扇门前。"

听到纤巧说到这里，梓锦就明白了，应该是每一家都有方便出入的角门，因为古代的奴仆住的地方就是一长排的房子，然后中间用围墙隔开成为一个个单独的小院子，就好像鸽子笼一般，这样一模一样的房子，一模一样的角门，等到人走了在过去看，实在是分不清楚到底是哪一家的，这个陈安不仅机灵而且很聪明。

"那小乞丐自然是过去了，可是没想到抬轿子的不仅不可怜小乞丐还给了他两脚，把他打了出来。不过小乞丐也很机灵，到底是记住了抬轿子的人站在哪一家跟前，趁着摔倒在地的时候做了一个暗记。陈安就让这个小乞丐把另一个守在前门的小乞丐换了回来，等到这些人抬着那尼姑离开的时候，让小乞丐跟了上去。陈安等到人离开了，这才往巷子里走去，寻到了小乞丐做的暗记，记住了第几扇门，又回到了正门一路数过去，正是素婉的家。等到陈安走到前门的时候，前门守着的小乞丐不见了，陈安知道定是前门有人出去了小乞丐跟着走了，于是就到了跟小乞丐约好的地方候着。足足等了四五个时辰才等到二人回来，在后门跟着轿子走的小乞丐，跟着那尼姑直接出了城，然后进了一座尼姑庵，小乞丐不识字，找了附近的人问了那座尼姑庵叫什么这才回来，因此费了些功夫。另一个小乞丐就比较凶险了，原来前门出去的人，就是想要引开盯梢的人，幸好小乞丐比较机灵，一看那人越走越偏，就存了一个心眼，从另一条羊肠小道先头等着去。谁知道等了足足一个多时辰也没等到人，小乞丐虽然很害怕，但是想着跟人约好的，就小心翼翼从一开始没走的那条路的另一头折了回来，结果在走到了他察觉不对的地方，就拐弯的那条长巷子里，看到了一个死尸，而这个死尸并不是小乞丐盯梢的人。"纤巧说着说着自己的脸都白了，手心里隐隐出了汗。

梓锦万万没有想到居然会有这么凶险，眉头紧紧地皱了起来，看着纤巧问道："先头的小乞丐跟踪去的尼姑庵是不是叫做清水庵？"

纤巧跟周妈妈都是一愣，脱口异口同声地问道："您怎么知道？"

第十七章
清水庵初得好消息，大皇子下手伤溟轩

梓锦挥挥手没有回答，反而思索起第二个小乞丐，看来跟着素婉家前门出去的人不只是小乞丐一个，还有另一个人，那一个人定是察觉了有人跟踪，所以故意将人引到偏僻的地方灭口。只是小乞丐很机灵，想来跟梢做惯了，察觉到不对，知道去前面堵着，只是没想到这样一堵反而救了自己一命，只可惜对手太狡猾，还是没有跟踪到那人的去处。

不过这也已经给梓锦吐露了太多的消息，就是说素婉回家探亲并不是偶然，一定是有人约好了那一日在她家见面，只是一个比陈安进去得早，所以陈安没看到，另一个比陈安来得晚，所以被陈安遇到了。

梓锦看着二人问道："从前门走的那个是男是女？"

周妈妈定定神说道："是个男人，小乞丐说穿靛蓝绸衫，身高约六尺，面相凶狠刚硬，很是骇人。"

古代的一尺要比现在的一尺少很多，但是身高六尺的话算下来也有一米八左右，面相凶狠刚硬，只有常年习武的人才会有这种令人惊骇的气场，而且后来另一个跟踪的人血溅三尺，也证明了这一点，就算这个男人没有绝世武功，至少是练家子会两手的，这样的一个人根本就不是寻常人家养得起的。

事情越来越复杂，梓锦的脑子几乎皱成一团。没想到自己这边刚对清水庵有点怀疑，那边就送来了好消息，如果素婉跟清水庵的人有来往，那么作为素婉旧主的杜曼秋知不知情，还是根本就是杜曼秋指使素婉出去与人相见传递消息的？

纤巧跟周妈妈看着梓锦越来越郑重的神色，心里越发不安起来，都看着梓锦不说话。

好半晌，梓锦才缓缓说道："陈安这差事做得不错，告诉陈掌柜，他这个儿子

我很欣赏，让他在铺子里只是挂一个名，然后让陈安找到原来的两个小乞丐，尽量的把这些小乞丐组成一个团伙专门探听消息，各种各样的消息。"说到这里梓锦一顿，她需要一个丐帮，只是武侠中的丐帮太厉害，梓锦自问没本事组建一个，只是这些生存在这个社会最底层的人，无处不在，反而更能得到很多别人不知道的消息，梓锦要好好地利用这一个优势。想到这里又说道："纤巧，你告诉陈安，就是把这些孩子召集起来，让他们打探消息，我出钱给他们饭吃，但是有一点一定要保证生命安全，危险的地方不要跟，危险的消息探不出来的不要拼命去跟，在保证自己性命的前提下，得到消息越多越好，当然我要想知道谁家的消息的时候，自会让你给他们送信，然后再让他们出手，平常无事的时候，还是跟以前一样散落在京都的每一个角落就好。"

梓锦想着这么个大摊子应该交给叶溟轩指挥才更好，他是男人，又出身锦衣卫，做这些更顺手。

果然晚上叶溟轩回来的时候，梓锦把这件事情一说，叶溟轩眼睛一亮，不过叶溟轩同时也给了梓锦一个令人绝对想不到的消息。

"你倒是消息灵通，还没等我出手就能得到这么多的消息。"叶溟轩实在是很惊讶，说实话他的确还不知道清水庵这个地方居然还有这样的猫腻。

梓锦伸手关上窗子，给守在门外的丫头打个眼色，几个人识趣地躲了下去。梓锦这才拉着叶溟轩进了寝室，在这里说话就不怕有人偷听了去，脱了鞋上了床，依着松软的锦被，叹道："不过是碰巧了，多亏我四姐姐无意中问了我这么一句，要不然我哪里会知道清水庵是什么地方。不过一开始也没有怀疑到杜曼秋的身上，要不是我在祖母房里提起这件事情，然后发现了她神色有些异常，只怕我也想不到的。所以说有些事情就是很偶然地碰在一起，然后就会发生许多你以前从不曾知道的事情。"

叶溟轩觉得这话很有道理，笑道："行啊，这话说得挺不错，的确是不经意的就得了这么好的一个消息。清水庵那边我先去查一查，你不要着急去，把日子定在十天以后，这样的话我有时间摸一下清水庵的底子。"

梓锦把这件事情跟叶溟轩说，就是希望叶溟轩先摸一下底子，不然自己贸贸然地去了，也怕羊入虎口。

梓锦点点头，又道："只怕是素婉那边你也要多费费心，我现在还不能确定，她这次出去传递消息究竟是奉了杜曼秋的命令，还是她做的跟杜曼秋没有关系，如果不能确定这一点,只怕对以后咱们做事情也有所不利。"

素婉是杜曼秋房里出来的,如果说她不是杜曼秋的人谁也不信。可是如果她是杜曼秋的人,那么这段日子素婉并没有跟澄园的人见面,杜曼秋跟素婉是怎么联络传递消息的?这一点真是令人想不通,如果不能弄清楚这一点,梓锦也是睡不安稳的。毕竟素婉如果是杜曼秋一伙的也就罢了,可万一不是呢?如果不是,素婉的背后站着的是谁?这才是最可怕的。

联想到素婉以前出自于澄园,而澄园的两位儿媳妇皆没有所出,如果素婉的背后还有人,那是不是这个人通过素婉在澄园的身份下的手?如果真的是这样,顺着这条线,梓锦就能把幕后指使人给揪出来。

所以这个时候梓锦宁愿素婉真正的主人并不是杜曼秋,这样的话,悬在梓锦头上最大的谜团就能解开,只有解开了谜团,知道那只黑手究竟长在谁身上,这样才能一举除之,从此后才能心神俱定。

叶溟轩自然是跟梓锦的想法差不多,想了想叶溟轩又说道:"最近朝中正在上奏,希望圣上能立储君,纵然是不立储,三位皇子皆已成年,也该封王了。"

梓锦心神一颤,皇子封王,就有了自己的封地,有了封地就可以积蓄自己的力量,为以后夺储位做准备。看来真的有人按捺不住了。

"是哪边先提出来的?"梓锦轻声问道,好像跟叶溟轩在一起,谈论朝局是那么自然的事情,叶溟轩也从没有隐瞒过她什么,梓锦在他面前也没有遮掩自己的锋芒,自从真的在一起了,所有的伪装也都消失了,就是那么自然地相融在一起,你中有我,我中有你。

所以梓锦问起这些事情,叶溟轩也没有丝毫顾忌地就说了:"是襄嫔娘娘娘家交好的世家先提出来的。"

不得不说这个答案很令人意外,因为三个皇子里,最弱势的就是襄嫔所生的二皇子秦召立,因为大皇子的母妃是淑妃,三皇子的母妃是德妃,两人都是妃位,只有二皇子的母亲是襄嫔。现代的社会是拼爹的时代,可是在古代,不仅拼爹还拼娘,尤其是皇宫里的皇子,不仅有母凭子贵之说,还有子凭母贵之说。妃与嫔的差距还是挺大的,就好像贱妾跟贵妾是不能相比的。

"如果是这样的话,咱们是不是可以想象,正是因为二皇子知道了大皇子跟三皇子有什么图谋,知道自己夺储无望,所以才想在襄嫔娘娘还没有年老色衰惹得圣上厌恶之前,尽量地为自己谋一个好的封地,至少将来能安逸晚年?"梓锦觉得如果他是那个相对弱势的皇子，也会这样为自己谋划的。

叶溟轩皱了皱眉头，轻笑道："也许吧，大皇子最受皇上喜欢，又是皇长子，皇后无子，将来即位希望最大的就是皇长子。三皇子的生母是德妃，德妃很有本事，能够几十年如一日不失宠，连带着三皇子也尊贵，谁又敢看轻了去。至于襄嫔……要不是生下了二皇子，只怕是在宫里也早就沉没下去了。"

梓锦就明白了，大皇子跟三皇子是属于子凭母贵，而二皇子只是母凭子贵，他的生母给不了他更多的助力，是比较可悲的，所以才想着能在容颜还在的时候为儿子谋一个稍微富庶一点的封地，这也是一个正经的打算。

政治从来都是残酷的，这位襄嫔跟二皇子能够在夺储打响之前急流勇退，也算是不错的了。

"皇上准了没有？"梓锦有些紧张地问道，如果皇上准了，看皇子们得到的封地跟封号，就能预测哪一位皇子更接近储位，梓锦祈祷秦时风不要春风得意马蹄疾才好，那可真是姚叶两家的悲剧了。

秦时风如果真的做了太子，那么将来一旦登上了帝位，首先倒霉的就是叶家跟姚家了，这已经是板上钉钉的事情，所以梓锦紧张。

叶溟轩轻轻地握住梓锦的手，柔声说道："莫怕，人这一生长着呢，谁也不能预计到下一刻会发生什么，就算是坐上了太子之位，被废除的太子也不是一个两个。"

梓锦靠在叶溟轩的怀里，她又不是书写历史的人，又不是一定有把握改变历史的人，只能顺着历史的潮流往前走，在这个历史上没有记载的朝代，谁又能知道秦时风究竟能不能坐上皇位？

时光珍贵，一夜贪欢，趁着还能肆意活着的时候，总要去做自己喜欢做的事情，烛影摇红，寝帐轻摆……

很快叶溟轩那边就有消息传来，清水庵居然查不出有什么古怪，正因为查不出才令人更加不安。叶溟轩坚决不同意梓锦去犯险，梓锦却不同意，握着叶溟轩的手，慎重地说道："你要相信我，我有足够的胆量，也有足够的智慧不会让自己涉险。而且跟我同去的还有大嫂二嫂，不会有什么事情的。"

叶溟轩摇摇头："清水庵古怪之极，居然查不出一丁点的不妥，要知道就是大觉寺每年也会有那么几桩见不得人的事情，正因为清水庵什么都查不到，反而更有问题，怎么能让你涉险？"

锦衣卫号称无孔不入，居然连锦衣卫都查不到，梓锦皱着眉头问道："你说会不会跟万荣有关系？如果能做到让锦衣卫伸不进手去，那么就有可能是极熟悉锦衣卫的运作方式的人才能做到这样滴水不漏。"

叶溟轩沉思半响，那黝黑的眸子就好像浓得化不开的墨，黑黑沉沉的，能把人的灵魂都吸引进去，梓锦柔声劝慰道："不要着急，饭要一口口吃，水要一口口喝，动作太大反而会引起万荣的警惕就不好了。"

"所以你前些日子给我说的把小乞丐组成探子，我觉得这个主意不错，已经派了卫易接手这件事情，你的陪房陈安以后就跟着卫易干，慢慢有机会也能挣个前程的。"叶溟轩笑道。

梓锦对这个没有意见，笑道："我的就是你的，想要什么，只管拿走就是了。"

夫妻二人相视一笑，多少言语尽在不言中。

最后，叶溟轩终究还是在梓锦的劝说下同意了清水庵一行，本来叶溟轩想要陪着去，但是梓锦却拒绝了，要是叶溟轩去，岂不是把人给吓回去了，就是有什么线索也查不到了。叶溟轩细细叮嘱了梓锦诸多事宜，这才同意了梓锦去清水庵。

楚氏跟沈氏还有梓锦一早拜别了叶老夫人，跟长公主还有杜曼秋踏上了去清水庵的路程。本来长公主是不喜欢去的，但是想着梓锦一个人太孤单，面对着杜氏婆媳三个总有些不妥，这才决定走一趟。必要的时候，梓锦要是做什么事情，她还可以打掩护。

梓锦没想到长公主居然会因为她而走这一趟，心里很是不安，坐在马车上就有些歉疚地看着长公主："娘，都是儿媳不好，还要劳烦您跑这一趟。"

长公主摇头一笑："我也很久没出来了，就当是散散心了。你别有负担，要做什么只管去做，万事有我给你兜着。"

这一刻倒是有些长公主的架势了，梓锦就笑了，道："是，儿媳遵命。"

婆媳二人相视一笑，长公主本不是多话的人，但是这些日子以来家里的事情一出接一出的，再加上梓锦把素婉的事情告诉了长公主，所以连带着长公主这些日子都有些变了，再也不跟以前一样无所事事了，一副养老的样子，也在慢慢地、不经意地插手府里的事情。只是动作很缓，一下子令人察觉不出来罢了。

梓锦不知道长公主跟叶老夫人之间曾经发生过什么，但是看到这婆媳两个慢慢的也融洽起来，还是很开心的。

人都要学会改变，不管是为了你身边的人还是因为这个环境，一成不变的人，总会被这个家族被这个社会所遗弃的。

两辆马车行走在黄土铺成的路上，颠簸得很是厉害，纵然马车里铺了厚厚的毡褥，梓锦也觉得浑身散了架一般。因为通往清水庵的路并不像通往大觉寺的路那么宽敞那么平整，凹凸不平的路很是令人受罪。

终于在梓锦熬不住的时候，马车停了下来，终于到了。

梓锦长长舒了口气，扶着长公主下车，早有蒋嬷嬷带着小丫头在马车外候着，车辕下放了踏脚凳，婆媳二人下了车，长公主看了后面马车一眼，楚氏也扶着杜曼秋下了车，一身的牡丹红衣衫在这翠绿的山林中鲜艳夺目，不管什么时候，杜曼秋都是一个注重仪容的人，而且喜欢偏艳色的衣衫，总会给人一种风姿绰约的风韵。

因为长公主驾到，清水庵的静谧师太亲自迎了出来，场面甚是庞大，长公主笑道："今日只是来上炷香，方外之人不用多礼，都起来吧。"

"谢公主千岁千千岁。"静谧师太领着一众小尼姑郑重地行完礼这才站起身来。

因为是求子来的，所以自然是先要拜佛，长公主很是礼贤下士地询问了要拜什么佛才能灵验之类的话，静谧师太恭敬地一一而答。梓锦在一旁看着，细细打量静谧师太，是个微胖的中年妇人，五官虽不是格外地出众，但是的确能给人一种出家人的慈和之态，面上始终带着淡淡的笑意，纵然是面对着长公主也不见得有多卑躬屈膝，礼节恰到好处。

梓锦估摸着这个静谧师太是个见惯官场的人，知道跟贵人们怎么打交道，这浑身的气派既不会让人觉得伏小做低，阿谀奉迎，也不会令人觉得太过于清高自赏，一切都是刚刚好，正因为是刚刚好，所以梓锦觉得静谧师太越发神秘起来，能把事情做得刚刚好的人，绝对不是简单的人。

梓锦也悄悄地观察杜曼秋的神情，就见杜曼秋在一旁默默地听着偶尔插嘴说句话，好像并没有不对的地方，梓锦看着杜曼秋这般的淡定，心里想着难道自己多想了？可是又觉得不像，打定主意还要多多留神才是。

楚氏跟沈氏倒是没什么异样，两人规规矩矩地坐在杜曼秋的下手，毕竟是为了求子的事情而来，多少有些面皮薄，板着身架也不多说话，面上的神情一直绷着，倒是让人觉得有点好笑。

又续了会儿话，静谧师太亲自带着众人去了大殿参拜，早有小尼姑分好了香递到众人的手中，大殿正中供着的正是求子观音，长公主跟杜曼秋在前，楚沈二人还有梓锦在后，又有人在她们的面前摆好了厚厚的蒲团，众人这才拜了下去。

梓锦看着宝相庄严的菩萨，心里顿时生出一股子敬慕，都说做人好，做神仙整天被人的欲望所求,不知道会不会也觉得烦闷?梓锦心里默默地说道:"菩萨,我没别的所求,只是希望我的姚叶两家人能够一生平安……"

郑重将香插进香炉里,众人这才缓缓地走了出来,静谧师太笑道:"小庵虽然不大,倒也有几处好风景,不知道公主殿下、杜夫人,几位少夫人可有兴趣走一走?"

因为早就接到帖子,今儿个长公主会带着家人上香,所以清水庵是清了场的,今天庵门紧闭,不接待别的香客了。因此清水庵里很是清静,并无闲杂人等来来往往。

长公主就笑道:"我就不去了,坐了一路的马车腰都酸了,小辈们愿意去的就看看,只是别走远了。"

楚沈二人也是不轻易出门,听到长公主这么说自然是开心得紧,不过还是看向了自己的正经婆婆。杜曼秋当然不会这个时候做坏人,笑道:"四处看看也好,索性出来了,就玩一玩,不过还是那句话要带着丫头婆子,不许走远了,中午用过斋饭咱们就回了。"

楚沈二人笑着应了,梓锦在一旁听着却暗暗地留意,杜曼秋并没有说自己要去做什么,心里当下留了心眼,悄悄地看了纤巧一眼,纤巧自然明白的。梓锦扶着长公主往专门给客人准备的厢房去休息,蒋嬷嬷带着小丫头立刻跟上,寒梅跟周妈妈也跟在梓锦的后面,纤巧却走到一旁低声问一个小尼姑道:"小师傅,这里什么地方可以打清水?"

楚沈二人就带着自己的丫头婆子在小尼姑的指引下四处游玩,梓锦扶着长公主去了厢房,确定安全之后,这才说道:"儿媳出去看看,杜夫人好像跟静谧师太在一起,也不知道去了何处。我留了纤巧盯着,但是我怕她一个小丫头有的时候不好行事。"

长公主点点头,叮嘱道:"万事小心,方才静谧师太与我对话,字字句句滴水不漏,可见是城府极深的,打探不到什么就算了,千万别打草惊蛇,日后也是麻烦。"

梓锦慎重地点点头:"儿媳知道了,您先休息会儿。"转身看着蒋嬷嬷道:"就有劳嬷嬷了。"

"少夫人别这么说,这是老奴应该做的。"蒋嬷嬷笑着说道,躬身将梓锦送了出去。

周妈妈跟寒梅正在外面候着,见梓锦出来立刻迎了上来,压低声音说道:"方才有个小尼姑鬼鬼祟祟地往这边瞅了一眼,就闪开了,老奴故意装作没看见,慢慢出了门扫了一眼,是往西去了。"

梓锦缓缓地说道:"往西?静谧师太的禅房好像就在西面?"

"正是。"周妈妈低声应道。

"大少夫人跟二少夫人去哪里了？"梓锦扶着寒梅的手慢慢地往外走轻声问道。

"听说去了清水庵西面的小花园，那里种着许多名花名草，也是清水庵的一处风景，叫什么心台园。"周妈妈回道。

"心台园？果然是方外清净之地，连取个名字都这样轻灵。"梓锦嘴角一勾缓缓说道，"既然如此我们也去心台园去瞧一瞧。"

梓锦想着自己总要跟楚氏跟沈氏二人在一起才好，就算是有人想要趁机算计自己也要估计着楚沈二人。想到这里压低声音问道："有没有看到杜夫人去哪里了？"

"听说是去了后面的大殿拜佛去了，杜夫人每月都有捐香油钱，在这里好像为其父亲点了一盏长明灯。"周妈妈对答如流，显然是做了很多功课。

梓锦这才记起杜曼秋的父亲好像是为了救平北侯死在战场上，做女儿的为父亲点长明灯也是应该的，只是没有想到杜曼秋居然选在了清水庵，按理说选在大觉寺会更好一些。不过现在梓锦不好评说这些，打眼望着清水庵，收拾得很是齐整，清水庵的面积比起大觉寺还有乾清观是差了许多，但是胜在景色幽致，房屋建造得很是精美小巧，雕梁画栋，飞檐拱壁，煞是美观，而且庵里随时随地都能看得到花花草草，整整齐齐地种在两旁的泥土里，周围铺了鹅卵石做径，走在上面真是令人心情大好，梓锦想一个地方之所以能让人流连忘返这种硬件设施绝对很重要啊。

回想起静谧师太那带着笑容的慈和面容，实在很难想象这样的人会是一个作奸犯科的人，或者说清水庵真的有什么古怪只是这位庵主并不知道？梓锦随即又摇了摇头，能做到一庵之主又岂是易与之辈？

寒梅扶着梓锦，周妈妈在后面跟着，主仆三人慢慢踱步往心台园而去，一路上倒是遇到不少好的小尼姑，只是每个人都很是有礼地问礼看不出有丝毫不对劲的地方。

阳光渐盛，微风徐徐，花草泥土的香气扑鼻而来，寒梅就笑道："这可不是到了，还未到就闻到了花香，果真是个好地方。"

眼前立着月洞门，门上雕着浮雕，古时常有这种在砖面上刻了浮雕做了装饰，月洞门上方悬着心台园三个大字，月洞门的半圆形的门洞上，就是雕满了浮雕，梓锦看着这些浮雕不由得停住了脚，雕刻得很是精美，连人的五官都刻画得很是精致。

梓锦不由得停住了脚，精美的东西总是能令人流连忘返，梓锦立在月洞门前，细细地看去，突然间一愣，这并不是寻常的浮雕画，居然是用浮雕刻画讲了一个故事，

锦绣盈门 下

梓锦不由得来了兴趣，细细地瞧了下去，一开始看以为是梁山伯与祝英台，但是越往后看却越是不一样了，梁祝的结局无疑是悲惨的，但是这一幅画上，同样讲的也是一个男子与一个女子相遇，这女子初始也是女扮男装，两人背后的景色应该也是书院之类的地方，月洞门太小，故事也讲得不甚完整，只能看出大体的脉络，这男的以为女子是男的，两人把酒言欢，从雕像上都能看得出那个时候他们面上的笑容是多么开心，后来男子离开了，女子扮男装送别，再后来男子又回来了寻女子，却不想与换回女装的女子在街头偶遇，再下面一幅像是男子见了女子的家人，砖面较小，雕的人物多，难免就有些模糊不清，梓锦继续往下看，却是心头一震，久久说不出话来，呆愣地看着那砖雕画发呆。

有两块砖面只是镂雕了大朵的芙蓉花却不见一丁点的故事情景，到了最后的一幅却是令梓锦最惊讶的一幕，那女子横卧在地，双眼木然地看着前面一个背影，梓锦瞧着那背影还能看得出那是一个男子，怀里抱着一个婴儿，可是那个男子却不是砖雕上一开始出现的男子……

"三少夫人觉得这砖雕如何？"

突然来的声音让梓锦猛地一震，静谧师太……梓锦努力压下心里诡异的感觉，让自己镇定下来，面上尽量自然带着一丝迷惑回过头来，看着静谧师太浅浅一笑，这才说道："这一出梁祝好像跟我以往听的戏本不太一样，最后不是两人合葬了吗？怎么又会出来一个孩子，祝英台为什么横卧地上那么绝望呢？"

静谧师太依旧带着和煦的笑容，道："贫尼也曾对此不甚理解，特意问过做砖雕的师傅，他们只说他们那边故事便是这般。"

梓锦轻笑一声，道："真是不出十里，乡风不同，我原以为天下的梁祝都是一样的呢，原来还有的地方是这样的，真真是令人好奇得紧。师太，你可曾问那砖雕师傅，为什么梁祝有了孩子呢？他们成亲了吗？为什么最后要把孩子抱走呢？他们不是很相爱吗？这个结局好奇怪啊。"

静谧师太轻轻地摇头："这个倒不曾问，大约是世俗之人对爱情的期许是不一样的吧，所以才有了不同的结局。"

梓锦觉得这好像是自己的错觉，她居然从静谧师太的声音中听出了哀伤，压下心里的诡异，嘴上却说道："师太这话说得很有道理，爱情本就是模样不相同，不过作为女子大多都要认命的，哪里能去追求什么爱情。"

梓锦轻叹一声，似乎声音里带着些许的落寞，眼眸里就挂了点点的泪光，梓锦故作这般,不过是想要再试探一下静谧师太,这个师太太奇怪了。

静谧师太垂眸看着梓锦面上一闪而逝的哀伤跟寂寞,不知道是不是触动了什么,双手合十,低念一声佛号,这才说道:"无嗔无欲,不怒不悲,各得缘法,各有去处。"

梓锦定定地看着静谧师太,突然嫣然一笑,迎着阳光那笑容就像是被镀上一层金,金晃晃的令人有些睁不开眼睛,本就国色天香,一笑斗芳菲,就连静谧师太都有些怔怔然,嘴里突然呢喃一声:"好像……"

"好像什么?师太。"梓锦接口问道,眉眼间满是笑意看着静谧师太。梓锦心中一紧,自己这般演戏不过是想捉到一点的蛛丝马迹,因此静谧师太这样一失神无意中说出这两个字,梓锦就立刻做好奇状追问出口,实则心里紧张得要死。

静谧师太猛地回过神来,浅笑道:"贫尼是说好像九天仙女,三少夫人果然是天姿国色,艳冠芳菲,连我等方外之人居然也失神了,罪过罪过。"

梓锦心里无比失望,究竟还是没有探出什么,不过面上却浮上一抹红晕,低声道:"师太这话真是让我无地自容了,不打扰师太了,我去心台园寻大嫂二嫂去。"

梓锦笑着点头施礼,这才带着寒梅跟周妈妈进了月洞门,寻楚氏沈氏去了。

待她们走得没了影子,杜曼秋却突然从一大片的花丛后面现了身,看着梓锦离开的方向已经瞧不见背影,转头看着静谧师太,道:"姑姑,她们长得到底像不像?"

静谧师太脸上的神色这才变得有些苍白,缓缓地点点头,道:"像,像极了,世上怎么会有这样像的人。"说着静谧师太突然伸手抚上砖雕上女子的容颜,低声说道:"你不觉得三少夫人跟砖雕上的女子也很像吗?"

杜夫人带着不解,扫了一眼砖雕,皱眉说道:"像吗?"

"像极了。"静谧师太缓缓地松开了手垂在身旁,这才转过身往自己的禅房而去,杜曼秋跟在后面,两人又像是寻常的香客与师太的关系,低声细语地往前缓步离开。

待两人离开后,方才杜曼秋隐身的地方,纤巧面色苍白地爬了出来,借着花树的遮掩弄平整了衣衫,拂去了泥土草屑,又伸手使劲揉揉脸颊,让脸颊尽量的看起来跟平常一样,这才迈着有些漂浮的步子往心台园追梓锦去了。

梓锦跟沈氏楚氏聊了会子天,慢慢地试探,却发现两人好像真的什么都不知道,不由得有些失望,看来杜曼秋并没有对这二人吐露什么,想要从她们身上辗转获取消息是不可能了。不过这样也好,她们不知道杜曼秋的底细,同样的也不会贸贸然地对自己不利,梓锦紧绷的心也慢慢地缓了下来。看到纤巧追了上来,心中明了,示意纤巧跟着自己就好,却依旧跟楚沈二人在心台园谈天说笑,只是心尖上偶尔会闪过静谧师太失神的模样。

蒋嬷嬷轻轻地推开了房门，慢慢地踱步进来，走到了长公主跟前，低声说道："公主，杜夫人的确跟静谧师太单独在一起，两人在禅房里待了足足半个时辰这才走出来。然后两人往心台园去，不曾想三少夫人正站在心台园月洞门口不知道在看什么，杜夫人就隐身藏在了茂密的花树后面，静谧师太一个人走了过去，跟三少夫人说了好一会子话，三少夫人这才离开，然后杜夫人就出来了，跟静谧师太不知道说了什么，两人的神情一开始都有些怪怪的，静谧师太还伸手去抚了月洞门口的砖雕，然后两人又做寻常样子离开了。老奴没想到两人离开后，纤巧那小丫头居然从花丛里爬了出来，脸色有些白想来吓得不轻，不过这丫头真是个不错的，那个时候还能很镇定，拂去了身上的泥土草屑，然后就进了心台园。杜夫人跟静谧师太离开后又回到了禅房，又过了小半个时辰杜夫人这才出来，独自回了咱们旁边的禅房休息。"

长公主半眯着眸，长叹一声道："没想到锦丫头猜得很对，杜曼秋果然跟静谧师太有些瓜葛。"

"是啊，这么多年了，您不管府里的庶务，也不管旁的事情，自然就没有关心这些。不过现在看来，您可不能在这样撒手不管了，查不出杜夫人究竟意欲何为，三少夫人跟三少爷总会有危险的。"蒋嬷嬷规劝道。

长公主抬眼看着窗外，碧澄澄的天空上朵朵白云悬挂其上，那么高那么远，让人恨不得跟着去飞翔。

"你说的是，今后是不能再袖手旁观了。"低声轻叹一声，唇齿间满是无奈。

"那这件事情要不要告诉侯爷？"蒋嬷嬷问道。

长公主摇摇头，道："没有真凭实据先不要打草惊蛇，免得捉蛇不成反被咬。杜曼秋此人素来做事沉稳，想要捉她的把柄不容易，回去后你就开始安排吧，这些年你在府里培养的人可以用上了。"

蒋嬷嬷大喜过望，道："您总算是想通了，老奴遵命！"

"不为我自己可还有溟轩跟锦丫头，终究还是没能独善其身。"长公主的护甲磕在了桌沿上，碎成两截。碧玉做成的护甲薄透如蝉翼，上面嵌了宝石华贵精美，可惜了这么好的东西。

蒋嬷嬷亲自蹲下身子将碎片捡起来，笑道："这些东西赏给小丫头出去变卖，上面的宝石比她们一年的月例还多呢，可不能白瞎了。"

梓锦跟着楚沈二人把清水庵走了一个遍，腿酸得厉害，却再也没有别的发现，回去的马车上梓锦就跟长公主细细说了情况，长公主也把蒋嬷嬷看到的说了一遍，婆媳二人交换了情报，俱是惊讶不已。

梓锦扶额，低声说道："纤巧那边听到什么我还没问，不过既然蒋嬷嬷都能看到纤巧从花丛里爬出来，会不会也被别人看到？"梓锦怕纤巧的生命受到危害。

"这个你放心，蒋嬷嬷把周围的环境细细地看过了，当时院子里并无其他人，想来是静谧师太要跟杜曼秋说话把人都遣开了。"长公主安抚道。

梓锦这才长舒了一口气，道："这就好，下次可要让这个丫头注意了，不过她怎么会提前藏到那花丛里去，我得好好问问，难不成她知道了什么消息？"

长公主就点点头，道："你回去再细细问不迟，千万不要着急被人看出形迹。"说到这里，长公主轻叹一声，又道："如今既然知道杜夫人跟清水庵不清不楚，在不知道她的真实目的下，你不要轻举妄动。以后我会逐渐在庶务上伸手，慢慢把管家权分割，你也做好准备，该做什么不用我多说了，你这么聪明自然晓得的。"

梓锦惊喜莫名，顿时有种守得云开见月明的感觉，自从上次把侯府的情况摸得一清二楚之后，看到长公主居然没在侯府的关键位上安插自己的人手，觉得万分的悲催，没想到长公主这么有魄力，说战斗就战斗，那自信的模样好像胸有成竹一般，难不成她的公主婆婆还有后手？哎呀呀，宫里培训出来的高端宫斗人才，自己是拍马难及，不过梓锦想着只要自己跟这位高端人才是一伙的怕个毛线啊。

梓锦就如同打了兴奋剂一般，自然是频频点头不已。心里琢磨着，杜曼秋果然是有问题的，只是楚沈二人目前来说应该还不知晓杜曼秋的计划，所以从楚沈二人身上能得到的有用的消息就不太多了。但是梓锦已经能够肯定，这次回去侯府是再也不能安生了。

长公主既然决定要插手侯府庶务，那就一定会有所动作，自己到时候只要配合就好，只要自己这边动手，楚沈二人就跟自己成了敌人，想要维持和平是不可能了，就看谁的手段高低了。

楚氏跟沈氏都不是愚蠢的人，尤其是楚氏更厉害些，一旦交起手来，就是梓锦自己也不知道谁胜谁负，不过他们占了先机，至少杜曼秋那边并不知道她们已经对她有了怀疑，进而会着手行动。

其实就是长公主不说，梓锦也能猜得到长公主跟叶青城之间的微妙处境，不过梓锦觉得有些事情还是要跟自己的公主婆婆沟通一下，虽然有些不合规矩，不过梓锦只能硬着头皮上了，低声问道："娘，这件事情您打不打算跟公公说？"

长公主看着梓锦有些意外,大约是没有想到梓锦会逾矩问这些事情。

梓锦忙解释道:"您别误会,儿媳没别的意思,我就是觉得咱们侯府情况比较特殊,杜夫人掌管侯府这么多年一直没有出过差错,行事又谨慎,您要是毫无根据跟公公说咱们怀疑的事情,只怕公公未必相信,更何况在庶务的问题上,男人家哪里能如女人理得清楚,不过是听谁说得有道理就偏听谁的罢了。"说到这里一顿,咬咬牙继续说道:"杜夫人这么多年在府里根基颇深,要动她不是一朝一夕的事情,没有十足证据下,我想咱们还是不要轻易跟公公说的好,免得被人诟病。"

梓锦的意思很简单,你跟平北侯两个人感情虽深,但是杜曼秋跟他也是几十年的夫妻,又掌管庶务多年从未出过偏差,万一出点什么事情,按照理性思维也不会觉得杜曼秋是错的。更何况杜曼秋跟清水庵的事情没有确凿的证据,就是说给叶青城听他也未必相信,万一他要去质问杜曼秋岂不是把我们的优势也暴露了?这样一来想要对付杜曼秋就是难上加难,所以对于男人这种生物,有保留的时候还是要保留的。

长公主垂眸不语,梓锦的话的确让她有所触动,她没想到梓锦小小年纪居然能想这么多,不由得抬眸看向梓锦问道:"你的意思我明白了,你就这么肯定侯爷不会怀疑她?"

她没言明是谁,但是两人心知肚明。

梓锦一脸郑重地说道:"如果是一妻一妾,如果夫妻感情和睦,大约做丈夫的会偏向妻子。"这话没说出来的意思是,你们是平妻,跟侯爷的感情至少明面上都是比较和谐的,杜曼秋又是个深藏不露的,想要让叶青城一下子去怀疑个隐藏了这么多年的妻子,只怕也是有些难度的。毕竟在古代内外有别,男人跟女人分工明确。就像是姚谦那样一个耿直的人,在后院也是弄得焦头烂额,要不是有姚老太太镇着,哪里有现在的太平日子。更不要说侯府这样复杂的局面,偏偏他们的对手又这样厉害。

除非一举抓到杜曼秋的致命要害,不然千万不要去攻击杜曼秋本人。

长公主神色有些不好,不过还是理智地说道:"你的意思我明白了,是啊,你说得对,男人对后院的事情总是一知半解的。"

"我们先慢慢剪除她的羽翼,就好像温水煮青蛙,要一步步的,在别人没有察觉到危险的时候,我们已经成功。那个时候不管是老夫人还是公公都不会跟我们为敌,只会是我们的盟友。我知道您不屑于做这样的事情,不然的话这么多年也不会一直不插手府里的庶务,可是现在我们也是没有办法,我们不知道杜曼秋的身后站的那个人，究竟是什么人，又有何目的？娘，您不觉得奇怪吗？如果杜夫人对那人的情况十分了解，为何不知道自己儿子不能生育的事情？可见也许那人比我们想象中的更要凶狠，通过杜夫人做的事情只怕是更可怕。如今我们不仅是放着侯府内部的争斗，更害怕有人借着杜夫人的手想要毁掉整个侯府。"梓锦说到这里语气也有些焦急起来，因为现在线索太多，可是却都串联不起来，这才是最令人心急的地方。

声音顿了一顿，梓锦又加重语气说道："溟轩还怀疑锦衣卫指挥使万荣万大人，除了效忠皇上以外，可能还会投靠了别人。当年关于疯马踏伤赵游礼的事情，就是通过万荣万大人的手得以翻案，可是前段时间大哥亲口跟溟轩说过，他没做过这样的事情。我想大哥是个有傲气的人，还不至于说这样口是心非的话。"

长公主一下子愣住了，是啊，事情比她们想象的要复杂得多。

"那就这么决定吧。"女人一旦定下心来，其实心智更为坚硬，长公主一旦下定决心，眸中的凛冽刀锋嗖嗖闪过，多少年不曾这样跟年少时一样肆意张狂了。人家做了婆婆的是越来越庄重，自己倒好做了婆婆了反倒是越来越张狂了。

梓锦松了口气，面上一缓，低声说道："让您受委屈了。"

长公主失笑一声，伸手戳了梓锦的额头一下，道："锦丫头，有没有后悔嫁进来？你要是嫁给别人哪有这么多的糟心事。"

"进哪一家也是上有公公婆婆下有小姑小叔，左有妯娌右有族亲，是非不断的。我没后悔过嫁进来，溟轩待我真心一片，我只想好好珍惜这一份真心，好好地维持我们的感情，期盼着我跟他能够白头偕老，儿孙绕膝。"梓锦嘴角带着浅浅的微笑，双眼亮晶晶的，不曾因为羞涩不好将话说出口，这是他们的爱情，香馥浓郁，多滋多味。

长公主轻轻拍拍梓锦的手，看着窗外慢慢往后退去的风景，徐徐说道："想要得到总会有失去的，有得有失才是人生，哪里真有十全十美的。你能这么想，我替溟轩很开心，至少他没有喜欢错人。人这一辈子漫长得很，总需要有那么一个人陪着你慢慢走下去，他不用十全十美，只要心里有你就好，把你放在最重要的位置。"

能像长公主这么看得开的人还真不多，梓锦用力地点点头："是，儿媳记住了，我们会好好地相扶相持一生一世。"梓锦其实还想说，她也希望长公主能有一个好的结局，她希望她跟叶青城也能相扶相持一生一世。

世上有情人千千万，奈何一路终老的十中有一就不错了。不然世上怎么会有劳燕分飞，棒打鸳鸯的成语？

心思辗转间，一路颠簸回到了侯府，先跟叶老夫人请过安后，众人这才各回各院，洗漱更衣休息，这一天实在是累坏了。

梓锦躺在贵妃椅上，任由水蓉给她用干帕子擦拭着头发，一边询问着府里可有事情发生，水蓉口齿伶俐，一一作了回答，素婉这次没寻机会出去，倒是安安分分地在院子里做针线。只是越是这样沉稳反倒是越令人心惊，越发地捉摸不透，一个别人安插进来的小丫头都能有这种心态，如此镇定，梓锦越觉得幕后那人的深浅摸不透了。

问完了水蓉，纤巧也换过了衣衫，走了进来，梓锦就让水蓉出去守门，纤巧接过水蓉手里的帕子继续为梓锦擦拭头发，缓缓说道："奴婢在清水庵发现了一件奇怪的事情。"

梓锦说道："说说看，我们离开后，杜夫人跟静谧师太可有什么异常的地方？"

"杜夫人是个谨慎的，您跟长公主走后，她先让丫头婆子去了禅房收拾，自己去了点了长明灯的大殿烧香祈福，在里面足足待了两刻钟才出来。出来后一个人拐了几个弯，绕了一条小路去了静谧师太的禅房。奴婢就觉得奇怪，杜夫人要见静谧师太大可以正大光明的，怎么这么见不得光似的，奴婢就远远地跟着，不敢靠近，生怕被人察觉。就看着杜夫人进了静谧师太的禅房。说来也巧了，奴婢藏身的地方正是心台园侧边的浓密花丛里。不曾想少夫人也过去了，我也不敢轻易冒出头来，因为我看到了杜夫人跟静谧师太从禅房里一起走了出来。

"不曾想这两人走了过来，在拐弯的地方看到您正站在月洞门前看着什么，静谧师太就让杜夫人躲一躲，自己走了过去。杜夫人就闪身进了奴婢藏身的那一片花丛，这可要了奴婢的小命了，这要是被夫人撞见怎么得了，奴婢看到那一大片花丛的下面有一片野杜鹃伸出长长的枝叶，花草的根部就有了一大片的花荫，奴婢一看当下也顾不得什么，整个人趴在地上躲了进去，这才堪堪避开了。"

梓锦听到这里也是一阵紧张，没想到纤巧还有这样危险的时候，幸好这丫头急中生智。大半花草浓密的地方总会有大片的花荫遮天蔽日，藏个把人只要不说话不动，基本能躲得过去的，只是那么脏的地方，亏得纤巧这个一等大丫头忍得下去。要知道她们这样人家的大丫头，比寻常人家的小姐还要体面三分，下面有小丫头伺候着，舒服着呢。

纤巧就把梓锦走后，杜曼秋跟静谧师太的对话说了一遍。

梓锦抬头看着纤巧问道："你可听清楚了，杜夫人的确喊静谧师太为姑姑？"

"是，奴婢没听错，而且杜夫人问静谧师太像不像，静谧师太还伸手抚了抚砖雕，说像，还说您长得跟砖雕上的女子也有几分像。"纤巧回道。

梓锦下意识地摸摸脸，脑海中回想着自己看到的砖雕上面的人物面相，当时自己还惊叹人物的五官都雕刻得栩栩如生，只是当时并没有往这方面想。这时细细想去，突然觉得那砖雕上的女子，好像真的跟自己有那么一点相像。

突然之间像是从骨子里散发出一点寒意，砖雕上的女子究竟是谁？为何会跟自己有点像？静谧师太还用手去抚摸砖雕上的女子，可见她跟砖雕上女子必定是相识的。想起砖雕上的画的内容，梓锦的心揪得更紧了，整个人就好像掉进了冰窟窿里，浑身冻得透心凉。因为那砖雕上的女子，很显然没有好下场，自己生的孩子都被人抱走了，她却无能为力只能绝望地躺在地上看着那人的背影等死！

纤巧看着梓锦发愣的眼神，心里顿时有些不安，轻轻地喊了一声："少夫人？"

梓锦茫然地回过头来看着纤巧，慢慢醒过神来，才发现后背上、手心里沁满了汗珠。

秦时风见到自己就喊阿若，有人说自己跟阿若长得很像。可是杜夫人问静谧师太自己像不像，那么在杜曼秋的眼睛里自己像谁？阿若还是另有其人？那砖雕上的女子究竟是谁，为什么会跟自己也如此的相像？

有种冰凉的感觉从尾椎骨上蔓延开来，梓锦的脑海中交错着几个名字，被秦时风毒杀的阿若……被皇帝赐死的宁妃……砖雕上的女子……还有她自己……她们中间究竟有什么样的牵连……相比阿若跟宁妃，梓锦现在更想知道，砖雕上的女子究竟是谁，为何跟自己也有几分相像？

中秋节要到了，侯府里越发地忙碌起来，转眼到了八月十五祭月，各色精美的小吃在桌子上摆得满满当当，这是梓锦在侯府过的第一个中秋节，以前在姚府就觉得日子已经过得很丰足，但是如今跟侯府的排场一比顿时落了下风。难怪人人争权夺势，却是妙不可言。

两房之间不停地较量，长公主稍胜一筹，将府里的管事换了几个自己的人。杜曼秋恼怒儿媳不中用，关了楚氏的禁闭，吵吵闹闹中日子这样悄然而逝，转眼间就到了十月底，梓锦怎么也没有想到她那最近风头正盛的大哥上门了。

梓锦正在看账册，旁边纤巧将算盘拨得哗哗直响，一旁寒梅跟水蓉也拿着笔，梓锦念一句她们就在各自的本子上写一句。正忙着，雁桃挑起帘子走了进来，满脸的笑容，说道："少夫人，少夫人，大少爷来了。"

梓锦皱皱眉，道："大少爷？哪个大少爷？"

雁桃忙说道:"还能是哪个大少爷,自然是姚府的大少爷。"

梓锦一愣,惊喜莫名:"大哥?在哪里呢?"说着就要往外走,雁桃忙跟了上去,回道:"在前院呢,侯爷不在家,大人也不在家,杜夫人请您到内院门口的花厅去见客。"

姚长杰是外男,是不好直接进内院,梓锦忙点点头,打量一下自己的衣衫,伸手抚了抚簪环,这才看着纤巧说道:"你留在屋子里继续对账,雁桃跟水蓉随我走一趟。"

水蓉忙放下手里的笔,立刻跟了上去。

梓锦匆忙赶到了花厅,远远地就看到了姚长杰身姿笔直地坐在花梨木的圈椅上,身旁立着陪着他说话的是侯府的外院大管家谢元。梓锦松了口气,谢元在这里相陪,也算是将她大哥当做贵宾了,杜夫人这次安排得还不错,娘家人被重视,梓锦自然是面上有光的。

看到梓锦进来,谢元忙上前行礼:"老奴见过三少夫人。"

"谢大管家快快请起。"梓锦笑道。

谢元这才站起身子,笑道:"奴才还有点事情没处置完,还请三少夫人允许奴才告退。"

谢大管事识时务地给这兄妹二人腾地方说话,梓锦心里自然明白的,于是点头应了。这个谢元倒也是个令人猜不透的,梓锦很少接触外院,但是也知道谢元深受叶青城的重视。

"大哥。"梓锦打量着姚长杰,许久不见真的是十分想念,眼眶一红,泪珠就冒了出来,止也止不住。梓锦想着大约见到海氏,她也不会这样的激动。"你瘦了,大嫂没给你饭吃吗?"

姚长杰本来板着脸,听到梓锦这么不着调的一句话,顿时撑不住了,忍不住笑了笑:"还是那么调皮,坐吧。"

梓锦坐在姚长杰的对面,姚长杰瘦了些,皮肤也黑了些,但是眼睛却更亮了,听闻这段时间她大哥在朝中风头一时无两,很多的贪官都在他的手下被斩落马,不知道多少人对他又敬又怕又恨。

姚长杰也在打量着梓锦,这一打量,棺材脸刚松缓了些,又紧紧地皱了起来,看着梓锦问道:"你才是真的瘦了,有人欺负你了还是叶溟轩对你不好?"

"没有的事,我最近正在跟着杜夫人管理庶务,刚上手难免忙了些,过段日子就好了。"梓锦忙解释道,又笑道:"我不欺负别人就该偷着笑了,谁还敢欺负我?"

姚长杰无奈地一笑，看着梓锦一如既往的俏皮，神色间倒也没有怨妇之色，这才舒心了许多，缓缓地说道："若有人欺负你，不许你瞒着，你大哥还是能保护自己妹子的，委曲求全这事咱们用不着。"

梓锦听着这话，眼眶又忍不住地一红，忙点点头，尽管极力忍着，还是有泪珠掉了下来。姚长杰知道侯府的日子并不一定是梓锦说的这样容易，伸手将自己的帕子递给梓锦，梓锦接过来抹泪，拿在手里一看，又忍不住乐了，这还是自己给姚长杰绣的，帕子角上翠绿的竹子迎风招展翠色依旧。那时候想着她嫁了人就没时间做这些了，足足绣了一大匣子给姚长杰备用，看到这帕子，又忍不住要哭了。

姚长杰伸手拍拍梓锦的头："还跟个小丫头似的爱哭鼻子，也不怕人笑话。莫哭了，我今天来是有两件事情要跟你说的。"

梓锦将帕子捏在手里，却用自己的帕子拭干了眼泪，她就知道姚长杰不会无缘无故地上门，缓缓地抬起头来，看着他，秀眉一拧，心有不安问道："大哥，是不是家里出什么事情了？"

听着梓锦急迫的声音，姚长杰先是安抚地一笑，然后才正色地说道："莫着急，你二姐姐昨日生了，我来给你报喜。"

梓锦顿时开心不已，急急忙忙地问道："二姐可还好？孩子可还好？生了什么，是千金还是公子？"

听着梓锦一连串的询问，那副急切的样子，姚长杰清冷的眼眸中就带了丝丝笑意，看着梓锦说道："生了个儿子，母子均安，二妹是个有福气的，母亲说没受多少罪，几个时辰就生了，像她这样有福的的确是少见。"

几个时辰就生了？这也太迅速了吧！梓锦觉得姚雪的命的确是好，还是一举得子，以后在柴家算是站稳了脚了。面上的笑容满满的，看着姚长杰说道："二姐果真是个有福气的，听人说有的人生孩子，不顺利的要几天几夜也是有的。"

姚长杰点点头，想起自己媳妇那鼓鼓的肚子，不知道生产的时候能不能这般的顺利。三妹妹下个月也要临产了，不晓得有没有这个运气，能顺顺利利生下孩子。

正想到这里，梓锦笑道："三姐姐下个月也要生了，希望三姐姐也能这般的有福气，少受罪，还能一举得子。"

姚长杰默默地点点头，道："会的，你们都要好好的。"

梓锦看着姚长杰傻笑，眼中闪过一丝促狭，道："是，我们都要好好的，明年大嫂生产也定然会好好的。"

听着梓锦的捉弄，姚长杰的面孔上很可疑地升起了两团红云，轻咳一声当即转开话题，道："最近溟轩的事情你知不知道？"

梓锦一愣，脱口问道："什么事情？"

姚长杰皱起了眉头，狐疑地看着梓锦，问道："溟轩没告诉你？还是你根本就没有关心他的行止？"

梓锦不晓得发生了什么事情，忙解释道："大哥，我最近正忙着接手家务，溟轩晚上回来的时候我都睡了，早上我醒了他又走了，我们已经很久没碰在一起了。他忙我也忙，再过四五天才能安生下来。不是我不想管，实在是没有时间。"

姚长杰看着梓锦板着脸说道："这么说来你竟然不知道溟轩受伤的事情？"

梓锦浑身一僵："受伤？我不知道……"

姚长杰叹息一声，十分严肃地批评梓锦："你这个当妻子的，居然都不知道你夫君受伤有几日了？你是怎么做人妻子的？家务再忙，也不能不管你夫君啊？这要是被别人趁机钻了空子怎么办？虽然说溟轩不是那样的人，可是你也得自己小心一点，别仗着他对你一片真心就不去在乎，你要知道时日一长什么情分都会被磨光的。"

梓锦恍恍惚惚中哪里听得进这些，心里却想到难怪叶溟轩最近晚归早走，只怕就是怕自己发觉他受伤的事情担忧吧？一时间自责不已，自己实在是太疏忽了，早就应该想到这样的情况不对劲才对，可是她居然没有多想，只是以为他工作忙才会这样的。

姚长杰看着梓锦眸中带泪可怜兮兮的样子，觉得自己太严肃了些，于是放松了口气，缓缓地劝道："你这丫头怎么还能跟成亲前一样，把什么事情都不放在心上，溟轩对你虽是痴心一片，你也不能妄自尊大。"

"大哥……"梓锦软软糯糯地喊了一声，泪眼朦胧地望着姚长杰，"谁伤的他？谁有这个本事能让他受伤？你告诉我是谁。"

姚长杰轻叹一声，不由得扶额："我告诉你这件事情，不是想让你问是谁伤了溟轩，而是想要知道你跟他关系如何，你就算是知道了是谁也不能做什么。你放心，大哥不会看着不管的。"

梓锦知道男人们的自尊心，是不会允许女人为男人出头的，更何况女人也的确没有办法没有机会为男人出头，不能随意出入，又没有绝世武功，只能咬碎一口银牙罢了。

可是梓锦有自己的坚持，能伤到叶溟轩的人，梓锦想来想去也就那么几个人，但是这其中跟叶溟轩有仇的就只有一个，梓锦抬眼看着姚长杰，脱口问道："是大皇子对不对？"

姚长杰一愣，没想到梓锦一猜就中了，神色有些默然："是。"

"大哥，你应该听溟轩讲过了大皇子的事情是不是？"梓锦知道有些事情叶溟轩不能出手，但是姚长杰能出手，姚长杰是给事中，有上达天听的权柄，叶溟轩是锦衣卫，有的时候并不能随心所欲地去做事情。

姚长杰点点头，然后说道："前些日子襄嫔娘娘请求皇上让父亲做二皇子的师傅。"

梓锦微愣，襄嫔……二皇子……"皇上答应了没有？"

姚长杰神色一片凝重，抬眼看着梓锦说道："你这么聪明，应该能想到这意味着什么。"

梓锦浑身一僵，苦笑一声，这才说道："襄嫔娘娘如今并不怎么受宠，想要趁着自己还没有完全的被皇上遗忘，想要给二皇子寻一个有力的靠山。父亲是翰林院之首，学识渊博，为人耿直，文人中颇有清名。大哥如今是六科给事中，还是皇上亲自赐的差事，无上荣耀。大姐姐、二姐姐、三姐姐还有四姐姐嫁的都是清贵文人之家，而我嫁入了大齐朝声名赫赫，战功彪炳的平北侯府，我们家算是文武皆靠，清贵世勋两相宜，如果父亲做了二皇子的授业恩师，以后二皇子如果有夺储的意愿，就凭着这些关系，二皇子就已经有了一大批的追随者。姚家虽然不是什么文武重臣，却是清贵文流中的行首，自古改朝换代，枪杆子在手腰杆硬，笔杆子在手胆气壮，更不要说姚家还有平北侯府这样的姻亲，就连军权也沾了边，襄嫔娘娘……好打算！"

姚长杰点点头，梓锦说得一点也不错："我们也没有想到事情会这样，爹爹跟我得到消息的时候都唬了一跳，结果第二天溟轩就遇刺了。"

梓锦的脸色一白，原来是因为这样。只要除掉了叶溟轩，自己就成了寡妇，平北侯府怎么会为了一个寡妇倾向于二皇子？更何况，大皇子一直对自己有贼心，觉得自己跟阿若相像，不管从哪一方面，除掉叶溟轩对他都是有利无害的事情。

难怪叶溟轩不肯让自己知道，只怕是叶溟轩不希望自己有过多的负累。

"大哥，那皇上究竟答应了没有？"梓锦声音微颤，姚家千万不能掺和进夺储的争斗中，他们这些臣子都能想到的事情，作为万乘至尊，作为天下主宰，又怎么会不知道？

"还在等消息。"姚长杰道，看着梓锦嘱咐道："我跟你说这件事情，是要告诉你，这段时间溟轩最好称病在家，避一避风头。明儿个是你二姐儿子的洗三，你记得要去，明儿个你二姐那里估计着也热闹着呢，不管遇到什么情况见到什么人，你都要稳住。姚家，从不会卷入争储的斗争，什么人跟你套近乎，都要谨慎小心。"

梓锦忙点点头，道："我明白了大哥，那大姐姐、三姐姐跟四姐姐那里有没有人去打扰？"

"你三姐姐身子重不便见客，你四姐姐刚怀孕自是要小心，就是有人求见也都挡了出去，你大姐姐那里却麻烦一些，不过你大姐姐这些年也算是历练出来了，自然知道该做什么不该做什么。你这里一直没有动静，没有人上门，我不说你也该知道因为什么。"姚长杰道。

梓锦自然知道的，叶青城手握兵权，谁敢明目张胆地上门，再者说了叶溟轩在锦衣卫，有些人想要上门也是诸多不便。只有通过姚梓锦才能说得动叶溟轩，可是梓锦素来不轻易出门，就是侯府有什么来往，出门赴宴的大多是杜曼秋跟楚氏沈氏，要见到梓锦的机会也着实不多，那么明日姚雪儿子的洗三宴是能见到梓锦的大好机会，有些人自然不会错过的，所以姚长杰才会特意过来叮嘱梓锦。

梓锦苦笑一声，这还没有怎么样呢，风已经开始刮起来了。

"大哥，你放心，我晓得该怎么做。如是明日我不去，只怕会苦了二姐姐在中间为难，你放心我一定会去的不会让别人打扰二姐姐。"梓锦看着姚长杰道。

"你二姐姐的性子你是知道的，有些事情你还是不要让她知道，这样平平淡淡的日子才适合她。"姚长杰道，姚雪的性子太软，又没什么心机，哪里会是这些名门贵妇别有心机的人的对手，姚长杰就怕姚雪被人利用了。

梓锦点点头，她知道姚长杰这个时候不能跟还在月子中的姚雪见面，卫明珠有身孕又不能出门传话，所以姚长杰只能通过自己给姚雪递个话。"我明白了，有些话我会跟二姐姐说清楚，二姐姐虽然性子绵软，却也不是糊涂虫，大是大非面前知道该做什么的。"

姚长杰点点头，又看着梓锦再三地叮嘱："以后一定离大皇子远远的，大皇子最近新纳了侧妃，是兵部尚书的幺女蒋洛烟，明日她很有可能会去，你自己多当心。"

"大皇子的侧妃？怎么没听说大皇子什么时候纳了侧妃？按理说这样的事情是应该摆酒庆祝的。"梓锦惊道，一点风声都没有听到，是有点古怪的，皇子都是要有一位正妃两位侧妃的，虽然侧妃不如正妃尊贵，但是也不能一点声息也没有就娶了啊，太诡异了，不符合规矩的。

姚长杰冷笑一声，看着梓锦一字一句地说道："据说这位蒋侧妃的一双眸子跟你有几分相像，有一日去清水庵的时候，被大皇子瞧见，说来也巧，这位蒋侧妃回家的途中马车侧翻，差点丧命，正是大皇子救了她，男女授受不亲，蒋侧妃也只能嫁了。"

梓锦手一抖，差点打翻了眼前的茶盏，神色一僵，这才说道："哪里是跟我相像，只怕是跟那位阿若相像。只是……是谁散出来的风声，说蒋侧妃跟我的眼睛相像，这不是明摆着拿着我当靶子吗？而且好巧的事故，怎么就那么容易翻车？还正好被大皇子英雄救美？又是清水庵……"

姚长杰听着梓锦断断续续的话，眼眸微眯："又是清水庵？这话什么意思？"

梓锦最是信任姚长杰，于是就把自己在清水庵的发现低声说了出来："无巧不成书，清水庵实在是太古怪了，大哥，你以后也一定要小心，以后要是有人约着姚家人去清水庵你一定要阻止。"

姚长杰缓缓地点点头："清水庵？这名字好生的熟悉……"突然之间姚长杰浑身一抖，看着梓锦说道："前几日，凉国公夫人还邀请母亲去清水庵上香祈福的，日子好像就定在这几日。"

梓锦脸色微白，着急地说道："大哥，不管你用什么办法都要阻止母亲去，而且还不能跟母亲说真正的原因，母亲是个没心机的，要是知道了真相只怕没几句话就被人套走了。"

"我明白了，你放心这件事情交给我就是了。天色不早了，我去给叶老夫人行个礼也该回去了。"姚长杰站起身来。

"你不等溟轩了？"梓锦也跟着站了起来。

"不了，改日再跟他聚聚，眼下我得先去处理母亲去清水庵的事情。"姚长杰眼中泛着冷光，凉国公夫人……是有意还是无意邀请的呢？

梓锦陪着姚长杰给叶老夫人请了安，又说明了来意，叶老夫人很是开心地询问了姚老太太的身体情况，还询问了姚雪母子的情况，留了姚长杰用午饭，姚长杰因为有事就推辞了，梓锦又亲自将姚长杰送了出去。

兄妹相别，再见面又不知道哪一日了，梓锦垂眸将姚长杰先前递给她的帕子，又送还了他，叹息道："大哥，你以后可不能再用我给你绣的帕子了，你还是用大嫂的吧，大嫂要是知道你还用我绣的帕子，会生气的。"

姚长杰面色一僵，微微的有些不自在，梓锦火眼金睛，顿时觉得有情况，追问道："被我说中了是不是？"

"习惯了。"姚长杰面无表情地说道,这么多年了,的确是习惯了用梓锦给他绣的帕子,荷包,扇坠,穿梓锦缝制的衣衫,亲手纳的鞋底做成的鞋子,突然换成别人的,总是有些不习惯。

"以后总要习惯的,我总不能给你做一辈子,你娶妻了,大嫂人很好,你这样做大嫂会很伤心的。"梓锦明明是劝说,说着说着自己也红了眼眶,是啊,以后大哥的一切都有大嫂打理,其实梓锦也是有些不习惯的,她习惯了为姚长杰准备生活用品,也只是习惯了……而已。

姚长杰很不自在地应了一声,迅速地转身离去,梓锦看着姚长杰的背影,心里有些酸酸的,她的大哥……终究也会成为另一个女子专属的人。自嘲地一笑,原来自己居然还有恋兄情结吗?

送走了姚长杰,梓锦回了安园,几个丫头已经对完了账册,梓锦再也没有心思去管这些,只是挥挥手说道:"都拿下去吧,我自己静一静。"

纤巧就笑道:"是,婢子们先退下,少夫人有事情就喊奴婢。"

梓锦点点头,纤巧就带着几个丫头退了下去。寒梅想要问什么却被水蓉制止了,几个人悄无声息地出了门。梓锦伸手拿过摆在临窗大炕上角几架上的针线筐子,里面扔着纳了一半的鞋底,是她准备给叶溟轩做鞋的,可是一忙起家务来,已经很多天没碰过了,梓锦伸手拿了过来,拈起针一针一针努力地纳着鞋底,丝线穿过厚厚的棉布发出嘶嘶声,细密的针脚在白色的底布上留下一行行的印记。

夜色渐晚,手里的鞋底已经差不多纳完了,最后收了针,梓锦细细打量着,平实细密的针脚,整齐规则的沿边,鞋底纳得极厚实,做成鞋子穿在脚上,也会舒服得很。梓锦轻叹一声,转头看了看沙漏,已经是亥时二刻了,站起身来慢慢地活动了下泛酸的腰身,僵硬的肩膀,听到梓锦的动静,纤巧忙打起帘子走了进来,看到梓锦的模样忙说道:"少夫人您坐下,奴婢给您捏捏肩膀,你这样做了一下午一晚上的活计,怎么能不腰酸肩膀硬的。"

纤巧的声音里带着浓浓的疼惜,她不知道梓锦为什么这么做,但是她也知道梓锦的心情不好,不敢招惹梓锦不开心,不过还是随时在门外候着。

梓锦慢慢坐下,开口问道:"昨晚上这个时辰大人可回来了?"

"守门的婆子说这个时辰就差不多了。"纤巧低声应道。

梓锦轻轻地点点头,今日依旧晚归,可见他的伤口还没有好,于是说道:"好,你去忙吧。"

纤巧看着梓锦说道："少夫人，您还没有用晚饭，好歹用一点吧。"

梓锦哪里吃得下，轻轻摇摇头："我吃不下，你去忙吧。"

纤巧只得默默退下，却吩咐厨房的厨娘将饭菜放在熏笼上保温，随时候着梓锦取用。

已经到了亥时末刻，叶溟轩才迟迟归来，满脸的疲惫却在踏进院子的时候迅速地收起，院子里一如既往的只在门檐下挂了两盏气死风灯，微弱的烛光在风中摇摆。守门的婆子忙关好了门，看了一眼叶溟轩的背影，又迅速地回了看守的小屋子里。

主屋一片漆黑，推开门轻轻地走进去，就只有屋角燃着一盏小小的宫灯，一如之前静谧幽静，叶溟轩轻轻地松了口气，随手脱了外衫挂在镂空雕海棠花的衣架上，这才往净房走去，丝毫没有察觉，屋子里的另一角，有一双眼睛正在默默地打量他。

叶溟轩再次出来的时候，身上已经换了雪白的中衣，脚上的朝靴也换成了轻便的布鞋。自己默默地往寝室走去，却在看到床上平整的床铺时骤然一惊，梓锦呢？没看到往日熟悉酣睡的身影，叶溟轩只觉得后背一阵阵泛凉，猛地回转过身去，却看到梓锦单薄的身影静静地立在朦胧的灯光下。

两人四目相对，一个是看到伊人的释然，一个是心怀内疚的亏欠。眸光轻闪，情意绵绵，梓锦缓步走了过来，在叶溟轩的身前立定，眼光落在他略微僵硬的左肩膀上，开口问道："你打算瞒我到几时？亦或者根本就不想让我知道你受伤了，等你伤好后你才肯跟以前一样早早回家。"

叶溟轩没想到梓锦居然知道了，一时间就好像被抓住了现行，有些尴尬不已，忙讨好地说道："小丫头，你生气了？你怎么知道的，谁告诉你的？我受伤的事情连叶锦也不知道的。"

梓锦低声说道："我大哥今日来过了。"

叶溟轩顿时哑口无言，良久才说道："大舅兄真是的，怎么能对你说这些，已经好多了，你别担心，别担心。"看着梓锦眼泪欲滴，叶溟轩就有些慌了手脚，一把将梓锦拥进怀里，却不曾想一下子碰到了伤口，痛得直龇牙。

梓锦忙支起身子，着急地问道："怎么样了？是不是很痛啊。"

叶溟轩吸口凉气，慢慢定下神来，道："没事没事，其实已经快好了，只是方才不小心碰到了，只要不碰一点都不疼的。"

梓锦看着叶溟轩这个时候还在安慰自己，伸手拉着他在床边坐下，亲手扯下他的中衣，纵然是已经有了心理准备，看到伤口的时候还是忍不住浑身一颤，厚厚的绷带上已经渗出了鲜血，鲜红的颜色刺得梓锦双眼一阵阵的绞痛。

亲自拿了伤药，给叶溟轩换药，把绷带全部揭下来，这才看到深到白骨的伤口，像是被刀剑之类的利器割伤，行凶之人手段狠辣一定是个老手，这道伤口深到见骨，一气呵成，可见是训练极为老辣的人才能有的身手。已经过了七八天，伤口也逐渐收缩，纵然这样，还是恐怖吓人。

梓锦轻轻给叶溟轩换了伤药，又用白布把伤口裹好，给叶溟轩穿好中衣系好带子，这才抬起头看向叶溟轩，就见叶溟轩有些紧张的脸正望着自己，看到梓锦看她，叶溟轩忙说道："小丫头，你听我解释，我不是不跟你说，我是怕……怕你看到了会哭，真的，已经不疼了。再过几天就好了。"

如果一个人，受了很重的伤，却不愿意你知道，而这原因只是不希望你伤心难过，那么她还有什么好计较的，能有这样一个男人，为她想得这样的细密周到，她还有什么不知足的？

叶溟轩紧张地看着梓锦，他太清楚梓锦的臭脾气了，这丫头翻脸就不是人，翻脸比翻书还快，没把她娶到手的时候，就已经深深地体会了，叶溟轩心里真是怕得要命，就怕梓锦真的生气了，那可要命了。

梓锦起身坐在了叶溟轩的另一边，伸手环住他的腰，将头靠在没有受伤的另一边肩膀上，柔声说道："我没生气，真的没生气，我只是心疼你，恨我自己没早些发现忽略了你。"

知道梓锦没生气，叶溟轩松了一口气，脸色也好了些，额头上都出了一层细汗，这把他吓得。

"我大哥说是大皇子做的，是不是？"梓锦抬起脸轻笑着问道，眼眸中闪着诡异的光芒。

叶溟轩觉得自己刚逃过一劫，只顾着庆幸了，并没有发现梓锦的不对劲，下意识地点头说道："是，不过他也没得好，围攻我的人损失了十之八九，要不是其中有一个武功相当厉害，我被缠住，也不会受伤的，放心，我早晚会讨回来的。"

梓锦轻轻应了一声，嘴上却没有多说一个字，心里却默默说道："溟轩，你放心，明日我就替你讨个公道，他想要你的命，我就要让他知道动了你是要付出代价的。"

梓锦素来不喜欢以暴制暴，但是遇上秦时风这样的混蛋，这样残暴的男人，梓锦真的没有办法继续忍耐了，敢动她的男人……别怪她辣手无情！

第十八章
洗三宴悍妻也威武，大皇子救美反惊魂

当年姚雪的婚事在姚府也算是一件令人相当意外的事情，不过姚谦跟姚老太太考虑得很是周到，姚雪的性子的确不适合做管理中馈的人，若是家中只有一个独子也就罢了，可是若是嫡子多的人家，后娶的兄弟媳妇要是厉害的，姚雪的日子可就不好过了。但是作为嫡次子的媳妇就不一样了，姚雪素来不喜欢争权，只要依附着婆婆长嫂安安分分地过日子，婆婆最喜欢听话的儿媳妇，长嫂最不会防备没心眼的弟媳，这样不争，又是占着嫡子的名分，不管怎么看姚雪的日子都会很舒心。

果然，梓锦到了柴家看到姚雪的时候，还是吃了一惊。比生产前胖了不少，面色红润，嘴角带笑，这样的面色比多少刚生产的女子都好。把梓锦迎进来的正是姚雪的长嫂秦氏，梓锦细细打量，这个秦氏也是个很有意思的人物，行事有大家风范，说话也是干脆爽利，对梓锦的态度亲热中并不夹杂着谄媚，倒真是把她当成亲戚一般对待，梓锦暗中点头，这是个很聪明的人，难怪姚雪被养得白白胖胖的。

"……你们姐妹相见自是有许多话要说，我出去还要接待客人，这就先走一步，还希望三少夫人不要怪罪才是。"秦氏尽责地把梓锦送了进来，也很体贴地给两人腾地方。

"大嫂，多谢你。"姚雪柔柔地说道，面上带着感激的笑容。

"你看你又这么见外，我们都是一家人不说这样见外的话。"秦氏爽朗地笑道，就要往外走。

梓锦忙站了起来，亲自将秦氏送出门，在门口分别，梓锦很是诚挚地说道："以前跟二姐姐见面，常听她说大嫂待她亲如姐妹，今儿个总算是亲眼见到了。我二姐姐素来性子平淡，也亏得大少夫人多多照管，梓锦也替二姐姐谢谢了。"

秦氏微愣，没想到梓锦这样直白，面上一笑，慢慢说道："二弟妹性子和缓，

心地良善，跟她做妯娌也是我的幸事。"

梓锦就笑了，送走了秦氏转回屋，秦氏真是个聪明的人，知道姚雪虽然性子恬淡，但是姚家的人可不好惹，有个不争权夺利的弟妹自然是要好好交往的，能不计小利，看得长远，柴家有这样的长媳也是幸事。

梓锦来得早，因此柴家还没什么人来往，所以这姐妹二人反倒是有时间能说些悄悄话。梓锦想起姚长杰的嘱托，又怕姚雪多想，几番思量，想好了说辞这才慢慢地开口。

先是从姚雪在婆家的生活聊起，姚雪自己也笑道："我素来不是操心的命，凡事也不愿意多去想，只是觉得日子平平顺顺往前走就是极好的了。婆婆对我很关心，大嫂也是一个极和善的人，你看看我如今足足胖了一圈，怀孕的时候有好东西都是先记挂着我，大嫂说我是个有福气的，才几个时辰就生了，她当初生孩子的时候足足一天一夜，如今想来我真是一个有福气的。"

"二姐姐自然是有福气的，这样的日子也是挺好的。"梓锦笑着说道，话锋一转，又道，"如今咱们姚家也算是文贵清流中的翘楚，爹爹翰林院之首，哥哥又是圣上钦点的给事中，人一旦受了瞩目，是非就会蜂拥而来。"

梓锦说到这里顿住了，抬眼看向姚雪，只见姚雪一愣显然没明白，就缓缓说道："二姐姐，你说如果有人想要找爹爹跟哥哥办事却无门可入，那么就会把主意打到咱们这些出嫁的姚家女儿身上，如果有人要是通过二姐姐给姚家或者是给哪一个姚家的姐妹传话，二姐姐能挡就挡，切不要轻易应承下来。如果实在推拒不了，就先拿话缓一缓，找我或者找大姐姐商量，切不可被人利用了去。二姐姐心太善，就怕有些人拿着您这一点大做文章，引你入彀。"

姚雪有些紧张，神色间带着疑虑，看着梓锦说道："会有这样的事情？可是我平素不会跟人有过多的来往……"

正说到这里，访冬急急忙忙地掀起帘子走了进来，面上带着惊讶之情，先给梓锦姚雪行了礼，这才说道："今儿个奇了怪了，居然来了好多人，大少夫人在前院忙不过来，让奴婢来问问少夫人，您可跟蒋侧妃、永顺伯夫人、凉国公夫人还有齐少夫人有什么交情。"

姚雪一怔，讷讷地说道："我跟她们素不相识，哪有什么交情……"说到这里声音一顿，转头看向梓锦，心中恍然大悟，突然觉得梓锦方才说的话一下子就印证了。

梓锦心中冷哼一声，面上却和善地看着访冬说道："你去跟大少夫人说，就说你们二少夫人说了,平素从无来往,今日突然上门她也不晓得为了什么,但既然来者是客,让大少夫人多多费心安置就是了。"

访冬知道梓锦是个有着主意的人,听到梓锦这么说还是看向了姚雪,姚雪点点头:"就照五妹妹的话去回就是了。"

访冬这才退下,姚雪看着梓锦有些紧张地问道:"这可怎么办才好?"

梓锦握着姚雪的手,徐徐说道:"二姐姐不用担心,不管这些人找你做什么,要是谈及姚家就说,我一个出嫁的女儿哪里还能插手娘家的事情。要是谈及姐妹兄弟的事情,你就说你如今在坐蓐期不能随意挪动,要是出了坐蓐期,她们还要来烦你,你就说我替你们问一句,成与不成却不好妄言,总之把事情往外推,一概不许揽在身上。"

姚雪闻言这才放下心来,笑道:"多亏有你,我最是怕事的,如此甚好。"

听到姚雪应承下来,梓锦也松了一口气,又怕姚雪轻易被人说动,又加了一句:"二姐姐一定要跟大少夫人搞好关系,你实在应付不过来的时候,就找大少夫人帮忙。不管别人用什么办法让你帮什么忙,二姐姐都要想想大哥哥跟爹爹,大哥哥乃是天子门生,又是圣上钦点,不知道多少人羡慕嫉妒,走错一步就是灭顶之灾,爹爹一生耿直,最是厌恶那些龌龊伎俩,二姐姐可千万别心软。"

姚雪一听心中微凛,忙道:"五妹妹放心,我断然不会这般糊涂的,我虽然性子绵软可也不是糊涂虫,事有可为不可为,还是分得清楚的。"

梓锦笑了,她就知道姚雪是个明白人,心中一缓,笑道:"二姐姐只管好好地坐月子,我会拜托大少夫人在这段时间帮你拒客。"

姚雪想了想说道:"还是我亲自跟大嫂说,有些事情是我们妯娌的来往,不好由你出面,免得被人说三道四于你名声不好。"

梓锦心中一暖,姚雪肯这样做自然是极好的。这时奶娘抱着孩子走了进来,想来是醒了要找妈妈,果然奶娘笑着说道:"哥儿醒了看不到少夫人就哭,奴婢只好抱了过来。"

梓锦看着大红的锦缎褥子裹着的小娃娃,眼睛不由地亮了起来,笑着说道:"我来抱抱。"

奶娘看了姚雪一眼,姚雪点头,奶娘才让梓锦抱过去,还指点梓锦抱孩子的姿势,梓锦依言用手托着孩子的腰,另一只胳膊托住脖子根头颅,就见小小的娃儿一双眼睛睁得大大的,却丝毫不怕生,紧紧地盯着梓锦。

奶娘惊讶地说道:"哥儿跟三少夫人真是投缘,居然不哭呢,以前见到生人总是哭个不停的。"

梓锦一听越发开心了,才三天自然看不出小娃娃有多漂亮,面皮上还有点皱皱的,但是那双眼睛却格外的有神,梓锦喜欢得不得了,看着姚雪说道:"真是可爱极了,取名字了没有?叫什么?"

"致泊,叫做泊哥儿。"姚雪笑着说道。

致泊……淡泊名利是非,宁静致远,是个很好的名字,可见柴绍也是一个很有意思的人,居然给儿子取了这样的一个名字。梓锦逗弄着泊哥儿,不停地叫着他的名字,小小的娃儿还不懂得这是什么意思,却也随着梓锦说话的声音不停转头寻找声音的来源。

正玩得开心,门外就有喧闹的脚步声传来,梓锦心中一凛,有种不好的预感升起,怕是要见自己的人来了。梓锦不想让姚雪跟着烦心,就把孩子递给奶娘,然后看向姚雪说道:"二姐姐劳神半天,也该歇歇了,来的访客我替你招呼一声。"

姚雪一怔,立刻就明白过来,看着梓锦轻轻一笑,自己则半躺了下去,好像真的疲累的样子。人活在这个世界上可以很单纯,但是很少会白痴的。姚雪是很良善也不会有梓锦的心机,但是这些最简单的应酬也不是不懂的。

梓锦微微释然,看着奶娘说道:"外面人多热闹,小孩子还是不要受惊吓的好。"

奶娘忙躬身说道:"是,奴婢一定不带着小少爷出去。"

梓锦这才站起身来掀起帘子去了外间,正在门外守候的纤巧立刻跟了上来,低声说道:"走在最前面的就是大皇子新纳的侧妃蒋洛烟,大少夫人亲自陪着过来的。"

梓锦透过窗子果然看到了一名身穿牡丹红褙子的面生少妇往这边走来,围着少妇的人可真是旧相识了,永顺伯夫人、凉国公夫人、罗玦现如今的齐夫人,簇拥着蒋洛烟往这边走来。大皇子是当今圣上的长子,又颇受重用,蒋洛烟虽然是侧妃,但是现在跟她搞好关系,将来说不定大皇子登基为帝,也会被册封个贵妃之类的,这些世家最会提前投资的,这般举动也就不见得多奇怪了。

蒋洛烟,人如其名,还真是如烟霞般有股子缥缈仙气,跟未出阁前的姚玉棠有些相像,想当年姚玉棠就是这般自恃才高,眼中无人来着。梓锦轻叹一声,随手整整衣角,今儿个这场大戏缺了蒋洛烟可不好玩了,她可是梓锦这场戏中最重要的女主角呢。

人这一辈子,总会做那么一两件你不愿意去做的事情。比如梓锦最讨厌做迁怒于人的事情，觉得是很幼稚很不可理喻很没品的行为。但是秦时风居然敢出手伤了叶溟轩，姚梓锦今儿个要不把他新娶的侧妃给整个灰头土脸，他还真当自己是软柿子了。

想到这里梓锦嘴角的笑意越发盛了，眼神却也越发地冰冷了，心里暗暗地想着这位蒋洛烟最好是那种尖酸刻薄的女人，这样自己下起手来也能痛快一些。

梓锦不等大家走进来，就先走了出去，两队人正好碰在门口的廊檐下。

梓锦故作惊讶地看着来的众人，好像有些吃惊会碰到这么多人一般，笑着说道："梓锦见过永顺伯夫人、凉国公夫人，齐夫人一别多日倒是风采更胜以往。"说到这里眼睛故意不看最前面的蒋洛烟，反而将眼神落在了秦氏的身上，笑道："大少夫人，我二姐刚睡下了，方才泊哥儿非要闹着让他母亲抱，这一闹腾二妹就有些疲乏。"

秦氏心里自然明白姚雪的身子哪有这么轻易躺下的，可是听梓锦这么一说，就知道这里面一定有自己不知道的缘故。秦氏忙笑道："刚生完孩子的女人哪一个不是娇弱得很，这里几位国公夫人，伯夫人都是过来人，自然更能明白的,这样的话……"秦氏转头看向蒋洛烟，笑道："蒋侧妃您看？"

秦氏便将这个难题抛给了蒋洛烟，可真是极聪明的举动，不管蒋洛烟进不进去看姚雪，秦氏都不会得罪人，因为是蒋洛烟自己的决定，其余的几位也不能怪罪秦氏，梓锦心里暗暗点点头，是个会办事的。

听到秦氏点名了蒋洛烟的身份，梓锦这时才故作惊讶地问道："蒋侧妃？不知道是哪位的侧妃？"

大皇子纳了侧妃，不管怎么说这个过程都有些不光彩，因此并没有大宴群臣，更何况梓锦也的确是昨日才知道，这时故作惊讶也的确是人之常情。

但是蒋洛烟的神色可就没有那么好看了，立刻黑了一半。

秦氏心里也是惊疑不定，不知道梓锦要做什么，方才她分明先让访冬回来禀报，一来就是想到可能梓锦不知道蒋洛烟是谁，二来也是借此机会让梓锦知道这位蒋侧妃的存在，但是没有想到梓锦居然这样的傲气，自己明明先通了声气，这个时候梓锦还故意给蒋洛烟难看。

秦氏虽然第一次跟梓锦接触，但是却能看得出这位平北侯府的三少夫人，自己妯娌的妹子可不是一个简单的角色，想到这里决定还是保持沉默，身为主家，只要客人没有动起手来，把事情闹大，还是不要明显偏帮一方的好，免得被人指责处事不公。

而且秦氏也能感受得到，梓锦的疑问直接朝着蒋洛烟发过去，并没有询问自己，这就是把她这个主家搞清楚了，不由得暗叹梓锦处事周密，暂时决定袖手旁观，随着事情的进展再决定下一步要做什么。

在这一堆人里面，都是梓锦对立的人，永顺伯夫人的儿子就是秦时风的狗，自然不会跟梓锦同气连声，凉国公夫人跟罗玦跟梓锦的关系更不用说了，何止纠结两字能说得清楚的。至于这位蒋洛烟……能纡尊降贵出现在柴府，梓锦估摸着也不是一个善茬，想必是为了看自己的眼睛来着，这时梓锦故作坏心地瞅了瞅蒋洛烟的眼睛，然后慢慢移开。

这个举动其实就是在告诉诸人我是认识眼前这货是谁的，但是我就偏装作不认识的样子你能奈我何？谁让尊贵的大皇子殿下没有把纳侧妃的仪式公告天下的，要怪别怪我，你们想要抱大皇子的大腿我可不想。

蒋洛烟本来脸都黑了一半，梓锦这样肆无忌惮地打量她的眼睛，然后极轻蔑地撇开眼睛去好像在看什么脏东西一般，顿时让她的脸都绿了！

永顺伯夫人一见不好，和缓地一笑，看着梓锦说道："三少夫人不知道也不为奇，大皇子素来以民为天，娶妻也不想铺张浪费，耗费国库，蒋侧妃一家也是极通情达理的，为民着想，为社稷分忧，没有铺张大办，这位就是大皇子殿下新娶的蒋侧妃。"

黑的能说成白的，永顺伯夫人也真是厉害了，这样给蒋洛烟整颜面，可见她们关系还是很亲厚的。

梓锦顿时做出恍然大悟的神情，随口说道："大皇子殿下忧国忧民真是令人敬仰。"一句话只提秦时风半句没提蒋洛烟，足见轻蔑之情。

蒋洛烟轻哼一声，看着秦氏说道："既然贵府的二少夫人身子不好，我们就不打扰了，去前厅坐坐就好。我也是第一次见三少夫人，正好多亲近亲近。"

这就是要跟梓锦说话的意思，梓锦这才行了半礼，只是侧妃又不是皇子正妃，全礼蒋洛烟还真不能承受，柔声笑道："恭敬不如从命，只是我二姐姐可不是身子不好。柴夫人跟大少夫人将我姐姐养得白白胖胖，生了孩子也比寻常人家的强壮些，要不是方才泊哥儿一直闹着她母亲，我二姐姐也不会乏了。"

秦氏方才在听了蒋洛烟的话是有些不高兴的，张口就说姚雪身子不好，好像她这个管中馈的大嫂刻薄了兄弟媳妇一般，不知道传出去颜面往哪里放。心里正气恼，又不能得罪蒋洛烟，就听到梓锦这样分辩，顿时觉得心里熨帖得很，这亲家妹子就是懂事啊。

蒋洛烟被梓锦这么一堵，却又不好继续说姚雪身子不好，这样一来就等于是得罪了柴家，没想到自己随口一句话，就被梓锦这样挡了回来，面上甚是无光，转身就往外走。

凉国公夫人瞧着梓锦，就见梓锦神定气闲地立在那里，似乎一点也不介意蒋洛烟的神情，而且这才刚一见面，梓锦就几次三番地故意激怒蒋洛烟，心里就有种不好的感觉，忙跟在蒋洛烟的身边低声说了两句话。

蒋洛烟往前已经走了几步，凉国公夫人又是快步追上去的，这样一来她说的什么梓锦反而听不到了，倒是看得到蒋洛烟的脚步缓了下来。永顺伯夫人跟罗玦这时正走在梓锦的身旁，秦氏已经走到了前面领路去前厅，这样一来人又分成了前后三拨。

罗玦跟永顺伯夫人对视一眼，然后罗玦就看向梓锦轻笑道："没想到三少夫人的嘴角功夫越发地厉害了，你真不知蒋侧妃的存在，那方才眼睛就不会看向蒋侧妃的眼睛了吧。是不是三少夫人也知道你的眼睛和蒋侧妃相似呢？"

"错，应该是蒋侧妃的眼睛像我的眼睛，因为按照齿序，我好像比蒋侧妃稍微年长一点。"梓锦笑道，梓锦先出生，蒋洛烟后出生，怎么算也不会是梓锦像蒋洛烟。

罗玦被梓锦噎得不轻，没想到梓锦能这样诡辩，面色很不好看，冷哼道："居上位者优，三少夫人不知道吗？还是三少夫人自认为比蒋侧妃还要尊贵？"

好大的一顶帽子！

梓锦转头看向罗玦，轻轻一笑："齐夫人这话甚是令人不解，这跟地位尊卑有什么关系？难不成这天底下但凡是长得相像的人，都要分个尊卑上下，都要祖宗八辈的比较一番？不过就是一张脸，像与不像有何不同？只要心中坦荡，又有什么不能对人言。就怕有些人心怀不轨偏要面上风光霁月，那才真真是恶心人罢了。"

"每每听说三少夫人嘴角犀利，一直无缘亲见，今儿个算是开了眼了。"永顺伯夫人立刻声援罗玦，讥讽道。

"是吗？这倒是令我好奇得很了，早些日子我就领教了令媛的言行，梓锦自叹不如，心里想着有其女必有其母这句话未必是对的，没想到古人的话真真是有道理的。"梓锦搬出了安顺侯府孙槿华联合罗玦、严慈对自己无礼的事情。

永顺伯夫人打雁不成反被啄了眼，顿时气得脸色微变，没想到梓锦的犀利更胜于她的想象。

说话间已经出了姚雪的院子，在秦氏的带领下来到了柴府的宴客厅，此时柴夫人正在跟前往来贺的亲朋好友说话，见到蒋洛烟一行人忙站了起来，毕竟蒋洛烟的身份摆着，这里身份最尊贵的就是她了。

两下里见过礼，分宾主坐下，大厅里顿时安静下来，毕竟面对着蒋洛烟有些话就不好随便出口了，倒真是把气氛弄得有些冰冷僵硬起来。

梓锦随意坐在一旁，瞧着大厅里有些古怪的气氛，想着自己毕竟是柴府的姻亲，别人怕蒋洛烟，自己却是不怕的，正要说话，就有小丫头来报，海氏跟姚月来了，柴夫人闻言立刻亲自迎了出去，毕竟是正儿八经的亲家太太，梓锦这时也站起身随着柴夫人一起迎了出去。

海氏最近生活状态可见是相当好，身材又圆润了些，跟柴夫人见过面，彼此亲亲热热地叙了会子话。梓锦这才上前见礼："梓锦见过母亲，见过大姐姐。"

海氏一把拉过梓锦，很显然对梓锦这么早地来柴府探望姚雪很是满意，上上下下地打量着梓锦，皱眉说道："怎么瘦成这样？平日没好好用饭？"

海氏想到什么就问了出来，却忘记了这句话就有些指责梓锦在平北侯府受人虐待的意思。

梓锦知道海氏是关心自己，又怕柴夫人误解，伸手挽着海氏的胳膊状似撒娇地说道："哪有，只是最近正在跟着婆婆学管理家务，所以忙了些，等过几天顺了手就会养成在娘家白白胖胖的模样了，到时候您可不能再说我小胖子了。"

柴夫人很是惊讶梓锦跟海氏如此和谐的嫡母跟庶女，偏在这时姚月又说道："长杰总是喊你小包子，如今小包子瘦成了小饺子，小心他又唠叨你，我可不会帮你说情。"

梓锦一脸苦瓜状，默默说道："那我养回来再去见大哥哥好了。"

这几个人边说着边回了大厅，说说笑笑的样子很是热闹，蒋洛烟这时张口问道："什么小包子瘦成小饺子？"

梓锦抿嘴笑道："蒋侧妃大约不知道，我在娘家的时候胖得跟小包子似的，我大哥哥最爱看我胖乎乎的样子，如今瘦了些，就说我小包子变成小饺子了。"

这话实在有意思，大厅里就有不少的官夫人笑了出来，姚长杰疼爱庶妹的事情在京都这个文官圈子里也不是新鲜事情了。这时门口突然传来一个梓锦熟悉的声音："包子变饺子，回头本殿下亲自问问姚给事中这可怎么办好？"

秦时风突然驾到，真是让满屋子的女人吃了一惊，忙跪地行礼，又是一片忙乱。谁又能想到在这样的时候秦时风居然会突然来到柴府，要知道女人家生孩子哪有男人上门贺喜的，这实在是太令人不能接受了。

梓锦心里却长长地舒了口气，昨天姚长杰临走的时候，梓锦特意让他帮自己故意放出风去给某人知道，自己一准会来姚雪儿子的洗三宴会，姚长杰虽然不太同意梓锦的做法，可是看着梓锦神态坚定，还以为梓锦有什么良策，因此也没为难，就点头应了。

秦时风一直想要再见梓锦一面，奈何梓锦防他跟贼一样，不管是什么样的场合梓锦都不会轻易地露面，反正侯府掌管中馈的是杜夫人，梓锦不出面也说得过去，而且还更能坐实了平北侯府两房平妻不和的传闻。

这时接到风声，梓锦会参加柴绍儿子的洗三宴，秦时风怎么也不肯放过这个机会的。

梓锦果然料对了，可是心里却更加地担心了，不知道这个阿若对于秦时风有多么的重要，在这样的场合居然也能神色如常地闯了进来，可见梓锦跟阿若长得相像实在不是一个好事情，或者说这比梓锦预想的更加严重。一般男人顾及名声，总会有所收敛，可是秦时风居然这样的张狂，梓锦咬咬牙，觉得自己今儿个这样做绝对没有错，如果不能真的让秦时风醒过来，知道她并非他的阿若，这以后还不知道有多少的烦恼跟危险。

秦时风的眼睛在屋子里扫了一圈，一眼就看到了梓锦，落在她的身上，丝毫没有去看跪在他跟前行礼的蒋洛烟。眼神虽然落在梓锦的身上，可是秦时风却伸手将蒋洛烟扶了起来，笑道："大家不用拘礼，本殿下不过知道侧妃在这里就顺便进来看看，顺便恭贺柴大人喜得孙儿，柴评事喜得佳儿。"

柴夫人忙说道："臣妾代夫君、儿子谢过大皇子殿下。"心里却暗暗地想着真是邪门，大皇子一路进来前院的人都死绝了吗？怎么连个通报都没有？回头一定要整肃门庭才行。

"柴夫人免礼，诸位夫人都起来吧，莫因为本殿下让你们不自在了。"秦时风轻声笑道。

蒋洛烟没有想到秦时风居然会因为她在这里而来，一时间心里真是兴奋至极，抬眼望着秦时风，一双美眸水波涟涟，柔声说道："殿下，这里乃是后院，既然臣妾到了心意也就到了，不如咱们回吧？"

秦时风哪里肯走，对于蒋洛烟的话相当不开心，面色就是一沉。

蒋洛烟心中一凛，顺着秦时风的眼神望去，就看到了姚梓锦的身影，心里那个憋火啊，几乎是咬碎一口银牙，可是大皇子她是不敢得罪的，难不成她还得罪不起姚梓锦？想到这里，蒋洛烟迅速地改口说道："既然殿下来了，不如顺便喝杯喜酒？"

秦时风很是愉悦地点点头，眼神就落在了柴夫人身上。柴夫人哪里敢说不行，忙笑道："殿下肯留下喝杯水酒，真是蓬荜生辉。从这里出去到前面的小花园，有个赏花厅，三面环花一面环水风景甚好，不知道殿下可喜欢那里？臣妇已经派人去请老爷跟小儿，想必很快就能回来陪您浅酌。"

柴夫人这是委婉地告诉秦时风，不是不留您在大厅里，实在是都是一群女人，您在这里不合礼节啊。

秦时风倒也不为难人，他知道有些事情不能做得太过，于是欣然应了，蒋洛烟自然跟着大皇子移步过去，其余的众人都留在了大厅里。

柴夫人只觉得自己后背上冷汗淋淋，秦氏也是脸色微青。海氏刚从震惊中回过神来，惊愕地看向姚月跟梓锦，姚月此时也看向了梓锦，毕竟梓锦现在嫁的人家得到的消息要远比她们多得多。

梓锦压低声音说道："母亲跟大姐不要担心，咱们只管做好咱们的事情就好了。"

海氏有些事情是不知道的，所以说不知道事情真相的人永远是最开心的，海氏眉间就是一松也没多想，断然想不到秦时风今日所来正是为了姚梓锦，要是海氏知道了，只怕会吓得不知所措了，所以说傻人有傻福真真是不错的。

姚月知道的就多了些，先陪着海氏去了姚雪的院子看望二妹，趁着姚雪跟海氏说话的时候悄悄地走了出来，又寻到了梓锦，拉着她躲到僻静的地方。梓锦如今也算是一脚踏进高门，围着她转的人的确不少，梓锦应酬着只觉得嘴角都笑抽了，姚月寻她正好给了她脱身的借口，这才松了一口气。

姚月身边的丫头已经不是香彤了，是一个面生的小丫头，梓锦心里一愣，姚月说道："香彤已经嫁人了，是冯府的一个小管事，如今做了管事媳妇，管着我院子里的事情，我出来她自然不能跟来了。这个是我新选的小丫头巧莲，倒也机灵。"

梓锦知道冯府的事情一向比较复杂，尤其是这对婆媳不怎么和睦，她也不好细细打听，只得转头对着纤巧说道："你先跟巧莲去玩耍，我跟大姐姐说说话。"

纤巧明白，就带着巧莲在两人不远的地方守着低声说话。

姚月这才问道："他只怕是为了你才来的吧？"

梓锦默默地点点头，然后粲然一笑："是我让大哥哥故意松了口递出了消息。"

姚月一惊，怒道："你疯了？你上次差点被他掳走，怎么还要招惹他？"姚月的脸色瞬间变得煞白，扶着额头说道："我听你大姐夫说过关于大皇子的一些事情，这是个心狠手辣的主，咱们不敢招惹，也招惹不起的，你个傻丫头你哪根筋不对劲了要这样招惹他？"

姚月是后来从冯述的嘴里零零碎碎地知道了一些关于秦时风跟梓锦之间的事情，毕竟当初扳倒了陕西布政使隋棠、扬州按察使海境还有山东巡抚杨东城，冯述在大理寺任职出了不少的力气，姚月能知道一些也是情理之中。后来姚月回娘家还专门跟姚长杰会晤一番，因此姚月对于这个将来有可能登上九五之尊宝座的人一直是心有担忧。

这时听到梓锦这么说，焉能不惊惧？

梓锦默默垂了头，姚家有担当的除了姚长杰，就只剩下姚月了，梓锦没想着把什么事情都瞒着姚月，这时眼眶一酸，握着姚月的手，低声说道："大姐，你可知道，前些日子大皇子派了死士围杀溟轩，差点魂归黄泉。"

时间突然静止了一般，姚月的面上带着一种极端扭曲的表情，一下子被定格了一般。围杀？良久才从惊惧中回过神来，有些苍白的面容上那一双眸子里还带着丝丝的惊颤："你……说的可是真的？"

梓锦点点头。

姚月身子一软，斜斜地倚在身后的廊柱上，低声说道："这都是造的什么孽？好端端的怎么就会变成这样？"

"大姐，不是我去招惹他，是他要溟轩的性命，我不能看着我爱的男人因为我送命。"梓锦的面上带着一种令人不能去撼动的坚定，低声说道："大姐，人活一辈子，有的时候咱们没有办法要妥协，可是有的时候你没有了妥协的余地，生存都成为奢望的时候，你就只能反抗。"

一直以来，姚月都知道梓锦是一个相当有韧力的人，只是没有想到这样的人如今居然也能说出这样的话，这样令人浑身冰冷得一点热气都没有的话。"那你……今儿个准备做什么？"

姚月很聪明，梓锦故意散出风声把秦时风招来，肯定是要做什么的，梓锦从来不是做无用功的人。

梓锦磨磨牙："欠债还钱，杀人偿命，天理循环，谁敢挡我？"

"你……你别胡来！"姚月脚都软了，额头上渗出一层细汗，就怕梓锦真的做出什么无法无天的事情，那可是当今圣上最喜欢的大皇子啊。

"大姐放心，不管什么情况下我都不会牵连姚府，今儿个的事情你什么也不要管，什么也不要问。要是发生了什么事情，你只记住一句话，一定要让所有的人都过来围观,要亲眼看到发生的所有的事情,到时候也算是个人证。"梓锦轻声笑了,缓缓地叹息一声,"我素来最是贪生怕死,好好的日子不好好地过才是最愚蠢的事情。我是一定会好好地过我的日子,但是不让我过好日子的人……我怎么能让他好过呢?"

姚月突然觉得她不认识这个五妹妹了,她很确定梓锦一定是预谋了什么,但是她要做的事情却不肯告诉任何一个人。姚月缓一口气,发软的身子这才恢复正常,还是劝道:"五妹妹,有些事情不是女人能出手的,相信五妹夫遇刺的事情一定能讨个公道回来的,你别太偏激。"

梓锦慢慢站起身来,面容上挤出一个淡淡的微笑:"大姐,我活这么大了,从没有任性过一次。在姚府的时候我时时刻刻小心翼翼,不敢做我想去做的事情,我唯唯诺诺,小心周旋,终于母亲,诸位姐姐还有哥哥们都对我和善起来。我那么喜欢溟轩可我不敢说,我默默地遵从家里为我安排的婚事,为了家族的利益我宁愿放弃自己的幸福。我从头到尾对得起姚家,对得起所有的亲人。可是现在我是嫁出去的女儿,我的夫君因为我差点被人绞杀,我没有高强的武功,没有强横的势力,我不能因为我自己的爱人,将姚府拖下水,但是……大姐姐,我心里憋屈,凭什么秦时风为了所谓的我有一张类似于阿若的脸,就可以这样卑鄙阴险地暗害我们?溟轩为了我吃尽了苦头,受尽了委屈,我不能为他做别的,但是我总能让他出口气!"

梓锦抬脚走了一步,回眸一笑,浅浅的笑意浮上唇角:"大姐姐,爱情从来不是一个人的事情,他为了我做了那么多,我总要为他做一件我一直想要去做的事情。我爱他,所以我拼尽全力也要讨回一个公道,既然他是高高在上的皇子,我们从明面上不能将他如何,但是……不是有句话叫做明修栈道暗度陈仓吗?我可以从背面下手,哑巴亏不能我们一直受着,适当的时候就要狠狠砸回去,茶壶里煮饺子的滋味,也得让他尝尝。"

姚月惊呆了,看着梓锦渐渐远去的背影,她觉得这个五妹妹一定是疯魔了,怎么能讲出这样有悖规矩的话?但是那一句,爱情从来不是一个人的事情这句话,却让她有一种酸涩的感觉,的确不是一个人的事情,可是有的时候明明两个人都肯为了对方去做什么,可是结果却总是背道而驰。

"洗三"开始,姚家是亲家,等到柴家本家的亲戚添盆之后,海氏带着姚月跟梓锦上前,海氏添的是一块赤金的状元及第的小金锞子,因为添盆的银钱是要赏给洗三的稳婆的,那稳婆一看海氏出手大方,笑的脸上只见褶子不见眼了。

姚月不能越过了海氏，就添了一块平安如意嵌了宝石的银锁，梓锦添的是一块步步登高的玉牌，都是极好的寓意，那婆子笑得越发的开心了，没想到来柴家不是勋贵大族的人家，还能有这样丰厚的礼钱拿，真真是意外之喜，开心得拢不上嘴，那讨喜的话是一串接着一串，听得周围的人不住地笑出声来，气氛越发浓烈起来。

梓锦就算是心里着急也绝对不在仪式没举行完的时候动手，她耐心地等着，她知道秦时风是一定会让蒋洛烟寻个借口把自己叫过去的。果然梓锦没有猜错，蒋洛烟最后一个添了盆，也是一块康健如意的玉牌，玉的成色也跟梓锦的不相上下。

忙碌了好一会儿，洗三仪式完毕，柴夫人立刻招呼着大家去喝茶，蒋洛烟却拦住了梓锦，笑道："没想到三少夫人跟我倒是心有相通，居然送的都是玉牌，可见真真是缘分，我对三少夫人也是一见如故，不知道可否陪我说说话？"

果然来了！

姚月就有些担心地看着姚梓锦，打个眼色希望梓锦拒绝，梓锦等的就是这句话，哪里能拒绝，笑道："能得到蒋侧妃的青睐是梓锦的福气，自然是求之不得。"

蒋洛烟自然是带着梓锦往秦时风所在的亭子走去，永顺伯夫人站在凉国公夫人的身边，低声问道："蒋侧妃这是要做什么？"

凉国公夫人也有些狐疑地看着两人的背影，犹豫着要不要追上去，但是还是叹息一声，道："咱们还是不要多事了，蒋侧妃这么做只怕是有自己的打算的。"

罗玦却是眼眸微眯，冷笑一声："有人怕是醉翁之意不在酒，在乎美人也。"

凉国公夫人一惊，回头看了罗玦一眼，道："休得胡说，大皇子还在那里，你不要性命了吗？"

罗玦双手一紧，嘴角泛起一个冰冷的弧度，似有些不甘心，不过随即笑道："只可惜这样的场合槿华不能来，不然我倒是有个说知心话的。"

永顺伯夫人心中一凛，微微地警惕，随即说道："她正在议亲，哪里还能抛头露面，还是老老实实待在绣房里绣嫁妆比较好。"

舐犊之情人人有之，永顺伯夫人自然是要护着自己女儿的，哪里能让罗玦当了枪使，心里还想着回去后就要警告槿华以后跟罗玦交往多加小心才是。

这边心里各有算盘，海氏被柴夫人亲自陪着进了正厅说话，姚月没有办法去追梓锦，只得想办法让自己的丫头去平北侯府送信，希望叶溟轩能得到消息才好，唯一能阻止梓锦的大约只有叶溟轩了。

叶溟轩跟梓锦商议好后，就请了伤假，对外说执行公务受伤，但是面对皇帝的时候，梓锦还是鼓动叶溟轩适当地装装委屈，争取下同情分，好歹叶溟轩还是皇帝的外甥呢。

正从宫里回家，恰巧遇上了来报信的巧莲，巧莲是刚上来的丫头，面对着侯府这样气派的人家就有些发憷，正犹豫着去叫门，一转头就碰上了叶溟轩。叶溟轩一看这丫头慌慌张张的样子，以为是哪个不长眼的细作，就没什么好脸色，沉脸喝问，小丫头被吓得那叫一个心惊胆战，哆哆嗦嗦地在知道了眼前这人就是叶溟轩之后，磕磕巴巴地把姚月交代的话说了出来。

叶溟轩听毕，想起今儿早上梓锦离开的时候，笑着说过："我是个挺记仇的女人呢。"

当时他也没觉得有什么不对，梓锦说这样的话也不是第一次，叶溟轩也被她记了好几次，一直以为梓锦只是随口说说，没想到她居然真的要动手报仇，可是她怎么会是秦时风的对手，须知道秦时风的武功可是高强得很，想到这里叶溟轩的脸都白了，骑马转头往柴府奔去。

巧莲愣愣地看着远处扬起的灰尘，这才失神落魄胆战心惊地爬上了冯府的马车回去复命。只是巧莲来报信的时候，梓锦就已经到了秦时风的亭子，路上一路行来，方才跟叶溟轩汇报又花了些时间，也不知道叶溟轩能不能来得及阻止梓锦，巧莲想着其实自己不是有意耽搁时间，实在是这位叶大人气场太大，在他跟前说话都是极困难的事情。

梓锦随着蒋洛烟进了八角亭，亭子建得很是宽大，雕梁画栋，飞檐拱角，很是精美。秦时风坐在临着小花池的一边，悠闲地坐在栏板上。梓锦走了进来，秦时风的眼角就转了过去。

古人形容美人，皎皎兮若青云之蔽月，飘飘兮若流风之回雪，那种娴雅飘逸的美，简直不是言语能形容的。梓锦的美就是这一种，任何的语言堆砌好像都不足以形容她的一分，天下美人多，可是能让人见之忘俗的却不多，偏偏梓锦就是有一种令人无法忽视的气度从骨子里面慢慢地散发出来，让你的眼睛，你的心受之吸引，不能转开分毫。

亭子里只有蒋洛烟，梓锦跟秦时风，梓锦本来就没有打算今天好好跟秦时风交流，是带着故意寻事的架势而来。因此一进了亭子，走到了话音遮挡的地方掩住了自己的身形，梓锦脸上一直带着的温和妥帖的笑意就再也不愿维持，顿时换上了冰冷嘲弄的面孔。

梓锦看也不看蒋洛烟，瞧也不瞧秦时风，自顾自地在秦时风的对面坐了下来，隔着两丈宽的距离，梓锦冷冷地说道："大皇子殿下不知道这次又有何赐教？"

蒋洛烟瞪大眼睛望着梓锦，简直不能相信自己看到的听到的，这个女人在做什么？

"大胆！姚梓锦你怎么敢这样跟大皇子殿下说话？"蒋洛烟回过神来喝道。

梓锦浑不在意地嘲弄一笑，瞥了一眼蒋洛烟，随意说道："不容我说我也说了，不容我做我也做了，不知道侧妃娘娘能将我怎么样？"

蒋洛烟抚着胸口，眼前的姚梓锦好像换了一个人，那讥讽的神态，浓浓的鄙视，透过空气直接重重地击在了她的心房上，让她差点站立不稳。蒋洛烟早就听人说过，她就是因为长了一双酷似与姚梓锦的双眸，才会被大皇子选中做了侧妃，自从嫁给了大皇子，外人看来蒋洛烟无比的风光，可是只有她自己知道，时至今日，两人都没有圆房，大多时候，秦时风都只是看着她的眼睛，她知道他在透过自己的双眸去思念姚梓锦，她恨极了姚梓锦。

一直以来，她都在安慰自己，也许这是只是一个传闻，可是此时此刻，亲眼看到梓锦这样的做派，又转头看向丝毫没有动怒的秦时风，蒋洛烟那一颗心又被狠狠地撞击了一下，秦时风……尊贵的大皇子……这个传闻中心狠手辣的男人，居然这样纵容姚梓锦如此放肆！

秦时风看也不看蒋洛烟，只是直直地看着姚梓锦，那鹰隼般犀利而又无情的眸子，此时此刻却渲染上了一层温暖的柔光。

"你还是这样牙尖嘴利。"秦时风笑了，低沉的笑声在空气中回荡着。

蒋洛烟失神，大皇子居然在笑……她第一次听到看到他居然在笑。而他笑的对象，居然是一个有夫之妇，双拳一下子握紧了，汹涌而上的妒意让她的双眸微微泛红。

梓锦伸手折下亭子旁边伸进来的花枝，花枝上开得正盛的小黄花迎风招展，淡淡的花香绕鼻。梓锦不知道这是什么花，但是她知道，想要达到自己的目的就要激怒蒋洛烟，只有蒋洛烟失去理智，自己的计划才能施行。

"江山易改，禀性难移，我就这臭脾气，大皇子殿下可以挪开尊步不在这里听我的牙尖嘴利。"梓锦嘲弄地笑道，眼神状似无意地扫过蒋洛烟，徐徐说道，"没想到蒋侧妃居然这么大度，明知道你能做大皇子的侧妃是因为有一双极其神似我的眼睛，居然还要将我带进这亭子跟大皇子见面，不知道蒋侧妃这是什么意思？"说到这里梓锦缓缓站起身来，走到蒋洛烟的身旁，眼睛直直地望着她，眼睛里闪着不屑的光芒。

蒋洛烟顿时气得五脏六腑都翻转过来，她活这么大就没受过这样的气，她也是兵部尚书的娇娇女，被人捧着长大的，如何能咽得下这口气，不由得怒道："你胡说什么？"

怒极之下，蒋洛烟就伸手推了梓锦一把，梓锦站的地方，正是她方才计算好的极容易跌落入水的位置，一切刚刚好……

梓锦的话一说完的时候，秦时风就突然生出一种不好的感觉，猛地站起身来就往梓锦的身边走去。而此时，梓锦正好被蒋洛烟推了一把。

秦时风虽然不是很了解姚梓锦，但是上次劫持过她之后，姚梓锦都还能在那样的情况下跟自己周旋回转，可见是一个极为冷静的人物，这样冷静的人物，怎么会说出这样让人容易激动的事情，分明就是有意的，而梓锦这种有意的行为，让秦时风心中的警铃大作，想也不想地就冲到了梓锦的身边。

只是梓锦早就想到秦时风这个阴险狡诈的人物，一定会察觉自己的反常，再加上秦时风这人性格十分的分裂，是绝对不会放过自己这丝丝反常的行为。如果梓锦没有料错的话，秦时风是一定会冲过来的。

果然梓锦就看到了秦时风的身影快如闪电地奔了过来，梓锦心里冷笑一声，嘴里却突然朝着天空使劲大喊道："救命啊……"嘴里喊完救命，手下却一点也不留情，梓锦一把抓住蒋洛烟的衣衫，蒋洛烟推梓锦的那一把因为是怒极之下的行为，所以力气格外的大，梓锦抓住蒋洛烟的衣衫，居然还余势不止往后倒去。再加上梓锦故意要落水，谁又能制止得了！

梓锦整个身子往后一倒，立刻翻出了栏杆外，蒋洛烟被梓锦这么一拽，整个人往前扑去，只听得扑通扑通两声两人落进了水里。

秦时风的速度已经够快，但是他还是只抓住了蒋洛烟的衣衫一角，随着蒋洛烟落水的势头，衣衫被两股力量撕扯，顿时撕裂开来断成两截。

梓锦落水之前，那一声无比凄厉的呼喊声简直就是响彻天空，再加上柴府的园子不是很大，很快就有很多人赶了过来，然后亲眼看到了蒋洛烟把梓锦推下水大皇子救佳人却只撕落一片衣衫的一幕。

谁也不知道发生了什么，但是梓锦落水喊救命却是不争的事实，一时间秦时风被人用各种眼神打量着。

而与此同时，梓锦掉进了水里，故意装作不会游泳的样子，在水里不停地扑腾，蒋洛烟自然也是不会水的,两人同时掉进水里,一个是大皇子侧妃,一个是平北侯府的三少夫人,一时间着急上火一叠声地喊着救人的声音此起彼伏。

最着急的就是柴夫人了,这可是她家真要出点什么意外,可真是吃不了兜着走,差点晕厥过去。永顺伯夫人、凉国公夫人还有罗珙惊讶地看着这一幕,一时间不知道该有什么反应,蒋洛烟怎么能做出这样的事情?

而此时得到消息的海氏跟姚月都已经赶来了,海氏一把抓着正在指挥着救人的秦氏的胳膊,一叠声地喊道:"救我女儿……救我女儿啊……"

姚月一把拉住海氏劝道:"娘,别着急,大少夫人正在忙着呢。"

这边岸上众人指指点点,乱作一团,这边蒋洛烟跟梓锦落水后,秦时风盯着水面看着扑腾的两个身影渐行渐远,他也不太会水……跳下去也是祸福难料,可是就这样看着姚梓锦淹死在水里,他又做不到,几番天人交战,秦时风终于还是在众人惊恐的目光中跳了下去。

"大皇子下去了……"不知道谁惊喊一声,岸上顿时安静了,秦氏脚一软,柴夫人差点跌倒,一叠声地吼道:"都死人啊,赶紧下水救人啊。"可是内院的丫头婆子哪有会水的,要等到外院的小厮冲进来救人。

众人都以为秦时风是为了蒋洛烟才跳水救人的,谁知道秦时风下水后,这个半吊子水军,居然扑腾着身子到了梓锦的身边。岸上众人的脸全都变了,各种颜色调和起来格外瘆人,这是怎么回事……

梓锦其实会水的,在秦时风跳下水的时候,就故意扑腾着游到了蒋洛烟的身边,梓锦总不能真的要了蒋洛烟的命,看着是两人都在水里折腾,其实是梓锦巧妙地接着扑腾将蒋洛烟往岸边送,看着柴夫人喊来的家丁快到了,这才松开蒋洛烟的衣摆,反正顶多多喝几口池水,要不了命的。

梓锦一下子潜进水里,就好像是支撑不住沉进水里一般,其实梓锦是游到水里,借着水势的遮掩往池中心潜去。秦时风果然跳了下来,梓锦曾经打听过,秦时风不怎么会水的,如今看着他笨拙的游姿知道传言果然不错。

梓锦故意在秦时风不远的地方冒出头来又挣扎了几下,再次潜入水中。秦时风一见,立刻就追了过去,只是秦时风手脚颇笨,在岸上手脚利落的高手到了水里可就真是一个天上一个地下了。

秦时风看着梓锦的头顶又没入了水中,不由得惊喊道:"阿若……我在这里。"

梓锦在水中听到这一声撕心裂肺的呼喊,不由身子一僵,一时间忘了换气,顿时呛入了几口水，梓锦忙浮出水面喘口气，却不想这时秦时风正好游了过来，一把拉住梓锦，道："太好了，你没事？"

梓锦手脚不停地扑腾着，给岸上的人造成一种她不会游泳的错觉，因为这池塘中还种了一片荷花，此时荷花早已经凋零，荷叶高大茂密在水中林立，梓锦故意接近那一片荷花，掩盖两人的身形，因此梓锦看着是在水中越扑腾越远，其实却是将秦时风引进了众人视线不及的隐秘之地。

梓锦的时间不多，因为柴府的家丁已经赶到了，下了水救人也不过是时间的问题。想到这里梓锦潜进水中一把拉着秦时风的手，硬生生地将他拖进了接天莲叶之中，两人的身形顿时被一大片的荷叶包裹起来，密密实实的就好像形成了一个天然的屏障。

耳边还有岸上诸人的惊恐声，梓锦甚至于还听到了海氏跟姚月惊慌的呼喊声，心里默默说道：对不住了母亲跟大姐，只能让你们担心一会儿了。

秦时风直到被梓锦拖进荷叶缝隙中这才渐渐地回过神来，方才的惊慌慢慢地退去，这时脑海中那天生的警觉又高速运转起来。双眼死死地盯着梓锦，方才的担忧惊慌刹那间被悉数收回，只剩下一片冰冷："你会凫水？"

梓锦看着秦时风冷笑道："大皇子说得极对，妾身的确会凫水。"

秦时风这才恍然大悟，原来自己竟然掉进了眼前这个小女子的彀中，一直以为她只是牙尖嘴利，胆大无比，没想到居然还能有这样的巧思，居然把自己设计进了水中任其宰割。秦时风迅速回想了一下，从自己得到消息，再到今日的宴会，再到梓锦激怒蒋洛烟，而后两人落水，再然后自己下水救人……只是没想到梓锦居然这样了解自己的心思，居然能料得准自己一定会下水！

狡猾如狐，狠辣如狼！

一时间这八个字冲进秦时风的脑子里，他这一生从没有遇到过姚梓锦这样的女人，这样一个令人惧怕的女人！

"终究是我大意了。"秦时风这时倒是不慌张了，既然是姚梓锦故意将自己设计到这个地步，他就是想要做什么，在这水中自己也不是姚梓锦这条鱼的对手，索性静观其变，他秦时风素来不是一个遇事惊慌的人。

早就知道秦时风这厮相当地沉稳又狠戾，只是没有想到到了这个地步，他居然还能这样冷静还能这样沉稳，就这份从容不迫的确担得起帝王的担子，只可惜这人却是他们夫妻的宿敌。

"上次是你派人围攻我夫君的？"梓锦身形一动，在水中又靠近了秦时风一点，既然是聪明人就不需要拐弯抹角。

"他不死，你终究不会嫁给我。"秦时风倒也干脆，索性直言。

梓锦就知道这人不是一个好相与的角色，这般的直白，真是令人想……揍他！

"只因为我长得像阿若？"梓锦双眸一凝，咬牙问道。

"……"秦时风皱眉不语，只是抬眼看着梓锦，就在梓锦以为他不会回答的时候，却听到他说道，"也许。"

"就为了这个你就要暗害我的丈夫，逼我成为寡妇，你可知道就算是我成为寡妇也绝对不会到你身边，你是我杀夫仇人，你就不怕我要你的命？"梓锦厉声问道，双手按住了秦时风的衣襟，水流滑动，在两人身边不停滑过。

"那要看你有没有这个本事。"秦时风轻笑一声，似乎听到了什么笑话。

"不用等到以后了，今儿个这里就是你的投胎地。在水里，你可不是武功高强的人，在这里是我的天下！"梓锦说完身子一沉就潜入水中，同时用手狠狠将大皇子压入水中，姑奶奶不发威真当我是死人啊！

秦时风又是一惊，没想到梓锦居然有这样大的胆子，居然想要谋杀他堂堂皇子，从口鼻中灌入的凉水，提醒着他不是在做白日梦，眼前这个女人真是想要他的命。

秦时风就没有见过这样彪悍且没有惧怕之心的女子，身体下意识地在水里挣扎，用力推开梓锦钳制他的手，迅速地浮上水面缓口气，怒道："你真不要命了？"

"命？您是贵人，你抬抬手张张口就要我丈夫的性命，你想要我丈夫的命，我就要你的命，谁不想活，你不想让我们好过，我就拉着你一起下地狱，要死一起死！更何况，今儿个你就算是死在这里，这里的人都是有目共睹是你自己跳下来救人的，救人不成反搭上性命，谁能奈我何？"梓锦面露杀意，腰身一摆再次潜入水中。

秦时风只觉得脚下一沉，似乎有股力量把他往水里拖，一时间双手不停地扑腾着，想要挣脱开，可是哪里挣脱得开，这女人的力气好大……这哪里是温柔如水的阿若，分明就是露出尖牙的毒蛇！

这两人在水里大战，陆地上的人只能看得到那一片荷叶里不时地有水花溅起，荷叶摆动，具体的情形却看不清楚。这边家丁已经将蒋洛烟救了上来，永顺伯夫人跟凉国公夫人还有罗玦立刻围了上去，秦氏早就命人抬来了软轿，将人迅速地送去了暖阁，郎中也请来了候命。

这边海氏朝着柴府的家丁喊着去救我女儿，柴夫人也喊道："快去救人，大皇子殿下,三少夫人都要救回来……"

因为是内院,秦时风进入的时候并没有带随身的护卫,梓锦也是考虑到这一点,要是在别的地方动手,秦时风跟前都有护卫随时保护,就算是拖下了水,梓锦也没什么机会报仇。所以千思万想选在了这里,内院多是妇人,护卫身为男子怎么能轻易进入,这就给了梓锦有机可乘的空间。

叶溟轩飞马赶来,在门口正遇上了慌慌张张往家赶的柴大人父子三人,本来今日的好日子,他们是要留在家中的,谁知道不巧偏有件事情绊住了柴大人,柴大人一人忙不过来又带上了俩儿子,谁知道那边屁股没坐热,又传来了大皇子去了柴府的消息,这就急急忙忙地往回赶。

本来柴大人父子三人得到的消息比较早,但是三人坐的是马车,叶溟轩虽然得到的消息晚,但是骑的是快马,这样一来四人在门口正好遇到。叶溟轩这个时候哪里还顾得上跟他们寒暄,双手一抱拳,道:"柴大人我有急事找内子,先走一步,回头再跟您赔罪。"

叶溟轩一阵风地朝后院奔去,柴大人父子皆是一惊。柴绍最是灵慧,看着大哥跟父亲说道:"不好,定是出事了,我去看看。"

柴绍立刻去追叶溟轩,柴大人跟柴大少爷还没回过神来,就见管家连滚带爬地奔过来,上气不接下气地说道:"老爷,老爷,大皇子,蒋侧妃还有平北侯府的三少夫人都落水了……"

柴大人脸色一白,难怪方才叶溟轩这么着急,还有谁?大皇子……蒋侧妃……柴大人一拍大腿,就往后院跑去,柴大少爷立刻吩咐管家:"去大皇子府送信,立刻请太医来。"

管家忙应下了亲自去了大皇子府,柴大少爷这时早已经一溜跑着往后院去。

叶溟轩到的时候,岸边围得满满的人,嚷成一片,混乱不堪,根本看不到水里的情况。叶溟轩一见,先是一愣,不是说梓锦跟大皇子还有蒋侧妃在一起吗?这些人围在这里做什么?

叶溟轩一眼看到了海氏跟姚月,忙走了过去询问情况。

海氏一看到叶溟轩,一把抓住他的手,嚷道:"贤婿,快去救五丫头,她掉水里了,这丫头不会水啊,会淹死人的……"

叶溟轩身子一晃,朝着海氏指的方向看了过去,水里早就闹成了一片,因为有柴府的家丁下去救人,因此一时间水里到处是翻滚的水花,根本就看不清楚谁是谁。

姚月眼尖，这时也顾不得避讳，伸手指着一个方向说道："他们在那里，五妹掉进水里，大皇子去救她，两人都被水冲到了荷田里去了，就在那边。"

叶溟轩听着姚月的话，不知道究竟怎么回事，但是他知道现在救人最要紧，哪里顾得上自己身上的伤，扑通一声就跳进了水里，按照姚月指的方向游了过去。

柴府的这个小池塘虽然不是很大，可是也足有一亩的地面，又种满了荷花，而且引的是护城河的活水穿过院子，因此荷花池的水并不是静止不动的，而是缓缓流动，危险性就大了许多。再加上梓锦有意躲开柴府的家丁，因此一看到柴府的家丁快要靠近的时候，就拖着秦时风往更深处游去。

秦时风那半吊子的水技如何是梓锦这个曾经拿过学校游泳冠军的对手，没过几个回合，就隐隐落了下风。但是秦时风也不是好相与的，知道梓锦要他的命，每每梓锦拖着他走的时候，总要想尽办法浮出水面呼救，这样一来，在水里就成为了一个怪圈，梓锦拖着秦时风在水里跑，后面柴府的家丁奋力追。大家没有想到是梓锦搞的鬼，毕竟这荷花池的水是流动的，冲着人走也是很正常的。

此时，秦时风呼救，也并没有喊梓锦要谋害他，只是说他们在哪里哪里。

梓锦是一口怒气在心里，认定了若不弄死秦时风以后定没好日子过，又想起叶溟轩身上的伤口，因此下手格外不留情。

"你是一定要将我置于死地才罢休？"秦时风用力挣脱梓锦的牵制，浮出水面换气的时候，趁机问道。

梓锦虽然水里功夫好，但是毕竟是女人，这样长时间下来体力就有些不支，大口地喘着粗气："今天不是你死就是我亡，否则出了这水池子，死的一定是我！秦时风你他妈的就是一个疯子，我又不是你的阿若，你死盯着我做什么？我是没嫁人吗？我是嫁过人的，你弄死我丈夫，难道皇上能让你娶一个寡妇当妻子？你别做梦了！更何况，溟轩若是有个三长两短，我是绝对不会苟且偷生的，他活我就活，他死……我一定拉着你一起陪葬！"

秦时风似乎并没有在意梓锦的怒气，只是低声重复道："他活我就活……"瞬间眸上凝上一层漆黑的光泽，她活我就活……当年若是他勇敢一点，会不会就不是今日的结局？如果他有同生共死的勇气，能不能救下她？

叶溟轩自然清楚他们跟大皇子的恩怨，此时观察水中的情势，便有了些明白，他们是故意绕着柴府家丁的。自己若是顺着柴府家丁的方向追去，也一定是追不上梓锦他们，叶溟轩有些着急，就怕秦时风会做什么伤害梓锦的事情。想了想索性朝另一个方向去截击，果然叶溟轩很快就堵住了梓锦跟秦时风，只是万万没有想到却听到了梓锦这样一番话，一时间整个人就那样停顿在水里，看着梓锦满是水珠的面上带着浓浓的杀机，嘴里却诉说着对自己的情谊。

"小丫头，我来了。"溟轩轻声喊道。

梓锦浑身一颤，猛地回过头，却看到了荷叶旁边叶溟轩那一张俊脸，梓锦颇为吃惊，道："你怎么来了？"话音一落，猛地又想起什么，怒喊道："谁让你下水的，你的伤……"

梓锦哪里还顾得上秦时风，一把推开他，快速游到了叶溟轩的身边，伸手将他往上一抬，果然看到了胸口点点红迹，一时间眼眶就红了："你不要命了，你怎么能下水？"

"我担心你。"叶溟轩伸手拭去梓锦面上滚落的泪珠，"我没事，只是流了一点血，一点都不疼，真的。"

梓锦却泣不成声，突然想起罪魁祸首，回头朝秦时风看去，这时叶溟轩这么一阻拦，柴府的家丁就追了上来，梓锦眼看着自己不能得手了，恨恨地咬咬牙，却是不解恨，松开叶溟轩，朝着秦时风游了过去，趁着家丁们还没过来，借着荷叶的遮挡二话不说在水里狠狠地给了秦时风一脚，骂道："便宜了你这个狗贼！"

秦时风哪里想到姚梓锦居然这个时候还会这样做，根本没设防，再加上水里手脚也不灵便，梓锦这一脚正中他的胸口，整个人被踢得沉下水去。就在这时叶溟轩趁机大喊道："在这边……在这边，大皇子沉进水里了，快救人！"

这两口子真是合作默契，叶溟轩说话的同时也游到了梓锦的身边，一把托住梓锦的腰，好像梓锦不会游泳一样，梓锦自然明白叶溟轩的意思，顿时换上了体力不支半死不活的模样，虚弱地朝着人指指秦时风沉入水的地方，哽咽道："都是我不好，连累了大皇子……"

叶溟轩又不想留给众人一个只顾老婆不管皇子的罪名，因此指挥着柴府家丁过来的同时，自己也拖着梓锦，又伸手将秦时风从水底拽了上来，一手拖着一个，不偏不倚却颇为吃力的样子，看到家丁过来了，顺势将大皇子推了过去，道："护送大皇子上岸，大家都是有功之人。"

叶溟轩很是精明，自然不能给柴府带来危难，因此才这样说话，一句话就要撇清柴府的危机，毕竟是秦时风自己跳下水救人的，又不是别人把他推下去的，就算是这件事情闹到御前，叶溟轩也不会服软的。

秦时风慢慢醒过神来，双眼从方才的迷蒙又回到了以往的清明冰冷，眼神从梓锦跟叶溟轩的身上滑过，嘴角缓缓地勾起，有些虚弱地说道："叶大人来得真是时候，叶夫人果然是嫁得良人。"

梓锦心里泛起一个疑团，不知道秦时风又起什么幺蛾子，但是现在水里人员众多，一言一行再也不跟方才一样肆意，此时一副浑身脱力软弱地靠在叶溟轩身上的情形，气喘不已地说道："臣妇多谢大皇子舍命相救，大皇子如此爱民，是我朝的福气。"

叶溟轩也神色激动地说道："臣一定上书皇上，将大皇子的功德彰示天下，为万民所敬仰。"

叶溟轩这是在跟秦时风讲条件，秦时风掩下梓锦要杀秦时风的实情，叶溟轩会投之以桃，为大皇子扬名天下，一个皇子有了这样一个善名就会有了民心，将来夺储大有益处。

梓锦垂眸，心里暗暗可惜功败垂成，原本想着今儿个皇帝会痛失爱子的，可惜了，不过心里一口怨气倒是疏散了不少，以后秦时风再下狠手，也得三思才是。

有句话怎么说来着，黄蜂尾后针，最毒妇人心，经过了这一遭，秦时风必定会有深刻的感触。

柴府家丁护卫着秦时风上了岸，叶溟轩把梓锦捞上岸，柴夫人早就准备好了软轿一应物件，又准备好了厢房给大家休息，梓锦跟叶溟轩被安排进了西厢房，大皇子就在他们隔壁，蒋洛烟又在大皇子的隔壁，这样一来三人的房间又连在了一起。

姚雪听闻后忙让人送来了她做好后未穿过的衣衫给梓锦换上，叶溟轩也换上了柴绍的衣衫，大皇子自然不能穿别人的衣服，早前柴府的大管事早就去了大皇子府报讯，这时早有人准备好了衣衫送了过来，就连太医也急急忙忙地赶了过来，经过诊断后，先让柴府给他们熬了姜汤驱寒，又开了药方熬药给众人喝下。

此时柴夫人早就送走了前来贺喜的人，出了这样的事情，谁还好意思继续待着，早就识趣地告辞归家。

此时柴府众人惴惴不安地在大厅商议对策，不知道这件事情是福是祸，坐立难安。海氏跟姚月在姚雪的房间里等着梓锦，因为梓锦跟叶溟轩被送进了一间房间，丈母娘跟大姨子又不好前去探望，也是坐立难安。

梓锦请太医给叶溟轩瞧过伤口，亲自敷了药，缠上了绷带，刚给他整理好衣衫，就响起了敲门声，梓锦过去打开了门，却在看到门口的人时浑身一僵，不过还是开口问道："大皇子这时前来不知有何赐教？"

第十九章
情知所起而无终结，顺藤摸瓜喜从天降

门外站着的正是秦时风，此时已经换过了衣衫，束起的头发还带着微微的湿意，脸色有些苍白，倒是让他有些刚硬的脸庞多了些柔和的线条。大约秦时风给梓锦的感觉一直都是比较强硬的、强势的，就是眼神都带着犀利的刀光之气，这猛然地见到他这副样子，还是有些不太适应，本来满腔的怨气，这个时候因为想到他这个样子都是自己造成的，心里就有了些难以言喻的感受。

秦时风看着梓锦堵在门口，面色无情地说道："难道不请我进去吗？这就是你家的待客之道？"

梓锦叹息一声，抬眸打量了秦时风一眼，心里不知道他要做什么，但是叶溟轩在屋子里也就没什么可顾忌的，侧开身子，面色冷淡地说道："大皇子请进。"

秦时风脚步有些虚浮，不过还是很坚定地走了进去。叶溟轩此时已经束好衣带，正缓步迎了过来。

两人一碰面，四目相对，杀气盎然，有些人注定没有办法成为朋友，无关立场，无关利益，无关世上所有的条框，只是因为那一种不能相容的气场，好似天生相克。

叶溟轩首先开口笑道："大皇子大驾光临，这次不知道又想要做什么？"说完整个人就坐在了桐木圆桌旁的锦机上，倒了一杯茶抿了一口，却再也没有看向秦时风，甚至于都没有开口请他坐下，就算是在私底下，这也是一种相当逾矩的事情，偏偏叶溟轩就做了。

秦时风似乎也没在意这些礼节上的细节，自顾自地坐下，也没指望梓锦能给他倒杯茶，自己倒了杯茶，拿在手慢慢地转着圈，却没着急开口，不知道在想着什么。

梓锦随手关上门，默默走到叶溟轩的身边坐下，他们三人，在这种地方，用这种狼狈善后的方式再次见面，总有一种令人说不出来的黑色幽默。人生大约很多事

情就是这样，明知道眼前这个人就是你的敌人，你恨不得置之于死地的人，可是你偏偏不能动手。

梓锦伸手抚了抚浅粉色裙子上的底边，开口打破了沉默，既然这两个男人都不先开口，那就由她先开口好了，有些事情总要有一个结果，即便这个结果不是他们想要的，可是有个结果却是必须的。

"今天的事情，我没觉得我错了。"梓锦缓缓说道，抬眸看向秦时风。

大约在没落水之前，要是听到梓锦这样说秦时风是怀有迟疑态度的，但是现在听到梓锦这样的话，却丝毫不怀疑了。这哪里是个温柔娇弱的女人，分明就是一个拼命姚五娘！

秦时风眼眸微抬，长长的睫毛似蝶翼一般轻轻地晃动，在眼睑下形成一片好看的阴影，一个男人居然有这样长的睫毛。常听人说，男人眼睫毛长，是长情的特征。

"不管你错没错，你今天都犯了死罪。"秦时风开口了，扑面而来的就是肃杀的地狱死亡的气息。

叶溟轩这时接口笑道："这话说得没错，不过你得拿出证据来，大皇子可有证据证明？"证据自然是没有的，叶溟轩笑得那叫一个神清气爽，秦时风不仅没有证据，而且当时岸上的人都知道最后是叶溟轩救了秦时风一命，其实这也是挺讽刺。

姚梓锦要秦时风的命，秦时风在水里狼狈逃生，可是最后却还要背上被叶溟轩救命的标签，其实何止是郁闷，简直就是吐血。所以说，叶溟轩挺阴的，梓锦是正大光明的谋杀未遂，他却是在秦时风的心口钉了一颗钉子。明知道眼前的人是谋杀你的人，可是这个人偏偏被众人认为是他的救命恩人，还能有什么比这样更令人抓狂的？

人生就是一个谁也无法预料的剧本，你永远不知道下一秒会发生什么。

"一时长短无以论英雄，叶溟轩现在不过是一个开始，你就这般洋洋自得？"秦时风冷哼一声，年少时的风光算什么，只有你年老时能够看着儿孙绕膝，家族兴旺，这才是最美的事情。可是……如果秦时风登上帝位，那么等待他们的会是什么？

不以一时长短论英雄，秦时风是在给叶溟轩下战帖！

叶溟轩眉头轻皱，不得不说这的确是一个相当严重的问题。梓锦不是寻常闺中女子，哪里不明白这个意思，她就知道秦时风来准没好事，接口说道："大皇子虽然占了一长字，却不是圣上的嫡子，二皇子跟三皇子也都是人中龙凤，将来的事情可难说。更何况本朝素来就是立贤不立长，将来的事情谁也说不准。"

"你跟她不仅长得像，就连才情见识也是不相上下，我见过许多女子，有的眼睛像她，有的鼻子像她，有的眉毛像她，有的身形像她，还有一个跟你一样五官跟她很是相像，可是见过几次之后，我就知道她们不是她，她们身上没有阿若的气质，没有阿若的才情，没有阿若纵然只是布衣荆钗也不能遮掩的芳华。第一眼见到你，我以为是阿若并未身亡，你不仅长得像她，更重要的是那浑身上下的气派跟她简直就是一个模子里出来的。"秦时风浅浅而笑，这样淡然而又幸福的笑容只是因为，提及了一个叫做阿若的姑娘。

梓锦觉得心里怪怪的，不安地看了叶溟轩一眼，叶溟轩伸手握住梓锦的手，却是如临大敌一般，心中暗道不好，若是梓锦只是长得像阿若也就罢了，随着时间的流逝总能遗忘，而且长得像并不就是那个阿若，可是秦时风这么一说，就好像梓锦就是阿若一般，就连叶溟轩也心里没底起来。如果一个女人看着就是另一个女人的重生，那这件事情简直就是……毁天灭地的灾难。

至少，叶溟轩知道，秦时风是死也不会放手的。

"可是，阿若已经死了，我不是她。"梓锦重重地说道，眼神坚定地看着秦时风，"大皇子应该忘记以前，寻找自己新的幸福。我跟溟轩深爱着彼此，不管什么情况下我们都不会抛弃对方。就算是将来大皇子荣登宝座，没有我们的活路，那么至少还能共赴黄泉也不枉此生。"

秦时风被这句话惹恼了，面色一变，随即飘上一层讥讽："死是最容易的，可是求死不能才是最有趣的。任凭你脊梁刚强不弯，可是除了一个叶溟轩就没有别的牵挂了？姚叶两家几百口子性命，就可以漠视不管？"

"这样做你不觉得很卑鄙吗？"梓锦怒道，脸色涨红，如果秦时风真的拿着姚叶两家威胁，她跟叶溟轩真的不知道该怎么选择。

"我的人生只有两种结果，成功或者失败，我不在乎过程，也不在乎手段，我只要结果。"秦时风慢慢站起身来，嘴角的笑容越发深邃，却夹杂着令人不能抑制的惊惧。

作为一个政客，秦时风无疑是成功的，他的一言一行的确给梓锦施加了压力，政客对于自己想要的东西，从来都是不择手段的，人们往往看到的是表面的光鲜，听着别人故意散播出来的善意的为某人伪装的假象，却从不能接触到这一层表面下方，那鲜血淋漓的令人惊惧的真相。

真相往往更容易被鲜花跟掌声淹没，大家都宁愿去相信自己的耳朵跟眼睛看到的伪装，也不愿意去相信真相。

叶溟轩直视着秦时风，傲然一笑："大皇子果然是人中之龙，这话说得极漂亮，只是……漂亮话谁都会说，漂亮事谁都会做，但是胜负却不是一言而决定的。正如你所说，这是一场长时间的较量，咱们就慢慢走着瞧。"

争夺皇权，重要的还是要手中有兵马。

叶家在军中的力量可不是纸上谈兵的，那是实打实打出来的，军功最能震撼人心，沙场上抛头颅洒热血的汉子们，最尊敬的不是这些龙子凤孙，最敬重最愿意追随的，就是那些能够让他们折服的马上英雄，沙场悍将，真功夫见高低，才能赢得一席之地。

秦时风居然是来下战书的，梓锦一直以为，经过今天的事情，他应该死心了，却不曾想却是越挫越勇。就连梓锦这个见过大世面，穿越两个时空的人，都无法去理解这是一种多么扭曲的心态，明知道不是你的，明知道这个人并不是你爱的那个人，却一定要将人弄到手，这人大约真的是有病的，还病得不轻。

可是这个病得不轻的人，却是他们人生中最大的劲敌，谁让人家是下一代本朝最有力争夺皇位的热门人选。

秦时风缓缓走到门口，金色的阳光穿过门框照了进来，给他的背影镀上一层光芒。那颀长的背影，却愣是带了孤寂的味道，淡淡的，却是萦久不散，袭人心头。

梓锦跟叶溟轩立在那里，瞧着秦时风一步步地往外走，他们知道从此刻起，他们之间是不死不罢休，除非有一方缴械投降，可是不管是孤傲的秦时风还是倔强的叶溟轩，都不会是折腰的那个人。

秦时风走到门口脚步一顿，背对着他们，慢慢地转过身来，那幽深而又凝重似乎是还未晕染开的墨团般眼睛，重重地落在梓锦的身上，秦时风嘴角微动，似乎想要说什么，却始终没有说出口。然而这目光也只是微微停留，夹杂着不舍跟决然回过头去，大步走了出去。

"斩断年年断肠处，从今起，心生望。"

清晰有力的声音从院子里直接飘了进来，梓锦身影一晃，只觉得眼前一片漆黑，一下子跌坐在锦杌上。斩断年年断肠处，从今起，心生望……秦时风这是要真的不肯对自己松手了，从今起，心生望……他心生希望了，梓锦却觉得人生灰暗了。

叶溟轩坐下将梓锦拥进怀里，柔声说道："莫怕莫怕，我会一直在你身边，守着你，护着你。"

"我不怕，我只是觉得这日子过得太憋屈了些。"梓锦失笑一声，回头看着叶溟轩，很是严肃地问道:"有没有觉得我真是一个祸水,没成亲前让你吃足了苦头,绞尽了脑汁,如今嫁给了你却给你带来了更大的灾难,我觉得我真的好像一个扫把星。"

梓锦说着说着就流泪了,不是不难受,不是委屈,不是不想抗议的。不带这么玩人的,教授给她安排的人生怎么这么狗血滚着天雷,她能平安活到老顺利毕业简直就是比母猪上树、蜗牛跨栏更不可思议。真是一群混蛋,等她回去了,一定好好地跟他们算算账。

"这怎么是你的错?是有些人的脑袋被驴踢了,真觉得自己生在皇家就高人一等了。落草的凤凰不如鸡,你放心,他想要登上皇位却也不是易事。二皇子生母地位最低,可是二皇子在几位皇子里最有贤名,三皇子的生母德妃娘家实力不容小觑,三皇子又是个善于钻营的,对大皇子的威胁并不少,只要咱们运用得当,总有几分胜算。"叶溟轩柔声安慰着梓锦,可是他却没有告诉梓锦,当今圣上对大皇子的情分却比对另外两个皇子深得多,这里面的根由他要好好地查一查,说不定还能拿来一搏。

朝堂上的事情,梓锦一个妇人也不好多问,只是梓锦跟叶溟轩想不到,有些事情并不会按照他们的步伐去进行,有的时候生活给你的不是惊喜而是惊恐。

从柴府回来后,这一段时间杜曼秋并没有怎么为难梓锦,在家务上也一向是各管各的,梓锦只要管好自己的那一摊子事情,然后定时跟杜曼秋汇报一下,楚氏的禁足解除后,杜曼秋还是把自己手里的事情又分给楚氏一部分管理,这样一来,梓锦跟楚氏沈氏交流的机会反倒比杜曼秋多很多。

只是让梓锦越来越无法镇定的是,她的葵水到日子就到,丝毫没有受孕的迹象,可是安园里里外外自己管得水泼不进,究竟是因为什么自己不能怀孕呢?

带着这个浓浓的疑惑,自己度过了在平北侯府的第一个新年。年后跟着长公主不停地在各个家族勋贵之间交流来往,每日累得都直不起腰来,十五的花灯会一过,八百里加急奏折火速呈到了皇上的龙案上。

倭寇居然趁夜袭击西南沿海十数个渔村,烧杀抢掠无恶不作,手段极其狠辣,一时间朝堂上人心惶惶,主战派跟主和派又吵成一团。经过数日的交锋,去年被削爵的靖海侯又被皇帝重新召回,任命其为靖海大元帅,出兵将倭寇一举歼灭。

靖海侯在京郊择吉日祭旗出征,同时靖海将军吴祯已经带领手下兵勇身先士卒与倭寇开战,军情日日有报,好消息坏消息不一而足,整个朝廷笼上了一层阴霾,叶溟轩因此也十分忙碌起来,因为去年开始叶溟轩就已经掌管南镇抚司,此次靖海大元帅出征，锦衣卫也协同传递消息，侦察敌人情报，叶溟轩十日有一半要宿在衙门，辛苦不堪。

国家正值战乱，梓锦越发约束下人谨守本分，可在这个时候却有人不安分了。

"……你真的看清楚了？"梓锦面色一凝，语气沉重。

"是，奴婢绝对不会看错，奴婢已经给陈安送了消息，陈安会安排人跟上去查个究竟。没想到素婉这个小蹄子安分了这几个月，终究还是耐不住了。"纤巧气得咬牙切齿，恨不得将素婉一刀两断。

天空乌沉沉的，残冬即将过去，可是大地一点回春的迹象都没有，依旧冷得令人恨不得整日将暖炉抱在手里。梓锦垂头看着手里正抱着的紫铜镂空雕美人海棠的暖手炉，清明的眼睛里闪过阵阵清冷之色。

素婉也算是个人物，在自己这个园子里一直安分守己，至少没有人能在明面上找得到她的错处，想要发落她是极难的。而且素婉十分的机灵聪明，你想要挖个坑让她跳，未必真的能让她跳下去。

梓锦曾经想过寻个借口把她打发出去，又怕断了这条线，索性忍耐下来，没想到终于等到了今日。

香炉里的残香还在屋子里环绕，梓锦轻嗅一口，这才看着纤巧说道："随时听着消息，不管怎么样都要把素婉身后的人给我挖出来，不挖出来简直就是寝食难安。"

纤巧应了一声，道："任凭那人狡猾如狐，奴婢就不信了还真能飞天遁地不成。"

"你有这个决心就好，这几个月你跟素婉多有走动，她有多谨慎别人不知道难道你不知道？"梓锦叹息一声，"敌人太狡猾了，想要抓住她，你就得松一松手。用力去抓泥鳅反而让泥鳅跑得更快，你微微一松反而会有意想不到的效果。"

纤巧若有所悟地看着梓锦，然后笑道："奴婢知道了，少夫人没什么吩咐，奴婢就先下去了。"

梓锦点点头，说道："把周妈妈叫进来。"

纤巧应了，转身去了，很快的周妈妈就来了。"老奴见过少夫人，不知道少夫人找老奴来可有什么事情吩咐？"

梓锦声色郑重地看着周妈妈，道："周妈妈，你私底下查了几个月可有发现什么端倪？这安园可有人动过什么手脚，不然我嫁进来大半年肚子怎么还没消息？"

倒不是梓锦急着想要生孩子，而是梓锦不能容忍自己没生育是被人动了手脚，那种我为鱼肉的感觉实在糟糕。

周妈妈闻言忙回道："老奴里里外外查了个遍，不管是吃的穿的用的，床上铺的，屋子里挂的，香炉里燃的香料都没查出什么来。如果真的有人动了手脚，蛛丝马迹总应该留下的，可是老奴实在是没有找到什么。老奴没用，请少夫人责罚！"

梓锦挥挥手："这事怪不得妈妈，实在是那人太厉害了些。大少夫人跟二少夫人都还没有动静，可见想要揪出这个人实在是不容易。"

周妈妈看着梓锦眉头紧锁，心里也是着急，脱口说道："少夫人，老奴以前在长兴侯府当差的时候，曾经听到过一件秘事，只是当时老奴还是一个小丫头，知道得并不多。当时侯府嫡子庶子众多，争权很是激烈，其中有一房嫡支就是怀不上孩子，具体的过程老奴并不知晓，只是后来听说这事故的源头好像是外院的男主子被人动了手脚。您说咱们一直在安园搜查，会不会是叶大人那边也该动动手？"

梓锦不是没有想到这一点，轻声说道："大少爷跟二少爷不是已经查过了，并没有查出不妥来。"如果单是叶繁梓锦自然不能放心的，但是有叶锦，叶锦是一个仔细的人，应该错不了事情的。

"男人哪有女人细心，有的时候一个小细节也能致命啊。"周妈妈道。

梓锦细细一想觉得也对，叶溟轩在外院有一个书房，应该说侯府的几位少爷在外院都有自己的书房，单独成院，平日招待同僚，见客就在那里，互不打扰是个清静的地方。叶溟轩在外院的书房梓锦一直没有去过。一来身为人妻总不能内外院没个避讳，再者梓锦也不想让人觉得她小心眼，一会子也离不开叶溟轩。就连楚氏跟沈氏都不能轻易去叶锦叶繁的书房。

但是周妈妈这么一说，梓锦反倒是觉得也许问题真的出在外院。

"这个道理也不差，等到大人回来了我自会跟他说，咱们去外院看看。"梓锦觉得这件事情也不能轻视，点头应了。

周妈妈轻轻松一口气："少夫人能这么想最好了，毕竟有一点怀疑的地方都应该重视，说不定就准了。"

梓锦这时叹道："要是杜若在就好了，现在真心觉得身边的人手不够用。"

这边梓锦感叹着人手不够用，谁会知道姚老太太似乎是心有灵犀一般，第二日卢妈妈就上门了。过了年初二是出嫁女儿回家的日子，梓锦初二回去过，所以突然见到卢妈妈来还以为姚老太太出了什么事情，一时间着急不已拉着卢妈妈一连声地询问。

卢妈妈满脸是笑，忙应道："五姑奶奶放心，老太太身子板硬着呢，今儿个来是给您送一个人来的。"

梓锦一愣："送人？送什么人？"

卢妈妈就笑道："就是林仲媳妇啊。"

猛的听到这个名字梓锦还没回过神来，林仲媳妇……眼睛突然一亮，看着卢妈妈惊喜地说道："杜若？"

"正是，杜若去年八月早产了一个儿子，本来想着孩子三个月后杜若就想着到您这里来当差，可是老太太觉得孩子太小，就说等到孩子六个月后再让杜若来。如今孩子满六个月了，老太太知道杜若跟了五姑奶奶多年，又是个谨慎小心的，为了不让她有后顾之忧，还专门买了奶娘丫头照顾她的孩子一直到两岁呢。"卢妈妈笑眯眯地说道。

梓锦心里微叹一声，其实她知道按照原本的计划应该是孩子一岁后杜若才能来当差。很有可能这次过年回去老太太从纤巧嘴里知道了什么，不放心自己。大正月的又不能塞人进来，因此一直忍到了现在，这就把人送来了。

梓锦看着卢妈妈眼眶微红，微微哽咽道："卢妈妈，请您回去后告诉老太太梓锦让她老人家劳心了，没能在跟前尽孝，还净给老太太添麻烦，心里实在是过意不去，等过两日清闲了，梓锦一定会去亲自给老太太磕头。"

卢妈妈忙说道："老太太说了，这些都不重要，重要的是五姑奶奶赶紧怀上孩子才是。按说这都成亲快一年了，怎么还没动静呢？"

梓锦怕姚老太太担心一直没把这件事情说出去，如今听到卢妈妈这样说，梓锦也不好继续瞒着，想着老太太见多识广，兴许真能知道这里面的猫腻呢，于是就低声把事情说了一遍。

卢妈妈听完后震惊不已，脸色都变了，嘴上说道："难怪老太太说您这边一定有事……"

听到卢妈妈这一句，梓锦也就明白了纤巧也没有把这件事情仔仔细细地说给姚老太太听，毕竟是跟着自己出来的，有些事情自己没吩咐就算纤巧以前是姚老太太的人，也不敢胡言乱语的，梓锦心里很是安慰。

"我怕祖母担心就一直瞒着，想着也许我运气好呢，谁知道到现在一直没有动静，我也有些着急了，正准备着彻查呢。"梓锦压低了声音，"只是如果真的是有人动了手脚，可是里里外外能查的都查了没有丝毫端倪，这才是最令人害怕的。"

卢妈妈听到这里也坐不住了，就说道："老奴得赶紧回去跟老太太说说，明儿个杜若一家子就来见您了,您看着怎么安排都好。"说着就掏出了一叠纸,"这是他们一家子的卖身契,五姑奶奶收好了。"

梓锦接了过来,点点头,卖身契啊,古代就这么一纸东西就限制住了人的自由。

梓锦亲自送卢妈妈到门口,然后把几个丫头跟周妈妈叫了进来,跟大家说了这件喜事,然后看着周妈妈说道:"你说怎么安置杜若才好?"

周妈妈想了想说道:"林仲媳妇已经嫁人了,不好在内院住着,咱们侯府有专门给下人住的地方,不如安排在那里,距离侯府近,林仲媳妇要是回家看看孩子也方便,咱们院子后面就有个角门出入呢。"

梓锦点点头,看着周妈妈说道:"你亲自去大少夫人那里走一趟,让大少夫人给杜若一家安排个住的地方。若是大少夫人问怎么这时候还有人进来,你就说当初本就是陪嫁的陪房,因为有了身孕没有跟过来,如今生了孩子自然要过来伺候了,别的不用多说,大少夫人是个明白人,自然知道该怎么做的。"

周妈妈点点头笑着去了,纤巧跟水蓉、寒梅、雁桃几个开心不已,说起来杜若跟她们几个的关系一直挺好呢。

到了第二日,杜若果然来了,生了孩子的缘故胖了不少,脸色极好,一身浅水碧的衫裙倒是让整个人精神了不少。见到梓锦就落了泪,主仆还能再见,那种兴奋的心情就不用说了,纤巧几个也围着杜若说说笑笑,梓锦就问孩子,杜若回道:"有奶娘看着,还不能下地走,也不敢随意地抱出门,等到能下地跑了再领来给少夫人看看。"

梓锦点点头,古代孩子成活率极低,因此都是格外地小心的:"叫什么名字?"

"单字一个庆,是他爹取的。"杜若腼腆地一笑,有些不好意思一般。

梓锦却让纤巧拿出早就准备好的长命锁之类的吉祥物件给了杜若:"是我的一点心意,希望孩子能健健康康壮壮实实地长大。"

杜若忙谢过了,梓锦又询问了大少夫人给她安排的院子可还满意之类的话,杜若一一回答了,大少夫人倒是极给梓锦面子,给杜若一家安排的是独院,三间正房还有东西厢房,一家子住绰绰有余。

"今儿个先不用过来当差,明儿也不用太早,你还要照看孩子,辰时二刻以后过来就行,晚上酉时你就回去,孩子还太小,你要多上点心。"梓锦觉得就是有奶娘还是亲娘在跟前好一些,因此格外优待。

杜若一叠声地说道:"这哪行,您太宽厚了,奴婢可不敢当。做主子的体谅奴婢,是奴婢的福气，可要是因此让别人指责少夫人行事没章法那不好，奴婢就跟侯府里别人一样就行了，有孩子的不止我一个，别人能做的我也能做，更何况老太太还给奴婢的孩子寻了奶娘找了丫头，我要还不知足，还有什么脸面在这里当差。"

杜若坚持不肯，梓锦只好罢了，不过还是笑道："今儿个你才安家，就不用过来了，明早过来伺候吧，我这院子就缺一个管事的媳妇，周妈妈毕竟年岁大了，你多帮她分担点。"

杜若脆生生地应了，这才告退了。

每个院子里都有一个管事嬷嬷，属于总管，还要有一个小的管事，就是指挥着院子里的各项杂事，统领这些丫头婆子，一直以来这两项都是周妈妈一个人担着，纤巧几个都未成亲，不能做这些事情，如今杜若来了，周妈妈也能松口气了，因此格外开心。

杜若适应性很强，再加上有周妈妈指点，纤巧几个帮衬着，没几日就对安园熟悉起来，梓锦因为杜若的事情，还专门跟叶老夫人、杜曼秋还有长公主提过此事，诸人倒没有意见，毕竟是陪嫁晚过来而已，没什么大不了的。

因为杜若的事情一耽搁，梓锦打算去外书房的事情就搁下了，如今杜若也熟悉了，院子里的事情都扯清楚了，梓锦就想着找一个叶溟轩回家的日子一起去外院走一遭。有叶溟轩陪着，也能少一些流言蜚语的，梓锦可不想再无事生非因此格外地谨慎。

这日叶溟轩早早地就回来了，神色很不错，走路也轻飘飘的，梓锦替他宽了外衣，换了家常的袍子，问道："什么事情这么开心，打了胜仗了？"

"夫人真是一语中的，正是。靖海大元帅一出手果然不凡，开门红打了胜仗，皇上开心得很。"叶溟轩笑道，伸手将梓锦圈进怀里，叹道，"连着几日未回家，做梦都念着你，你可有想我？"

梓锦脸色一红，丫头们还在屋子里，这个不知道避嫌的，忙推开叶溟轩说道："我有正事跟你说，你回来得刚刚好。"

叶溟轩却不肯松手，紧紧地圈着梓锦，将头搁在她的肩膀上，低声说道："丫头们都下去了，你羞什么？"

梓锦无言以对，却也没有继续推开叶溟轩，任由他拥着，低声笑道："此次大胜，战役也快结束了吧。靖海大元帅出战必胜，此次回京只怕靖海侯的位置一定会官复原职的，到时候京里又热闹了。没想到吴祯居然也是一个这般厉害的人物，领兵打仗不输其父。"

听到吴祯的名字，叶溟轩格外不悦，霸道地说道："你还没忘记他？"

闻到一股浓浓的醋味，梓锦失笑："我都嫁给你了，你还生什么气？"

"能不生气吗？你差点就要嫁给他的，若是我晚一步……哼哼。"叶溟轩很不开心，相当地不开心，吴祯跟大皇子还不一样，梓锦跟吴祯是见过面的，还有一段他走不进去的过去，虽然梓锦对吴祯并没什么，可是吴祯……

"我只是就事论事，吴祯再好也不是我爱的人，我心里从头至尾都只有你一个。"梓锦拉着叶溟轩在临窗的大炕上坐下，柔声说道。

"是，我知道你心里从头至尾都只有我一个，可那个时候你打死都不肯嫁给我来着，却愿意嫁给吴祯！"叶溟轩回想起那一段日子心里那个难受啊，为了这个小包子辗转反侧不知道多少个晚上也没睡好，生怕她被人抢走了。

那段日子其实都不好受的，梓锦不是不想嫁给叶溟轩，只是当时的情形平北侯府根本就不同意这门亲事，梓锦怎么嫁？

"那时候我整晚地睡不着，就怕你真的嫁给了吴祯，我日夜兼程往回赶，我用尽手段来阻止，小丫头，你不能体会当时我是一种什么样的心态。我等了你……"说到这里叶溟轩猛地住口，差点说出我等了你两辈子，这句话要是蹦出来，只怕梓锦就要吓坏了。

可是叶溟轩哪里知道梓锦早就知道他是重生的，只是两个人谁也不肯先提起此事，死人又复活实在是一件相当恐怖的事情。

叶溟轩虽然没有说完，但是梓锦却明白了，别人不知道但是她知道的，紧紧地环着叶溟轩的腰，低声故意笑道："等了我什么？难不成你等了我两辈子？"

叶溟轩心里咯噔下，明知道梓锦是无意之言，可是心里还是十分激动，说道："一辈子两辈子，就是生生世世我也愿意等的，不管什么时候我都会等你的，一定要等到你。"

"嗯，下次换我等你……"梓锦轻声低喃，谁又想到真的是一语成真，下次真的换做了梓锦去等他。上天从来是公平的，不会偏颇哪一个，等待从来不是一个人的事情。

"那不好，不好……等一个人是一件很辛苦的事情，我舍不得你这样辛苦，所以还是我来等你，只是要你让我去等就好。"因为太爱，甚至舍不得她等待的痛苦，叶溟轩知道他等待了多久，等得有多焦心，等得有多无望，历经了多少痛苦才把姚梓锦娶进家，这样的痛苦怎么能让他最爱的人去承受一遍，如果……如果还有如果，他宁愿等待的人还是他。

浓情蜜语不过是转眼光华，可是拳拳真心却是生生世世不可磨灭的印记。

相拥过后，梓锦这才缓缓地把自己的怀疑跟叶溟轩说了一遍，两人又谈论起正事来，子嗣不管在什么时候都是一件十分重要的事情。叶溟轩颇为惊讶，道："你怀疑在外书房被人动了手脚？叶锦也怀疑过，还曾细查过，也没查出什么来，以他的谨慎不应该有什么疏漏。"

"男人总没有女人在这些事情上细心，你想啊，如果不是在安园动的手，那么唯一能动手的就是你在的地方，而你在的地方除了安园就只有外书房了，思来想去也就只有去外书房查看一番。"梓锦细细分析道。

叶溟轩本身对于这些就比较敏感，想起这件事情也不是一朝一夕，叶锦跟叶繁成亲多年都没有子嗣，的确是不能大意，就站起身来说道："咱们过去看看。"

梓锦点点头，换了一件衣裳就跟着叶溟轩往外走，到了门口喊了纤巧、杜若还有水蓉一起跟着过去。素婉在一旁低眉顺眼地立着，也不上赶着跟着，上次素婉颇为机灵，陈安的人不小心漏了行踪，她居然就察觉了，根本没有跟任何人接头就转了回来，不过是顺便站在点心铺子买了些点心，也算是出门的理由罢了。

正因为素婉这十分警觉的心态，梓锦越发觉得，素婉背后的人一定不是杜曼秋，索性就破釜沉舟跟她慢慢耗着就是。

叶溟轩听到水蓉的名字，想起这个丫头曾经为了他跟梓锦的事情暗中帮忙，上次梓锦被大皇子劫走也是这丫头挺身而出为梓锦遮掩，对于这个丫头溟轩倒真是十分感激，总不能委屈了她白担了名声要是嫁不出去可真是罪过了。

想起宋虎前两天还闹着说自己没媳妇的，要不把水蓉许给他当正妻？可是宋虎好歹也是锦衣卫正五品的镇抚，要娶个小丫头做正妻似乎也不太妥当，他得好好地琢磨一下。

梓锦自然不知道叶溟轩的打算，而此时梓锦也是有打算为自己跟前的几个丫头寻找合适的婆家，只是一来梓锦在侯府的根基还不深，想要给几个丫头找体面的管事一时也做不到，要是随便婚配了梓锦是怎么也不同意的。索性大户人家大丫头都是要等到十八九才往外放，梓锦还不着急，慢慢选着看，总不能委屈了自己的丫头才是。

这一路往外院走，又是这么一群人，浩浩荡荡的，消息很快就传了开来。叶锦正在外书房看书，叶繁正在他身边叨唠着衙门里的事情，听到门口小厮的禀报还真是唬了一跳。

叶锦叶繁跟溟轩的外书房并不在一处，而是三个院子互相分开，但是距离又不太远，因此别的院子里有什么人来访，还是很快地就能知道的。

叶繁跳起脚来，讥讽道："老三真是越来越有出息了，居然带着媳妇往外书房来，不怕被人笑话。"

叶锦看着叶繁，缓缓说道："三弟就算是有这样的心思，三弟妹是个知进退的，断然不会轻易出内院，只怕是有什么事情。"

想起姚梓锦，叶繁格外咬牙："哼，奸诈的狐狸精，谁知道她又想什么鬼主意。"

叶繁被梓锦捉弄的次数多了，又在梓锦手下吃过几次亏，每次提起梓锦叶繁的脸色总是臭臭的。男人斗不过女人，这是一件多没面子又十分悲哀的事情，尤其是他对头的老婆就格外的郁闷了，就差没有找个墙角画圈圈去诅咒了。

女人太聪明，总是让男人心里不太舒服，叶锦觉得姚梓锦就是太聪明了，这内院的势力分布上倒是比她还没嫁进来的时候更复杂了，这女人素来就有本事闹得天下大乱还一副她最无辜的样子。

想到这里看着叶繁说道："咱们过去看看，能让老三把她带到外书房，一定是有什么大事情了。"

"又没送信让我们过去，做什么巴巴地赶过去，不去！"叶繁哼道，男人上赶着女人，还要不要活了。

"他们这样一路声势浩大地走过来，就是在给我们递消息可以过去串门。要是他们夫妻两个说悄悄话至于这样大张旗鼓地来这里？"叶锦在屏风后面换了衣衫，然后出来拽着叶繁就往外走，神色却凝重起来，正好他也有事情跟叶溟轩说。

叶繁被叶锦一手提溜着出了房门，叶繁就好像是炸了毛的猫，吼道："我多大了你还这样提着我，丢脸死了，快放下。"

叶锦松开手，拍了一下，然后才徐徐说道："你当我愿意这样？"

叶繁十分懊恼地整理衣衫，嘟囔道："去就去，有什么大不了的？"

叶繁整理整理衣裳，满脸的憋闷，十分不满地说道："大哥，你怎么跟老三越走越近了，我贼讨厌他。"

"他也贼讨厌你，你们俩彼此彼此。"叶锦忍不住地一笑，转头看着叶繁很是郑重地问道："如果有人要欺负老三，你管不管？"

"……"叶繁一愣。

"如果有人欺负你，老三会不会管？"叶锦再问。

"……"叶繁再愣。

"如果在外人跟老三之间让你做一个选择你会选择谁？"叶锦最后问。

"当然是老三。"叶繁这次想都不用想脱口而出。

"你为什么会选老三？你不是看他不顺眼？"叶锦盯着叶繁。

"这还用问啊，他是我弟啊。"叶繁脱口说出，然后突然一脸的懊恼，瞪着叶锦，"大哥，你诈我。"

"你若不是心里这般想，还用得着我诈？二弟，我们始终是一家人，没有什么化不开的仇恨，再者说了有些事情的发生我们不能阻止，但是至少我们不能被别人看了笑话。年少时的轻狂跟懵懂无知，并不能成为我们犯错的借口，上一辈的恩怨不是我们能插手的，但是至少我们劲往一处使，且不说别的，就单从子嗣这一项上讲，你我成亲几年无所出，如今三弟成亲也将近一年，他也无所出，这代表什么？那就是有人早就盯上了我们，如果我们还要内斗不休，结果是什么还用我来说？"叶锦拍拍叶繁的肩膀，语重心长地说道，"打虎亲兄弟，上阵父子兵，我们是打断骨头连着筋的家人，我们有什么不满自己关起门来解决，绝对不能让外人钻了空子。叶家的儿郎上得战场，昂头挺胸无愧于天地，将来我们合上眼魂归九泉能直着腰板去见列祖列宗，你明白了？"

叶繁面色一僵，双手紧紧地握在一块儿，抬眼看着兄长，默默地说道："我知道，只是心里是很……"

年少时的恩恩怨怨并不能一笔从脑子里勾销，那是些活生生的发生过的事情，造成的伤害也许会随着时间冲淡，但是绝对不会毫无痕迹。叶锦知道这些，他的生母跟长公主之间的恩怨这几十年来从没有消停过，他们两兄弟从很小的时候就知道长公主是抢走他们父亲的人，是让他们的母亲忍受屈辱的人，平妻这个称呼，不是一个好的名词，不是一个令人欢喜的地位。

只是年岁渐长，有些事情却跟他们想象中的并不一样，叶锦原本不打算跟叶繁说得更多一些，但是看着叶繁这急躁的脾气，又怕他以后闯什么祸，想了想还是说道："父亲在跟母亲成亲之前，就已经跟长公主情定终身，只不过那个时候父亲并不知道长公主尊贵的地位，后来战场上外祖父舍命救了爹爹，把母亲托付给他，这才有了今日的局面。是是非非，恩恩怨怨，又岂是我们能置喙的？以前的事情就随着时间埋没吧，我们还年轻，还有大好的日子，难不成我们几兄弟就要这样斗一辈子被人家看笑话？越是这样，我们越要紧紧地拧在一起，别人无隙可入，才能家宅安宁。"

叶繁愣愣地看着叶锦，面色有些苍白，显然被这个消息打击得不轻，原来父亲先是跟长公主定情，难怪后来长公主一定要嫁……一时间就有些说不出来的滋味，可还是嘴硬地说道："总之，既然母亲嫁了父亲，长公主就不该继续纠缠。"

叶锦瞧着叶繁，突然一笑，道："三弟倾心于姚五姑娘，为了将她娶到手，这中间费了多少波折，受了多少罪，这样至情至性的脾性不就是跟长公主如出一辙？当年长公主为了爱情不惜纡尊降贵甘做平妻在皇家也被人看了不少的笑话，能忍受得了这些，这才是有大智慧有胸襟的人。三弟能屈能伸，看着脾气火爆，实则做事极有原则，既有长公主的韧性坚毅，又有父亲的冷静智慧，做事看着毫无章法，可是你细细算算这几年落在他手里的官吏哪一个不是罪大恶极的？他可从没有滥杀无辜，诬陷忠良。这样的人，叶繁你如何是他的对手？"

叶繁垂头，然后无奈地说道："是，我自小就比他笨，捉弄他不成反被捉弄。"

"可是他没有哪一次真的伤害过你，不过就是气得你上蹿下跳而已。至少在他心里还有这份兄弟之情，如今我们叶家被人觊觎，爹爹手握重权又不能随意行事，我们做儿子的自然是要小心翼翼，如果我们三个再闹出什么，你说说看最后得利的还不是敌人？为他人作嫁衣裳这样的蠢事，我们能做吗？"

"当然不能！"叶繁愤愤道。

"所以我们要团结。"叶锦加重语气说道。

叶繁一怔："我明白了，虽然我还是很讨厌三小子，但是我会努力地控制自己的。"

叶锦这才笑了，道："既然想清楚了，我们就走吧。叶家这个爵位我也不是非要不可，得到这个爵位不过是对母亲的一个安慰，对她这一生辛劳的肯定。如果这个爵位最后真的要闹得我们兄弟互相残杀，我宁愿凭自己的本事封妻荫子，荣耀一生。男人的地位跟身份，不是别人给你的，是你自己挣来的，这才是本事。"

叶繁嘟着嘴："总之这爵位你坐着我看着比较顺眼。"

叶锦失笑一声，这个时候也不能让叶繁把多年的怨气一股脑地发泄出来，不过能这样一步步地接受，也不失为一个好办法。

叶锦跟叶繁到的时候，叶溟轩的外书房里杜若正带着水蓉跟纤巧细细地检查，看着这些人里里外外地忙碌着，叶锦眉峰一挑。

梓锦先看到叶锦跟叶繁，笑着行礼："大哥、二哥，今日有时间找溟轩喝茶？不过可能要等会儿，丫头们正在收拾屋子。"

梓锦很是聪明地先给两人一个过来的借口，至少让两人面上十分光彩。叶繁想要说什么讽刺两句，想起叶锦的话又生生咽了下去。

叶锦却笑道："听说三弟带着三弟妹来外书房，我跟二弟正好无事就过来瞅瞅。到底是三弟妹细心，连这个外书房都要替三弟打整好。"

叶锦这样开门见山地把来意说清楚，梓锦不由得一愣，跟叶溟轩对视一眼，这才轻笑道："大哥这是埋怨大嫂没为您打整书房了？明儿个我跟大嫂说一声就是了。"

叶锦淡淡一笑，扫了一眼院子里来来往往的人，看着一旁的西墙下的石桌缓缓地走了过去坐下。叶繁自然跟了过去，紧挨着叶锦坐下了，其实他很想说话，可是又十分纠结，不能跟以前一样肆无忌惮地讥讽挖苦，可是让他表现出兄友弟恭至少目前会要他的命的，所以索性端着，可是对于一个话唠，不让他说话，那简直就是凌迟一样的酷刑。

叶溟轩跟梓锦也跟了过去相对坐下，梓锦招呼着丫头奉上茶来，一整套粉彩海藻纹的茶盏甚是赏心悦目，瑰丽的颜色，碧绿清透的茶汤，看着就令人心情大好。

梓锦挥挥手让丫头们都退下，又让杜若看着门，没有人靠近之后，这才看了叶溟轩一眼。

叶溟轩示意，点点头，然后看着叶锦开门见山："其实今儿个来外书房，是因为梓锦怀疑有人在我身上动了手脚，所以我们到现在还没有孩子。"

叶锦跟叶繁一愣，虽然叶锦有这方面的猜想，但是没有想到梓锦居然真的会亲自到外书房来检查。索性抬头看向梓锦问道："三弟妹就这么肯定？"因为之前叶锦也曾经查过，但是没有发现什么线索，所以对于男人身上被动了手脚导致不能生育是有些排斥的。

叶繁这才说道："大哥已经查过了，根本就没有发现什么。若是有人想要在我们眼皮子底下动手脚，只怕不太容易。"

"目下无尘这句话是不错的，可是时日一长就难免会轻心。我也不是一口咬定事情一定出在你们身上，只是自从我嫁进侯府，住进安园的第一日起，就对安园格外精心，不敢说水泼不进，但是若是安园里的人想要动点手脚一点痕迹不留下是不太可能的。你们男人整日忙着国家大事，惦记着衙门里的事情，有的时候也许一丁点的不起眼的小事反而更容易被忽略。我们女人天生就比男人细心，所以我这才想着过来看看，也算是求个心安，如果真的不是这里出了问题，我也好往别的地方查找。毕竟断人子嗣这样阴损的事情，实在是要格外小心查证。"

"那你可有什么发现？"叶锦开口问道，梓锦的话也不是一点道理没有，不过叶锦也觉得梓锦小题大做了，毕竟自己已经查过一遍，如果真有什么还能真的找不到？

梓锦鼻端轻嗅，有些惊讶地说道："这是什么香气，淡淡的，却经久不散，我好像在哪里闻到过。"

叶锦三人面面相觑，叶溟轩道："没闻到什么香气啊。"说完看向叶锦跟叶繁："你们闻到了吗？"

叶繁先摇摇头，道："哪有什么香气？"

叶锦看着梓锦郑重的模样不似随口一说，凝鼻一嗅，突然恍然大悟道："是熏衣服的香草。"说着就抬手看看自己的衣衫，因为是临出门前才换上的，这件衣服刚从浆洗房拿回来，熏衣服的香气还没有散尽，只是三人寻常闻惯了，时日已久倒没觉得有什么，因此梓锦这猛地一问，叶溟轩跟叶繁才没有想到这里。

大户人家都有给衣服熏香的惯例，先将衣服洗涤干净，晾干后放进熏笼，香料都是提前配置好的，按照每人的爱好。就像是梓锦的衣服也都要熏香的，梓锦有自己熏衣服的熏笼，凡是接触到香料的活计都是她的贴身丫头经手。

梓锦没有闻到过这种香料，因此猛地闻到叶锦才换上的刚熏好的衣衫这才格外敏感。内院跟外院是不同的，外院的衣服基本上不会穿进内院，内外院都有专门的管理各位主子衣服的人，就像是叶溟轩一回家肯定先去看梓锦，身上穿的外衣就会在梓锦院子里换掉，换上家常的衣衫。如果回到了外书房，只要不是在外书房过夜，叶溟轩基本上不会再换衣服，因为在安园梓锦给叶溟轩准备了一间小书房，基本上叶溟轩很少在外书房，也不过是见见外客同僚的时候才用得到，每日在外书房的时间顶多就两三个时辰。

可是叶繁跟叶锦不一样，这两兄弟在自己的内院里没有准备专门的小书房，因此每日倒是有五六个时辰在外书房，因此两人在外书房换洗的衣衫也比较多。

梓锦蹙蹙眉，她知道很多香料都是能让人不孕的，所以女人对香料都是比较敏感，梓锦就细细问道："那外院的书房每个院子的衣服都是有各自的浆洗房，还是送到大浆洗房一起洗然后晒干熏香后再送回来？"

叶溟轩点点头道："多年以来都这样的，要是每个院子再有自己的浆洗房难免太奢侈了，都是送到大浆洗房一起洗的。"

"那都是熏这种香料，还是各有不同的？"梓锦又问道。

看着梓锦郑重的神色，几个人也都郑重起来，叶繁首先说道："男人怎么会关注这些香料什么的，只要熏香不是讨厌的那种就行了，管那么多。"

叶锦细细地想一想，道："我跟二弟的香料差不多，三弟的好像不是这种。"

叶溟轩随即点点头，道："的确不是这一种，前两年的时候也都是用这种的，后来好像从我在江南回来后就换掉了，也不对，好像是梓锦进门后没多久就换掉了。"

梓锦眉头轻锁，梓锦进门后没多久换掉了，这事情怎么觉得有点太巧合的感觉，抬头看向叶锦问道："大哥，你可曾对这香料有什么怀疑？"

"上次检查外院的时候，我特意吩咐人把所有的用具香料都查过一遍，没查出什么蹊跷。"叶锦也不是一个粗心大意的，能想到的地方自然是想到了。

梓锦轻轻地点点头："大哥素来做事细致周到，自然不会轻忽这一点。古来多少贵重香料都是让人不孕的佳品，麝香乃是其中翘楚，只是寻常人家用不起，这东西贵重，可是搁在咱们这样的人家不算什么。"

叶繁道："麝香香气浓郁，这熏衣的香料清淡至极，两者区别很大，自然不是麝香的。"

梓锦看向叶繁，觉得很是头痛，有点牛头对不上马嘴的感觉，不过还是不想破坏此刻和谈的气氛，于是极力忍了忍，这才说道："我只是打个比方，这香料既然大哥查过自然是没有问题的，只不过方才溟轩说以前他也是用这种香料熏衣，只是后来我嫁进来后却突然换掉了，这不是很奇怪吗？如果一样东西用了数年而不曾换过，为什么会突然换掉？"

男人对这方面都很大条，就算是熏衣裳的香料被换掉也不会多想什么，甚至于都不会去注意，大男人谁会去在乎关注这么丁点的事情，只有女人才会在意熏衣裳用的是梅花香还是三元香，又或者是别的什么香料。

叶锦微微皱眉，缓缓说道："是不是三弟说过类似于不喜欢这种香料的话？"

叶溟轩用力回想了一下，然后说道："我从不关注这些小事，应该没有说过的。"

"那就真的有点奇怪了。"梓锦轻哼一声，看着三人说道，"用了数年的香料没个交代的就换掉，又不是主子吩咐的，你们不觉得有点古怪吗？"

叶溟轩跟梓锦素来是心有灵犀，这时接口说道："你是怀疑这香料有问题？可是大哥说找人查过了并没有问题的。"

梓锦叹息一声，道："这个世上还有一个词语叫做相生相克，如果这一味香料真的没有问题，会不会这种香料遇到别的什么东西才会发生什么效果。"梓锦觉得跟古人说这个有点太高深，想了想又说道："这样说吧，羊肉是我们经常吃的一种食物，竹笋也是我们爱吃的青菜，这两样东西单独吃没有一丁点的坏处对身体还有益处，可是这两样东西一旦同时吃，就会让人中毒。"

"真是闻所未闻，没听过还有这样的事情。"叶繁怪叫道，真是太匪夷所思了。

"你可以怀疑我的话，如果可能的话你把这两样东西找来试一试，是真是假一试便知，我有骗人的必要吗？"梓锦不屑地说道。

叶繁气得跳脚，指着梓锦哆嗦着不成言语，最后咬牙说道："好男不跟女斗！"

梓锦轻哼一声："好女不跟恶男斗。"

叶繁抖得浑身都成了筛子，偏又说不过梓锦，只能一个人生闷气，看也不看梓锦一眼。说起来也是，虽然在古代叶繁已经是成亲几年的大人了，可是放在现代正是一个愤青，热血沸腾着呢，不被气爆才怪。

像是叶锦跟姚长杰、叶溟轩这种少年老成，城府极深的，是异类中的异类。

梓锦慢慢站起身来说道："我去屋子里看看，如果溟轩的衣衫不是这种香料，是不是有什么别的古怪。"梓锦在这里怕叶锦跟叶繁有什么话不好说，索性避开去，毕竟不是每一个古人都能心平气和地跟一个后院女子商议大事。

梓锦离开后，叶溟轩看着叶锦徐徐说道："你觉得有没有可能？"

叶锦摇摇头："不知道，我没听过这样稀奇的事情，不过我可以找郎中问问，如果真的是这样，我们也能多一条线索。"

叶溟轩却是斩钉截铁地说道："小丫头说的一定没有错，我觉得你们俩还是找人来看看，是不是院子里有什么东西是跟这香料有关的。只不过这件事情一定要小心行事，切莫走漏了风声。这几日我会派人盯紧浆洗还有熏衣房的人，绝对不能有一点的疏忽。"

叶锦慎重地点点头："如此也好，小心行事总是没错的。打草惊蛇，想要再引蛇出洞可就不好玩了。"

梓锦进了叶溟轩的书房，转身进了后面的小隔间，这里面有一个小的床铺，北墙上立着一个紫檀嵌珐琅包铜角衣橱，伸手打了开来，里面是一摞摞浆洗干净的衣衫，迎面扑来的是恬淡的混合三元香的味道，梓锦心中微动，这个香气很是熟悉，因为梓锦很喜欢这个味道，安园正房里的香炉经常焚这个香。

梓锦心里的不安越发浓重，看来是有人怕她起疑，生怕叶溟轩穿着外书房的衣衫回了内院，不同的香料引起她的猜忌，所以连叶溟轩外书房的熏衣香都换成了自己喜欢的味道。这种被人看透的感觉实在是很不爽，很不爽。

梓锦轻轻地关上橱子门，转身看向几个丫头，低声问道："有什么发现没有？"

杜若摇摇头："没什么可疑的地方，只是很奇怪的，这屋子里给人一种很熟悉的感觉。"

的确，这屋子给人一种很熟悉的感觉，因为那是属于姚梓锦的感觉，这里在很多小的地方，都能看得出梓锦的痕迹。窗台上摆的小香炉自己房中也有一个，书桌上摆放东西的位置跟在安园的小书房一模一样，几乎就是照搬过来。这屋子里挂的帐幔的颜色，摆放的鲜花的位置，就连地上铺的地衣都跟安园极为神似，梓锦的手一下子握紧了。

那种闪过一丝丝惊恐，一个人在这样一个极为熟悉的环境里，只要一进了门，看到熟悉的东西，就会很自然地放松自己的神经。在这样精神放松的情况下，就算是有什么不对劲的地方只怕也很容易忽略了。

人其实就是一种惯性思维的高级动物，很容易对你熟悉的环境或者是人产生信任的情绪，就算是有什么不对劲的地方，也会大脑自动地合理化，因为你信任他们，这是一种自然反应。

叶溟轩在这样一个神似于安园的环境里，一踏进门就会格外地放松，如果在这样的时候，就算是有人动了什么手脚，只怕也不会注意到的。

梓锦方才闻着叶锦衣服上熏香有点熟悉的味道，并不是随口说的，因为梓锦是真的觉得有点熟悉，只是一时间想不起来在哪里闻到过。但是梓锦确定是在这间屋子里，想到这里，梓锦的眼睛不停地扫来扫去，眼神落在窗台上那一个镂空玉雕的香炉上，伸手拿了过来，打开盖子轻轻地嗅着残香，不是这个味道，看来那人比自己想的还要小心，并没有在香炉里燃烧这种香料。

现在梓锦越发怀疑那个熏衣香料有问题，这一切实在是太诡异了。

只是梓锦在这屋子里找来找去，怎么也找不到自己想要的东西，一时间就有些失落地坐在一旁默默地发呆。不可能啊，明明有那种香气，怎么就找不到呢？

杜若看着梓锦苦恼的样子，忙安慰道："少夫人，您别着急，定定神，咱们再找找。"

水蓉也说道："是啊，既然在这个屋子里怎么也跑不出去的，怎么会找不到呢。"

纤巧在屋子里转来转去，恨不得掘地三尺才肯罢休。

杜若的眼神随着梓锦的眼神一一瞧去，落在这屋子里的每一样东西上，眼睛落在多宝阁上，随即说道："奴婢去看看多宝阁上的物件里有没有别的东西。"

多宝阁上都是名贵的古董瓷器，里面的确能装东西，梓锦点点头。杜若带着纤巧跟水蓉过去一个个小心翼翼地搬起来，仔细查看后再放回去。大大小小里里外外几十件，挨个看了遍，三人累得额头冒汗却依旧没有收获。

梓锦觉得真是邪了门了，她就不信了真的找不到，梓锦又站起身来扫视一圈，鼻子使劲嗅着香气。只是这会子这么一折腾香气反而淡了许多，梓锦叹息一声，无力地靠在了叶溟轩的书桌旁，只是没有想到一个不小心打翻了砚台，幸好里面的墨汁已经干了，不然的话真的要泼一身了。

杜若几个忙过来搀扶梓锦，收拾着被梓锦弄乱的书桌。

梓锦决定改日再来看看，今儿个脑子有些乱，回去后要好好地想一想，问题究竟出在了哪里。虽然梓锦还不能有十分把握确定有问题的是熏衣服的香料，但是至少有了一个方向，哪里有这么巧的三兄弟用的熏香都是一模一样的，而自己嫁进来后，叶溟轩熏衣服的香料还有这书房的摆设居然也跟着变了？

真的是巧合？梓锦不相信这世上有那么多的巧合，事若反常必有妖，这里面一定有某一种她还没有解开的疑惑。

"咦？少夫人，大人这书桌上的墨锭好奇怪，跟咱们院子里的不一样呢。"水蓉惊奇地说道，随手拿起她正收拾的桌面上的一块墨锭朝着梓锦挥挥手。

梓锦觉得有些意思，居然是弯月形，这个用来研磨可真是要倍加小心了。拿在手里细细地看着，只见这墨锭做工极为精致，形如弯月，描有金彩，这墨锭下方却没有落款，梓锦微微皱眉，怎么会没有落款呢？每一方墨锭都会有墨工墨坊的名号作为标记的。

拿在手里，这墨锭没有寻常用的墨锭一股子浓浓的油墨的气息，梓锦眼神一闪，放在鼻端轻嗅，额头微皱，默默不语。

杜若在一旁看着，回头看了一眼纤巧，纤巧明白，立刻端了些水来，用小盅子盛了些轻轻地倒入书桌上的松花江石嵌蚌池砚里，又从紫檀嵌珐琅云头墨床拿了另一块墨锭缓缓地研起墨来。

随着墨锭慢慢地化开，一股梓锦熟悉的香气徐徐传来，若有若无夹杂着油烟墨的气息里，若不是有心去嗅定不会引起人的注意。梓锦神色微变，伸手止住纤巧的动作，自己亲手端起方砚放在鼻尖再细细地闻去，果然正是那股子香气。

梓锦冷笑一声，好高深的手段，令人防不胜防的阴谋，居然把这香料混在墨锭中，真巧的心思。利用油墨的浓重气息遮掩住香料的味道，若是香气浓郁的香料定然遮掩不住，可是这香料味道极淡，遮不住油烟墨的气味，反被油烟墨盖住了，正是掺了香料之人最想要的结果。费尽了这么多的心思，如果再说这香料没有问题，梓锦怎么也不肯相信了。

梓锦看着书桌轻声说道："把所有的东西全都放回原位，不要让人看出这里被移动过，别的地方不用刻意地收拾，别人以为我们来给大人收拾书房，若是什么也不动才是奇怪了。"

三个丫头忙躬身应了，各自忙起来。梓锦缓步踱出屋子，屋外的眼光温暖柔和，可是心里却是一片寒凉，远远地望着叶家三兄弟坐的地方，慢慢地踱步过去，思量着这件事情该怎么开口才好。

叶溟轩看到梓锦回来，站起身来笑着问道："收拾完了？累了没有，要不咱们先回去？"

叶繁见不得叶溟轩对媳妇一副狗腿的样子，嗤之以鼻，索性转过头去。

"先不走，我有事情要说，这次必定能把幕后之人一举捉住。"梓锦神色坚毅，握着叶溟轩的手重新坐了下来，叶锦叶繁一愣，惊愕地看着梓锦。

听到梓锦这么有信心地一说，叶繁首先讥讽出声："就凭你？"

梓锦这个时候没有玩闹的心情，敌人的高明实在是出乎她的意料之外，居然在她嫁进侯府之后立刻就转变了战略，将熏衣服的香料掺杂到了墨锭中，很显然的那幕后之人对梓锦也是有了解的，知道梓锦是一个心细的人，生怕梓锦在日常生活中有什么发觉，而那人的确做对了，梓锦的确被他瞒过了，这么一来就是大半年的时间，若不是梓锦这次到外院来，就是在内院查翻天只怕是什么也查不到的。

梓锦觉得心里闷闷的，难受得要命，抬眼看着叶繁，轻声说道："二哥，我现在没有开玩笑的意思，我真的有种天要塌下来我们却无能为力的感觉，明知道有人在算计我们，可是我们这么久愣是没有查到对方，这种感觉很好玩吗？别人的刀架在你脖子上，冰冷的刀锋已经触及我们的血管，而我们却还丝毫不知道。"

叶繁很不习惯这样的梓锦，神色有些尴尬，轻轻地撇过头，不过还是嘟囔出一句："真的这么严重？你……你查到了什么？"

叶溟轩握住梓锦的手，默默传递着自己的力量，能让梓锦有这样的无奈，可见真的是查到了什么，看着梓锦柔声说道："不管发生什么事情，都有我，有我们三兄弟，莫怕，天塌下来，就算是顶不住，咱们还能同生共死。"

梓锦想努力地挤出一个微笑，可是冰冷的心冻结了血管，僵硬了表情，眼泪猝不及防地滑落下来。梓锦忙用手抹去，甚至都来不及用帕子，太慌张，太惊恐，让她一直以来很是坚硬的心也跟着颤抖起来。

叶繁有些慌了手脚，坐立不安地说道："老三，我可没欺负她，她自己哭的，你可不能找机会吓我，真的不关我事，不关我事。"看着梓锦还在掉泪，叶繁猛地蹦了起来，双手合十弯腰鞠躬地说道："我错了，我错了，你别哭了，以后我再也不敢说你了，成不成啊？你……你怎么还哭啊，当我求你了，你别哭了……"

梓锦本来挺伤感的，可是被叶繁这么一搅和，再悲春伤秋的情绪也都没了。拿出帕子抹干眼泪，看着叶繁说道："这可是你说的，以后不许朝着我凶巴巴的，大哥可是证人。"

梓锦顺杆就爬，叶繁哀叹一声，指着梓锦想要说什么可又忍了下去，赌气般地坐在叶锦的身旁，觉得自己亏大了。

叶锦却是忍不住一笑，抬眼看着溟轩两口子说道："这里不是谈话之地，我们还是换个地方。这样吧，晚上我跟二弟去安园叨扰。"说到这里一顿，看着梓锦问道："你看需不需要你大嫂跟二嫂过去？"

叶锦这般民主，梓锦还是挺意外的，梓锦一个人肯定忙不过来，楚氏做事细密周到，心机又深是个很不错的合作伙伴。沈氏其实也不是傻子，只是梓锦怕沈氏不如楚氏牢靠，可是不让沈氏来又怕叶繁有意见，一时间有些踌躇。

叶锦一见，便说道："既然不需要就算了，不需要为难，如今敌人在前，别的一概不是我们一家人之间的障碍。"

叶繁看着梓锦却突然聪明起来，道："你若是觉得你二嫂不可靠，晚上就不让她过来了。不过既然内院要动手的话，你是离不开大嫂的支持的。"

梓锦叹息一声，叶老二虽然真的很二，但是其实也不笨，就是太冲动了些，嘴巴手脚永远比脑子灵活。叶繁这样点透了，梓锦也不好端着，琢磨一番说道："不是我不相信二嫂，而是我跟二嫂之间不是很了解，这件事情不能走漏一点风声，不然敌人闻风而遁，以后想要再抓住实在是千难万难。二哥说得很对，在内院我一个人是不能一手遮天的，很需要大嫂的支持，大嫂跟二嫂相交多年，不如请大哥帮忙问问二嫂要不要过来，不是不相信二嫂，而是我觉得二嫂的性子不如大嫂沉稳，就怕神色间漏了端倪，敌人很是狡猾，兴许只是一个眼神咱们就前功尽弃了。"

梓锦这话说得很实在，叶繁倒也没生气，抬眼看向了叶锦。

叶锦点点头："好，这话我带到，晚上安园见。这外书院也不宜久待，三弟妹还是赶紧回去吧。"

梓锦点点头,几个这才各自散了。梓锦让几个丫头拿着些叶溟轩不常穿的衣衫回了安园,既然是帮忙打扫外书房总得有个样子,因此外书房是真的里里外外打扫得干干净净,东西基本没挪动地方,这也是梓锦细致周到之处。敌人既然能动得了叶溟轩书房的墨锭,一定是外书房得力的人,万事都要做周全才好。

梓锦回去后就很是高调地嘱咐安园小厨房的管事,准备上好的席面两桌,把叶锦叶繁楚氏沈氏过来做客的事情微微交代一番,然后跟叶溟轩这才进了屋。遣退了身边的人,又让杜若先回家看看孩子,晚上过来当夜差,让纤巧守在门口,又让寒梅水蓉雁桃几个加强关注安园的众人的行动,这才跟叶溟轩夫妻两个低声交流起来。

听完梓锦的话叶溟轩一脸的僵硬,好半响没回过神来。俊朗的面上忽明忽暗地闪烁着危险的光芒,那黝黑的仿若黑宝石的双眸暗流涌动,这样的结果实在是出乎他的意料之外。

梓锦坐在他的对面,一句话也不说,她知道叶溟轩需要时间消化这些信息,毕竟这么长时间叶溟轩一点也没有察觉,这样的结果不管是谁都不能一下子就接受的。

"终究是我大意了。"叶溟轩长叹一声面上带着浓浓的愧疚。

梓锦却摇摇头:"哪里是你大意了,香料这些东西男人有几个会去关注的,除非是制香的人才会有这种癖好。不是你的错,而是敌人太狡猾,正因为这样才是最可怕的。"

叶溟轩双唇抿成一条直线,思忖半响然后才说道:"你打算怎么办?"

"现在不好说,我心里也没个正经的主意,不如晚上等大家都来了再商议,群策群力一定有更好的办法。最重要的,大嫂对于人事上的安排比我知道得更多,谁是谁的人,一问她就知道,咱们到时才能细细地做打算。"

知己知彼,方能百战不殆,叶溟轩点点头:"也好。"

第二十章
众人筹谋共度风雨，再见故人被人算计

暮色方黑的时候，叶锦叶繁楚氏跟沈氏就来了，看到沈氏的时候梓锦也没觉得意外，既然楚氏能信任沈氏，她也能。毕竟在追查无子嗣的事情上楚氏只怕比梓锦更要着急，更要谨慎。

厨房里早就准备好了菜色，宴席就安排在了东暖阁里，用屏风一分为二，叶溟轩三个在外，梓锦三个在里，这些自然是做给丫头们看的，免得有人起疑心。让纤巧带着素婉、碧荷几个上菜添酒，叶溟轩兄弟三人依旧扮演着面和心不和的状态，梓锦跟楚氏沈氏依旧是暗暗较劲，等到酒过三巡，梓锦这才笑着说道："伺候了一晚上你们也都累了，都下去吧，留下纤巧跟杜若就是了。"

纤巧抿嘴一笑，推着其余的丫头说道："到底是少夫人偏心，有好事先紧着你们，赶紧去吧，我跟林仲家的留下执壶伺候，等到你们吃饱喝足了再来替我们。"

楚氏扫了一眼纤巧，这样机灵的人儿真真是极难得的，强将手下无弱兵啊。

等到把丫头们都遣下去了，纤巧就跟杜若对视一眼，随后关了房门，她却在门口找了个小杌子坐下，监视着有没有人靠近偷听。杜若去了窗台那边，两人分开行动，监管得滴水不漏，将窗子微微开了一条细缝，外面有什么动静，里面看得一清二楚。

这次就连沈氏面色都是一怔，身体有些僵硬，姚梓锦真是太谨慎了。

梓锦看了众人一眼，缓缓地说道："还是由我把事情的经过说一遍，说完之后咱们再讨论怎么样？"

众人一致地点点头，毕竟梓锦是最先发现的人，自然是有优先话语权。梓锦当下就把自己在外书房的发现细细地说了一遍，尤其是说到墨锭的时候，众人的神色皆是一变，很显然对于敌人这样高超的手段惊惧不已。

"……事情就是这个样子，这件事情的复杂性隐秘性实在是令人惊惧。如今大家都在，就一起拿个主意，看看该怎么办才好。"梓锦环视着众人说道，面上一片严肃。

屋子里沉寂如水，楚沈二人脸色微青，叶锦跟叶繁也是面色僵硬，梓锦的怀疑虽然不是证据十足却是十分能打动人心。

"那香料我一直以为是夫君喜欢用的，就一直没有多心过。自从我嫁过来，他就一直用这种香料熏衣服，哪里会想到香料里有问题。"沈氏白着脸说道，手指紧紧地握成一团。

梓锦闻言眉头一皱，又看向楚氏，问道："大嫂，那你呢？你进门的时候大哥也是用这种香料？"

楚氏点点头，面色晦暗不清，夹杂着几分苦涩。

梓锦叹道："难怪难怪，我就想着大嫂这样聪明的人为什么一直没有察觉到，正因为你们刚成亲的时候大哥二哥就一直用这种香料，你们就会认为自己的夫君喜欢这种香料，既然是夫君喜欢的，又是在你们没进门的时候就用的，哪里会有怀疑。就是放在我身上，我也不会怀疑的，敌人这是利用了我们这种生活习惯成自然的心态下手的。"

"如果真的是这样的话，岂不是在我们进门之前，就有人先下手了？"楚氏抬眼看着自己的夫君低声问道。

叶锦半眯着眸，想了想说道："好像是从我们兄弟搬到外院没多久就用这种香料熏衣服了，那时候还小，不过十一二岁，再加上香料清淡不会令人厌恶，男孩子在这方面也不会有太多的注意力就这样慢慢用了下来。"

叶繁看着叶溟轩，又看看叶锦，然后才看向梓锦说道："我跟大哥差不多，当然也没多想，寻常外院的衣服都有专人管，我哪管这些。"

叶溟轩冷哼一声，无比讥讽地说道："这是什么人跟我们苦大仇深的，居然在我们还那么小的时候就开始准备了。我现在能肯定那人想要对付的并不是我们，只怕是冲着父亲跟侯府来的。"

纵然叶溟轩是重生过一次的，但是上辈子还没活到这个时候就过世了，因此并不知道这后面的人生居然还有这样的纠葛。如果叶溟轩知道后面还有这样的劫难，他宁愿多活几年知道幕后真凶，然后这辈子从一开始就提防着，只可惜人生从来不是游戏，你想要重来就能重来的。

叶溟轩这么一说，叶锦神色一动，转头看着他缓缓地说道："你这么一说我觉得好像也是这么一回事，可是谁跟父亲有这样的仇恨，要让侯府断子绝孙才肯罢休？"

这一点可就无人知道了，事关长辈谁又敢轻易妄言？

"这些事情我们不知道，只怕现在去问父亲，父亲也未必知道。"叶溟轩皱眉说道，依照他多年的经验，能隐藏这么深的敌人，肯定不是一个能让人一下子就能想起来的人。

"那我们要不要告诉父亲？"叶繁问道。

屋子里又是一阵沉默，事关重大要不要告诉叶青城却是一件十分棘手的事情。告诉了叶青城，就怕叶青城有什么动作惊扰了幕后之人，可是不告诉实在不是一件好事，做小辈的又不能太过于擅自专断。

梓锦抬眼看着叶溟轩微微皱眉，叶溟轩瞧了梓锦一眼，然后看着叶锦商议道："你看呢？"

叶锦有些为难，一时间也无法答复，又把问题抛给了叶溟轩。叶溟轩看了大家一眼，然后说道："依我看这件事情除了咱们六个人知道谁也不要告诉，既不要告诉父亲，也不要告诉别人，不管是谁！事关重大，多一个人知道就多一份危险，毕竟若是走漏了风声，被敌人知道，咱们到时候岂不是断了这一条将人捉出来的线？不如等到咱们把敌人捉到手后再说。"

看着大家的神色还有些不定，梓锦只得又说道："你们想想，敌人能够在侯府隐藏得极深，说不定就是父亲母亲身边得用的人，咱们是相信父亲母亲，可是她们身边的人谁又能保证绝对不会有二心的？若没有一丁点的关系想要在侯府做下这等阴损的事情简直是不可能的。要我说宁愿事成后拼着被长辈责罚，也不能在这个时候掉以轻心。你们别忘记了我们只是查到了这香料有问题，可是还没有查到这香料遇到什么才会令人无孕。如果走漏风声线断了……大家依旧不能生儿育女，你们想想子嗣重要还是别的重要？"

梓锦知道不把话说重了，就怕有人背地里偷偷卖好透出风去，万一要是被人知晓走漏了风声，真是后悔也晚了。

楚氏看着梓锦咬咬牙，道："我同意三弟妹的话，这件事情绝对不能走漏一丁点的风声。"

沈氏自然也想早日生儿育女，紧跟着楚氏说道："我也同意，大不了事成后再请罪。"

叶溟轩看着叶锦叶繁，叶繁又看向了叶锦，叶锦跟叶溟轩对视一眼，几经思考，只能点点头："虽然瞒着长辈实属不孝，但是古人云不孝有三无后为大，也只能这样了。"

梓锦轻轻松了口气，才道："既然大家都同意了，咱们就来想想该怎么把幕后之人揪出来。"

后院的事情男人们还是比较尊重妻子的，因此大家的眼神就落在了几个女人的身上。楚氏也不矫情，看了看众人，就说道："夫君跟二弟的衣服是经过浆洗房浆洗后交给熏衣房熏香，然后再由各院的丫头领回去。三弟的香料不是出在衣服上，而是在墨锭里，外书房采买一项却不归内院管，只怕还要请三弟从外院查起。"

叶溟轩点点头，道："这个自然，我这边先放下我自会处理，先说你们那边。"

楚氏点点头，看了看丈夫，咬咬牙说道："内院的浆洗房管事是吴嬷嬷，吴嬷嬷是母亲的人。熏衣房的管事是许青媳妇，许青媳妇是吴嬷嬷的侄女，许青在外院马房里是个小管事，在马房大管事孙铭手下当差，都是侯府多年的老人了。"

楚氏在侯府多年人际脉络果然比梓锦熟悉很多，梓锦听着点点头，楚氏果然是个厉害的，这样一说就会令人觉得清楚了许多。马房？梓锦眼睛忽然一闪，看着叶溟轩说道："我记得溟轩说过，早些年他惊马踏伤赵游礼，那时候就有很多的传言说是大哥二哥在马上动了手脚，恶意陷害溟轩欲除之而后快。可是后来溟轩说大哥说不是他跟二哥做的，我们也相信大哥素来一言九鼎。如果是这样的话，熏衣服的是熏衣房的许青媳妇，而许青又是外院马房的二等管事，而刚巧这夫妻二人负责的差事都出了纰漏，是巧合还是……"

梓锦这么一分析，楚沈二人就是脸色一变。如果许青媳妇靠不住，而介绍许青媳妇这个活计的是吴嬷嬷，而吴嬷嬷是杜曼秋的陪房……这样算下来，两人后背上都出了一层细密的汗珠。

难怪方才说不该先给长辈知道，如果真的透给了长辈，如果长辈真的要插手，如果这个吴嬷嬷真的有问题，后果简直就是……太可怕了。

叶锦的神色也越发凝重，回头看着叶繁，就见叶繁愣愣的，心里叹息一声，看着叶溟轩说道："三弟你看这事？"

叶溟轩斩钉截铁地说道："查！"

"怎么查？"楚氏咬着牙问道，她能相信杜曼秋绝对不会让自己的儿子没有孩子，可是她身边的人她现在不敢相信了。

"顺藤摸瓜。"叶锦缓缓地说道，看着自己媳妇，"这事情交给你，母亲那边的事情你比三弟妹熟悉，若是三弟妹插手就会让人惊觉。"

楚氏忙点点头："是，我记下了。"

叶锦又看着沈氏，说道："二弟妹就从二弟的外书房查起，看看二弟的衣服每次都是谁领回来，又经过了哪些人的手，这里面谁最可疑，找出可疑的人，然后咱们再一一排查。"

这件事情于沈氏来说并不困难，沈氏点点头："我听大哥的，大哥放心就是。"

叶锦又看着叶繁说道："你也口风紧一点，二弟妹做什么你都要配合。"

叶繁垂着脑袋怏怏地说一声是，如果真的是母亲身边的人出了问题，他还真的有些难受。

事情说到这里又看向叶溟轩，问道："三弟这边你自己看着怎么办才好？"

叶溟轩笑道："外院的采买一事梓锦不能插手，我亲自去查，我手里有锦衣卫，马房那边也交给我。大哥就只管盯着孙铭，孙铭是谢大管家的外甥，如果他不干净，谢大管家那边就要谨慎了，如果谢大管家里外沟通，这才是要人命的事情。"

谁都知道谢元是叶青城最信任的管事，外院的事务一概都是交给他管理的，如果谢元被人收买了，这可真是不得了的事情。

叶锦自然知道事情的严重性也不推脱一口应了下来，梓锦这个时候就说道："这样的话我该做什么？"

事情这样一分，梓锦反倒是闲了起来。

叶锦毫不犹豫地说道："你是这里面最细心的人，不然的话也不会查到香料的问题，你就负责找出香料另一半的相生物件。"

这样一来就等于是让梓锦变相把事情给总管起来，因为梓锦要查出熏衣服的香料要跟什么相生或者相克才能让人不孕，首先就要知道这香料管理之人的底细，就等于是楚氏沈氏查到了什么都要跟梓锦汇报，梓锦根据这些情报才能下手。

本来要是直说让梓锦总管此事，楚氏跟沈氏就会有不开心的情绪，但是叶锦很聪明，先是给自己媳妇，叶繁媳妇分配了工作，最后梓锦却是没有什么可做的，这才把这件事情交给她，就好像实在是没人了，只能交给梓锦去查。既平息了楚氏跟沈氏的不平，又利用了梓锦的专长，不得不说是个相当厉害的人物。

难怪上辈子的叶溟轩被人斗死，不管是不是叶锦下的手，如果真的是叶锦下的手，叶溟轩被斗死也不是没有原因的，因为叶锦实在是一个相当厉害的人物。看着不显山露水，却能让这个十分古怪的组合能够顺顺利利地合在一起做事，就这一点不是每一个人都能做得到的。

"不管谁手里的事情有了进展，都要先把消息给三弟妹，这样的话才能根据各方面的线索做出最正确的判断，进而捉住那幕后的黑手。"叶锦看着大家说道，众人点点头，对视一眼，神情都十分凝重。

事情谈到这里算是告一段落，毕竟是打着吃饭的名头，于是又把屏风搬了回去，屋子里又慢慢热闹起来。这个时候纤巧跟杜若这才松了口气，纤巧故意推开门往厢房走去，拽出几个丫头给她跟杜若换班。这拽出的丫头里恰好就有素婉，一切不着痕迹顺理成章，只有让素婉亲眼看到了屋子里真的是在吃饭喝酒，才能打消她的疑虑。

一直到了亥时，这才散了，收拾过后屋子里逐渐陷入了沉寂。

梓锦平躺在床上，望着姜黄色的虫草帐子默默地发呆，叶溟轩洗过澡走进来，看着梓锦问道："在想什么？"

今晚值夜的正是素婉，就在外间的小矮榻上，梓锦抿嘴一笑，柔声说道："我在想我的肚子怎么还没有动静呢？"

叶溟轩自然明白梓锦的意思，故意暧昧地调笑道："夫人这是在埋怨为夫没有尽力吗？"

外面值夜的素婉听着寝室里传来的一阵阵忽高忽低的气喘声、呻吟声，不由得红了脸，两人的对话自然也听了进去，这才微微放心，看来自己真的是多心了，他们并没有怀疑什么，真的只是一顿寻常的宴客而已。

梓锦赤着脚偷偷地透过帘子的缝隙看到矮榻上素婉放松入睡的脸，这才在心里冷笑一声，游戏，刚刚开始！

暮春将至的时刻，天气越发地暖和起来，厚重的皮毛早已经换上了夹衣，一身轻便的春装让人觉得整个身体都似乎要飘了起来。

柔美的阳光透过青翠的花枝斜斜地钻进窗子映在人的身上，梓锦此时一身浅粉色的遍地织锦团花褙子正坐在楚氏的对面，楚氏今天心情也很好，穿的是一袭浅水碧的衫裙，面上带着春风的浅笑，正看着梓锦眉眼发光。

两人中间黄花梨雕芙蓉花的炕桌上，两盏青花瓷的茶盏里正白烟渺渺，碧绿的茶汤映着雪白的茶盏，看着茶叶舒展的身姿上下浮动惬意不已，正如同两人目前的心情。

"三弟妹，你说这一刀要不要砍下去？"楚氏看着梓锦低声问道，转眼看着窗外来回穿梭忙碌的丫头婆子嘴角勾起一抹轻笑。

梓锦姿态优雅地端起茶盏抿了口茶，徐徐放下后，才道："茶是好茶，欠了些火候，还要泡一泡才好，是我心急了。"

楚氏闻言若有所悟，抬眼看着梓锦："你的意思现在还不能动？"

"目前我们只是查到了藤蔓上分叉出来的小枝小叶，而真正的幕后黑手还没有踪迹，这个时候贸然下手只怕会打草惊蛇。"梓锦神色郑重地说道，她万万没有想到吴嬷嬷居然真的有问题。

"你说的我未尝不明白，只要我们把吴嬷嬷捆绑起来严刑拷供，一定能得到答案。"楚氏觉得梓锦实在是有点磨叽，她恨不得立刻就知道吴嬷嬷究竟受了谁的指使。

梓锦摇摇头，楚氏做得很不错，短短半个月就能查到吴嬷嬷，只是心太急，就怕熬不住坏了事，想到这里梓锦看着楚氏问道："大嫂，我知道你恨不得一时三刻就把那人给揪出来。"

楚氏眼眶一红，这段日子跟梓锦走得很近，有些话也不像以前那样有所顾忌不好开口，看着梓锦就说道："三弟妹，不是我当大嫂的心急，是这几年你不知道我受了多少委屈。在婆家我要忍受着上上下下的目光，进门这好几年无所出，不知道背地里多少人说我是不下蛋的母鸡，占着窝不挪地。回到了娘家，我娘家的人也以为我不能生育，没少找了大夫给我看病，娘家的哥哥嫂嫂每次见到我都念叨着让我赶紧生个孩子。可是这生孩子不是我想要生就能生的，三弟妹，你进门时日短，还没有这些烦扰。你看看我，进门这些年了，听过多少难听的话，忍受着里里外外多少人的眼神，在家里这些个仆人们哪一个不是看人下菜碟的，出了门跟着母亲出门应酬，还要忍受别家夫人的冷言冷语，不在其位，不知其苦，我真恨不得要将那人生生地瓣碎了搓成泥扔去喂狗，她这样做还是不是人……我心里的苦又有谁知道，这些年……我是怎么熬过来的，你们谁又知道……"

同为女人，在这古代子嗣大过天的时空，梓锦怎么会不明白，看着楚氏痛苦甚至于有点扭曲的面孔，心里也是戚戚然，女人不管在什么时候都是最不容易的。

"大嫂，莫哭，如今好歹已经有了点线索。你要想着好好地出这口气，咱们就更应该稳住，一举将那人给揪出来，到时候你想要怎么处置都随你，如何？"梓锦细声劝慰。

楚氏慢慢地收了泪，觉得有些不好意思，捏着帕子拭干眼泪，这才说道："让三弟妹看笑话了，心里实在是憋了多年，眼看着要抓住下手的人就有些忍不住了。"

"大嫂不要这样说，我都明白的。"梓锦伸手握住楚氏的手轻笑道。

楚氏眉头紧皱："她敢断我子嗣，我就敢让她痛苦一生。"

"大嫂你想想，那人这么多年都没被人发觉，可见是一个极其谨慎的人，这样的人要是我们有一丁点的异动岂不是就能让她察觉？吴嬷嬷如果真的是她在侯府的眼线，那么吴嬷嬷出了事情，不就是在给她送信我们发现了她？如果她趁机消灭一切证据，抹去一切痕迹，就算我们知道那人是谁，又能奈他何？"梓锦趁热打铁，她要抓住女人的心理让楚氏自己能够放下这些个偏激的做法，只有稳坐钓台，才能有必胜之心。

楚氏悸动的心慢慢地稳定下来，抬眼看着梓锦，眼中闪过一丝复杂的情绪，却还是点点头："三弟妹说的是，我太激动了，只想着一时痛快却没有考虑到后果。"

"大嫂没做错，不过是身在此山中，一时迷了方向。正如大嫂所说，我还没有你这么大的压力，所以思想上还是比你清明些，若是再过几年，说不定我还不如你呢，不定做出什么呢。"梓锦浅浅一笑，给楚氏递了梯子缓了面子。

不得不说梓锦真是一个让人觉得十分惬意的人，楚氏一直觉得自己是个顶优秀的人，可是跟梓锦一比高下立见，这个比自己还要小的女子，不管是谋略还是思想都要比自己深得多，幸好她们是朋友不是敌人，若是敌人……实在是太可怕了。

楚氏打定主意，以后不管婆婆做什么事情，她都要跟梓锦保持友好的关系。

心里存了这个念头，面上的神色更和缓了些，道："是我太鲁莽了，幸好我没有私自动手，不然真是酿成大错了。听你这么一说，我倒觉得我眼界太窄了，那就如你所言，只是下一步你说我该怎么做？难道就只能这样等着吴嬷嬷跟许青媳妇有行动？那要等到何年何月？"

楚氏的语气急躁中夹杂着无奈，那种等蛇出洞的感觉实在是很糟糕，因为你不知道他什么时候出来，你要时时刻刻地等着，那种煎熬真不是一般人能承受的。

梓锦面色上就有了些无奈："目前除了等待我们还能做什么？除非我们知道那人最想要的是什么，拿着这个才能引蛇出洞，可是我们不知道。"

事情到这里就陷入了僵局，梓锦跟楚氏无奈地相视一笑，那人跟她们就是一墙之隔，可是这一堵墙想要推倒却是万难的，因为她们找不到突破口。

"吴嬷嬷既然能被那人收买，你说能不能被我们反收买？"楚氏琢磨道，总不能就这样耗着，得有点行动。

梓锦却摇摇头,直接否决:"那行不通,吴嬷嬷知道自己做下了这样的祸事,做什么也不能弥补的,绝对不会再倒戈。"

明知道你前面是死路,绝对不会跟你走下去。相反地跟着她现在的主子说不定将来还能有出头之日。

"那该怎么办好?"楚氏面色一黑,只觉得浑身疲惫。

梓锦站起身子在屋子里走来走去,她是不会就这样认输的,不管用尽什么办法,梓锦都会从吴嬷嬷身上打开缺口。如果不能诱之以利,那么……她就只好胁之以命,别怪她心狠手辣,这年头她不算计别人别人都来算计她,她不过是以彼之道还施彼身罢了。

梓锦琢磨事情的时候,眼睛总是亮晶晶的闪着璀璨的光芒,浑身上下涌动着让人不能忽视的光泽。楚氏看着梓锦眼睛突然一亮,嘴角勾起笑容,立刻问道:"你可是想到了办法?"

梓锦笑着点点头:"只是主意损了些。"

楚氏却满不在乎地说道:"对付那些个无耻之辈,不管做什么都是顺应天道。"

梓锦笑了,坐下来看着楚氏说道:"大嫂,你说吴嬷嬷既然被那人收买了,就不可能再因为钱财背叛那人,因为那人给吴嬷嬷的一定是能有信心让吴嬷嬷不能再叛变的。"

楚氏点点头:"这个你说得倒不错,毕竟做下这样的事情,是要提着脑袋的。"

"所以,别人诱之以利,咱们胁之以命!"梓锦樱唇轻启,徐徐说道。

楚氏浑身一颤,梓锦话里无形中带出来的杀气让她觉得冬天好像并没走远。但是很快兴奋之情就取代了这股子莫名的惊惧,看着梓锦问道:"你说,要怎么做?"

"你说人这一辈子除了钱财之外最看重的是什么?"梓锦眯着眼睛一笑。

楚氏一愣,低眸一想,然后说道:"在我心里什么也不如子嗣重要,若我有孩子,钱财算什么。"

话音一落,楚氏猛地看向梓锦,道:"你是想要从吴嬷嬷的孩子下手?"

梓锦点点头:"她总要顾及她的孩子的性命,只要她在乎,咱们就有机会撬开她的嘴。"

楚氏无奈一笑,声音带了几分苦涩:"三弟妹,吴嬷嬷没有孩子。一个侄女只怕还不能让吴嬷嬷这样拼命,毕竟不是亲生的。"

梓锦没想到事情居然是这样,居然没有孩子……这下子就连梓锦也觉得老天爷是在整她们吧。

"吴嬷嬷没有嫁人吗？"

"吴嬷嬷嫁过人的，只是丈夫走得早，没有留下一儿半女的。"楚氏道。

这下子两人又是无奈地对视一眼，梓锦叹道："这下子我可没有好办法了，人若没有弱点，你还怎么下手？"

楚氏扶着额头无力地靠在软枕上："动又不能轻易动，不动只是干等着又不知道她们什么时候会有动作，这样干耗着也不是办法。要想胁之以命，她又没有孩子，真是狗咬刺猬无处下嘴，这可怎么办？"

"那就只能等着了。"梓锦无奈地说道，"没有好的办法的时候，大嫂千万不要打草惊蛇，二嫂那边你也要费费心叮嘱一番才是。二嫂手里查到的那个小丫头也不要惊动，不然一动百枝摇，可不是什么好事情。"

楚氏已经被梓锦说通了，自然明白厉害，点头应了。

再待下去也不会有什么结果，梓锦就先告辞了："我会再细细地想想，等有了办法再来跟大嫂商议。"

楚氏亲自送梓锦出去了，这才转身折回屋子里。

沿海的战事持续足足有一个月，在靖海大元帅吴起挂帅出征后，一个月扫荡敌寇，高歌凯旋。龙颜大悦，不等吴起回京，圣旨以下，即日起赐还靖海侯的爵位，不足一年，被削爵的靖海侯成功咸鱼翻身，靖海侯上了谢表，并表示愿意为国家永远镇守西南，并让一年前替父镇守的儿子吴祯携其母回京谢恩常驻。

吴祯跟其母还未回京，早已经凋零的靖海侯府又迅速地热闹起来，梓锦又看到了吴三夫人到处交际的身影，又回到了以前人人簇拥的盛况。

两人再见，颇感唏嘘。

今日是姚家长媳卫明珠孩子的洗三宴，梓锦诸人自然是要回去贺喜的。此时姚家出嫁的姑娘们全都到齐，欢欢乐乐的一大家子，姚月的儿子琮哥儿已经能满地跑了，丫头婆子一大群人小心翼翼地照看着，姚雪的儿子泊哥儿也已经六个月大了，跟姚冰五个月大的女儿一样都没抱出来见人，孩子太小，生怕有闪失，都留在了家里。

梓锦应酬一番很是疲累，便一个人在院子里随意走着。轻轻地抬眸，看着前方的精致，有些恍惚，原来不知不觉地居然走到了垂花门。就是这里的垂花门，她跟叶溟轩几度分别决裂，她跟吴祯初遇，这座垂花门没什么特别，却是梓锦一生中绝对不能遗忘的角落，在这里有太多的故事上演，太多的酸甜苦辣。看着阳光下已经郁郁葱葱的桂花树，恍恍惚惚间又想起，就是那一年在这桂花树下，自己初遇了吴祯，那个时候他还不叫吴祯，是一个叫做楚君秋的戏子，一个名声大噪的戏子，一个美得不似人的男人。

梓锦的眼睛飘飘忽忽地转向垂花门，嘴角含着笑，朦朦胧胧间似乎看到了一个熟悉的身影立在那里，依旧是那熟悉的眉眼，美艳得让无数女人卑微，大男人长得这般妖孽，梓锦曾经想过嫁给这样的男子是需要勇气的。

"阿梓。"

梓锦觉得好像出现了幻听一般，一时间不由得怔住了，似乎吴祯的声音在耳边盘旋呢喃，眉头轻皱，梓锦再度往垂花门瞧去。这次不是什么幻觉，不是什么幻听，就看到一身玄色直裰，腰束锦带的吴祯真真切切地站在了面前。

梓锦轻呼一声，似乎不敢相信一般："吴祯？"

又是隔着垂花门，吴祯立在门外，看着门内又站在桂花树下的梓锦，突然也有一种时间回流的感觉，第一次见她就是在这树下，不曾想离开这么久归来，再一次相见居然又是在这里，看着惊愕地瞧着自己的梓锦，吴祯不由得笑了起来。能再见……真好，心里有个地方被逐渐地填满，往昔只能梦中见到的人儿，终于活生生地立在自己面前了，真好……

"是我，我回来了。"吴祯眉眼不由得柔和下来，暖暖地披上了一层柔光，多久不曾这般真心笑过了，面对着西南沿海的无数将士，为了能苦苦支撑起靖海侯以前的威严，没有人知道他费尽多少辛苦才能在西南立足。他长了一张太过俊美的脸，曾经被那一群沙场悍将讥笑为娘们样还要参军做将军，没有人知道那么艰苦的时刻，为了家族力挽狂澜的时刻，他付出了多少，也没人知道多少个寂静的深夜里，他有多思念她。

思念是一种病，它如影随形，你推不掉，躲不开，蚀心噬骨，却又甘之如饴。

梓锦这才回过神来，颇感意外地道："方才吴三夫人还说你还要过两三天才回来，没想到说话间的工夫就站在了眼前，真是令人不敢相信。"

"是，按照原来的行程的确还有两三天才能回来，我接到三婶婶的信，知道长杰喜添千金，无论如何都要赶回来贺一贺。"吴祯轻笑，神态间一片自然大气，好像真是为了这件事情回来。

梓锦并未多疑，她知道自家大哥跟吴祯关系不错，于是轻轻点头，如今她已作人妇，吴祯是外男，两人又定过亲，不管从哪一方面说都不应该单独再见，于是笑道：

"我大哥应该在前院，我还要去看大嫂，就此别过。"

"阿梓，你过得可还好？"终于看着梓锦要离去的背影忍不住问出口，明知道叶溟轩爱她至深可还是担心她受欺负。

梓锦半转过身，侧面对着吴祯，点点头："好，很好，多谢挂念。"

"很好么？那你为什么会落水？为什么会被挟持？为什么差点几度丧命？真的很好吗？"吴祯轻声呢喃，不是质问，只是不甘，叶溟轩在梓锦的眼里无人能及。

"咦？这不是刚建功回来的吴大将军？你怎么站在这里？"陌生的声音突然响起，吴祯眉头轻皱，梓锦却是浑身一颤。

梓锦正要溜走，却又听到那人惊呼道："这不是平北侯府的三少夫人？你们……怎么会见面……"到了后面一句，声音有些变了，味道怪怪的，梓锦跟吴祯曾经定过亲的事情在京都谁人不知道，颇有捉奸当场的意思。

梓锦并不认识这说话的男子，但是说话的男子能这么巧地逮住梓锦跟吴祯见面这短短的时间，难道真的是巧合？梓锦现在从不相信什么巧合！

如果真的是巧合，在主人家的地盘上就算是客人也不会这样招惹麻烦吧？

梓锦心里有种感觉，这人就是冲着他们来的！

到了这个地步，梓锦又怎么能轻易地走开，只得折回身去，隔着垂花门五六步远止住脚，神态大方地说道："这里是我家，招待客人也是职责。更何况男女有别，吴将军在垂花门外，妾身在垂花门内，相隔甚远，光明磊落，事无不可对人言，诸位还有什么疑问？"

"光明磊落？好一个光明磊落。若是心中无愧，怎么会说出这样的话来遮掩？"先前说话的男子讥讽出声，随行的诸人哄笑出声指指点点。

吴祯眼眸一眯，侧脸看向那男子，先是打量一番，然后才说道："这位兄台，我跟姚家大少爷姚长杰是好友，这次来不过是恭贺他喜得千金，不曾想反倒是迷了路，这才多嘴问了一句。没想到问的人却是叶三少夫人，一切只是巧合而已，你这么说是什么意思？只是说我也就罢了，若是敢污蔑别人的清白……小心出门不得善终！"

梓锦心里闷笑一声，这个吴祯的嘴巴够毒的。

那人不仅不怒，反倒是讥讽地一笑："哟，还真是体贴至极，连名声都这么样照顾到……啧啧，当初你们没成亲还真是可惜了，就是不知道叶三少知道他的妻子背着他跟前未婚夫婿私会会有什么想法？"

这男子这么一说，又有更多的人笑了起来，这笑容里满满的讥讽，就连梓锦这样沉稳的人，都忍不住红了脸，这群王八蛋，分明是有备而来。

"你很想知道吗？本少的想法很简单，谁敢污蔑我媳妇，老子让他横着出去！"叶溟轩不知道从哪里忽然蹦了出来，一拳头朝着那挑衅的人脸挥了过去。

事发突然，没有人注意到叶溟轩什么时候到的，更没有想到叶溟轩说出手就出手，被他打的男子一下子歪倒在地，嘴角裂开鲜血流淌，整个人还在惊愕中，显然没有想明白怎么突然间就挨揍了。

梓锦的一颗心慢慢地放了回去，侧头笑盈盈地看着叶溟轩，看着他那无比帅气地全力一挥拳，看着梓锦恨不得撕碎的那张嘴如今肿成猪头，大大地解了口气，真是舒服，舒心，舒爽到底！

叶溟轩拍拍手看着众人问道："你们可还有什么疑问？小爷不过是给媳妇跑腿端茶去，你们这群兔崽子就在这里说三道四，当我是死的啊？以后再这样胡说八道我的拳头可不留情。"说到这里突然脚底轻点，一个燕子翻身，再立住脚的时候，众人就看到叶溟轩的手心里多了个茶盏，粉彩荷塘鸳鸯的茶盏里青翠的茶汤还冒着热气，好像在验证他的话一般。

叶溟轩轻笑一声，缓缓扫过众人的脸，每一张脸都定格三秒钟，直到每一个人都看完了，似乎要将众人的脸刻进脑子里，这才徐徐说道："小爷做什么的你们都知道，要是外面有什么不好的流言蜚语对我媳妇的名声有损，你们最好祈祷你家祖宗十八辈清清白白连一只蚂蚁都没踩死过，否则的话……折在我手里的文武大臣不是一个两个，你们愿意步后尘，我欢喜至极。最近正手痒，你说你们太老实了，我岂不是闲得慌？"

这下子众人的脸全都白了，哪里还顾得上地下捂着嘴的那个，一时如同鸟兽散，跑了个无影无踪。

梓锦叹息一声，她家老公帅呆了！

梓锦十分狗腿地跑到叶溟轩的身边，满脸的笑容，不过眼角扫到地上的那个十分的碍眼。那人此时被梓锦眼神一扫，心里哀呼不已，就怕自己再被叶溟轩揍一顿，恨不得爹娘多生他两条腿，连滚带爬地顿时消失无踪。

那人走了，梓锦才看向叶溟轩，看着他手里的茶，十分委屈地说道："我渴了。"

叶溟轩默默地将茶递给她，梓锦接过轻轻地抿了一口，这才问道："你怎么来了？不是说来不了了？"

"幸好我来了，我若不来明儿个我头顶上就绿油油的了。"叶溟轩十分憋屈，十分暴躁，尤其是看到吴祯越加烦躁，实在忍不住怒道，"不是跟你说过你距离这祸害远一点，每次遇到他一准没好事，今儿个幸好我到了，我若不到呢？你回去怎么跟家里交代？"

吴祯十分无辜，躺着也中枪，他根本还没跟叶溟轩说一句话，就被叶溟轩扣上了祸害的大帽子，脸色格外扭曲。

"叶溟轩，你说话注意点，老子怎么就是祸害了？"吴祯怒，"好好的媳妇被你抢走了，好吧，梓锦爱的是你，我认了，你他妈至于这样念念不忘的随时打击人吗？我招你惹你了？"

"你还不服气了？欠揍啊！你还没招我惹我我就差点戴上绿帽子，你要是招惹我那还得了。"叶溟轩实在憋火啊，这个该死的吴祯不守边疆跑回来干什么？存心给他添堵！

吴祯双手握拳，卡啪卡啪直响，看着叶溟轩笑道："早就想揍你一顿，约个时间吧。"

"就凭你？软豆腐做的小白脸！"叶溟轩就如同炸了毛的大公鸡斗志昂扬，有人送上门来给他揍，还是他一直想揍的人，那就一个得意猖狂，说的话格外嚣张。

梓锦浑身一抽，软豆腐做的小白脸……抬眸悄悄地看向被讥讽的吴祯，就看到吴祯面色铁青，怒火高涨，脱口说道："你个重生过的二手货，真把自己当人物了！"

叶溟轩的脸一下子白了！

梓锦瞬间凌乱了！

吴祯一脸的懊恼，却没再说出一个字，只是盯着叶溟轩不语。

重生过的二手货……这话怎么那么熟悉，梓锦记得自己穿越前就曾经嚷着不要嫁叶溟轩这个重生过的二手货。尼玛，这是怎么回事？苍天啊，大地啊，谁来告诉她她是不是错觉了？

吴祯的身上究竟发生了什么？他现在还是以前的吴祯吗？可是看吴祯看自己的眼神应该还是那个吴祯的，难道这话只是一个错句？梓锦侥幸地想着，我的神啊，上天啊，你不会真的狗血得再来一段令人井喷的剧情吧。

叶溟轩却是往前走了一步，他没觉得这句话有什么不对，只是重生那俩字觉得格外的刺耳，吴祯绝对不会无缘无故的说出这两个字，他究竟知道了什么？

吴祯好看的眉毛纠结成一团，说好的心平气和，说好的不会冲动，说好的他只是来守护她，明明说好的……可是还是失控了，还是闯祸了，看着叶溟轩的神情，吴祯挤出一个微笑："我要去见长杰，要不要一起？"

叶溟轩有话问吴祯，就点点头，转头看着梓锦说道："你先回后院去，我去跟舅兄道喜。"

梓锦不知道哪根神经打错了，明明想要说好，却脱口说道："我不介意你是二手货。"

梓锦说完却恨不得咬掉自己的舌头，真是完蛋了，越说越糟糕，果然看到了叶溟轩明明伪装淡定的脸色再度被撕碎在春风中摇曳飘飞。梓锦心里哀呼一声，忙不迭地转身就跑："我先走了。"

明明是梓锦心有内疚遁走，落在叶溟轩的眼里，却好像是梓锦惧怕他一般，闪亮的双眸一下子暗沉下来。如果梓锦知道他是死过一回又复活的人，会不会讨厌他？

想到这里转头看向吴祯，快步走过去，怒道："我没有比这一刻更加讨厌你的，你回来做什么？做什么？"

"溟轩，你跟她没有将来的，你放手吧，这样还能救她一命，就当是我求你的，好不好？"吴祯的语气里充满了悲伤，正因为知道了结局，所以才想要力挽狂澜，只要叶溟轩放手，一切还有可能。

叶溟轩先是一愣，随即反应过来，一把抓着吴祯越过姚府的院墙，来到一处隐秘的所在，怒道："你胡说什么？我跟小丫头是夫妻，没有什么能分开我们，没有什么，你懂不懂？"

"如果你的爱会让阿梓尸骨不留呢？"吴祯语气冰冷，面上带着戾气。

"生同寝，死同穴。"叶溟轩毫不犹豫地说道，"死亡也不能分开我们。"

"叶溟轩，你能不能不要这么自私？如果……如果有一个方式能让阿梓好好地活下去，如果能有一个人代替你好好爱她，让她幸福终老，为什么你不肯松手？再这样下去，阿梓真的会在这里烟消云散的。如果你真的爱她，就该放手。"吴祯努力地劝说，他只想让阿梓好好地活着，好好地活着，为什么却这么艰难。

"你放屁！你凭什么说小丫头跟我在一起会烟消云散？你凭什么？找揍啊！"叶溟轩火了，拳脚立刻招呼上吴祯。

两人就如同最原始的野兽一样互相撕咬在一起，什么武功招数全是扯淡，两人在这空寂的屋子里扭打成一团，没有高强的武功，只有人类最最原始的厮打，仿佛这样才能将心里所有的怨气给散发出来。

屋子里所有的家具全都遭了殃，到处狼藉，破碎的古董瓷瓶的碎片，倾倒在地摔成几瓣的古董架，缺胳膊少腿的椅子，锋利的碎瓷片划开了两人的衣服肌肤，鲜血沾满衣襟，直到没有了力气，这才松开手，各自在一个角落里苟延残喘。

"你凭什么说我是重生的二手货？你知道了什么？"叶溟轩嘴里发苦，问出的话空洞得没有任何的力量，仿佛所有的力量都在这一场角斗中消失殆尽，剩下的只有一个空壳而已。

"只有死过的人才会知道这些，在西南我曾经被人陷害死过一次。"吴祯缓缓地说道，他只能说这么多，更多的要遵守约定一个字也不能说。他知道每一个人的结局，却不知道造成这个结局的过程，他回来了，只因为他只想阿梓能好好地活下去，哪怕这一世的阿梓只是一个时空的过客。

"妈的，你也是重生的二手货还来说我。"叶溟轩想要调节气氛弄得轻松些，可发现结果却很糟糕，一丁点的作用也没有，眼眶空空地望着头顶上的灰尘，"重生的滋味怎么样？我说你还真是笨，居然被你的手下陷害致死，若换成是我，哪还有脸回来直接投胎得了。"

"你以为你死得很光荣吗？那你为什么要回来？"吴祯讥讽道。

"老子咽不下这口气，我只想把小丫头娶回家，凭什么没娶到手我就要死了？"直到此刻，叶溟轩才觉得自己重生的最大力量根本就不是复仇，只是想把梓锦娶回家。想到把她娶回家了，叶溟轩嘴角勾起一个温暖的笑容，虽然这个动作让他青肿的嘴角有些疼。

"老子也咽不下这口气，为什么明知道阿梓跟你在一起没好结果，我就不能回来阻止？"吴祯怒道，只是不甘心啊，就算他不能娶到阿梓，只要她平安幸福地就好，为什么连这个也做不到？

叶溟轩心里咯噔一声，猛地坐起身来，狠狠地盯着吴祯，问道："你还能预见未来不成？想要破坏我跟小丫头成全你，做梦去吧。除非老子我死了，不然你休想！"

叶溟轩觉得他重生的时候没能预见未来，难道吴祯就能预见未来？这该死的混小子分明就是诈自己，傻瓜才上当！

吴祯却是有苦难言，他重生的条件就是绝对不把自己知道的看到的说给任何一个人听，否则的话他就会在这里迅速消失，再也没有拯救梓锦的机会。他能用尽各种办法阻止悲剧，唯独不能说出真相，吴祯此刻真恨不得将所有的事情都说给叶溟轩知道，让他放开阿梓的手，可是他不能……能有什么比这更悲哀的，明明一句话就能解决的事情，却一定要辗转周折。

"吴祯，你记住我的话，没有什么能够分开我跟小丫头。我就是死了，也不会松手的，绝不！"叶溟轩看着吴祯，心里认定吴祯就是想要得到梓锦这才说出这些话恐吓他，他又不是小孩子，谁信呢。

吴祯只觉得绝望阵阵袭上心头，难道真的是宿命吗？叶溟轩不肯松手怎么办？怎么办？难道自己要把他给灭了？

可是……梓锦就是为了他才香消玉殒，他要死了，梓锦估计着会跟自己拼命，那样的话自己重生还有什么意义？

"你真不能放手吗？我并没骗你，我发誓。"吴祯不肯死心地问道。

叶溟轩颤颤巍巍地站起身来，看着自己一身的狼狈皱起了眉头，又想起梓锦落跑的身影，越发愁肠百结，回去后怎么解释才好？

吴祯也坐直身子，想起回来之前，那人说过的话："你改变不了宿命。"可他不相信，他一定要阻止，一定要。

"如果你不能松开阿梓的手，那么就好好地保护她，同时……也好好地保护你自己。"吴祯能说的只有这么多了，他还有很多事情要做，他只知道结局，却不知道过程，他不知道究竟发生什么事情最后却落得那样一个结局。

叶溟轩被人关进了火场，阿梓为了救他冲进去却再也没有出来，两人都是尸骨无存，在大火中化为灰烬。吴祯想要弄明白，是谁设计叶溟轩进了火场，又是谁让梓锦冲了进去，也许只要自己找到答案，就能阻止这一切。

火场的周围他依稀记得有杜曼秋、有静谧师太，还有一个若隐若现的身影那样地熟悉却就是看不到她是谁。还有在火场边上魂不守舍的秦时风，所有的人都那样清晰，却唯独看不清楚那女子的身影，可是吴祯却知道，造成这一切的一定跟那女子有关系，正因为看不清楚她的脸，才越是着急。

这里面没有吴祯，他不知道自己那个时候在做什么，为什么没有他的身影……一切都太诡异了，太诡异了，如果自己能够重生，自己那个时候应该在现场的，可是为什么没有他的身影？他去哪里了？

大火的时间是丰元元年的最后一天，大年夜。起火的地点，他看得很清楚是皇宫内的柔仪殿，现在已经是丰元元年的四月，距离那场大火只有八个月的时间了，八个月……要在八个月里阻止这一场大火，吴祯不知道自己能不能做得到。

叶溟轩却没理会吴祯的话，只是警告他："我告诉你离我的小丫头远一点！"话音一顿，又略带苦涩地说道："重生毕竟不是好事，我想你也不愿意被人当成鬼魅，所以这件事情你跟我一样都会保守秘密的。"

"是。"吴祯应了一声，拍拍衣角站起身来，然后才说道，"叶溟轩，我真的很讨厌你，正如同你讨厌我一样。我不会从你手里抢走阿梓，我只是希望她能好好地活着。"

吴祯的话让叶溟轩格外烦躁，这厮话里话外好像梓锦是因为他才有了意外，可是自己自然会把自己媳妇看得牢牢地，关他屁事！啰里啰唆的真是讨人厌，只要他不来抢他的小丫头，自己还是能尽量地不去找他晦气的。

叶溟轩走了，继续烦恼该怎么回家跟小包子解释重生这件事情，今天真是流年不利，遇上吴祯就倒了大霉，以后一定距离这厮远一点再远一点。

就在梓锦恐慌的时候，叶溟轩出现了，两个心里都没底的人面对着面觉得格外地别扭，格外地不自在，叶溟轩纠结着怎么跟梓锦说关于重生这件不可思议的事情。梓锦纠结着要不要说自己是穿越的？

相视半晌，却没有谁先开口说话，气氛越发诡异了。

一个怕媳妇会离开自己。

一个怕丈夫会嫌弃自己。

都是因为太在乎，有的时候反而害怕开口。

梓锦抬眸，轻轻地看着叶溟轩，发现叶溟轩眼中的紧张其实不比自己少，想想也是，他们身上都有一个不能说的匪夷所思的秘密。

"小丫头，我……我有件事情要跟你说。"叶溟轩觉得豁出去了，反正不管梓锦最后会不会觉得他是怪物，这件事情总要说的，都怪吴祯那该死的小人。

"我都知道了，其实你不用解释。"梓锦叹息一声，默默地往前走了两步，立在叶溟轩的眼前，终于还是伸手环住他的腰，然后才说道，"我一开始就知道你是死过重生的人，一开始就知道的。"

听完这句话，然后……叶溟轩懵了！

什么叫一开始？

什么叫知道？

什么叫做一开始就知道他是死过重生的人？

叶溟轩觉得脑子不够用了，觉得自己的耳朵好像在幻听，怎么可能呢？这什么意思？知道……是听谁说的？

将头埋在叶溟轩的肩膀间，梓锦嗅着他身上淡淡的香气，不用抬头也能知道叶溟轩此刻脸上的表情，其实梓锦应该知道的，当有天把事情说开，其实梓锦比叶溟轩承受得更多。

　　轻轻站直身子，伸手牵着叶溟轩的手，慢慢踱步到大炕上坐下，看着叶溟轩还有些呆愣的脸，梓锦只觉得心里有个地方在慢慢地坍塌。

　　"你不明白，是不是？"梓锦垂眸问道，这一刻都不想去看叶溟轩，不是不想而是不敢，如果叶溟轩知道她穿越而来的目的只是为了顺利毕业，会不会怒极之下一把掐死她？

　　叶溟轩从无限震惊中缓过神来，然后看着梓锦，想要弯弯嘴角，却发现脸上的肌肉十分的僵硬，大脑根本就无法下达指令，没有办法微笑，只能声音发涩地问道："小丫头，你知不知道你在说什么？你……什么时候知道我是死过一次的人？这事没人知道啊，只有我自己一个人知道，要不是今天吴祯那死小子猛不丁地蹦出那句话，其实没有人知道的。"

　　梓锦点点头："是，应该是无人知道的，可是从我出生起我就知道了。"

　　叶溟轩吓坏了，出生起？一个只知道吃奶的奶娃娃知道这个？

　　看着叶溟轩惊恐的眼神，梓锦苦笑一声："溟轩，其实……其实我……不完全是这里的人……"

　　"什么叫做不完全是这里的人？"叶溟轩摸不到头脑了，觉得自己大脑凌乱了。

　　既然打算要说，梓锦就从头开始讲起，讲博古学院，讲自己的时空，讲她为什么穿越，讲她在听到叶溟轩这三个字时喊的那句，重生的二手货……梓锦说了很久，很久，然后叶溟轩才明白为什么这一世的梓锦跟上一世完全不一样了，为什么这一世的梓锦根本就不喜欢秦文洛，为什么这一世的梓锦一开始就对自己格外防备疏远，原来答案在这里。

　　梓锦说得口干舌燥，眼睛却不眨地盯着叶溟轩，不知道叶溟轩会有什么反应，看着叶溟轩毫无表情的脸，心里上下起伏着，越发地没个着落点，只觉得心跳蹦蹦跳个没完，似乎要破胸而出一样。

　　不知道过了多久，就在梓锦有些绝望的时候，叶溟轩突然说道："原来你当初拒绝我是真的因为不喜欢我……"

　　梓锦默然，他居然在纠结这个，不是更应该纠结她是穿越的吗？

　　啊啊啊啊，为什么事情的发展不是这样？

　　"也算不上不喜欢，就是一开始挺排斥的，觉得反正没有未来，索性也不去拼了。"梓锦这个时候想起来觉得自己当初好像真的挺绝情的。

叶溟轩不免有些悲哀，继续控诉："难怪我那个时候做了那么多的事情，你都看不进眼里，那是提前就判了我死刑。"

梓锦："……"

"你怎么能这样？"叶溟轩觉得倍受打击，小心肝一抽一抽地，太伤人了。

"……"梓锦默然。

"幸好本少秉着锲而不舍坚持到底的精神奋斗到底，不然的话你真要跟吴祯那厮双宿双飞了，是不是？"叶溟轩眼睛里都冒火了。

"……"这个更不能回答了，梓锦除了沉默还是沉默。

"你个没良心的，你既然知道我是重生的，知道我对你一往情深，知道我一腔深情，居然还这样对待我。"叶溟轩都有挠墙的冲动，人生如此悲哀，重生个毛线啊……

"我这不是嫁给你了吗？"梓锦弱弱地回道，授人以柄就这点不好，她就知道叶溟轩知道会格外愤怒，说起来自己当初做得是有点小过分。不过……突然想到一点，梓锦看着叶溟轩问道："那我问你，你是喜欢这一世的我，还是上一世的姚梓锦？"

"……"这次轮到叶溟轩沉默了，因为他从没有想到过此姚梓锦非彼姚梓锦，没有想过这个问题，还真答不上来。

在感情上女人比男人更小心眼，梓锦这下子冒火了，什么愧疚，什么心虚，通通一边滚毛线去，猛地站起身来，瞧着叶溟轩说道："今晚你打地铺！"

寝室的门被狠狠关上了，梓锦郁闷了，其实这个问题存在心里很久很久了，她一直不知道叶溟轩是喜欢她呢还是喜欢另一个姚梓锦。以前刻意不去想也就算了，如今事情都被摊开了说，这件事情就不会是小事了，在梓锦看来是天大的事情。

知道叶溟轩是对上一世的姚梓锦一往情深，那她是不是只是一个无形中的替身？

梓锦很憋闷，躺在床上就跟烙饼似的，一刻也睡不着，分分秒秒都是油煎。如果叶溟轩喜欢的还是上一世的姚梓锦自己该怎么办？梓锦不知道了，心里不是不惶恐，因为现在的她是那么喜欢叶溟轩，喜欢到不行，已经刻进了她的骨血里。

外面没有一丝声响，叶溟轩不在了吗？不在的话他去哪里了？梓锦握着要开门的手居然有些颤抖，突然，这口气一泄，反倒没有了开门的力气。如果叶溟轩真的不在外面，梓锦就知道自己应该知道答案了，如果这样的话，她反而不敢去开这扇门了。

顺着门框慢慢地滑落在地，梓锦仰头望着有些发黑的屋顶，突然觉得自己很没用，双手抱膝蜷缩在地上，一直以为自己很坚强，其实却是在伪装，如果连伪装的力量都没有了，那该怎么呢？

梓锦心里酸酸的，涨涨的，眼眶肿涩得要命，拼命警告自己不许哭，可是止不住的泪珠还是一颗颗地掉落。在这个时空活了十几年，到头来真的是一场空吗？

"小丫头，你哭了吗？"

隔着门板，叶溟轩的声音突然传了过来，梓锦浑身一颤，半响不能言语。他没走……他还在……依旧这样亲密地唤自己小丫头，这是属于叶溟轩独一无二的称呼。

想要应一声，却发不出声音来，虽不曾执手相看泪眼，却是真真无语泪凝噎。

听不到里面的回答声，叶溟轩有些着急了，轻轻地拍着门，急道："小丫头，我知道你在，不许哭，听到没有？快开门，快开门。"

梓锦听着这话，又是哭又是笑，脸上的表情极度扭曲，可是心里却有个地方亮了。

叶溟轩对着门框无奈地叹口气，纠结半响，靠着门框缓缓地说道："小丫头，我以前也曾经怀疑过，这一世的小丫头怎么跟上一世有这么大的不同，上一世的你跟这一世是完全不一样的。那时候的姚梓锦心仪的是秦文洛那个翩翩佳公子，对我却是看也不看。想来那个时候对姚梓锦说不上有多深的爱，但是不甘心却是一定的，我就想着我又不比秦文洛哪里差了，凭什么你个小庶女眼睛长在头顶上却瞧不见我？说是想要把你娶回家，其实更多的应该是一种好胜赌气在里面。可是这辈子我遇见的你是不一样的，你温柔娴静，笑靥如花，既俏皮又狡猾，说话做事透着一种让我舍不下的感觉。我是带着上辈子的不甘这辈子认定了你，执意要将你娶回家，其实在这个过程中，就连我自己也不知道，当初的好胜不甘其实已经在你脱胎换骨的时候也跟着变了，我对你不是不甘跟好胜，而是真的舍不下丢不开，你是真的刻进了我的心里。如果只是因为好胜跟不甘，那么在你不喜欢秦文洛的时候我就应该放手了，可是我没有……小丫头，我喜欢的从来都只有你，以前我不知道，也没想过你跟她不是一个人，所以今天你这么一问我一时间没有回转过来，小丫头……你别哭，我知道你在偷偷地哭，纵然没有声音，你哭的时候我的心也会痛，因为我们已经是彼此的生命，我们心有灵犀，我们灵魂交缠……"

梓锦抽泣得更厉害了，双肩抖动不停，没有办法抑制自己这种巨大幸福降临导致的激动，女人永远是感性的，那是不能拒绝跟阻止的。

"小丫头，外面的地好凉……"

"小丫头，还没到夏天，打地铺我会伤风的……"

"小丫头，我不想打地铺……"

"小丫头，我真的很喜欢很爱你，你怎么能让我打地铺……"

叶溟轩不说话了，因为门开了！

执手相看泪眼，竟无语凝噎……梓锦想要说什么却发现不管用什么样的言语都无法描述她此刻的心情，索性主动吻了上去，将所有的爱都化在这深深纠缠的吻里。有的时候，人的行动往往比言语更能打动人心，至少这一刻叶溟轩的眼睛贼亮了！

几度春宵花满堂，管他什么重生与穿越，只要这一刻他们是彼此相爱的，就算是下一刻天塌地陷，又算得了什么？细水流年平安一生曾经是梓锦追求的，可是如果你踏上了一条注定不能平凡的路，那么就轰轰烈烈地斗一场，不管输赢，只要他们携手到最后一刻，已没有遗憾，黄泉路上你我做伴，来时再结鸳鸯，亦是我心中所愿。

一直到天将亮才沉沉睡去，两人相拥的姿势契合无间，满堂寂静，唯有余馨。

等到再醒来的时候，已经是天光大亮，梓锦猛地坐起身来，暗暗有些着急，这请安的时辰是一定晚了，该怎么办才好？

"莫着急，我已经让周妈妈去母亲那里告过罪了。"叶溟轩掀起帐子看着梓锦说道。

梓锦猛地拉住被子遮掩春光，瞪了叶溟轩一眼，自己却是颊边生红，神态无比娇羞，就好像初春刚刚抽出花蕊的娇艳花朵，让人不由得想要再压回去狠狠蹂躏一回，只是……叶溟轩忍住了，伸手将丫头准备好的干净的衣衫递给梓锦，然后笑道："快起来，今儿个咱们去个好地方。"

梓锦看得出叶溟轩心情很好，想起昨晚，也觉得有些荒唐，不过还是边穿衣服便问道："要去哪里？"

"昨天的事情我思来想去，能这样堵准你跟吴祯见面的时间跟地点，进而想要惹是生非，世上哪里有这样巧合的事情，吴祯一回京就被人这样算计，想必也是懊恼得很，想要把那人捉出来。我们大可群策群力。"叶溟轩对着打磨光滑的铜镜整理衣装。

梓锦掀起帐子下了床，抬眼看着叶溟轩，狐疑地问道："你要带我去见吴祯？"这好比是春天下雪冬天打雷，叶溟轩的脑袋被驴踢了吧，他一直不喜欢自己跟吴祯来往，防得跟贼一样。

叶溟轩却是嘻嘻一笑："如今你是我媳妇，他看得到捞不到，我跟你出现在他面前，只有他窝火的份，再说了我现在很能确定我的小丫头心里只有我一个，我还怕什么？"

能让情敌时时刻刻心里滴血,这才是叶溟轩愿意做的事情。

梓锦表示沉默了,这男人心眼比针鼻还小。不过话又说回来,梓锦昨天就觉得这件事情有些不对劲,也跟叶溟轩想的一样,时间太巧了点,若真是巧合还真令人无法相信。

利落地换好衣衫,自己坐在铜镜前随手绾了一个纂儿,只是簪了一支寻常的碧玉钗,洗脸净手之后,薄施胭脂,这才缓缓地站起身来,笑道:"我想最好把我大哥叫上,毕竟姚府的事情他更熟悉一些。"

昨天出了那样的事情,姚长杰不会一点消息得不到的,既然知道了事情,以姚长杰的秉性是一定要继续追查的,所以梓锦想着既然姚长杰会追查,倒不如几个人一起合计,人多力量大嘛。反正不管是吴祯还是叶溟轩都跟姚长杰的关系十分的友好,倒也算是一个缓和两人矛盾的润滑剂了。

叶溟轩轻轻一笑:"我已经给长杰送了信,走吧,带你去一个好地方。"

梓锦挑眉,好地方?"什么地方?莫非你金屋藏娇的地方?"

"哎呀,你说我要是金屋藏娇傻了才带你去吧。"叶溟轩哈哈一笑。

"嗯?原来你真的藏了,好吧,今儿个起不交出来你就睡地铺!"梓锦忍着笑大步走了出去,出门迎着阳光,只觉得心头一片晴朗,生活总要继续,她要笑着迎接每一天。

一壶清酒,四碟小菜,红木圆桌周围坐了四人。

梓锦、叶溟轩、姚长杰还有吴祯。

窗外微风徐徐浮动轻纱帐幔,绿柳枝头鸟鸣虫嘶。屋内四人的神色说不上好,气氛沉重莫名。

"如果照你这么分析,是不是说我的身边有人出了问题?"吴祯美眸微动,碧漪涟涟,美男就连生气的时候都冒着仙气,让人小心肝扑通一跳。

叶溟轩点点头:"是,就连我都不知道你什么时候回京,却有人能够知道你确切的回京时间跟地点,然后让人来围堵你跟梓锦,这样的心机与算计,你不觉得很令人恐怖吗?"

姚长杰沉吟一番,也说道:"我也觉得此事十分诡异,君秋,不得不防,还是调查一下比较好。"

吴祯点点头:"这事也不难查,知道我提前回来的就那么几个人,想要查很容易。"

叶溟轩轻轻地叹了口气,然后说道:"那就好,我这边也还有很多事情要去做,你这边有了结果一定要通知我。"

姚长杰转头看向叶溟轩，一向沉稳的面上带着丝丝凝重："你的事情可有眉目了？"

"支线已浮出，就等最后的大鱼了。只是要有耐心，不知道什么时候才能浮出水面。"叶溟轩无奈地摇摇头。

梓锦狐疑地看着叶溟轩，又看看自家哥哥，心里有种感觉，姚长杰应该会知道叶府的事情了。她不晓得叶溟轩出于什么考虑居然把这样的事情告诉姚长杰，但是这种信任却让梓锦觉得心里暖暖的，毕竟家丑不可外扬，还是这样的丑闻。

姚长杰也没注意到梓锦有些奇怪的神色，倒是吴祯的双眸轻轻地扫过梓锦的容颜，将梓锦的反应收进心里，又是寂寞一叹。然则，再怎么样不甘心，也只是将所有的情绪都压进了心里。

"清水庵那边君秋正有打算去走一趟，我就陪他走一遭，到时候我们会见机行事，能不能查到什么这个可不好说。"姚长杰缓缓地说道。

第二十一章
秦时风身份忽揭秘，长公主痛哭失常态

很快就有消息传来，这是一个极好的消息，因为在吴祯陪着三婶婶去烧香，姚长杰陪着母亲去还愿的时候，无意中发现了清水庵的静谧师太见了一个小丫头，而那个小丫头居然是素婉。

这样的发现真是让梓锦惊讶莫名，那一日素婉的确是请了假回家，没想到陈安在跟踪她的时候跟丢了，更没有想到居然被姚长杰跟吴祯在清水庵给发现了踪迹。

素婉去了清水庵……难道说素婉是静谧师太的人？

梓锦在屋子里转来转去，这个消息太劲爆了，一时间让她回不过神来。如果素婉是静谧师太的人，那么杜曼秋跟静谧师太之间又算是怎么回事？

杜曼秋叫静谧师太一声姑姑，素婉又是杜曼秋塞进安园的，可是素婉却瞒着杜曼秋跟静谧联系，素婉背叛了杜曼秋投奔静谧师太，那么杜曼秋跟静谧师太的关系又让人有些费琢磨了。

太复杂的一条线，让梓锦这个自认为还算精明的小脑袋，也有些不够用了。

叶溟轩回来的时候就看到梓锦一脸菜色地在屋子里慢慢地转圈子，他还没有得到消息，因此并不知道出了什么事情。天气有些热了，厚重的官服穿在身上十分不舒服，自己站在黄花梨衣架前伸手解开盘扣，换了家常穿的直裰，又净了脸，觉得神清气爽，这才走到梓锦跟前伸手圈住她，将下巴搁在梓锦头上，黑顺的头发垂落肩头，跟梓锦的发丝纠缠在一起，轻声问道："怎么了这是？"

梓锦在叶溟轩的怀里转过身来，伸手圈住他的腰，只觉得那一刻浮萍般无根的心这才有了停泊地，不由得叹息一声，道："事情真是越来越复杂了，我自己都要弄糊涂了。我一直以为杜曼秋跟静谧师太是一伙的，可是现在看来这两人也许不是咱们想的那样。"

叶溟轩很显然吃了一惊,他知道今日是姚长杰跟吴祯去清水庵的日子,一定是两人有了什么发现,于是垂眸看着梓锦,在她的发丝上轻轻一吻,笑道:"说来听听,我就不信这个世界上还真的有人能够布下无法解除的迷局。"

叶溟轩拥着梓锦在圈椅上坐下,让她坐在自己的膝上,虽然这个姿势太亲密了些,可是梓锦很喜欢,紧贴着叶溟轩的胸口把事情说了一遍:"你说是不是很矛盾?这是不是可以说明这个静谧师太跟杜曼秋之间也许并不是咱们一开始认为的两人之间合作无间十分信任彼此的。"

叶溟轩用手轻轻地拍着梓锦的后背,动作很有节奏,眯着一双光华内敛的眸子轻笑一声:"真是越来越好玩了,这样才好,这样我们才有动手的机会,这可真是一个大好的机会。不怕敌人有矛盾,就怕敌人没矛盾,敌人之间太相信对方了,对我们也不是好的事情。"

梓锦自然明白这个道理的,看着叶溟轩胸有成竹的样子,问道:"你有办法了?"

"听闻清水庵名声在外,德妃娘娘想要去清水庵祈福。"叶溟轩得意地笑了。

梓锦瞧着叶溟轩狐狸一般的贼笑,想起秦文洛的母亲廉王妃跟德妃关系好像不错的。处在深宫的德妃怎么会无缘无故知道清水庵,一定是叶溟轩托了廉王妃给德妃娘娘透了话。

当年阿若跟宁妃的事情在后宫虽然被封了口,但是这些资格深的嫔妃很多都知道的,如果德妃见到了那一面砖雕……梓锦的眼睛就亮了起来,这不失为一个借力打力的好办法。

"哎呀呀,我的夫君真是太聪明了,你怎么就能够想出这样的好办法?"梓锦甚是愉悦,说着就在叶溟轩的脸颊上吻了一下。

叶溟轩十分得意,兴致昂扬地说道:"那是,我小心眼得很,谁要得罪我总要思量后果的,更何况这也不是我一个人的功劳。"叶溟轩嘻嘻一笑:"你大哥最先提起这事,然后我们又细细商议过,觉得从这里下手也许会有意想不到的效果。"

原来这里面还有她大哥的功劳,梓锦傻笑一番,她就知道她大哥不是吃素的,这下子有热闹瞧了。

初进五月,阳光格外的灿烂,夹衣早已经换下,换上了飘逸轻透的薄衫,今日是德妃娘娘驾临清水庵的日子,梓锦坐在家中,望着窗外碧枝轻摇,姹紫嫣红一片妖娆,心里有个地方在兴奋地跳跃着。

阿若跟宁妃同时死亡,不招人怀疑是假的,大皇子那么深爱阿若都要亲手毒死她，可见一定是触怒了皇帝的某一根神经。德妃是见过阿若跟宁妃的，如果德妃见到了砖雕上的女子，不知道又会有什么反应？

叶溟轩查不到当年的事情真相，如今万般无奈剑走偏锋从这里下手，其实也是一个没有办法的办法。梓锦只希望能从德妃那里得到一丁点的消息也好，这次清水庵之行，不管德妃见到砖雕有什么反应，但是有一点梓锦能够肯定，如果一个人见到一个跟死去的故人十分相似的雕像，要是一丁点的反应没有那才是不可能的。

本来侯府没有子嗣的事情跟清水庵扯不上关系，但是有了素婉这一条线，梓锦可就不敢确定了，如果跟静谧师太有关系，这可真是令人费解了，静谧师太为了什么这么做？

杜曼秋、静谧师太、素婉、砖雕上的女子、阿若、宁妃、大皇子、自己、叶溟轩……这些人就好像成了一个巨大的食物链，一环扣一环，乍眼看去没什么相连的地方，可是细细一想却都是有着这样那样明里暗里的相连之处。

梓锦摇摇头觉得自己可能想多了，可能以前悬疑小说看得太多，不自觉地就把事情给复杂化了。

然则，梓锦怎么也没有想到她居然猜了个八九不离十，只是更让梓锦想不到的是，接二连三发生的事情更是令人匪夷所思，简直就是比看电影还令人惊悚。果然没有白白穿越一趟，亲自体会一把宫廷悬疑殃及池鱼的感受。

第一件发生的惊悚事情是，德妃去了清水庵，然后看到了砖雕，然后居然整个人失神站在那里半个时辰之久。后来回宫后，不知道跟皇帝说了什么，命叶溟轩带着锦衣卫立刻封了清水庵，将清水庵中的一众人全都拘押到了一处秘密所在，无人知晓。

第二件惊悚的事情，是皇帝圣驾驾临清水庵，居然让人把那一幅砖雕完完整整地移到了皇宫里，并把清水庵的静谧师太召进宫问话，静谧师太在傍晚的时候被送出宫，然后又被叶溟轩秘密拘押。

第三件事情更是匪夷所思，不知道那一个多嘴的居然说了梓锦跟当年死去的阿若还有宁妃十分相像的事情，还讲了梓锦落水那次秦时风拼命相救，然后……然后梓锦就被圣驾召见了。

但是长公主拒绝了，宫里来传旨的公公没有带走梓锦，长公主亲自进了宫，不知道跟皇帝说了什么，皇帝再也没提让梓锦进宫的事情。只是那日从皇宫回来后，长公主的神情是相当不好，第二日就病了，还不允许梓锦去侍疾。一连三日叶青城都守在长公主的身边,宫里的御医来来回回换了几茬,长公主这才慢慢康复,只是人更瘦了。

叶老夫人在长公主生病的时候亲自去了玫园探病,出来的时候面带阴郁,脚步都有些不稳。

梓锦听着这些杂乱的信息,在安园越发坐立不安。杜曼秋这几日出府的时间多了些,每日出去时候的神色比回来时候的神色更不好,整个侯府蒙上一层阴影。

这日,叶溟轩回家的时候已经是后半夜了,梓锦正在等他,待他进门忙迎了上去,挥挥手让伺候的丫头退下,一把拉着叶溟轩问道:"可打听清楚了?"

叶溟轩点点头,神色有些发苦,然后才说道:"那砖雕中的女子居然是皇上心仪的人。"

梓锦心中有根线一下子绷断了!

居然是这样!

怎么能是这样!

原来所有的根由就是砖雕中的女子,梓锦直觉得浑身有些冰冷,一把抓着叶溟轩的手说道:"据说当年皇上极为宠爱宁妃,又听闻大皇子喜欢的阿若跟宁妃颇为相像,而大皇子说我跟阿若几乎是一个人,杜曼秋跟静谧师太说我很像砖雕中的女子……"

梓锦说不下去了,原来最后的根源在这里,宁妃得宠是因为长得像皇帝的情人,虽然不知道因为什么事情宁妃跟阿若最后都死了,可是她们死了,还有一个她活活生生的在世上。梓锦不仅长得像阿若,还像砖雕中的女子。

所以皇帝宣梓锦进宫,只怕是要亲眼看一看。长公主自然不希望她的儿媳妇跟当今皇帝传出什么不好的绯闻,所以进宫制止。也幸好他们兄妹感情颇深。皇帝也没强求,可就算是这样长公主回来还是病了一场。

叶老夫人肯定是从长公主那里知道了什么,所以整个人神色极为不好,但是幸好没有为难梓锦,毕竟梓锦什么也没有做过,这真的是天降横祸。

好像世界一下子换了一个模样,梓锦从穿越而来就想着低调过日子,可是总有一双手将她推向风口浪尖,而这次的危险更甚,想想,竟是一身冷汗。

"莫怕,还有我,谁也不能伤害你,谁都不能,就算他是九五至尊。"

叶溟轩紧紧地拥着梓锦,眉眼之间一片戾气。

"既然皇上已经放弃宣我进宫,以后应该就不会再提这件事情了。毕竟我是有夫之妇，若只是为了这个原因，就是皇帝也不能不顾及自己的清名。"梓锦如此说，既是安慰叶溟轩亦是安慰自己。

但是想到大皇子在感情上的极端，梓锦也不知道这位皇子的亲爹是不是也这个样子，以后打定主意凡是皇家的事情都要敬而远之。

"砖雕上的女子还活着吗？"梓锦不抱希望地问道，如果还活着有多好，如果还活着找到她，所有的危险自动解除。

叶溟轩轻轻地摇摇头："已经死了，当年孩子被抱走之后，就得了一场大病，郁郁而终。"

就知道会是这样，梓锦绝望地叹口气。

两人彼此相拥，却依旧无法解除心里的惊惧，虽然现在皇帝已经作罢，谁知道以后会不会突然抽风又要宣召梓锦进宫？还有虎视眈眈的大皇子，只要想起来，梓锦就觉得人生何止一个悲字了得。

"那砖雕上的女子究竟是哪里人氏，她怎么跟皇上相遇的？"微服私访的帝王与民间绝美女子之间哀怨凄婉的动人爱情故事，不知道是多少爱情戏本中的经典桥段，曾经梓锦也很喜欢，现在只觉得惊恐。

"静谧师太是砖雕上女子的侍女。"叶溟轩说道。

梓锦早就猜想静谧师太一定跟砖雕上的女子有关系，不然的话绝不会弄这样一幅砖雕在清水庵。可是……"杜夫人喊静谧师太一声姑姑，是不是杜夫人跟这位女子也有渊源？"

不得不去怀疑这一点，因为这很有可能是真的。静谧师太是砖雕中的女子的侍女，杜曼秋喊静谧师太姑姑，这样的关系怎么看都有些令人怀疑的。

叶溟轩冷笑一声："巧得很，砖雕中的女子唤作杜清怡。"

杜清怡？梓锦忽然想到清水庵中的心台园，心台……合起来可不就是一个怡字！

等等……杜清怡……她姓杜！

梓锦猛地抬头看向叶溟轩，眼中带着惊讶。

叶溟轩摇摇头："虽然姓杜，可是跟杜曼秋没什么关系。按照年纪来说，杜曼秋跟杜清怡不可能是姐妹，在往上推演，只有可能是杜将军的姐妹，可是杜将军没有姐妹。至于静谧师太曾经救过杜将军一命认为义妹，所以杜曼秋喊她一声姑姑。"

这里面的关系还真够复杂的，梓锦不过还是松了一口气，不过既然静谧师太曾经是杜将军的救命恩人，那么杜曼秋尊敬她也不奇怪，但是奇怪的是……"静谧师太为什么要在侯府安插眼线？又为什么在我嫁进来的时候安排进了安园？你不觉得很奇怪吗？"

静谧师太如果是为了杜曼秋着想，就不应该瞒着杜曼秋，她既然瞒着杜曼秋，就一定有不可告人的秘密。

叶溟轩自然也想到这一点："静谧师太嘴巴严得很，该说的都说了，不该说的一个字没说。"

梓锦就知道不会轻易地得到自己想要的，于是叹口气："咱们只能这样干等着了？"

"那也未必，府里有静谧师太的眼线，不如趁这次机会一举扫除了。"叶溟轩的声音里夹杂着戾戾寒风，嘴角勾起的笑容最易令人不由得轻颤。

梓锦愣愣地看着叶溟轩："趁这次机会？你是想……"

叶溟轩素来不是善男信女，随手把玩着梓锦垂落肩头的黑发，道："你说蛇无头会怎么样？"

梓锦慢慢地琢磨着，扑哧笑了，方才的紧张忧虑这一刻消散不少，说道："你还是一如既往地腹黑，你想怎么做？"

虽然危险重重，可是还是要活下去，坚强地活下去，能给自己造成困扰的人添堵，梓锦也是相当地积极。别人能给你添堵，你自然就压给别人添堵，尤其是让人哑巴吃黄连的苦头，梓锦是乐意之至。

看着小丫头双眼贼亮一扫方才的愁闷，叶溟轩的心也跟着一下亮了起来，在她额头上唇角一碰，又在耳边低声细喃："若是咱们抛出消息静谧师太出事了，你说那些人还能忍耐得住？"

叶溟轩是关押静谧师太的头，从他嘴里说出来的消息自然是有相当高的可信度，如果你依靠的顶头上司突然倒台，梓锦相信再优秀的员工也得惊慌失措，只要他们动了，就好办了。

梓锦忙不迭地点点头，满脸欢悦的笑容："这个办法好，明儿个我就散出消息去……"

梓锦话未说完，却感觉到叶溟轩的手已经滑进她的衣衫，而他的唇还在她的耳垂边轻轻摩挲，那种微痒又暧昧的呼吸声，让梓锦只觉得心里有个地方痒痒的，脸一下子涨红了。

一夜缠绵，梓锦第二日差点又误了早起的时辰，醒来时叶溟轩侧头望着她。梓锦微愣，迷失在那极美的眸海中，梓锦看得到那眸子中的深情，可是方才猛地睁开眼对上的一瞬间，她还看到了叶溟轩来不及隐藏的悲伤。

没有哪一刻，叶溟轩会在梓锦的面前展露悲伤，他从来都说，有我小丫头……别怕，我在……你想杀人爷都给你兜着……

刹那间眼眶一下子红了，叶溟轩不是不怕的，只是从不在梓锦面前展露这一面，怕加重梓锦的负担，从来都是他一个人默默扛着。梓锦不知道昨晚她疲极而睡之后，叶溟轩什么时候睡的，也不知道叶溟轩什么时候又醒的，就这样默默地盯着她的睡颜，一点声息也不出。

梓锦不想让叶溟轩发觉她欲落泪，在叶溟轩察觉之前一下子将头埋在锦褥中，故作轻松地说道："看我做什么，没看见过吗？"说话空隙，梓锦的泪珠已经消失在锦褥间，只留下一点泪痕在上面。

叶溟轩看着梓锦的动作面色一僵，想要用手去抚摸她的后背，却终究没能落下，在半空中手掌握成拳，悄悄地落在她的身侧。浓黑如墨的眸子微微一闪，掩去了苦涩，又恢复了如常的笑靥："便是日日看也看不够的。"

梓锦强忍着不落泪，心口酸胀得要命，嘴上却笑："那就日日相看，不许你厌烦。"

"不会的，永远也不会的，怎么会烦呢，一辈子也不会烦的。"叶溟轩轻声呢喃，看着梓锦说道，"快起来，咱们去跟母亲请安去，有些事情还要母亲出面的。"

谈起了正事，梓锦忙收敛心神，伸手拿过叶溟轩递给她的中衣披在身上，掀起了轻纱罗帐，趿上鞋，道："我先去净房。"

叶溟轩点点头，梓锦唤了丫头进来服侍，一时间屋子里脚步声杂乱又有序地响了起来。

叶溟轩收回看着梓锦的目光，转头眼神落在了梓锦方才埋头的地方，修长有力的手指轻轻落在了泪痕染湿的枕头，泪痕犹在，指尖覆其上如同炭烧火燎一般，烤得心都痛了。

他们都知道的，都明白的，却谁也不肯先说出口，相守一日便快乐一日……

风吹烟雾散去，独留伤心在怀。

不是不害怕，只是都在强撑着给对方力量，谁也不允许自己比对方先倒下。深爱如斯，大抵如此连伤心都是奢侈的。

长公主的身体好了许多，见到叶溟轩跟梓锦双双前来请安，就展颜一笑，看着叶溟轩问道："今儿个不去衙门了？"

"告了假在家。"叶溟轩跟梓锦坐在长公主的身旁。

长公主点点头,梓锦就关心地问道:"母亲的身体今日觉得如何?可好多了?"

"老毛病了,吃了药就好了,没什么大事。"长公主柔和一笑,看着梓锦最近越发瘦削的脸,心里也很不是滋味,尽量地给这些孩子一个安心。

梓锦点点头,一时间却又不知道怎么开口了,垂眸望着地面,索性交给叶溟轩好了。

叶溟轩夫妻同心,不用猜也知道梓锦想的什么,看着长公主就把关于几人查到的关于不孕的真相,关于静谧师太跟杜曼秋的关系一一道来。长公主越听神色越浓重,看着叶溟轩道:"所以你请了你姑母去找德妃?"

叶溟轩点点头,长公主扶着额头叹息一声:"你怎么也不跟我提前商议一下,当年的事情你们不知道,可是毕竟我是知道一些的。这样贸贸然然请了德妃出面,如今倒真是把事情越闹越大了。杜清怡对于皇上有多重要你们不会知道的,这次幸好进宫阻止皇上宣召梓锦进宫,虽然暂时把这件事情压下了,可是以后谁又能肯定皇上真的放下了这个念头不再宣召梓锦进宫?当年跟杜清怡面貌一样的宁妃、阿若都已经身亡,如果这个世上还有另一个跟杜清怡神色相像的女子……谁知道会如何呢?"

看着两人有些懵懂的神情,长公主更加地头疼了,原本已经打算一辈子不触及的秘密,这个时候也只好说了出来:"阿若是怎么死的,宁妃又是怎么死的,你们可知道?"

两人木然地摇摇头,自然不知道的。

长公主神情有些悲伤,苦笑一声,眼睛似乎穿越了时空,凝聚在某一个地方,缓缓说道:"当年皇兄还是皇子的时候曾经偷偷溜出东宫,去民间私访。一个自小长在深宫的皇子,虽然贵为太子,可是还是免不了被江湖上下三滥的手段给算计了。一个满身招摇的公子哥,能不被人惦记吗?那时候皇上被迷香熏倒,被人抢了所有的财物,他身边又没有带侍卫,被人抢光后就扔下了山坡。幸好那群人还算地道没要他的命,可就这样也没了半条命。昏迷不醒的时候,正是被杜清怡给救了。乡下的女子不比咱们这些名门闺秀不能轻易出门,她们要下田帮着家里劳作,在外面露面实属平常。"

"杜清怡虽然是个乡下丫头,却是个极美的美人,皇上一见钟情,杜清怡这样一个小丫头见到皇上这样龙章凤姿的男子又怎么能不动心?后来皇上养好了身子就离开了杜清怡的家,两人约好,他一定会把她娶回家的。

"可是不用我说你们也知道的,皇上乃是东宫太子,怎么能娶一个平凡的民间女子。当时父皇大怒,为了断了皇上的念头,派了人去追杀杜清怡一家。只是没有想到去的时候正赶上杜清怡刚生了孩子,事情出了变故,追杀的人将消息传回皇宫。

"此事被皇上知道了,就去恳求父皇留她们母子一命。父皇就拿这个做要挟,逼着皇上放弃他们母子,他就留他们一命。无奈之下皇上就答应了,只是我们都没有想到,父皇背着我们从杜清怡手里夺走了那个孩子。这件事情等到皇上知道的时候已经是几个月之后了,刚出生的孩子就这样被抱走,也不知道怎么样了,皇上就跟父皇吵了一架,却没想到这一争执反倒气得父皇旧病复发,没几日就走了。

"然后皇兄登基,再然后就派人去寻找他们母子,历经辛苦终于找到了,孩子还活着,可是杜清怡却只留下了冰冷的墓碑。那孩子你们知道是谁吗?"

这样的故事,梓锦听过很多次,在现代很常见,门第之间的差别足以要人命的。只是可怜了那个孩子,从小就饱受颠沛流离之苦。不过长公主这样一问,就好像是那孩子就在他们身边,是他们认识的人一般。

梓锦不由得看向叶溟轩,只见叶溟轩浓眉紧锁若有所悟,抬头看向长公主,惊讶地说道:"是他?"

梓锦一时想不到是谁,毕竟梓锦进入这个豪门的圈子时日太短,不可能对所有的事情都有所期待。更何况梓锦知道当今圣上的三个孩子的母亲都还活着的,大皇子的生母是淑妃,二皇子的生母是襄嫔,三皇子的生母是德妃,皇上的身边又没有别的孩子,除非是公主,可是梓锦知道的公主也只有皇后生下的顺宜公主而已。

思来想去没有个结果,就抬眼看向叶溟轩,叶溟轩跟梓锦对视一眼,眼中带着一种令人呼吸都无法顺畅的憋闷。能让叶溟轩这样的……梓锦猛地想起一个人,脱口说道:"不可能是他,他不是有生母吗?"

梓锦的心脏一下子揪紧,呼吸似乎一下子被掐断了,脸色苍白得没有血色,如果真的是这样的话……梓锦觉得人生真是他妈的太狗血了,真是没办法混下去了。

长公主看着梓锦,没想到梓锦居然猜到了,这样也好,倒是省了许多的口舌,无奈一笑:"当初找到那个孩子的时候才不过半岁多一点,裹在襁褓里很是惹人喜爱,那么一丁点的人见到生人也不哭,只会瞪着眼睛看着你。不要说皇兄就是我第一次见到的时候也是很喜欢的,因为亏欠这孩子的生母,皇兄就越想要给这个孩子一个荣耀的身份。于是皇上就一手演了一出好戏,就是现如今的淑妃抱着这个孩子找上了门,说是她跟皇上的私生子。如今皇上已登上帝位,也该给他们母子一个名分了。于是皇上不顾群臣反对,用盛大的礼节册封了淑妃,这孩子就成了皇上的长子。时时心相念,微风系我情……这句话是杜清怡临死前写下的最后一句话,于是皇上就给大皇子起了时风这个名字。"

梓锦轻声念着时风两个字,似乎能想象得到,杜清怡临死之前是以怎么样的心情写下"时时心相念,微风系我情"这句话的,那得是多少柔情,才能有这样的无悔。

"难怪皇上这样喜欢大皇子,这里有这样的缘故,只怕将来储位已经没有什么悬疑了。这件事情只怕知道的也不多,大皇子知道吗?"梓锦现在突然没什么想法了,因为上天已经把她所有的路都给堵得死死的,就连绝望都觉得是奢侈的事情。

当人生连绝望都是奢侈的时候,能活着,能太太平平地活一日,能跟她的爱人厮守一日,就已经是赚到了,梓锦突然不郁闷了,比起杜清怡,梓锦是幸福的,幸福多了。

叶溟轩看着梓锦平淡的神情,似乎完全放开的模样,突然就笑了。是啊,他的小丫头跟他一样,既然前面所有的路都封死了,除非是大皇子跟皇帝自己松手让开路,不然的话,以叶溟轩的本事就算勉强能与大皇子一较高下,可是面对着九五至尊他是一丝机会也没有的。

所以,幸福地活着吧,活一天算一天!

"那当年阿若究竟是为了什么被大皇子亲手毒死的?"梓锦对这件事情一直很有好奇心,她想知道真正的原因,事情已经糟糕到了这种地步,也没什么更可怕的了。

"阿若……"长公主轻声呢喃这个名字。"我没有见过杜清怡长什么样子,不知道她是如何的倾国倾城能让皇上一生念念不忘。但是我还记得宁妃刚进宫的时候,那一年的秀女何其多,但是就算是在上百人的人群里,不管是男是女,都没有办法看不到宁妃的光彩。媚眼含羞合,丹唇逐笑开。风卷葡萄带,日照石榴裙……那样的风情就是女子都甘拜下风的。"说到这里抬眼看着梓锦,"锦丫头已经是国色天香,你跟宁妃相比,你是高洁的梅花,她就是热情妩媚的芍药,风华各异。但是不能否认的,你们两个真的很像,五官逐一分开去看也许不像,但是这样乍一看去确实很像。宁妃得宠乃是众人预料之中的事情,她的品阶一年三迁很快就从小小的才女升为宁妃,宁妃恃宠生娇,就连皇后那几年的日子也不是很好过。别人不知道宁妃得宠的缘由,但是我知道,皇后知道,正因为知道,宁妃不能出一点事情,只要出了事情第一个被怀疑的就是皇后,所以皇后不仅不能为难宁妃还要护她周全,那样的日子过得很是艰难。"

"宁妃进宫三年后，又选了一批宫女进宫，不知道是天意还是巧合，阿若就被分到了宁妃的宫里。阿若人长得美，跟宁妃又有几分相像，人极聪明，又会看颜色，从不在皇帝来的时候露面，很是避嫌。宁妃慢慢也就对阿若很是倚重。后来宁妃在皇宫几次遭人暗害，都是阿若洞察先机，避了灾祸，因此宁妃对阿若更是离不开了。

"正因为阿若太识时务，没有跟皇帝有什么露水姻缘，却跟大皇子一见钟情。那时大皇子还没有搬出宫住，正是情窦初开的年纪，就恰巧有那么一个美丽聪慧的阿若让他遇上，这一下子便不可收拾。大皇子经常找借口去宁妃宫里看阿若，可是时日一长，大皇子经常出入宁妃宫，就有很不好的传言传了出来。说是宁妃勾引大皇子，谣言愈演愈烈，皇后几次镇压都没有效果。

"宁妃宠冠后宫多年，为人又霸道、嚣张，不知道得罪了多少人，好不容易有这样的机会打压，谁又能手软？终于在一次大皇子去看阿若的时候，他喝的茶里被人动了手脚，放了迷情散跟宁妃纠缠不清，偏在这时皇上到了。"

长公主回忆起往事，只觉得世事变化实在是无常，当年的情况又浮现于眼前。

梓锦听到这里心里却是咯噔一声，为人不知道收敛本性，得宠不知道韬光养晦，终于招来杀身之祸。只是可怜了大皇子跟阿若，这对有情人完完全全就是这一场宫斗的牺牲品。

长公主没有往下说，但是结局已经知道了。宁妃被赐死，几年恩宠化作云烟，大皇子是因为阿若才频繁到宁妃宫走动，对于这样让自己儿子行为失常的女子，皇帝怎么能容得下，所以让大皇子亲手鸩杀了阿若。

想到这里，梓锦突然觉得，皇家的人真是莫名其妙。

当初先皇不能接受杜清怡，当今圣上苦苦求恳，他也不曾心软。

到了当今的皇帝，儿子喜欢上的女子，他不是一样也毫不留情地除去了，那他跟先皇有什么区别？

如今大皇子见到自己，用尽各种手段企图拆散自己跟溟轩，卑鄙阴险，阳谋阴谋，那他跟他爹又有什么不同？

这些人只知道自己的爱情是最纯真的，最要去呵护的，最想要得到的，可是他们对待自己的儿子，对待别人的爱情，却一样心狠手辣。

宁妃自始至终不过是杜清怡的替身，可是阿若是无辜的，如今自己也是无辜的，当年的杜清怡也是无辜的，但是命运的劫难却相同地落在她们的身上，真真是可笑，听完这一场故事，梓锦忽然连哭的力量都没有了。

这是一群对自己感情无比执着，对别人感情无比蔑视跟践踏的疯子。他们能对自己深爱的女子万般深情，却也能对别人心爱的人痛下杀手毫不心软。

屋子里沉寂无声，梓锦只觉得手脚冰凉。

长公主轻叹命运的不公，脸上带着浓浓的不甘，忽然笑道："知道我为什么要做平妻吗？须知道我天之骄女怎么就不得不做平妻？这么多年为什么要在侯府委屈生活？我金枝玉叶般被父皇母后捧在手心，可是在这终身大事上却自贬身价。"

"不是因为爱吗？"梓锦脱口说道，众多的版本中，流传最多的就是长公主跟叶青城的爱情让长公主宁愿委屈做平妻也要出嫁的。

叶溟轩也是第一次听母亲谈起这个，不由得看向了她，心里有种古怪的感觉冒了出来。

长公主突然无比讥讽地笑了，面上滑落一行清泪，抬眸看着梓锦，眸子里那遮掩不住的哀伤让梓锦的心忽然格外紧张起来，想要说什么却又张不开口，难道这里面还有什么玄机不成？

"我委屈，青城也委屈，他都不敢表现出对我的爱有多浓，有多深。刚成亲的时候甚至于要故意跟我吵架，要故意冷落我，要所有的人都知道我们夫妻感情不好。他这么做也无非是想要保住我的命，无非是不想让我成为别人爱情里的牺牲品。我从来不知道，我们的爱情是要活在别人爱情的阴影下，我不开心，青城不开心，可是不开心还要这样过，我爱他，他爱着我，可是我们要想相守一生就要让别人知道我们过得其实不快乐，是不是很可笑？长公主多么荣耀的头衔，代表着多少的富贵跟权势，可是这一切于我而言全都是负累。"不知道压抑了多年的话这一刻全都迸发出来，却一下子吓坏了梓锦跟溟轩。

梓锦下意识地看了叶溟轩一眼，心里突然有种害怕的感觉，长公主的这番话实在是把人吓坏了。

"娘。"叶溟轩握着梓锦的手，抬眼看向自己的亲娘，看着她这样的神态，自己这个做儿子的心里很不是滋味，却又不知道该说什么好。

长公主看着梓锦小两口："能相守一辈子也是一种幸福，所以当初你说你喜欢五丫头的时候，我就没怎么阻止过。我想着为什么不能让有情人终成眷属呢？你知道杜曼秋正妻的位子是怎么保下来的吗？为什么这么多年我都不能动她吗？你知道为什么我要在你祖母跟前小心翼翼的吗？我是公主啊，哪家的公主像我这般委屈的?"

"为什么?"梓锦跟叶溟轩异口同声地问道,梓锦一直觉得长公主这样的态度很奇怪,曾经以为是长公主为了爱情,可现在看来似乎还有别的原因。

叶溟轩也看着长公主,这个原因他一直不知道的,他从来不知道他的母亲还能有人给她这样的罪受,是谁?

"杜曼秋是杜清怡的亲侄女。"

梓锦觉得自己有些幻听了。

叶溟轩呆滞了!

梓锦记得叶溟轩才告诉自己杜曼秋的爹没有姐妹,静谧师太曾经救过杜将军一命被杜将军认作义妹,曾经做过砖雕上女子杜清怡的侍女,杜清怡跟杜将军没有关系的啊。这是锦衣卫查到的资料,难道是假的?

"可是锦衣卫查过,杜清怡跟杜将军没有关系啊,也没查到杜将军有姐妹,怎么又会成为了杜夫人的姑姑?只是说静谧师太曾经救过杜将军一命,被认作义妹,这才被杜夫人称一声姑姑,静谧师太做过杜清怡的贴身侍女。可是说杜清怡跟杜将军没关系的啊,这究竟是怎么回事?"梓锦一叠声地问了出来,她完全弄糊涂了,不晓得这究竟是个什么状态。

"杜清怡就是杜将军的妹妹,当年皇上去找杜清怡却只找到了墓碑,因此怜惜杜家人,就让杜将军去了军中效力,后来一路扶摇直上做了将军。只是没有想到事情那么巧,杜将军舍命救了青城,并把女儿托付给了他。原先我们并不知道这里面的缘故的,后来到了赐婚的时候,皇上知道了杜曼秋就是杜将军的女儿之后,所有的事情就不一样了。

"杜清怡当年死后,皇上消了她的户籍,从杜家划了出去,你们自然找不到他们是兄妹的根据。原本皇上是打算让我做正妻,也没打算让杜曼秋和离出户,只是让她做个侧妻,可是后来他知道了杜曼秋是杜清怡的亲侄女,反倒是劝我做了平妻。你们看看这就是我的好哥哥,为了他的情人,连自己的妹子都不顾的。所有的人都不知道这里面的缘故,没有人知道,只有我跟青城杜曼秋知道,现在你们明白了?"

爱情的力量果然十分伟大,梓锦没有想到皇帝为了一个已经死了多年的人的亲属,居然委屈自己的亲妹子,居然给自己情人的家人撑腰,以至于这么多年来,长公主就是在侯府也不能为所欲为,还要时时憋屈着,所有的一切都明朗了。

因为杜曼秋是杜清怡的亲侄女,正因为杜曼秋知道这一点,所以这么多年来她一直压在长公主的头上,而长公主也不能肆意反击。但是因为爱着叶青城,为了嫁给心爱的人,长公主居然屈服了。

这得需要多大的毅力,才能忍这么多年?

难怪侯府在梓锦看来一直是很奇怪的,其实根本不是侯府奇怪,而是当今圣上对于初恋情人的不能割舍进而连她的家人都这般的照顾,就是一个侄女都能压制自己的妹子。

梓锦可以想象,长公主在这中间有多憋闷,难怪长公主这么多年来不管中馈,跟叶青城的关系外面一直以为是很不和谐的,却不知道这是叶青城维护长公主的方式。皇帝得是多扭曲的心态,才能做出这么不是人的事情来。

只是叶老夫人活了一大把的年纪,居然被杜曼秋哄骗了这么多年,一致认为杜曼秋是受委屈的一个,其实长公主才是最受委屈的那一个。

因为一个死去的杜清怡,宁妃、阿若、长公主、叶青城、秦时风、叶溟轩还有自己,都已经成为一个接一个的牺牲品,而这场牺牲还没有尽头。长公主一生最美丽的年华,就在这一场爱情的阴影下,苟延残喘。而她跟叶溟轩,甚至于连将来也没有了。

梓锦用手摸摸自己的脸,突然抑制不住地冷笑起来,笑着笑着却哭了。为了自己还是为了长公主?梓锦不知道,只是满腹的辛酸,满腔的委屈。叶溟轩甚至于都没有顾及母亲还在这里,伸手将梓锦拥进怀里,柔声哄着:"不怕不怕,有我呢。"

长公主没有劝解梓锦,因为只有梓锦明白了这些,以后的路才能走得稳当,她下定决心把这一切说出来,是因为梓锦跟杜清怡相像的事情已经传到了皇帝耳朵里,她不能不防。唐玄宗虽然贵为一国之君,可也抢过儿媳妇为妃子的,更何况梓锦不过是一个外甥媳妇。

"杜清怡……都是因为那个杜清怡……"梓锦说不上恨不恨这个女人,杜清怡也是悲剧的,也是权力的牺牲品,可是却因为她,梓锦居然也掉进了这个漩涡。

梓锦抖动的肩膀慢慢平复下来,她从来不去与别人争斗,可是事情既然到了这一步,退无可退,梓锦也不是一个软的。她猛地抬起头来,看着长公主笑道:"母亲,多谢您把这些说给儿媳听。我知道说出这样的事情不是一件容易的事情,您的苦心梓锦明白了。从今儿个起,我自然会坐好我的叶三少夫人的位置。"

长公主明白了,轻轻地颔首:"你明白就好,如今过了二十多年,在这侯府内,我依旧缚手缚脚,就算是想要什么也得多番算计,你见我这样心里自然也就清楚了。你是个好孩子,我自然信得过你的。"

"我素来就是一个甘于平淡的人，从不去争什么，可是若是别人不让我好过，就是死我也要拉着她下地狱。"梓锦缓缓站起身来，看着长公主说道，"本来我还想着慢慢地引蛇出洞，不想大动干戈，但是现在我改变主意了。也许从我去清水庵的那一刻起就错了，静谧师太故意跟我讲解砖雕，只怕为的就是这一日引起皇上的注意。杜夫人跟静谧师太之间关系匪浅，杜夫人在侯府立住脚的原因静谧师太不可能不知道的，她这么做无非是想把我逼上绝路，让溟轩退无可退，只要惹恼了皇上……"梓锦没有说下去，杜曼秋居然通过这样的手段想要除去叶溟轩，居然想要利用死去的杜清怡。

打的好算盘啊！

可是梓锦绝对不会让她得逞！

绝对不！

"小丫头。"叶溟轩担心地看着梓锦，方才梓锦眼中的杀气让他心惊。

梓锦看着叶溟轩满眼的担忧，展颜而笑，明亮的双眸里满是神采，愉悦的笑容高高地挂在唇角，就像是三月的春风贴在你心口。

"溟轩，既然前途注定是没有未来的，那么在我们走向黄泉的路上，我一定多拉几个陪葬的。知道吗，我曾经想过，等我们老了相拥看夕阳，儿孙绕膝跑，可是有人不想让我们好好地过日子，斩断了我们的未来，那么凭什么我们就要走向死亡，她们却要好好地活着？在这场你死我活的斗争中，我不会主动投降的，绝对不会！"梓锦的声音轻柔无比却埋着浓浓的杀机。

叶溟轩轻轻笑了："只要你喜欢，要做什么我陪着你。"

"好。"梓锦轻应一声，心中某个角落逐渐地坚硬起来。前有狼后有虎，脚下是万丈深渊，进不得退不得，那就一起沉沦吧。

宁可站着死，绝不跪着生！

梓锦是不会一直这样被动的，想要引出静谧师太，就只能从子嗣上下手。杜曼秋如果知道自己抱不上孙子，是因为静谧师太，会做出什么呢？

夜，深如海。

花香弥漫的夜里，吴嬷嬷失踪了，许青媳妇也失踪了，第二天一早这件事情立刻引起了侯府的高度重视。叶老夫人大怒："好端端的人怎么会说没有就没有了？还能飞了不成？"

所有侯府的人都聚集在露园，叶老夫人神色很不好，长公主不管中馈，这个时候反倒是无比轻松，可是长公主心里明白，是谁动了手。

杜曼秋面色有些苍白，吴嬷嬷是她的陪房，说失踪就失踪了，最没颜面的就是她！

楚氏抬眸，怀疑的眼神看向梓锦，知道吴嬷嬷底细的就那么几个人，不怀疑梓锦是不可能的。偏在此时，梓锦也用同样的目光看向楚氏，楚氏心里就咯噔一声，难道不是梓锦？那会是谁？

叶青城父子四人都不在，长公主显然不想插手，杜曼秋只得安抚叶老夫人："母亲别生气，儿媳一定会查明白的。"

梓锦这时故作怯懦地看了杜夫人一眼，想要说什么又噎了回去。

叶老夫人看着梓锦问道："锦丫头，你是不是知道了什么？"

梓锦抖着手从袖笼里拿出一张有些折皱的纸，期期艾艾地说道："这是昨日吴嬷嬷偷偷让人给孙媳的一张字条，孙媳没放在心上，却没想到一夜之间她就失踪了。"

叶老夫人转头看向梓锦，梓锦面上带着怯怯的惧意，亲自送了过来，将纸条放进叶老夫人的手里，然后泫然欲泣地说道："祖母，都是梓锦没用，我以为有人恶作剧，没承想居然是真的。"

叶老夫人接过纸条，垂眸望去，写字的纸是极为普通的最低等的桑皮纸，只见上面写着，有人杀我，救命！

"孙媳没想到吴嬷嬷真的出事了，我只是想着吴嬷嬷是母亲的陪房，在这院子里也兢兢业业伺候了几十年，怎么就会有人杀她？不知道是哪个丫头开的玩笑，写了这张纸扔进了安园。小丫头捡到了纸就忙给了我，我看过后心里也有些不安，就让周妈妈去看吴嬷嬷，周妈妈回来说吴嬷嬷正在家里喝酒呢，没什么事情，我也就没搁在心上，谁知道今天一早就听到了吴嬷嬷失踪的事情，孙媳想起昨晚上的纸条心里惊惧不已，就立马带来给祖母看。"梓锦好像很害怕一般，眼眶中浮着泪珠，一双玉手紧紧捏着帕子，泪眼朦胧。

"这跟你有什么关系，不是你的错。昨晚上你也让人去看过了，只不过这件事情真是古怪之极，平白无故怎么就会失踪了？"叶老夫人说到这里看向杜曼秋，"可派人四处找过了？"

杜曼秋的双眸扫过梓锦，这才看着叶老夫人回道："是，已经找过了，没有发现人。不过，既然溟轩媳妇早上就有人示警，为何不使人告诉于我？"

梓锦忙看着杜曼秋说道："因为不知道事情真假，又那么晚了，我也不敢打扰母亲。因此先派了周妈妈前去查看，确实看到了吴嬷嬷在家里自斟自饮。当时跟着周妈妈一起去的还有我院子的素婉，她也可以作证的。"

杜曼秋的眼神聚集在梓锦身上，似乎要从梓锦的神色间找出什么破绽，奈何看了半晌也没什么发现，只得颓丧地收回眼神，然后看着梓锦说道："以后有这样的事情切记不能再瞒着，只是这纸张上是吴嬷嬷的亲笔吗？"

杜曼秋还是有些怀疑的，就上前几步，凑在叶老夫人跟前看着纸张上的字迹，脸色微变："的确是吴嬷嬷的亲笔，可是为何扔了这样的纸条还要在家里自斟自饮不去避难？岂不是有些自相矛盾？"

杜曼秋反应之快，梓锦早就见识过，听到杜曼秋这么一说，忙小心翼翼地插话说道："不是只有吴嬷嬷一个人，还有熏衣房的许青媳妇也不见了。许青媳妇是吴嬷嬷的亲侄女，这是不是有什么关联？"

杜曼秋有些微怒："既然是一起失踪的，自然是有关联的。"

"母亲说得是。"梓锦忙应声，一副不敢多说话的模样怯怯地立在一边，怎么看都令人心有不忍。

叶老夫人看向杜曼秋淡淡说道："你自己的陪房无故失踪，你有火自去发去，朝着一个小辈吼什么？溟轩媳妇接到纸条已经立刻派人去看吴嬷嬷，确实看到了她在家里自斟自饮，这才觉得是恶作剧没有上禀，也没什么不对的。"

杜曼秋一愣没想到叶老夫人居然这么偏着梓锦，在杜曼秋看来，这件事情就是梓锦做错了。正要分辩几句，又听到叶老夫人说道："当初你初管家事的时候，做事多有不周，我也没整天训斥于你，而是细心教导。如今到了小一辈，虽然溟轩不是你亲生的，溟轩媳妇跟你隔了一层，你也不能心太偏了。当初你教导锦哥媳妇跟繁哥媳妇的时候可曾这样过？"

长公主微垂的眼睛看不到情绪，楚氏跟沈氏却是大吃一惊，进门这么多年没见过叶老夫人这样训斥过婆婆，一时间哪里还坐得住，忙站了起立。楚氏就上前一步，看着叶老夫人说道："祖母别生气，母亲将教导三弟妹的事情交给了我，是我这个做大嫂的没有尽责，还请祖母责罚。"

楚氏说着就忙跪下来，沈氏也不敢站着了，忙跪在楚氏身边一起为杜曼秋求情。

杜曼秋满脸通红，想不通怎么会变成这个样子，以前的时候叶老夫人一直是站在她那一边的。

"是儿媳做错了，请母亲千万不要生气，您要是气坏了，儿媳万死不足以恕罪，就是见到侯爷我也没办法交代。"杜曼秋作势就要跪下，满脸泪痕。

梓锦看戏到这里，也立刻加入战团，微带着哽咽替杜曼秋求情道："祖母，都是梓锦的错，请祖母不要责怪母亲，以后梓锦知道该怎么做了，再遇到这样的事情一定赶紧说给母亲听。"

叶老夫人叹息一声，轻轻地抚抚额头："都起来吧，吴嬷嬷的事情曼秋你赶紧找到人，还有那个许青媳妇，去问问她家里人看看有没有线索，总不能无缘无故的就这样没了。"

杜曼秋忙应了下来，哪里还敢说个不字。楚氏跟沈氏一边一个搀扶着杜曼秋站起身来，叶老夫人就挥挥手："都去忙吧，家里出了这样的事情，人心惶惶的，该怎么做也不用我嘱咐了。"

"是。"众人齐声应道，慢慢地退了出来。

杜曼秋窝了一肚子火，出了门狠狠地瞪了梓锦一眼这才大步离开了。沈氏忙跟了上去，楚氏犹豫半响，脚步一顿，看着梓锦问道："三弟妹，你为什么这样做？发生了这样的事情，你就算是不跟母亲说一声，也好歹跟我通声气不是？"

楚氏极其愤怒，出了这样的事情梓锦居然连个招呼也不打，她才不会相信梓锦没把这件事情放在心上，以梓锦小心谨慎的性格，怎么会犯这种错误？楚氏心里隐隐有一种不好的预感，因此看向梓锦的眼神就充满了惊疑。

梓锦叹息一声，她知道楚氏一定会很伤心，也会很愤怒，若是别人这么对自己她也一定会这般的。只是……楚氏没得选择，梓锦同样没得选择，她们生来就是对立的。也许她们不愿意对立，但是又有什么办法。

梓锦看着楚氏，露出一个无奈的表情，幽叹一声："大嫂，这是什么话，我是什么样的人你还不清楚吗？其实我真的没打算隐瞒你，只是昨晚上实在是太晚了，我的确又让素婉跟周妈妈去看过吴嬷嬷，她也的确好好的，这才觉得可能是谁的恶作剧，没放在心上。本来打算今天早上就跟你说一声的，谁知道天没亮的时候吴嬷嬷失踪的事情就嚷了开来，我哪还有时间跟你说就直接奔露园来了，就连长公主我都没来得及说。"

梓锦一脸的疲惫，好像真的是受了惊吓一般。看着楚氏的眼神带着些愧疚："下次我一定先告诉大嫂，今儿个让你受委屈了，我这心里实在是……对不住了大嫂。"

楚氏因为跟梓锦有过秘密约定，看着梓锦一脸的真诚跟愧疚，心里的怀疑也逐渐散去，反而劝道："算了，我受点委屈没什么，只是吴嬷嬷跟许青媳妇这一失踪，咱们追查的事情可怎么办？这谜底可在她们身上。"

楚氏最关心的还是生孩子的问题，不由得愁云满布。

梓锦忙劝道："大嫂放心，我一定会让夫君细细查访，想来锦衣卫总不能连一个失踪的人也查不到。更何况母亲也要派人去查，难不成还真的能飞天遁地没了身影？总能找到的。"

楚氏也只得点点头。"除了这样还能有什么办法，我也会知会夫君一声，让他跟三弟好好地商议。先这样吧，我先去婆婆跟前伺候，这几天家里只怕是忙得不得了。"楚氏声音一顿，又看着梓锦说道，"没事的话就不要跟婆婆照面了，今儿个的事情终究是你不对，婆婆的脾气我是知道的，你躲着点好，要是真有什么事情，我会让人知会你。"

梓锦心里有些难受，面上却依旧要露出一副感激的样子："多谢大嫂，我知道了。"

楚氏匆匆而去，梓锦看着她的背影，眼眶有些模糊。大嫂，你别怪我。也许终有一天当所有的事情大白天下，你会恨得我要死，但是我想不管怎么样，你跟大哥，二嫂跟二哥，你们都要活下去，所以现在开始到将来谜底揭开，你越恨我，活下去的几率越高。

利用楚氏做自己在杜曼秋跟前的眼线，梓锦是深思熟虑之后才下定决心的。所以梓锦在叶老夫人面前装委屈，在杜曼秋跟前做小人，在楚氏跟前又要卖乖，虽然很累，但是只要事情有进展，只要能砍断杜曼秋的势力，梓锦会做的。

吴嬷嬷跟许青媳妇都被叶溟轩的人绑了起来关进了密室里，经过审讯，终于知道事情的真相。

熏衣服的香料叫做归元香，是把麝香提纯后，加入十几种香料做成。因为麝香的香气浓郁，因此每一支香里麝香的分量很少，又加上了十几种香料遮掩，所以香气才没有那么浓，因为分量极少，就是一般的郎中也查不出什么。可也因为这样不容易产生效果，所以就要长年累月地使这种香料接近几位少爷，才能看到成效。

后来大少夫人跟二少夫人进府，因为两位少爷在她们没进府的时候就用这种香料熏衣服，因此也没有引起她们的注意。再加上这种香料从不在内院使用，都是在外院使用的，男人很少关注这些就更加隐秘了。后来梓锦进了府，接到上面的指示把香料换掉了，只是没有想到换掉了居然还是被梓锦发现了。

吴嬷嬷之所以背叛杜曼秋，是因为自己的儿子在杜曼秋的手里。众人之所以不知道，是因为刚一出生就被人抢走了，还威胁吴嬷嬷对别人说孩子早产没有成活，所以这么多年来大家都以为她没有孩子。

审讯过吴嬷嬷之后，梓锦还得到一个好消息，原来那香停掉半年后，还是能怀孕的，总算是杜曼秋没有赶尽杀绝。

许青媳妇是不能回侯府了，梓锦安排他们一家远走高飞，却让吴嬷嬷对人说侄女婿有点赌性，就说他欠了赌债，她跟她侄女被追债的人绑了。侯府是禁赌的，有了这个把柄在手，他们一家也不能待了。有了叶溟轩的帮忙，这件事情自然是做得更像了，也不会引起别人的怀疑。

梓锦得了这个消息，心里又想着，关于避孕这件事情，要不要跟楚氏和沈氏说一声？

现在说楚氏一准会问梓锦怎么知道的，要是不说……梓锦想着反正叶锦兄弟两个也没有再穿熏香熏过的衣衫，只要过了半年，自然就能有孩子了，不如且放一放，免得楚氏生疑，梓锦又多了很多麻烦。

现在的梓锦已经不再是以前的梓锦，现在的她想得更多，做得更多，每走一步都要有双重的考虑。

吴嬷嬷被叶溟轩的人救了回来，所有的事情都按照梓锦跟吴嬷嬷商议好的在发展，许青媳妇一家被逐出了侯府，叶溟轩连夜安排人送走了他们，从此消失在京都之中。

吴嬷嬷又回到了浆洗房，依旧做着原来的管事，毕竟在外人眼里她就是被自己侄女拖累的受害者。

没过几日，静谧师太一行人被放回了清水庵，清水庵还被御赐匾额，一时风光无限。

梓锦闻言后，面色一嘲。

只要是涉及杜清怡的事情，都不会有什么悲烈的下场。静谧师太是杜清怡的贴身丫头，皇帝怎么可能要了她的命？如今又被赐了匾额，御笔亲写清水庵三个大字，一时间清水庵的风头大盛，成为京都人人均欲一访的圣地。

这段时间更为怪异的是吴祯进宫的时间越发长了，皇上好像特别喜欢这位年轻的将军，似乎总有说不完的话，很多人都亲眼看到皇帝每每总会看着吴祯那一双眼睛发呆，于是乎没几日，京都中关于断袖的谣言顿时喧嚣尘上，因为皇帝自从吴祯回京再也没有招过后宫的妃子侍寝，而吴祯居然也有夜宿皇宫的传闻。

梓锦听到叶溟轩说这个消息的时候，正在吃燕窝，一时不防，被噎了个正着，咳嗽不已。

叶溟轩忙倒了茶水给她喝，又帮着她拍着后背顺气，心疼地说道："你就慢一点，这有什么好奇怪的，看你呛成这样。"

什么叫做什么好奇怪的？梓锦觉得这话有些小人得意的感觉，顺过气来，又喝了口茶，看着叶溟轩说道："我看你还是记着当初我跟他订婚的事情，你巴不得他做了男宠呢。"

"你说得对极了，我巴不得呢，我就小心眼怎么了？我就看他不顺眼怎么了？"叶溟轩理直气壮，谁抢他媳妇，谁就是他的敌人。

梓锦默然，乌鸦阵阵飞过头顶，但是不能否认的，心里有朵叫做甜蜜的小花开得正盛。

"你说这事是真的还是假的？皇上难道真的喜欢上了吴祯？吴祯确实很美啊，美得连女人都自惭形秽，想当初他还是楚君秋的时候，不知道多少名门闺秀为他失眠，没想到到最后摘得这朵花的竟然是皇帝？太不可思议了。"梓锦实在是难以相信啊，皇帝这次怎么就对吴祯兽性大发了呢？

叶溟轩嗤之以鼻，看着梓锦说着别的男人怎么怎么样，心里那叫一个狂风肆虐啊。

"唉，你再这样说话我可生气了，我真的生气了！"叶溟轩本想发火来着，谁知道说出来的话那叫一个可怜兮兮，再加上那哀怨的小眼神，就是男人看了只怕也得心存内疚吧。

梓锦忙轻咳一声，立刻表明立场："我就是想看看热闹，真的，我不喜欢吴祯，你知道的。"

"看热闹？"

"看热闹！"

"真的？"

"真的！"

"那好吧，原谅你了。"

"谢谢您宽容大量！"梓锦咬牙了。

叶溟轩笑得那叫一个春光灿烂，他决定今儿个开始看热闹这三个字成为他最喜欢的汉字！

得意完了，叶溟轩这才开始讲正事："其实这件事情挺让人意外的，以前皇上也见过吴祯两次，但是也没看出有什么异常。那日皇上突然私访靖海侯府，我跟着前去护驾，说起来这小子太倒霉。你知道他喜欢唱戏的，正扮了妆一个人在后院子里咿咿呀呀，云袖飞扬。想当初我第一次见吴祯做楚君秋上台唱戏，那妩媚能滴水的小眼神，看得我也是心里直晃啊……哎呦，你掐我做什么……"

"你方才说谁心里直晃啊？"梓锦悲催地发现，原来当年叶溟轩也是楚君秋的戏迷……看他那怀念的小模样，这次轮到她吃味了。

楚君秋……这个美得妖惑人间男女通杀的祸水！

叶溟轩连忙告饶作了检讨，心里抹了一把冷汗，这才颤颤巍巍地继续往下讲："他的唱腔再加上他的扮相，不用我说你也知道的，那样一个祸水，当时皇上就看呆了。从那以后吴祯就经常进宫伴驾了，这倒霉孩子，就吴祯今时今日的地位，若是旁人有跟他断袖的想法打死也不敢说出来。偏偏遇上了皇帝……"

梓锦呆呆地看着叶溟轩，脱口问道："吴祯从了？"

叶溟轩摸着下巴，思量半晌，这才说道："那天皇上是让吴祯留宿皇宫，据说有人听到皇帝的寝宫有什么动静的，但是没亲眼看到总不能妄下断语是不是？"

这悲催的娃，这么好的一朵鲜花居然被一个男人给采了。

得哭死天下多少女人啊！

梓锦长叹一声："可怜的，这以后谁家的姑娘还敢嫁给他。"

梓锦收起玩笑的神态，徐徐说道："这件事情还真不好说，不过我总觉得皇上不是那种人，这么多年一直喜欢女子的人，怎么可能说变就变了，这里面只怕是有我们不知道的原因。"

梓锦回眸，看着叶溟轩，眼中闪过疑惑："你的意思是皇上不是真的喜欢上了吴祯？那他日日将吴祯留在身边是为了什么？一个大男人真的有了这种传言，可不是好事情，更何况这样的事情要是传出去，不管是对吴祯还是对皇帝都不是好事情，这样做的动机是为了什么？"

梓锦觉得事情没有那么简单。

叶溟轩点点头，随即一笑："你不要着急，我先给长杰送个信，然后我们约个时间跟吴祯见见面。"

吴祯……突然之间就陷入这种漩涡之中，说不懊恼是不可能的，只是连他自己也摸不清楚究竟是为了什么。看着对面的长杰跟叶溟轩，失笑一声："这么看着我做什么？我跟皇上之间清清白白的，可没什么见不得人的。"

"可是如今朝中都传遍了，究竟是怎么回事？皇上无缘无故地让你陪伴在身边，还让你留宿皇宫，这可是犯了外臣的忌讳，你自己当心一点，这以后就是别人攻击你的把柄。现在皇上对你圣眷优渥，别人不敢做什么，万一要是有一天你触怒龙颜，这些都是能要命的东西。"叶溟轩在锦衣卫见过太多这样的事情，从天堂到地狱，不过是眨眼间而已。

长杰看着吴祯，轻声问道："那皇帝招你进宫，都是跟你说什么？做什么？难不成只让你站在那里不成？须知道人处在风口浪尖，你又是得胜归来的将军，而且容颜比女子还要出色，就算是有这样的传闻，别人都是宁可信其有的，不可不防。"

做什么？吴祯的眉头皱了起来，随即又叹息一声，面带苦恼。

看着吴祯的样子，叶溟轩跟姚长杰都是有些不得其解，两人面面相觑，叶溟轩看着姚长杰说道："看这小子的样子好像真有点为情所困的模样，难不成真的一夜之间变性了？"

姚长杰本来紧绷的脸，听到叶溟轩的话也忍不住地一阵阵抽搐，抬眼看着叶溟轩说道："那怎么可能？一树梨花压海棠的事情怎么能发生在君秋身上。"

言下之意就是皇帝年岁大了，吴祯年轻少壮，这两人怎么看也不像是鬼混在一起的。

叶溟轩在听到一树梨花压海棠的时候，很不厚道地笑了，故意说道："这算什么一树梨花压海棠，皇上又不是七老八十了，正是春秋鼎盛呢。"

吴祯恨不得将手里的茶盏泼过去，怒道："那送你好了。"

"我倒是想一步登天奈何人家看不上我。"叶溟轩气死人不偿命，作为一个爱记仇的男人，想要报仇的时候一定不能手软，有机会一定要抓住，绝对不能他日后悔。

姚长杰知道这两人的心结，不过这个时候是不能这样胡闹的，就看着叶溟轩说道："说正事，时间有限。"

叶溟轩这才住了口，却依旧笑嘻嘻一副欠揍模样地看着吴祯。

吴祯想着与其跟叶溟轩斗气，倒不如想想该怎么办的好，自然故作看不到叶溟轩得意猖狂小人模样，开口说道："我觉得很怪，这件事情一定有什么古怪。"

"你的意思是？"姚长杰问道。

"其实皇上宣我进宫，什么越礼的事情也没有做，只是让我在御书房随便找个地方坐下，扔给我两本书解闷，他一个字也不跟我说，也不会理会我。就是偶尔的时候会看着我的脸发呆，有的时候我看着他的眼神都觉得心里毛骨悚然。"

姚长杰跟叶溟轩惊悚了，这算什么？

"真的是有些古怪，我在皇上跟前多年，从来没见过皇上有这样奇怪的举止。"叶溟轩皱眉说道，这会子收起了玩笑的心态，觉得事情真真是古怪之极。

姚长杰的手指轻轻地有一下没一下地敲着桌面，然后才说道："你的意思是皇上会看着你的脸发呆？"

"是啊，有的时候他看着我发呆我看过去，他竟然看不到我在看他，那眼神似乎透过我的脸在想什么，每当这个时候我就觉得心里毛毛的。"吴祯觉得自己真的是遇到了很诡异的事情，还发生在一个帝王身上，这简直就是匪夷所思。

就算是聪明如姚长杰，狡猾如叶溟轩，在这样有限的所知下也猜不透那位高高在上的帝王的心思。

"透过你的脸在看什么？透过人脸看的自然是人脸，可是没听说吴祯你长得像谁啊？"叶溟轩不过是无心一句话，突然间收住话尾，猛地看向姚长杰跟吴祯，最后眼神定在吴祯的脸上，细细观察。

吴祯不明所以，姚长杰若有所思，三个人各自出神。

"我好像没有跟你们说过皇上喜欢的女子是谁？"叶溟轩突然开口。

第二十二章
开到荼蘼花事渐了，举杯对饮忠告溟轩

姚长杰跟吴祯对视一眼，同时点点头，叶溟轩虽然觉得吴祯跟梓锦一点也不像，但是心里又有种古怪的感觉，还是决定把事情说出来让大家探讨一下。

等完叶溟轩的叙述，两人简直傻了眼，吴祯突然吼道："这关阿梓什么事情，她完全就是无辜的啊，凭什么这些人就要把他们的想法强加在别人的身上？一群混蛋！"

姚长杰脸色虽然没什么大的起伏，但是依旧能看得出情绪的波动，能让一个棺材脸有这样的变动也算是十分不容易的事情了。

吴祯的性子实在说不上好，不然的话早些年也不会任性地去做戏子，并声名远扬，也不会离开西南独自在京都闯荡。这人的性子里天生就有一种反叛，只是随着渐渐长大，被隐藏起来。

事不关己高高挂起，但是现在关系到梓锦，吴祯就不能袖手旁观，更何况他这次回来最重要的目的就是阻止除夕之夜的那一场劫难，不希望梓锦跟叶溟轩双双丧生。

"一个是皇帝，一个是皇帝最爱的女人生的儿子，是皇位最有力的继承人，你说我们能怎么办？"叶溟轩淡淡地说道，"眼前也只能走一步看一步，希望一切都只是我们最坏的打算。"

抬眼看着吴祯，摸着下巴说道："你说，皇上透过你的脸在看谁？你跟小丫头长得可一点都不像。如果说大皇子透过梓锦看的是阿若，那么皇上透过你看的是谁？如果我们能找到这个答案，说不定还真的能有意外的收获。"

吴祯的美跟梓锦的美完全是不一样的，如果梓锦长得像阿若，长得像砖雕上的杜清怡，那么皇上为什么会面对着吴祯发呆？

诡异至极！

吴祯被叶溟轩看得浑身发毛，忙说道："我哪知道，但是我的确能感受到皇上不是在看我而是在看另一个人。"

三人面面相觑，只得把希望寄托在吴祯身上："有机会的话，你最好探听一下。"姚长杰缓缓说道，连敌人的意图都不知道，怎么防守？简直就是找死。

吴祯就只能点点头："我自然会尽力的，只是你们不知道，皇上不开口说话的时候，谁又敢开口？时机选不对，说不定就是杀身之祸，我会看着办的。"

叶溟轩多少知道皇上的性子，就提点吴祯："皇上最喜欢午后品茶，那个时候最放松，最容易说话，皇上生气的时候，往往是眉尾先往上扬，然后才发怒，而他发怒的时候说话最是平和不过，你多加小心。"

商议完毕，姚长杰笑道："听说伯母来了京都多日，也不肯出门，很多人上门拜访也被拒绝了，你说我跟溟轩要不要过去打个招呼问声好？"

吴祯的母亲蓝娘原来是靖海侯的妾室，曾经在正妻手下吃过不少苦头，如今抬成了正室依旧不肯出风头，就连最起码的交际也不肯的。因此姚长杰先礼貌地问问吴祯，不想做了鲁莽的事情。

吴祯就苦笑一声："我母亲素来爱清净，自从进了京都从没有跟任何人打过交道，不喜见人，实在是对不住了。"

"这倒没什么，各人有各人的习惯，伯母习惯这样又不是不见我们，你帮我问声好就是了。"叶溟轩见过不少江湖上的怪人，脾气都是古怪得紧，因此并不怎么在意。

吴祯松口气忙谢过了，这才送两人出府。

走到门口的时候，姚长杰突然回身问道："敢问令慈的名讳是否是蓝娘？"

吴祯点点头："长杰兄怎么突然问起这个？我母亲的名讳几乎无人知晓，你是怎么知道的？"

姚长杰眉峰轻蹙，然后说道："好像在哪里听过，但是一时间想不起来了，说不定是重名也不一定，我随口一问，君秋不用放在心上。"

吴祯笑道："天下之大，重名也属平常。"

告辞归去，叶溟轩看着姚长杰问道："大舅兄，你不会是随口一问这么简单吧？你向来不是一个说废话的人！"

姚长杰看着叶溟轩，脸色一如平常，脚步却微微一顿，然后一如平常地说道："我方才真的是随口一问，我也确实听到过蓝娘这个名字，如今想来可能是吴三夫人去姚家的时候提起过，倒真没别的意思。"

叶溟轩闻言有些失望："我还以为你有了什么发现呢。"

暮色四合，长长的街上已经没多少人影，只剩下少数的人也是脚步匆匆急着回家去。湿热的微风吹来，薄薄的衣衫随风翻飞，就如同展翅的蝴蝶。

"溟轩，如果大皇子真的即位为君，你就带着梓锦远走天涯吧。"

叶溟轩的脚步一下子顿住了，转过身凝视着姚长杰，整个人的呼吸似乎一下子被冰封了。

"长杰，你明知道不可能的。"

"我想，就算是大皇子真的登基也不能因为梓锦而不顾众怒灭了姚叶两家，只要你们真的走了，再也不回来，他总有消火的一天，姚叶两家也总能脱去危险。相反地你们留下才是最危险的。"姚长杰想了这么久，也就只有这么一条路了。

但是叶溟轩却知道这根本就是不可能的，秦时风那厮根本就是一个变态，不达目的不罢休，他绝对不会轻易地饶了姚叶两家。

"我跟梓锦都不会走的，只要我们活着他就不会罢手，不管我们在哪里，姚叶两家的人反而是最好的诱饵。"叶溟轩轻声说道，抬头看着姚长杰，十分坚定地说道，"如果用姚叶两家的性命，换取我跟梓锦的苟且偷生，后半辈子我们还能安生吗？"

姚长杰抿唇不语，直直地看着叶溟轩。

叶溟轩璀璨一笑，面上又带了痞痞的笑容："生同寝，死同穴，我跟梓锦这辈子都不会分开。我们不能踩着你们的尸骨独享余生，我们宁愿用我们的性命换取两个家族的平安。我跟梓锦都已经想好了，但是我们也不会就这么白白地离开，走的时候走要带着几个人做伴，正所谓黄泉路上也热闹。"

姚长杰不说话了，风吹过发梢滑过眼旁，眼睛涩涩的，却依旧坚定地望着前方，稳如磐石："我知道了。"

不知道姚长杰知道了什么，又会做什么，叶溟轩看着他离开的背影，心情越发地沉重，随即失声一笑，这位大舅兄向来心思如海，不过这个蓝娘他既然问出口绝对不简单，他一定瞒着自己什么，只怕是不想让自己插手才会遮掩的吧。

吴祯的生母叫做蓝娘，是不是长杰要找的人呢？那么这个蓝娘又是什么人？

叶溟轩决定好好地查一查。

不过看着姚长杰的反应，好像他找的人应该不是吴祯的母亲，那应该是谁？又为什么姚长杰不想让他们知道这件事情？

叶溟轩一路想一路慢慢踱步回家，想起眉眼带笑，嘴角带俏的妻子就忍不住笑了，万家灯火暖春风，他最渴求的从来只是他的小丫头静静地依偎在他的身边。

远望前方，看着前段路口忽现的身影，叶溟轩慢慢停住了脚步。

两人相距十余步，四目相对，无剑成风。

"喝杯酒？"秦时风首先开口，不过是十几日未见，竟让感觉苍老了许多，眉眼间都带了一层薄霜般的清冷。依旧风度翩翩，眉眼如画，却好像隔了千山万水，迢迢而来。

"好。"叶溟轩往前走了一步，回应。

大皇子突然找他让他很是意外，不过既来之则安之，听听他说什么也好。

两人来到京都最有名的酒楼，要了一包间，酒喝了一大坛，秦时风却一句话也不肯说，看也不看叶溟轩一眼，似乎长在了酒坛子里。

只是在灯火闪烁间，叶溟轩依稀看到他眼角的泪珠翻滚又压抑回去。

叶溟轩猛地端起酒杯一饮而尽，随手斟满酒盅，薄霞飞上脸庞，道："若是无事，下官就告辞了，家里还有妻子等候。"

秦时风端着酒盅的手用力握紧，骨节分明，然后抬起头来，半眯着眸看着叶溟轩，眼神迷离如清波，嘴角挂着让人有些心酸的笑，似乎是想要哭却硬生生地变成笑容，实在有些不伦不类，难看得紧。

"你是在跟我炫耀吗？"

"我只是说实话，被人暗杀的次数多了，小丫头总是担心我，没事的话我总会早早回家。"叶溟轩故意提及上次差点被秦时风的死士给干掉的事情，他素来嘴贱，有机会总要拿出来讥讽一番。

秦时风果然脸色有些不好："我差点被你媳妇淹死在水里，我跟你早就两清了。"

叶溟轩觉得今天的秦时风有些不一样了，眼神一转，索性说道："好，就算是这件事情两清了，那今晚你只是跟我喝酒？如果这样的话，让掌柜的送上十坛来，喝醉后各回各家。"

"你果然还是这个德行，总是惹我生气。"秦时风似乎想起了什么十分恼怒，手里的酒杯一下子用力掷在墙上，摔得粉碎，发出巨大的声响。

掌柜惧怕不已，忙在外敲门开口询问，生怕出了什么命案。

叶溟轩只得先打发了掌柜，然后才又转回身来，双手环胸看着秦时风，怒道："有话直说。"

秦时风讥讽地一笑，而后看着叶溟轩，长眸熏染薄醉，眉角稍带伤怀，浅笑出声："叶溟轩，你有没有过伤心欲绝的时候？"

叶溟轩眉头皱得越发紧了，想起当初梓锦跟他在垂花门诀别，真的是伤心欲绝，不知道是不是伤怀会传染，不由得点了一下头。

"你竟然也有这种时候？"秦时风转头看向窗外虚无缥缈的夜空，喃喃发出细语。

"是人就有伤心的时候，有什么奇怪的。"叶溟轩觉得自己可能有些抽风，竟然跟自己的敌人喝酒聊天，还说这种不着边际的混话。

"那是什么时候呢？什么人能让你这样伤心？"秦时风问道，似乎也不等叶溟轩回答，自顾自地接着说道："阿若死的时候，我第一次知道什么叫做伤心，什么叫做心碎，我第一次那样喜欢一个女子，恨不能把全世界都给她。"

叶溟轩觉得秦时风醉了，道："大皇子，天色晚了，你该回去了。"

"连你也觉得厌烦了？是啊，我这样的人跟你谈这些你觉得很好笑吧？我有什么资格谈情呢？我亲手杀了我的阿若，我是这个世上最薄情的男人！"秦时风冷笑不已，猛地又灌了一口酒。

"如果时间倒流，再让你做一次抉择，你会怎么做？"叶溟轩问道。

"时间倒流？"秦时风轻声重复，面带迷茫，随后轻轻摇摇头，"不晓得。"

叶溟轩突然想笑，讥讽道："你居然说不知道？可见在你的心里阿若最终是敌不过权势，若我是你，时间若能倒流，我宁愿死的人是我也要护她周全。"

"是吗？你居然会这么做？"秦时风突然笑了起来，身子跌跌撞撞地站立起来，觉得像是一个巨大的讽刺，"当年我不过十四五岁，最是痴情懵懂时，可是就算是那样，我也不会选择死亡，我会慢慢熬着……熬着……"

"熬着以后呢？是不是看到跟阿若长相一样的都要抢回去？"叶溟轩怒了。

"抢回去？"秦时风慢慢地重复道。

"就算是你抢走了，她喜欢的人不是你，她心里永远没有你，你又有什么乐趣？爱情不是一个人的事情，要两厢情愿才美满。"叶溟轩其实很疲惫，他真的很想跟梓锦快快乐乐地过日子，可是这个世上总有那么多不情愿的事情再发生。

"谁不想两厢情愿，谁不想比翼齐飞……"秦时风晃晃悠悠地站起身来，稳住身子看着面前的叶溟轩，明明醉得要死，似乎一合眼就能睡过去，可是那一双眼睛却又像最清澈的小溪泛着碧漪。

叶溟轩与他对视着，丝毫不肯退步，心里的怒火熊熊燃烧着，恨不得将秦时风摁在地上狠狠地暴揍一顿，最好揍得他痴呆再也不能做坏事。

秦时风又往前走了一步，然后看着叶溟轩，神情变得很郑重，道："如果不想你媳妇被人抢走，这辈子都不要让她进宫，如果你不能阻止她进宫，到时候我是真的会抢人的。命妇过年过节都要进宫朝贺，能躲就躲吧。"

"可小丫头不是命妇。"叶溟轩道。

"是吗？"秦时风笑了，一把推开叶溟轩往门口走去，"不是命妇吗？只可惜很快就是了，很快就是了……"

叶溟轩浑身一僵，脸色都变了，想要抓住秦时风问个清楚，没想到自己一愣神的工夫人就不见了，这小子喝醉了跑得比兔子都快，叶溟轩跺跺脚转身离去。秦时风半醉半醒倚在墙角，看着叶溟轩消失的身影，轻轻一叹，开到荼蘼花事了，能帮的只有这些了，没想到他居然也会借酒装疯，阿若，若你还活着，也会觉得我做的是对的，是不是？

秦时风醒来时天际泛着鱼肚白，昨晚上在屋脊上睡着了，看着满是褶皱的衣衫不由得皱起了眉头，纵身跃下屋脊，这才往自己的府邸走去，走了十几步，忍不住地回过头来凝望着昨晚睡过的地方，他做了一个梦，一个温暖的梦，他的阿若终于肯在梦里与他相见了。

朝阳渐升，温暖火红的朝霞洒遍全身，罩上一层温暖的外衣。

他的决定没错的是吗？

半眯着眸，轻轻地捂住胸口，心跳的位置平静缓和。眉眼一弯，轻轻笑了，迎着阳光，英俊非凡。

"大皇子，您终于回来了。"

秦时风一踏进府邸，管家立刻迎了上来，面带急色。

顿住脚，看着管家，道："出什么事了？"

"昨晚上皇上雷霆大怒，淑妃娘娘挨了训斥，降为淑嫔。"

秦时风眉头一皱，面色如霜："因为什么？"

"淑妃娘娘昨日跟吴将军在宫中偶遇，说了些不该说的话……"大管家低声说道，面带惶恐。

秦时风怒道："胡闹，本皇子进宫看看，今日谁来一律谢客不见。"

大管家忙应了下来，额头已见汗珠滴落。

姚冰因为妾室的问题跟婆婆起了冲突闹得不可开交，卫明珠邀着梓锦去劝和，跟郑夫人好一番唇枪舌剑的交涉，最后才把事情压下来。

在郑府用过饭，这才告辞回家了，想起席上被抱出来的凤姐儿白白胖胖的小模样，梓锦就各种羡慕，没小半个时辰，就被郑夫人跟前的管事婆婆抱走了，郑夫人其实还是很心疼这个嫡长孙女的，听姚冰说其实大半的时候郑夫人都肯亲自看着凤姐儿的。

目光透过车帘飘忽不定，梓锦想着到底是一家人，哪有不心疼的，郑夫人也不过是跟姚冰较劲罢了，孙女还是自己的亲。正想着，梓锦的眼角突然扫过一个陌生又熟悉的身影，猛地让车夫停车。

车夫忙拉住缰绳，不知道梓锦要做什么，杜若就掀起帘子走了进来，问道："少夫人，您有什么吩咐？"

这马车极大，分前后两厢中间用小竹帘隔开，杜若跟水蓉坐在前面，听到梓锦的话杜若就走了进来急忙询问。

梓锦伸手掀起车窗帘子，看着一抹碧色身影进入一家绸缎庄，转过头就对杜若说道："你下车去那家绸缎庄看看刚才进去的身穿碧色衣衫的女子可是我们以前认识的，若是认识的就悄悄退出来，若是不认识的，想办法打听下身份。"

杜若忙点点头，顺着梓锦手指的方向点点头，转身走了出去下了马车。

水蓉有些不解，看着梓锦问道："少夫人，您认识那人吗？"

梓锦隔着竹帘看着水蓉有些好奇的脸，轻轻地摇摇头："不知道，不确定有没有见过，但是有一种很熟悉的感觉，就好像是曾经见过，也许是一位故人，也许素不相识，只是想要知道她是谁。"

梓锦也不知道自己为什么突然之间对这样的一个人有这样的兴趣，说实在的，梓锦并不是一个对陌生的事物有太多热情的人，但是方才那个一闪而过的身影，的确给梓锦一个很熟悉的感觉，而梓锦下意识地就想要去抓住这个感觉，就是这么简单。

梓锦微眯着眼，让水蓉转告车夫把马车停在一边，不要太引人注目，水蓉照办了，很快马车滚动起来又很快停下了，悄无声息，只有马车外面不时有行人走过的脚步声，交谈声，小贩的叫卖声，在这样的大街上，各色人等交叉而过是那样鲜活的一幕。

过了很久也不见杜若回来，水蓉看着梓锦小声问道："要不要奴婢去看看？"

梓锦摇摇头："再等等，杜若办事最是牢靠，说不定有什么意外的情况，还是不要打草惊蛇的好。"

水蓉点点头，主仆二人默默等待着，很快就看到了杜若的身影从绸缎庄往马车这边行来，杜若手里还拿着一匹天水碧的杭绸。

上了马车，梓锦就命车夫启程，马车转起来之后，这才看向杜若，只见杜若的神色有些怪怪的，就问道："可打听到了？"

"少夫人，奴婢见到了。"杜若忙回道，又指指手里的布料，"奴婢是以买布料的名义进去的，那女子年岁不小了，三十七八左右，身边跟着两名婢女，看穿衣打扮定是出自富贵之家。最重要的是，那女子的眉目间有三四分跟您相像，真是古怪得很。"

水蓉就惊讶出声："跟少夫人相像？你没看花眼吧？"

杜若忙摇摇头："这话我可不敢乱说，的确是有些相像，但是又不尽像，乍一看很像，但是细细看去又不怎么像了，但是就是这猛一眼还真把奴婢唬了一跳。"

梓锦轻轻地点点头，人本性就多疑，尤其是方才梓锦虽然是惊鸿一瞥却有种熟悉又陌生的感觉，应该就是杜若说的这样了。那女子跟自己有几分相像，所以梓锦会觉得有些熟悉，又觉得有些陌生是因为那女子并不是自己，只不过有些熟悉而已。

"可打听到了她的身份？"梓锦问道，眉宇间带了一抹轻愁，这京都居然又出现一个跟自己有几分像的女子。

"她们很谨慎，开口从不言及身份，奴婢无能没能探听到什么。"杜若很是愧疚。

"这不关你的事情，别人小心谨慎是人家自己的事情，你打探不到也是应当的。"梓锦轻声说道，转头看向水蓉，道，"前面一拐就到了我的嫁妆铺子，你在这里下车，告诉陈安让他尾随而上看看那夫人究竟什么来头。"

水蓉脆生生地应了，告诉车夫停了车，飞奔而去，梓锦就让车夫直接回了侯府，大街上梓锦坐这样的马车很扎眼，不要惊动别人的好。

回了侯府，梓锦先回了安园换衣裳，然后去给叶老夫人跟长公主问安，不想在路上遇到了楚氏。梓锦见楚氏行色匆匆并没有看到她，身影一闪而过消失在后院子里，回头看着纤巧问道："我出门一天家里可有什么事情发生？"

纤巧摇摇头："没听到什么动静。"

既然没什么大的动静，可是楚氏为何行色匆匆？梓锦现在来不及去问，露园就在不远处，跟叶老夫人问了安，陪着老夫人说了几句话，聊起了凤姐儿的可爱，老夫人笑得很欢畅，可是眉宇间难免有些抑郁不欢。

梓锦自然知道为什么，想了想便笑道："祖母不要忧心，明年您一准能抱上大胖曾孙。"

叶老夫人看了看梓锦，看着她纯净的笑颜，将脱口而出的话又压了回去，慈祥地点点头："我也盼着叶家能开枝散叶，子嗣昌盛，你们一个个的都要努力才是。"

梓锦故作羞涩地垂了头，又陪着叶老夫人说了说话这才去了长公主的玫园。

宋妈妈帮叶老夫人捏着肩，低声说道："看来三少夫人已经找到根由了，可是为什么不说出来？"自从上次宋妈妈亲自出马，了解了府里的一些事情后，对府里目前的局势反倒有了些新的了解。

"不说出来只怕是因为不能说。"叶老夫人低沉的声音在这寂静的空间里徐徐飘散，能让梓锦忌讳的也就只有一个人了，可是这件事情只怕不是她做的，谁还能希望自己的儿子不能生子的？这里面只怕还有别的猫腻，可就算不是她做的也跟她有一定的关系，梓锦有顾忌所以才不说。不过既然说明年能抱上大胖曾孙就说明这件事情的危机已经解除了，悄无声息就除掉了侯府的一大隐患，这孩子自己终究还是小看了。

不过这样也好，年轻的去动动手也算是一番历练了。

"今儿个开始盯紧了那边，跟什么人接触，说了什么话，办了什么事，尽量的都查清楚。"叶老夫人徐徐地闭上了眼睛，她不能让叶家在她手里倾倒了，不然将来如何有颜面去见列祖列宗？

宋妈妈忙低声应了，看着叶老夫人疲惫的面容心里暗暗叹息一声，人啊，做什么总要生出一些是非来。

梓锦在长公主跟叶老夫人那里并没有提及姚冰家的龌龊事，也是说看凤姐去了。话尾收住的时候，就提及了遇到楚氏的事情。"儿媳远远地瞧着是大嫂，但是大嫂行色匆匆竟没有看到我，不晓得出了什么事情，她这样匆忙。"

长公主就蹙起了眉头，徐徐说道："还能有什么大不了的，还不是她的嫡亲婆婆又折腾了。最近那边嚷着要去见什么靖海侯夫人，递了几次帖子人家也没答应要见，偏她又一定要见到，这两天正暴躁呢。"

靖海侯夫人？那不就是吴祯的生母蓝娘！

梓锦心道原来是为了这件事情，就笑道："我听说靖海侯夫人素爱清静，进了京从没有见过任何一个外人，整日的在后院茹素念佛，是个喜欢安静的人。"

长公主就说道："这位靖海侯夫人以前是靖海侯的爱妾，前任靖海侯夫人生性善妒，手段又毒，新靖海侯夫人没少受过磋磨，不然当年吴祯又怎么会远远地躲到京都来,也是个可怜人,一辈子受欺压,如今就算是富贵到头,只怕也没什么炫耀之心,倒是个心性豁达的人。"

"这位靖海侯夫人行事低调,自从进京从没有露过面,不知道杜夫人为何一定要见一见她?她们应该是素不相识的才对,难道这里面有什么咱们猜不透的因由?"梓锦就怕杜曼秋再出什么么蛾子,不管什么事情跟杜曼秋沾上边就没有好事,梓锦觉得自己还是防着一点好。

长公主摇摇头。"这个真是令人猜不透,还是要找人好好地调查一番,不要大意了才是。"说到这里长公主话音一顿,看着梓锦又道,"你应该听说了淑妃被降为淑嫔的事情。"

梓锦点点头,她的确知道的,看着长公主的神色,猜道:"又出什么事情了?"

长公主轻轻一笑:"如今皇上的行事作风真是越发地令人猜不透了,刚刚皇后娘娘派人给我送了口信,大皇子亲自求情,皇上又恢复了淑妃的妃位。"

梓锦一愣,只觉得头风又犯了,这皇帝果然是有些二的。

长公主看着梓锦,酌量一番又道:"再过几日就是皇后娘娘的春秋寿宴,按照规矩你要进宫贺寿的。顺宜公主从很小的时候就想见你,这次也念叨着一定要见到你。"

梓锦脸色一变,忙说道:"儿媳不能进宫。"于是又把秦时风的警告说了一遍。

"你不说我也不会同意你进宫的,只是圣旨难违,除非……"长公主轻叹一声。

梓锦自然明白长公主话里的意思,就说道:"儿媳明白了,一定会在寿宴前身体有恙。"

"宫里会派太医来查证。"

"儿媳知道,定不会弄虚作假。"

皇后娘娘寿辰,举朝朝贺自然是大事,全京都所有有品级的命妇都要进宫,梓锦虽然不是命妇却是长公主的嫡亲儿媳,进宫也是必然的。只是如今这个情况,梓锦怎么还能进宫自投罗网?

长公主怜惜地看着梓锦,有些心疼地说道:"别对自己太狠,差不多过得去就行,皇后娘娘那边我自然会替你说情。其实这个世上,还有谁比皇后娘娘更明白的,这么多年都过来了,你的苦她会心知肚明,否则的话也不会提前给我送消息了。"

梓锦虽然没有见过皇后,可是也能想象这样一个女子,在皇后的宝座上安安稳稳坐这么多年,一定是一个厉害的人物。可是这样出色的女子却也要忍受夫君心里另有别人的痛苦，皇后娘娘一生只生育了顺宜公主一个，自然是视若掌上明珠，如今只怕皇后娘娘最大的心事，就是给公主寻一门好的亲事了。

而顺宜公主将来过得好不好，就跟下一位的皇位继承者有很大的关系，所以在储位的选择上，皇后娘娘应该也是比较上心的。

梓锦没有见过顺宜公主，但是顺宜公主非常喜欢梓锦做的那些手工，还记得当初自己送给长公主的一个小猪扇坠就被顺宜公主讨了去，还有那一幅猫扑线团的屏风，喜欢这些东西的应该是一个很开朗很活泼的女娃娃。

虽未见面，梓锦对这位顺宜公主印象很好，而且长公主喜欢的人一定错不了的。

"儿媳谨记皇后娘娘的恩德。"梓锦很是认真地说道，皇后能够背着皇帝给长公主示警，就这份姑嫂情谊就很难得的了。

须知道天家最是无情，就是皇后什么也不做，长公主难不成还要怪罪她这个嫂子不成？但是皇后做了，梓锦也承了这份情。

长公主笑着点点头，伸手抚抚梓锦鬓边的碎发，温柔地说道："回去休息吧，奔波了一天。"

梓锦这才站起身来告辞而去，出了玫园，阳光依旧炽热，慢慢扫去了心底的寒意，她一定会为他们未来的幸福努力。

梓锦走后，叶青城掀起内室的帘子慢慢地走了出来。身上中衣的带子松松缓缓地系着，眉眼间的疲惫纵然是小睡过后依旧挂在眉梢。

"你醒了？要不要喝水？"长公主亲手倒了一杯茶递给叶青城，一眨眼都这么多年了，当年英俊无双的少将军如今也是两鬓微白，眼角微皱了。

叶青城接过茶盏转手放在炕桌上，人却坐在了长公主的身边，那一双历经世事沧桑的眸子定定地看着长公主。

长公主没来由地觉得心里一慌，想要躲避开这探寻的目光，转过头去。

"宣华。"叶青城开口了。

长公主轻轻应了一声，笑道："你饿了吧，我给你传膳。"

看着长公主故意躲闪的目光，叶青城加重语气又喊了一声："宣华！"

长公主身子一僵，又坐了回来，只是目光看着地面，却不肯看向自己这一生最爱的男人，曾经想过一生一世，相陪到老，也许这个愿望真的做不到了。

"我是你丈夫，是你最信重的人，是你今生唯一的依靠。"叶青城十分强势地握住长公主的手坚定地说道。

"我知道。"长公主柔声应道,努力地让自己的声音听起来跟平常无异,可是心还是一颤颤的。

"我不知道你要做什么,可我知道你有事情瞒着我。我只希望你能知道不管你做什么,我都不会不管不顾的,这一辈子我已经负你一次,不会再有第二次了,你信我!"叶青城心里非常地不安,他的宣华其实是一个很倔强的女子,下定决心要做的事情十匹马也拉不回来,他怕,怕有一日,宣华真的会离他而去。

"我知道。"宣华长公主声音微颤,被叶青城握住的手寒意凛凛,她没想到叶青城居然能察觉到她已经有了打算。

"那你答应我,不管你做什么,都一定跟我说。你的性子我最清楚不过了,你以为瞒着我造成既定事实我就没有办法了吗?"

"你想得太多了,我能做什么,我现在还能做什么?"宣华长公主自嘲地一笑,其实她现在能做的真的是很少了,兄妹之情如此薄弱,她还能希冀什么?所有的博弈也不过是在赌,而赌输的几率相当大,她不能拉着叶青城一起,不能。

叶青城叹息一声,原本还有些不确定,现在宣华这么一说他却愈加肯定了。将长公主拥进怀里,轻轻地,温柔地说道:"你不说就不说,我不逼你,我只想告诉你,如果你真打算那么做的话一定要叫上我,我怎么能让你一个人孤单……溟轩不仅是你儿子,也是我儿子,如果这样做能让他们小两口平安到老,我也愿意跟你赌一把。只是如果你瞒着我,上天入地我也要追着你不放的,你也知道我素来是一言九鼎的人。"

宣华长公主从来没有觉得像此刻这样软弱过,眼泪一下子冒了出来,是啊,这个世上最了解她的从来都是他,就算是自己什么也不说,他也猜出来自己要做什么了。身无彩凤双飞翼,心有灵犀一点通,可这一刻,这样的心有灵犀,却无比辛酸。

"你还有母亲,还有杜夫人,还有叶锦叶繁,你能舍得下吗?你从来都不是一个人,你背负的足够多了,你这样跟着我任性可怎么好?"宣华无奈地笑了,怎么能呢?他不是只有自己的,太多的负累在他们的生活中肆无忌惮地流窜。

"今生今世,委屈你够多了,这最后一次,我不想再委屈你,我想去做我心里想要做的事情。我顺从了母亲大半辈子,能做的不能做的,能答应的不能答应的,都做了。当初杜将军的托付,如今我也算是完成了,曼秋有儿子,就算是没有我也能好好地活下去。我这一生没有负过任何一个人,却唯独委屈了你。所以……这次就让我为你,为我们的爱情任性一次好了。欠你的太多,能为你做的也就只有这么多了，我怕你下辈子装作不认识我……"

泪无声无息地滑落，半世的委屈，化作云烟。

相知，相爱，相守……今生今世，来生来世……但愿从不分开。

梓锦跟叶溟轩对于长公主的打算自然是一无所知，梓锦面对的最大的难题就是如何能让她在最快的时间里大病一场，看似凶险却能平安度过。

叶溟轩满脸怒气地在屋子里团团而转，看着全身泡在冰凉泉水中的梓锦，恨不得以己替她。

初夏，这样的泉水在夜间的确是太凉了些，梓锦冷得浑身打颤，看着叶溟轩暴走的样子，还是努力摆出一副笑脸："别担心，没事的，没事的。"

"什么叫没事？该死的，都是我没用！"叶溟轩一拳挥到墙上，手指间被蹭破了皮，鲜血冒了出来染红了雪白的墙皮。

梓锦一看猛地站起身来，哪里还顾得上什么凉水洗澡，在脸上抹一把水渍，就拉着叶溟轩的手去包扎，怒道："你这人一点也不让人省心，你不知道别人会心疼的啊，就不能省点心啊。"

叶溟轩看着梓锦都快要哭出来的脸，忙说道："一点都不疼，不过擦破点皮，两天就好了。"

梓锦也不搭理他，拿过伤药给他包扎，被叶溟轩这么一闹腾凉水澡洗不了了，大后日就是皇后的寿诞了，该怎么办才好呢？还有什么办法神不知鬼不觉地能让自己卧病在床还能不被太医瞧出破绽的。

梓锦苦苦思索却一时没有主意，顿时苦恼不已。

叶溟轩看着梓锦一脸怒火的样子，颇有些委屈，看着自己媳妇在冰冷的泉水里洗澡，他能看得下去吗？可是他目前也真没有好的办法，两人真是愁眉相对了无计策了。

梓锦给叶溟轩包扎完，这才开口说道："今儿个我回家的路上遇到一个人，看着有些眼熟，其实也不是我认识的人，但是就是有一种眼熟的感觉，我就让杜若下去看了看。"

叶溟轩听着梓锦的话，随口笑道："看着眼熟的人多了，你不会是遇到什么熟人了吧？"

梓锦摇摇头，脱了鞋上了床，斜倚着软软的锦被说道："我就是心里有种很奇怪的感觉，所以才让杜若下车去看看，没想到杜若回来说，她看到那女子居然跟我有几分相像。"

叶溟轩正脱鞋，闻言就是一愣，又一个长得相像的人！

好半响才回过神来，伸手扯过锦被将梓锦密密实实地包裹起来，低声嘱托："还是捂汗出来的好，免得真的凉气侵体要遭罪的。"

梓锦不再反抗任由他给自己裹好被子，静静地看着他，无声而笑，如果他比关心他自己更关心你，你还有什么不满足的呢？

"那知不知道那人是谁？"叶溟轩忙活完，这才接着问道，看着梓锦略微有些苍白的脸，心中忍不住的疼惜，本来就已经瘦了很多，这段日子一来，小包子脸都成了小瓜子脸了，叶溟轩真的很怀念梓锦那胖乎乎地一笑，微微带着小褶子的小包子脸。

若不是生活如此令人揪心，梓锦怎么也不会瘦成这个样子，不是不自责内疚的。

梓锦看着叶溟轩的目光在自己脸上流连，眉头紧蹙的模样，下意识地摸摸脸，这才惊觉到，真的瘦了好多，曾经那段快乐无忧将自己养得肥肥的日子终究是一去不复返了。

"那夫人很是谨慎，不过我已经让水蓉通知陈安跟上去，想必会有结果的。"梓锦轻声说道，总觉得心里有个地方不太踏实。

叶溟轩点点头，抬头看着窗外，天色已经黢黑了。"这个时候陈安还没有消息送来，难道出了什么意外？"

"不会吧，不过是跟踪一个人，怎么会出意外呢？"梓锦觉得这也太离谱了些，陈安跟踪的本事还是挺高明的。

叶溟轩毕竟是在锦衣卫，有的时候对于危险的嗅觉要远比别人高得多。

此时算算时间，整个京都就算是走一圈，这个时候也该有消息了，偏偏一点动静也无，叶溟轩就有些坐不住了，翻身下了榻，看着梓锦说道："我觉得事情有些不大对头，你先睡吧，我去看看陈安有没有找卫易。"

梓锦点点头，神色有些紧张，不过还是说道："早去早回。"

叶溟轩自己换了衣衫，又在梓锦额头上轻轻一吻，这才转身离去。梓锦看着屋内飘忽不定的灯火，默默发呆，她是有些大意了，天这么晚了，居然没有去想陈安会不会有危险。

其实这件事情也不能怪梓锦，按照一般来说，天黑之后内院就要落门锁，就是有消息除非十分紧急，不然谁也不会贸然敲二院的门，所以梓锦想着有可能明日才会有消息传来，因此也没有多想。

可是梓锦忘记了，如今陈安是跟着卫易的，而卫易又是叶溟轩的心腹，卫易是能随时敲二院门的人。

这样想来，陈安真的有可能出了意外，梓锦的一颗心越发地纠结起来，一晚上翻来覆去也睡得不甚踏实，早上起床一双眼睛顶着浓浓的黑眼圈，活像国宝驾到。

虽然昨天只在冷水里泡了还没一刻钟，但是早上起来梓锦就觉得鼻子有些不通透，头也有些涨涨地微微发晕。虽然是受了凉，可是不严重，太医来了两剂药下去也就好差不多了，因此这样的小病实在不是不参加寿诞的理由，病虽然不大，却的确扰人，梓锦觉得真是得不偿失。

昏昏沉沉地任由丫头给她净了脸，梳了头，换了衣衫，折腾完后还没来得及用早饭，也没来得及询问叶溟轩有没有回来，就见到玫园的小丫头来通报，廉王妃来了请梓锦过去一见。

廉王妃？梓锦昏沉的脑子顿时有些清醒了，说起来也真是有好段日子没见到廉王妃了。

廉王府跟平北侯府都是有实权的，因此平日子里并不敢来往得非常亲密，就连在朝堂上廉王爷跟平北侯相见也大多点头打招呼而已，其实这也是世家勋贵的悲哀，明明是姻亲故旧，却碍于猜忌而不敢走近。

廉王妃在这个时候前来，不得不令人多想是不是有什么事情发生了。

梓锦忙带着丫头去了玫园，远远的就听到了玫园里笑声传来，一颗提着的心这才微微地放下了，长长地出了口气，虚惊一场啊，后背上已经密密实实地出了一层细汗，风一吹就有些透骨凉，梓锦不由得打了一个寒战，头越发地昏了。

梓锦走到了廊下，早有小丫头打起了帘子，高声喊道："三少夫人。"

话音一落，屋里子的说笑声就是一顿，紧接着就有一个清脆欢愉的声音响起来："哎呀，来了。"

这声音很陌生，梓锦确定自己没有听过。不过这人是谁，居然敢在廉王妃跟长公主跟前这样放肆。廉王妃只有三子，并无女儿，那这人是谁？

梓锦心里想着脚步已经走了进去，绕过四季花卉泥金透雕四扇大屏风，抬脚进了西暖阁。

梓锦抬头望去，长公主一身浅红衫裙坐在临窗的大炕上，对面坐着身着枣红色花开富贵团花纹闪缎织锦褙子，浅碧色双膝襕裙，头梳反绾髻，簪月牙透雕羊脂玉的响铃簪，面带微笑的廉王妃。

廉王妃的身边坐着一个娇俏的少女，一双眸子很是灵动，忽闪忽闪如同蝶翼，穿一件凤穿牡丹的月白色杭绸褙子，系一条曳地百花裙，头戴明月珰，耳垂红宝石灯笼金坠，虽不是过分奢华，却透着疏朗大气。

梓锦看到这里，心里就是微微一动。

梓锦不过是一眼迅速扫过，行动不见丝毫迟疑，忙上前见礼。

廉王妃格外喜欢梓锦，一把托住她，笑道："许久不见怎么这般瘦了，是不是溟轩那臭小子欺负你了？你告诉姑姑，我替你出气去。"

廉王妃依旧豪爽不输往日，梓锦忙轻轻一笑，道："有姑姑这句话，谁又敢欺负我了？夫君待我很好，是我自己苦夏，用不下饭，跟旁人无关的。"

"表嫂，你不用替表哥说好话，他欺负你我替你揍他！"小丫头拍着胸口豪气云天。

梓锦看着小姑娘，抬眼看向长公主，笑道："母亲，这位是？"

"她就是最调皮的顺宜公主。"长公主笑了。

梓锦虽然心中已经猜了十之八九，不过长公主亲口说出来，梓锦还是心里微震，忙躬身行礼："臣妇参见公主殿下。"

礼不可废，梓锦还是很谨慎的，尤其是遇到天家的人。

顺宜公主忙从炕上蹦下来，一把拖起梓锦，忙说道："表嫂，这里是宫外，这些繁文缛节先放一放，我今儿个可是偷偷跟着舅母跑出来的，可不喜欢人人对着我依旧是宫里的面孔，多无趣啊。"

梓锦还是有些为难，就抬头看向廉王妃。

廉王妃笑道："锦丫头，这里没外人，不用拘着了，你陪她好好说说话，去年的时候就嚷着要来看你，只是宫规森严，出来不得，如今好不容易有个机会，就让她尽尽兴。"

梓锦这才点点头，没想到高高在上的顺宜公主居然有这样可爱的一面，在梓锦的心里，公主都是高傲的，因为天生富贵，众人拥簇，睥睨天下，又会将谁看进眼里，当亲眼看到了顺宜公主这般可爱，梓锦觉得头痛也消失了些。

长公主看着顺宜拉着梓锦一直问个不停，就像个好奇宝宝，还把当初的那个小猪扇坠拿出来给梓锦看，就忍不住地一笑，转头看向廉王妃，低声说道："你的消息可靠？"

廉王妃几不可查地点点头，眼眸微转，轻叹一声："她终究还是不死心，托了吴二奶奶的关系，竟让她劝动靖海侯夫人答应与她见面。你说她为何一定要见靖海侯夫人？"

长公主轻轻摇摇头："杜夫人做事一向隐晦，让人猜不透她的心思，这突然之间我还真猜不透是为了什么。"说到这里一顿，看着廉王妃说道："要是能知道她送了什么也许能有点线索，倾寒，你有没有办法？"

廉王妃的手指轻轻地敲着桌面，一时间也想不出办法，面带郁色。

梓锦虽然心中陪着顺宜公主说话，却也听到了长公主跟廉王妃的对话，突然她有一个极妙的主意，眼睛就看向了长公主，轻轻张口无声吐了一个人名。

长公主看着梓锦的唇形，心里琢磨一番，突然笑了，对哦，怎么忘记了这个人物，此时正好派上场了！

送走了廉王妃跟顺宜公主，梓锦却只觉得头重脚轻，昨晚上泡了一次凉水，又吹了风，白花花的太阳晒得梓锦又有些眼晕，一翻白眼人却晕了过去。

果然不出梓锦跟叶溟轩的预料，梓锦病倒的消息一传入宫，果然就有太医到了。

梓锦伸手拽拽叶溟轩的袖子，露出一个讨好的笑容："别生气了，真的是意外，谁知道只泡了一小会儿凉水，就真的病倒了。"

"小丫头，我总觉得自己没用，没能守护好你，总是让你委屈。"叶溟轩低声说道，面带愧疚，"再睡会儿吧，太医说只要晚上不高热就没什么大问题，我在这里守着你。"

梓锦轻轻地点点头，慢慢地合上眼，突然又想起一件事情，睁开眼睛问道："你可找到陈安了？他还好吗？"

叶溟轩看着梓锦有些无奈地说道："你就好好养病，还管那么多，有我呢。"说到这里看着梓锦不能释怀的眼神，只得举手投降，缓缓说道："陈安只是虚惊一场，没什么大事，幸好这小子机灵，跟踪着觉得事情不太对，就往回撤，因此捡了一条命。他并没有追查到你说的那位夫人的居住地。只是知道她去了城西，一直在小巷子里绕来绕去。"

陈安这样机灵的人都能被发现，可见这个夫人绝对不是那么简单的人，梓锦就忍不住地皱起了眉头，看着叶溟轩说道："没想到京都还有这样的人物，幸好陈安没什么事情，既然发现了陈安，那么去城西绕圈子很有可能就是一个障眼法，想要让我们查不出她的真实身份，这女人够机灵的。"

叶溟轩点点头，道："我已经让属下分头探访，让杜若口述找了画师描了画像，只要京都有这个人，就是掘地三尺我也能给挖出来，你就放心养病吧。"

梓锦听了叶溟轩的话自然是放心了，又想起一件事情，看着他说道："我还有件事情告诉你，你帮我去做，这次不管如何一定要查出个根底来。"

看着梓锦慎重的神色，叶溟轩微愣，难道还有别的事情发生了？于是问道："要我帮你做什么只管说就是了，为夫一定替你办得漂漂亮亮的！"

看着叶溟轩大包大揽的样子，梓锦忍不住一笑，潮红的脸上盛开鲜花的明媚。

梓锦理了一下思绪，这才说道："今日姑姑来说了一件事情，杜夫人已经通过吴二夫人的转圜，靖海侯夫人答允跟她见一面了。"

叶溟轩皱起了眉头："吴祯的母亲？"

梓锦点点头，盯着叶溟轩说道："你不觉得很奇怪吗？杜夫人为什么费尽周折一定要见靖海侯夫人一面？难不成她跟靖海侯夫人之间有什么渊源？但是在这之前，一个远在西南为妾，一个身在京都，怎么看也不像是有渊源的人。但是自从靖海侯夫人进京以后，杜夫人就变得有些跟寻常不太一样，几次欲见靖海侯夫人都没达成愿望，这次终于得手，我一直猜不透她究竟要做什么。"

叶溟轩陷入深思，的确是有些可疑："没听吴祯说过他们家跟杜夫人有什么来往，还真是有些蹊跷。"

梓锦点点头："我也这么想的，我就想如果真的有什么玄机，咱们还是提前预防的好，毕竟还牵涉到靖海侯夫人，多加小心没错的。于是我想了一个办法，想要探一探杜夫人的底。"

"什么办法？就你鬼主意多，说来听听。"叶溟轩笑了，其实他一直挺佩服自己媳妇的，心思绝对细密，猜人的心思也是八九不离十，生为女子的确有些可惜了。

"你猜静谧师太知不知道杜曼秋想尽办法要见靖海侯夫人？"梓锦眼中满是狡黠的笑容。

叶溟轩眼前一亮："你想以毒攻毒？"

果然是心有灵犀！

梓锦笑了，点点头。

"你是想让吴嬷嬷给静谧师太送信，然后观察静谧师太的反应，来推测她跟杜曼秋之间的真正关系？"叶溟轩的思路逐渐清晰，声音逐渐有些兴奋。

"是，不止这样，咱们要双管齐下。"

"再加上素婉！"

夫妻二人对视一眼，兴奋异常。吴嬷嬷是静谧师太的一条眼线，同时素婉也是静谧师太的眼线，如果利用吴嬷嬷假装从杜曼秋那里得到的消息，传送给静谧师太。再从素婉这里得到消息，偶然听梓锦无意中说起杜夫人费尽心思想要见靖海侯夫人的事情，两下里一比对，自然确信无疑。

如果静谧师太没有任何的动静，就说明她是跟杜曼秋早就通了气的，知道这件事情。如果静谧师太不知道这件事情，现在知道了，一定会好奇杜曼秋为什么一定要见靖海侯夫人。再大胆地设想一下，如果静谧师太知道杜曼秋为什么要见靖海侯夫人，如果这个原因是静谧师太不能允许的，那她一定会用尽手段阻止杜曼秋。

不管静谧师太知不知道杜曼秋为什么要见靖海侯夫人的原因，只要叶溟轩盯紧了静谧师太，就一定能顺藤摸瓜找到答案。

梓锦这一招，也算得上是釜底抽薪了，精妙绝伦的计策。

叶溟轩兴奋地在屋子里走来走去，脑子里前前后后细细密密地将整个计划给想了一遍，然后看着梓锦，商议道："你说我们要不要通知吴祯？"

这又是一个难题！

吴祯现在是他们的合作伙伴，如果不说一声有失厚道，可是如果说了，靖海侯夫人是他亲娘，要是走漏了风声……梓锦这一番的谋划就全完了。不是不相信吴祯，而是有的时候母子亲情的确能让人做出许多失去理智的事情。而这个行动对梓锦跟叶溟轩的意义很大，至少能让梓锦进一步地了解杜曼秋这么不肯消停究竟是为了什么，也更能让梓锦探清楚静谧师太的图谋。

要说静谧师太对侯府没有一丝半点的怨恨，梓锦是不相信的，不然的话为何要让叶家三兄弟都暂时失去生育的能力？又为何背对着杜曼秋做这些事情，须知道静谧师太也算是杜曼秋名义上的姑姑，虽没有血缘关系，也有亲情在里面。

正因为这些错综复杂的线索一下子堆在一起，所以梓锦才不得不愈加小心地应对。

所以叶溟轩说的这件事情就让梓锦迟疑很久，抬眼看着他，缓缓说道："若是按照我的意思，先不说。这件事情谜团太多。好不容易有这么个机会逐渐捋清，如果一着走错满盘皆输，咱们的部署全都完了还要打草惊蛇。"

叶溟轩也是这么想的，叹道："只好先对不起吴祯了，大不了事情过后我负荆请罪。"

梓锦望着叶溟轩，曾经他那么排斥讨厌吴祯，到如今也把吴祯视作朋友了。莞尔一笑，徐徐说道："我想他能理解我们的，毕竟没有人比他更能了解我们的危险处境。"

这倒也是！

叶溟轩失笑，看着梓锦说道："你好好休息，我去部署一切，等你醒来的时候说不定就会有好消息了。"

梓锦真的有些乏了，闭眼之前还是细心地嘱咐叶溟轩："多加小心，切莫大意，有的时候女人狠起来比男人还凶残。"

"我知道了，放心吧，我会多加小心的。"叶溟轩轻轻地抚着梓锦光洁的额头，弯腰印上一吻，看着梓锦沉沉睡去，又唤了杜若跟纤巧进来守着，这才放心地离开。

有人曾经说过，这个世界上就没有解不开的谜团。梓锦也相信，不管是多复杂的案子，都一定有解决的办法，只是看你能不能找到关键之处。

睡梦之中，梓锦只觉得一片白茫茫，辨不出方向，她一个人孤零零地立在这苍茫的天地之间，好像全宇宙就只剩下她一个人。梓锦有些怕，周围静悄悄的，没有一点生命的气息，就好像天地初开，一片混沌之时。

害怕之余，她拼命地往前跑，虽然四周浓雾遍布，看不清方向，甚至看不清楚脚下的路，但是那种惊恐让她企图用不断地奔跑来缓解。也不知道跑了多久，实在跑不动了，喘气喘得厉害，整个人伏在地上，想要喊叶溟轩，却发现她居然说不出话来，顿时更加惊恐起来。

"姚梓锦！"

梓锦浑身一颤，教授的声音，顿时惊喜无比，抬头四处查看，却看不到一个身影，这声音飘飘散散地在这空间里飘荡很不真实，梓锦这才发现，原来这就是时空传音之术。

"教授！"梓锦用力呼喊，不想居然发出了声音，顿时惊喜无比，"教授，你怎么会跟我说话？"

"梓锦，你想不想回来？"

梓锦皱眉："我还没有在这个时空死亡，怎么能回去呢？我不回去，教授。"她舍不得叶溟轩，明知道自己早晚要回现代，但是能相守一秒也是幸福的。

"如果学院一致决定想要把你强召回来呢？"教授的声音透着凝重。

"为什么？你们这是破坏规则，我不同意。"梓锦怒道。

"你穿越的时空过于复杂，已经超出了我们的想象，是我们失职，所以现在想要询问你的意见要不要回来?"教授叹息中带着内疚。

"我不要回去,教授,你说过没有人躲得过穿越定律,我现在明白了,我真的爱上了叶溟轩。我要跟他相守一世,直到这一世的终结,我才会回去。"梓锦坚定地说道。

"如果你坚守下去的结局并不是你想要的,你还会继续坚守吗?"

"什么叫做不是我想要的?教授,你是不是知道了什么?"梓锦有些慌乱起来,她站在那里朝着教授说话的方向大力嘶喊。可是很久也没听到教授的回音,梓锦越发不安起来。

"教授……教授……我求你,你告诉我好不好?我只想跟他好好地过完这一世,如果您能帮我一把,就请帮我一把,我求您了。"

梓锦一遍一遍地重复喊道,可是教授的声音再也没有出现,直到嗓子嘶哑无力,这才跌坐在地,难道她跟叶溟轩真的跨不过这个坎吗?

"学院有规定,所有人不得以任何手段改变任何一个时空的前行。我只能告诉你,也许只有你的离开才能挽救你的爱人,你自己做一个选择吧,我只能言尽于此了。"

梓锦怕极了,不停地呼喊着教授,哪怕嗓子已经发不出一点声音……她努力地追赶着,呼喊着,想要请教授手下留情,可她追不上,也求不到,过分的悲痛一下子把她惊醒了!

猛地睁开眼睛,四周黑沉沉的,只有帐子外面的床头小柜子上燃着一盏八角羊灯。

黑沉沉的夜,让梓锦无比惊慌,脱口想要喊纤巧,却发现喉咙灼痛得要命,低沉的嘶哑声在耳边徘徊。梓锦的心一下子似乎被冰封了,那个梦竟然是真的,她的嗓子因为一直呼喊,此刻肿痛难当,真的说不出话来了。

"小丫头,你怎么了?"叶溟轩一下子坐起身来,他睡得极浅,纵然梓锦的声音很小,还是惊醒了他。想要去扶梓锦,却有一滴滚烫的泪珠滴在他的手背,叶溟轩一下子慌张起来,忙问道:"怎么了?是不是不舒服?"

梓锦用力地抱住叶溟轩,从没有这一刻般绝望过,就连教授都来示警了,真的挨不过去吗?

"没事。"梓锦嘶哑着嗓子,"嗓子有些难受,想要喝水。"

叶溟轩这才松了口气,扶着梓锦坐好,亲自下床为她倒了水,又亲手喂着她喝尽,这才说道:"吓坏我了,我还以为出了什么事情。"叶溟轩挑亮了灯光,看着梓锦苍白死鬼的面容,心疼得不得了,总觉得这一刻的梓锦就好像是纸做的,眨眼间就会消失不见。

莫名的惊恐围绕着叶溟轩，让他用力地环着梓锦单薄的身躯："小丫头，你不会离开我的是不是？"

梓锦浑身一震，原来这一刻叶溟轩居然感受到了她那种绝望要离开的气息，所有的思想逐渐归位。润了嗓子，没那么干了，说话也流畅了许多："说什么呢，无缘无故我怎么会离开？我不会走的，一辈子也不走。"

梓锦像是跟叶溟轩保证，又像是跟自己保证，手脚冰凉得似乎不像是自己的。叶溟轩默默地将梓锦的手脚靠在自己身上，那冰凉的触感，让他皱紧的眉峰越发纠结。

其实他听到了，他听到梓锦说："我不要走……"

是她那个世界的人要来叫走她吗？

叶溟轩拥着梓锦力气大得想要将她嵌进自己的骨血里，他……绝对不会松手的。他记得梓锦说过，除非在这个时空死去，否则是回不去的。他会好好保护他的小丫头，谁也不能抢走她，谁也不能！

教授的话言犹在耳，但是不到尽头梓锦又怎么舍得放手？

几经思虑，梓锦还是决定跟着自己的心走，不管会遇到什么结果，不管会发生什么事情，她都不会先松开叶溟轩的手。想通这一点，梓锦反而放松下来，形势也没比以前更糟糕，她会尽人事，听天命，此生不悔！

皇后娘娘的寿诞当日，叶府从叶老夫人、长公主、杜曼秋到叶青城、叶溟轩、叶锦、叶繁全部出动，偌大的侯府反而只剩下梓锦一个人。皇帝果然是多疑的，昨天晚上还有太医来给梓锦扶脉，幸好梓锦早有料到，因此并没有乖乖地喝药，病情自然不会好转，太医诊过脉后自当会向皇帝禀报。

梓锦这次多了一个心眼，上次廉王妃来的时候就曾经说过，靖海侯夫人进京之后，就以身体孱弱为由没有进宫谢恩朝拜，不管是不是这个原因，因为杜曼秋过于执着地要见靖海侯夫人一面，梓锦就想着今儿个皇后娘娘的寿辰，不知道这位靖海侯夫人会不会去？

于是梓锦一大早就派人去打探消息，很快地就有消息传来，靖海侯夫人果然没有入宫！

梓锦背靠着松香色遍地织锦的软枕，看着窗外一片绚烂的花丛迎风招展，越来越对靖海侯夫人好奇了，这也太低调了吧……

尤其是自从靖海侯夫人进京，没有见过任何一个外人，就连跟杜曼秋的见面都约在了皇后娘娘的寿辰过后，梓锦不得不怀疑，这里面是不是真的有什么猫腻。

不管从哪一方面来说，作为一个从妾室成功奋斗成正妻，一跃成为侯夫人的成功典型，就不是一个简单的人。

梓锦的脑子转来转去，突然间又想到那一天大街上的那一抹身影……杜若说大约三十七八岁，女子若是保养得当，总会显得更年轻些。如果在这个推断上加上一些年纪，不用太多五六七八岁就足矣，那么那女子大约是在四十三四岁左右。

当今圣上今年也快五十岁了，两人之间的岁数相差不多……

楚氏说杜曼秋最近情绪反常得相当厉害，还经常拿出出嫁之前的物件来看……出嫁之前……看的东西上的绣工不是杜曼秋的……什么人的物件能让杜曼秋这么多年一直细心保存，却在这个时候拿出来翻看。

而且，杜曼秋一直想尽各种办法想要见靖海侯夫人……

靖海侯夫人！

梓锦细细比照着时间，好像杜曼秋多有的不对劲都是从这位靖海侯夫人进京开始，她又用尽办法见她一面……为何非要见她？

按照吴祯的齿序来算……这位靖海侯夫人也有四十多岁了……

突然之间一个极大胆的想法跃上心头，梓锦不由的一惊！

如果这个想法是真的，那么就能够解释为什么靖海侯夫人不肯进宫了！

一点通，全盘皆通！

梓锦久久不能言语，也许当年的杜清怡根本就没有死，不仅没有死还改嫁他人，还生了孩子……

手心、后背细细密密地出了一层冷汗！现在梓锦只等叶溟轩那边的消息了，只要静谧师太有什么动作，总能有蛛丝马迹可寻。而且如果这个想法成立，那么杜曼秋一定要见靖海侯夫人的原因也就明了了。

梓锦一直觉得人生就是处处狗血，但是狗血到这分上，还是令人很惊悚的。

很快地就有一个念头在脑子里回荡，如果杜清怡没有死……如果她没有死……那自己还有什么危险！

那自己跟叶溟轩岂不是可以相守到老？

那自己岂不是从此后再也不用担惊受怕？

从此后生活中满是阳光！

不管怎么说，梓锦如今的悲剧都是因为杜清怡引起的，俗话说解铃还须系铃人，皇帝的心结在杜清怡身上，也就只有杜清怡能解开。

梓锦开始兴奋起来，从没有比这一刻更加兴奋的，是的，她兴奋，她想要欢呼，她恨不得告诉全世界，她终于解脱了！

只要能够证实靖海侯夫人就是杜清怡！

宫里的宴会一直持续到傍晚才结束，叶老夫人一行人回来的时候天已经擦黑了。梓锦早就让厨房准备好热热的饭菜，沐浴的热水招呼众人。进宫看着挺风光，其实是最累人的事情，只看叶老夫人的脸色就知道了。

叶老夫人累极，并没有留大家在露园用晚饭，而是让众人各自回了自己的院子用饭。

一回到安园，进了内室，梓锦就再也无法压制她眉梢间流露出的兴奋，紧紧地抱着叶溟轩的脖子，终于有一个巨大希望出现了，他们夫妻就再也不用分开了。

叶溟轩被梓锦喜悦的心情所感染，笑道："发生什么事情这么开心，说出来给小爷听听，我也乐呵乐呵。"

痞痞的声调，着实有点欠揍，但是梓锦听着却格外舒心，靠在叶溟轩的怀里，低声说道："溟轩，也许我们所有的危机都有机会一起解决了。"

叶溟轩一愣："什么？"他觉得自己好像没听仔细，什么叫做一起解决了？

"咱们先吃饭，你一定饿坏了吧。"梓锦抿嘴笑道，心情太好，整个人都散发着一种闪亮的光芒，那种拨开乌云见太阳，打心底里翻涌上来的欢乐怎么也抑制不住！

叶溟轩垂头看着梓锦大大的笑容，也忍不住地勾起唇角："不，你先告诉我发生了什么开心的事情，小丫头，我有很久没见你这样开心过了，好像整个人都浸泡在欢乐里，耀眼得让人移不开眼睛。"

"的确是天大的喜事，但是我还没有确实的证据，我需要你的帮助，只要能证实我的推断……溟轩，我们再也不用担心有人会分开我们，再也不用担心灾难会在下一刻随时降临。"梓锦柔声说道，他们注定是要一生一世白头到老的，谁也不能分开他们！

叶溟轩狐疑地看着梓锦，正要继续追问，却听到门外纤巧的声音传来："大人，卫易求见。"

卫易？

梓锦一愣，叶溟轩很快恢复如常，道："让他去外书房等着。"然后低头看着梓锦说道:"你等我,说不定我让卫易查的事情有眉目了,我去去就来。"

梓锦点点头,她要说的事情一句话两句话说不清楚,就道:"快去吧,我等你回来。"

叶溟轩被梓锦的好心情给感染了,好像整个人都轻松起来,脸上也不由得带了笑意,看着梓锦说道:"你身体还没有完全好,养好身体最要紧。"

梓锦笑着应了,送走了叶溟轩,一个人又顺着原来的思路想了一遍,越想越觉得自己的想法有可能,虽然说无巧不成书,可是巧合太多,也不得不令人怀疑的。

只是梓锦怎么也想不通,如果杜清怡没有死,那么当年她为什么要散布自己的死讯?如果她没有死,那么杜曼秋显然是不知情的,但是杜曼秋一定起疑心了,不然的话不会用尽各种手段想要见到她。

那么静谧师太呢?她知道不知道杜清怡没有死的事情?当年她可是杜清怡的贴身丫头,想要瞒着她,也不是一件容易的事情。想到这里,梓锦觉得事情的疑团还很多,自己还需要慢慢地整理。

所以不能慌,现在静谧师太……杜曼秋……靖海侯夫人……姚梓锦……她们几个人就好像在维持一个极为微妙的形势,谁要是先打破平衡,说不定最先倒霉的就是谁。

第二十三章
暗查往事梓锦出招，大哥威武袒护娇妻

一进六月头的时候，姚玉棠生了一个女儿，侯奉杰取名为洁兰，是希望女儿能像她母亲一样，品行高洁，雅致如兰。梓锦没能亲去洗三宴，如今生活突现阳光，就想着洁兰满月的时候是一定要去还要补上厚厚的礼物。

梓锦想着就让杜若拿着自己的嫁妆单子，细细查看上面的物件，想要拿出一件好东西给外甥女，这才想起来因为自己在侯府的生活实在是步步惊心，居然连自己的嫁妆都没时间打理，也幸好老太太给的人都是极靠谱的，并没有出现什么大乱子，梓锦就叹口气，随口问杜若："铺子那边周转可还正常？"

"少夫人放心，铺子里都是老人了，就算是您没吩咐怎么办，他们也会按照往年的旧例办事。账本都是送到了老太太那里，由账房检查过了才给您送来，他们不敢动什么手脚。"杜若从姚老太太那边过来的时间最晚，对这些事情自然是知道的更多。

梓锦心里就是暖融融的，祖母知道自己事情多，一声不响地替自己照顾着这嫁妆铺子，这份贴心实在是令人感动不已。

"很久没回去看祖母了心里想得慌，有时间总要回去一趟才是。"梓锦真的有点想念祖母了，很想听她的絮絮叨叨，烦琐但是很温暖。

杜若笑道："出嫁的女儿哪里能随意的就回娘家，左不过很快就要到中秋了，到时候一起回去一趟就是了。奴婢临来之前，老太太就千叮咛万嘱咐，切不可让您依着性子，想回去就回去，要顾着自己的名声。您总回娘家，就好像对婆家不满意一样。"

梓锦苦笑一声，古代的女子就是这样可怜，想要回娘家也不能随心所欲。知道老太太惦念她，就点点头说道："那好吧，我听祖母的就是。"

梓锦合上嫁妆册子随手递给杜若，道："你替我找一件给小孩子的吉祥玉挂件，给四姐姐家的洁兰做满月贺礼，挑好了拿来给我看看。"

杜若点头退下了，梓锦觉得有些头疼，毕竟身子还没有大好，这么大喜大哀有些受不住，就顺势躺在迎窗的大炕上，伸手拉过薄毯盖在身上想要眯一会儿。

朦朦胧胧似乎觉得有个人影进来了，但是梓锦睁不开眼睛，透过半眯半合的眼皮想要用力睁开看清楚，却最终不敌睡意睡了过去。

叶溟轩回来的时候，梓锦睡得正香，也没叫醒她，就随手拿了本书坐在梓锦身边翻看，边看边等她醒来。

如今在他看来，最幸福的事情莫过于回到家，有一盏温暖的灯光在屋子里亮着，灯光下有一个熟悉的身影在等着他。屋子里静谧无声，除了灯花偶尔会爆发出一点声响。

虽然静谧却洋溢着温馨，叶溟轩虽然卷书在手，却一个字没看进心里，眼尾总是扫向梓锦熟睡的容颜，看着看着就傻乎乎地笑了起来，好像总也看不够一样。

梓锦醒来的时候，首先映入眼帘的就是叶溟轩傻呆呆地瞅着他的笑脸，不由得跟着也是一笑。"在笑什么？"梓锦揉揉眼睛，低声问道，"我脸上有脏东西吗？"

叶溟轩忙放下手里的书："醒了？有没有觉得好一点。"

梓锦在叶溟轩的搀扶下坐起身来，活动着头颅跟肩膀，无奈地说道："整天吃了睡睡了吃，哪里有什么不好的，现在好多了。"梓锦说着就招呼着丫头们进来打水洗脸更衣，好一通忙活，这才觉得神清气爽，跟叶溟轩在炕桌前相对而坐，笑道："卫易找你什么事情？是不是有什么发现？"

丫头们流水般地送上酒菜来，叶溟轩没有回答，等到忙完了，梓锦吩咐水蓉跟纤巧在门口守着，叶溟轩这才看着梓锦说道："是有个极好的消息。"

梓锦的心情越发地好了，好事成双，真是好兆头，就笑道："你先说是什么好消息，然后我再说，我也有极好的消息要跟你说。"

叶溟轩夹了芦笋放进梓锦的碗中，压低声音说道："那天你让陈安跟踪的那位夫人的落脚处查到了。"

梓锦的心怦怦直跳，真是有种梦里寻她千百度，蓦然回首，那人却在灯火阑珊处的感觉。之前怎么找都没有找到，这边梓锦也微微有了点线索，那边也找到了人，难道真的是上天开眼了吗？折磨他们这么久，终于肯大发慈悲了！

"在哪里？"梓锦忙问道，突然之间有些紧张，不知道这人的落脚处跟自己猜想的会不会一样?

叶溟轩看着梓锦很是紧张激动的模样,笑道:"小丫头,你至于这么紧张吗?不就是一个女人?"

"不,不只是一个女人,她是我们未来的保证!"梓锦很是严肃地说道。

叶溟轩就笑了:"小丫头,你糊涂了吧,别人怎么会是我们未来的保证?"

"如果这个人是杜清怡呢?"梓锦看着叶溟轩轻轻说出这个名字,眼睛一眨不眨地盯着叶溟轩不放。

叶溟轩直接愣住了,看着梓锦好一会儿才缓过神来:"你……说什么?这怎么可能,杜清怡早就死了,这时候尸骨都烂掉了!"

"这是我一个很大胆的猜测,溟轩,我想让你派人去验看杜清怡的坟墓,看看里面究竟有没有尸骨!"梓锦知道要想在别人神不知鬼不觉的情况下开棺验尸,就只有叶溟轩手下的锦衣卫能办到了。

叶溟轩这下子真的呆掉了,开棺验尸……

"小丫头,这究竟是怎么回事?"

梓锦拿起酒壶,给叶溟轩斟了酒,又给自己倒满,这才说道:"是我今天突然猜想到的一个很不可能但是又符合逻辑的猜想,我把事情说给你听听,你是旁观者清,听听我有没有说错。"

叶溟轩玩笑的神态渐渐收了起来,看着梓锦说道:"好,你说。"

梓锦就把自己的猜想跟分析,以及自己能想到的已经握在手里的疑点,一点点的,如抽丝剥茧一般慢慢地说给叶溟轩听。

一个细细地说,一个郑重地听,足足过了大半个时辰,这才讲解完毕。

叶溟轩眉眼之间涌上兴奋之色,赤着脚在屋子里走来走去,神情激动不已,看着梓锦说道:"你这么一分析,我也觉得事情很有可能跟你说的差不多,难怪你要我开棺验尸。的确,如果杜清怡真的死了,那她的坟墓里就一定会有尸骨,如果她没有死,那么棺材里就有可能什么也没有。毕竟杜清怡下葬的时候没有谁亲眼看到,也没有谁亲自证实里面躺着的的确是杜清怡。"

"对,你还需要一名手艺极高的仵作,如果棺材里真的有尸骨,最好能验一验那人是不是杜清怡。"梓锦说到这里话音一顿,"以前看宋慈《洗冤录》,里面就曾经说过,每一个人都有与众不同的体征!古时还有一种极其诡异的办法,那就是滴血验骨!你可以找对这方面有研究的仵作帮忙,至于鲜血,自然应该是跟杜清怡有血缘关系的杜曼秋,只是怎么从杜曼秋身上神不知鬼不觉地拿到血样呢?"

"也许从皇子身上下手也是一种办法。"叶溟轩缓缓地说道,如果直接从杜曼秋身上下手,一个不慎就会背上大不孝的罪名,而且在侯府之内行事多有掣肘,并不是一个好法子。

梓锦其实也觉得如果从杜曼秋身上取血样实在有些难度,平常都有丫头婆子围绕着,想要下手着实有些难度,而且杜曼秋很谨慎,想要设计她并不容易。

听到叶溟轩这么说,梓锦觉得难度也不小,皱着眉头说道:"大皇子又不是召之即来挥之即去的物件,你说要取血就取血的?"

虽然有了大体的方向,可是要实施并不容易,有很多的困难在眼前。更何况滴血验骨不过是一种传奇之方也不知道能不能奏效。

两人对视一眼,梓锦想了想说道:"还是由我下手比较好,虽然在内院也有些难度,但是比起你要跟大皇子下手总要容易得多。我这边还未得手的时候,不如你先去问问仵作滴血验骨这事能不能成比较好。"

叶溟轩慎重地点点头,又看着梓锦笑道:"方才我的话没有说完,你要查的那人落脚处就在城西的一个十分精致的宅院里,我也派人查了那院子的主人,是早些年靖海侯在京中置办的产业,只是这院子并不是以靖海侯的名义买下的,而是转了好几回手,可见是迷人眼的招数。不过唬得住别人,可奈何不了我。"

梓锦叹息一声,虽然早有预料,不过得到确切的答案还是有些震撼。

"如果蓝娘真的是杜清怡,那就能解释得通为什么皇帝总会招吴祯进宫了。而且这样一来吴祯岂不是跟大皇子是同母异父的兄弟?"梓锦眼睛一亮,看着叶溟轩说道,"我们从吴祯身上取点血不成么?"

两人相视一笑,真的是人在此山中,如果真的是这样的话,从吴祯身上拿走血样也是一样的。

从京都到江南来回一趟,还要挖坟开棺,验证尸身,一来一回最少也要耗时三四个月,到时候就到年底了,年底命妇进宫朝贺又是一个关口,所以他们一定要赶在过年之前,解开蓝娘的真实身份。

时间真的很紧迫。

"你要亲自去吗?"梓锦有些紧张地问道,这个时候她还是希望叶溟轩能陪在自己身边度过这最艰难的几个月。

叶溟轩摇摇头,笑道:"我不会去的,会找心腹直下江南,你就放心吧。"

梓锦这才松了口气，不由得一笑："一时一刻也不想跟你分开，总害怕一分开就是陌路。"

"不会的，不管什么时候，不管你在哪里，我都会找到你，你要相信我。"叶溟轩低声承诺，正因为都熟悉彼此的来处，所以更害怕失去，因为把他们隔开的不仅仅是死亡，还有千年的时空。

总觉得一辈子很漫长，从黄髫小儿到发白齿摇是那么长的距离，两个人的相守有那么多的年头，这些在旁人眼里最不看重的东西却是梓锦跟叶溟轩最珍惜的。人从一出生就开始步向死亡，每过一天，人生就会少一天，所以一定要好好珍惜每一时每一刻。

叶溟轩要去准备南下的事情，梓锦也开始把全部的精力集中在杜曼秋、静谧师太跟蓝娘的身上，既然已经有了怀疑，叶溟轩去做的事情是一方面，另一方面梓锦也不会闲着，也要尽自己的力量把事情弄清楚。

而且这里面还有很多的疑点，比如说当年蓝娘诈死的真相，比如说静谧师太知不知道此事，再比如说杜曼秋又知道了多少？而静谧师太暗下黑手的原因究竟是什么，为什么要让杜曼秋的儿子不能生育，为什么要断了侯府的香火。

在梓锦看来，事情有些杂乱，毫无章法，而且派别众多，想要把这件事情干净利落地调查清楚短时间也是不可能的，所以就要放长线钓大鱼，他们还有四个多月的时间。

姚玉棠女儿的满月酒梓锦去了，办得很是热闹，姚家的人又着着实实热闹了一番。看着海氏的脸色不错，想来跟莫姨娘的战争，在卫明珠的帮衬下应该是胜多败少，所以才能如此春风得意。

席上也谈及了姚长枫跟姚长悟的婚事，姚长枫的婚事海氏已经定了下来，是姚谦同僚的嫡次女，一个庶子还能娶到嫡女，不得不说姚家几个女儿嫁得好是很有关系的，古代联姻就是这样现实。

只是姚长悟的婚事却还没有定下来，莫姨娘在这个儿子的身上显然要比在姚玉棠的身上还要精心几分，女儿嫁出去就是别人家的人，儿子才是能养老的，要不怎么说养儿防老这句话，因此关于儿媳妇的人选，莫姨娘也是几番思虑，几番周折。本来海氏就不大乐意管莫姨娘的事情，当初姚玉棠的婚事实在是没有办法这才插了手，姚长悟的婚事莫姨娘几次三番地出幺蛾子，海氏终于怒了，拍着桌子跟姚谦怒吼："没听说哪家的庶子议婚还要一个姨娘管东管西的，我没安好心，我心思恶毒，我见不得庶子比嫡子好，所以啊，你这宝贝儿子的婚事你愿意怎么办就怎么办，你想定什么亲就定什么亲，我一概不管了，免得出力不讨好，还要落一身骚，你们爱咋咋地！"

海氏撂挑子不管了，姚谦低头下脸赔罪告饶，哪有正妻不出面一个姨娘着手儿子婚事的。

海氏这次也的确是恼火了，也下定了决心，就是不搭理姚谦，任凭姚谦怎么说，说什么，就是两字，不管！

你莫姨娘不是手段高吗？不是觉得自己委屈吗？心比天高命比纸薄，还想给姚长悟娶个嫡长女，也不看看自己有没有那个命！

梓锦听着卫明珠跟她八卦，心里真是各种滋味俱全，摇头叹息不已，压低声音说道："莫姨娘在四姐姐成亲的时候犯过一次糊涂，但是幸好悬崖勒马。没想到这次更糊涂了，我原以为有了上次的教训她知道收敛了呢。"

卫明珠是姚家的嫡长媳，在这场姚家嫡子与庶子，正妻与姨娘的较量中，其实是最容易得罪人的一个。尤其是海氏脾气暴躁，一生气就容易找人撒火，作为儿媳妇的卫明珠就是最好的对象之一。

二来莫姨娘跟姚老爷虽然是无媒苟合，但是年轻时也的确是有过那么一段情真意切的花前月下，儿女情长，在姚府虽然几次大起大落，但是都还能硬挺过来，也可见不是一般人物。

梓锦想着卫明珠在这样冰火两重天的姚府煎熬，怎么着也得体型削减，虽不至于人比黄花瘦，总也得面带几分愁。谁知道看着卫明珠珠圆玉润的身段，红润光泽的笑脸，梓锦就觉得这位大嫂心胸的确很不错，这样糟心的事情也能应付得如同吃饭喝水般容易。

卫明珠看着姚梓锦，又看看周围的人都在各自聊天，海氏拉着姚月不知道躲哪里说悄悄话去了，姚雪被姚冰拉着看兰姐儿去了，这才放下一颗心，十分得意地说道："想当初才闹起来的时候，你不知道，着急得我真的是急三火四地四处灭火，不到半月瘦了十几斤，那个时候我才生了孩子没多久，身子总有些受不住，就有些病歪歪的。你大哥官场上的事情又多，每天都很晚才回家，我也不敢说给他听。你知道的，议论婆婆是非那可是大不孝的，我哪敢开口，这边是嫡亲的婆婆，那边是得宠的老姨娘，我夹在中间差点成了饺子馅。"

这个比喻让梓锦忍不住笑了，就问道："后来呢？"

"要说起来这事还要感谢你的生母吴姨娘，没想到吴姨娘看着柔柔弱弱的从不多管闲事,一出手就帮了我的大忙。"卫明珠看这梓锦的眼神也带了感激,以为是梓锦提点吴姨娘多照顾她的。

"我姨娘?"梓锦颇为惊讶,看着卫明珠说道,"姨娘怎么帮你了?"

"吴姨娘做事真是令人赞叹,不显山不露水的,不过找了个你大哥进后院给老太太请安的时辰,赏花的时候'无意'中跟自己丫头说话,就那么巧的被你大哥听到了我的窘况,然后我就解脱了。"卫明珠笑了,想起自己丈夫那叫一个心里美啊,虽然不说甜言蜜语,但是做的事就是让人那个舒心!

梓锦就笑了,姚长杰做事情向来是属于心里有的行动派,属于腹中自有乾坤,心疼自己媳妇受夹生气。不过梓锦也很好奇啊,又不能指责自己亲娘,实乃不孝;也不能指责莫姨娘,总是规矩摆着,思来想去梓锦也想不到姚长杰用了什么办法让卫明珠这般开心。

想到这里梓锦闪着满眼星光,看着卫明珠笑道:"大嫂,我大哥知道后怎么做的?"

卫明珠其实是有些不好意思的,面孔就泛了红,神态就有些扭捏起来,颇有些说不出口的架势。

梓锦心里痒痒的,又特别想知道,就摇着卫明珠的胳膊说道:"好嫂子,你快说,我大哥做了什么。"

卫明珠被梓锦缠得没有办法,只得谨慎地四处看了看,然后压低声音说道:"其实你大哥也没做什么,就是那段时间三弟的学业督促得不紧了,再加上今年姚府有些奴才要放出去,缺的地方还要补上,因此你大哥让人特意挑了一些年轻貌美的、性子有那么点聪明的,还识得几个字,有几分才学的丫头送进了莫姨娘的院子里。"

梓锦顿时石化,姚长杰不出手则已,一出手必定是雷霆万钧之势!

要说莫姨娘现在最在乎的东西也就只有两样,第一就是姚长悟的学业,就指望着他能夺得功名,仕途进益。第二就是姚谦的宠爱了,莫姨娘姿色本就不俗,不然的话当年海氏也不会咬咬牙狠狠心抬了吴姨娘这个美人胚子进府做了贵妾压制莫姨娘。

姚长杰这么一出手,首先在姚长悟的学业上动了手脚,学业不进益,只有两个原因,一则是姚长悟自己松懈了偷懒了,二则是夫子动了手脚,在课程上怠慢了。姚长悟既然是一如既往地勤奋上进,可是学业却停滞不前,只要是有个脑子的就能明白怎么回事。二来,趁着府里新旧更替,给莫姨娘的院子里送了既美丽妖娆又不安分还读书识字的丫头,这样一来姚谦只要一去莫姨娘的院子里,这些个心思不正的自然是要想尽办法跟姚谦来个美丽的偶遇。

姚谦素来喜欢有才学的女子，莫姨娘在后院嚣张多年凭借的不就是这个？姚长杰够狠的，莫姨娘如今人到中年，虽然不至于人老珠黄，但是跟十五六岁脆生生的小丫头还是没有办法相比，再加上这些不省心的丫头还都是肚子里有墨水的，可见莫姨娘的院子里一定是很热闹。

梓锦就算是没有亲眼所见，只要用脑子幻想一下，也能想得到莫姨娘气得跳脚的神情。最怕美人迟暮，不是有一句红颜未老恩先断，更何况莫姨娘已经这把年纪了。

梓锦只要想想，就想要笑，这样一来莫姨娘哪里还能不安分。

既没有得罪亲娘，也没有跟亲爹的妾室起冲突，弹手间灭敌于无形，这样强大的也就只有姚家大哥了！

难怪卫明珠最近珠圆玉润的，可见日子多舒心了。

其实吧卫明珠也不想身材这么丰满，总觉得还是瘦一点比较好。奈何他夫君说，她胖一点比瘦一点好看，女为悦己者容，卫大嫂就把减肥这件事情抛之脑后了。其实卫明珠心里也隐隐约约有些明白，听府里的人说，梓锦小的时候白白胖胖，憨态可掬，最是胖得可爱，姚长杰最是喜欢那个时候的梓锦，总是笑称她小包子。

看着姚梓锦，卫明珠心里越发羡慕了，能有一个这样时时刻刻念着她的哥哥也是一件很幸福的事情，对这个妹妹，卫明珠都能感觉得到姚长杰是真的十分用心的。其实卫明珠真的很奇怪，明明姚月几个跟姚长杰才是一母同胞的兄妹，姚长杰最惦念的，最关心的却始终是姚梓锦。

而且这段日子姚长杰早出晚归，时常发呆，神情越发严肃，卫明珠看得出来他一定是有事情烦心，只是他不说，她也不问，但是隐隐约约感觉到一定跟梓锦有关系，因为有几次都听到姚长杰吩咐事情的时候会提到平北侯府，能让姚长杰这样上心的也就只有姚梓锦的事情了。

梓锦看着卫明珠有些失神的脸，伸手在她眼前轻轻一晃，笑道："大嫂，回神啦，想什么呢这么入神？"

卫明珠定定神，抬眼看着梓锦，面上露出一个笑容，摇摇头："没什么。"话音一顿，还是问道："五妹妹，你小的时候有我这样胖吗？"

"大嫂你不胖，其实女人还是微胖一点比较好看，我小的时候啊是挺胖的，你看我现在都不怎么长肉，我也想再长些肉才好呢。"梓锦是真心觉得女人瘦成竹竿有什么好看的，当然不能太胖了，那就没有美感了，骨感的美人她素来反感，骨肉匀称的才是最漂亮的。

卫明珠挤出一个微笑，心里却有些难受，果然如此。

侯家人来人往直到后半晌才散了，梓锦跟姚家诸女亲自送走了海氏跟卫明珠这才一一道别，天色将暮，梓锦看着天边红霞如火席卷半边天，映得路人身上的衣服都渲染了一层红色，整个大地都铺上了锦妆。

坐在马车里，一路晃晃悠悠地往侯府走，想起姚玉棠白净微丰的身姿，不由得浅浅一笑。想起儿时姚玉棠总是说，将来我要嫁最有才华的男子。那个时候姚玉棠诗词书画是姐妹几个中最出色的，才子佳人的故事也是最有吸引力的。兜兜转转，果然嫁了一个才子，只是姚玉棠再也不是当初十指不沾阳春水的姑娘，也学会了照顾有病在床的婆婆，照顾苦学用功的小叔，伺候夫君，如今也生育了孩子。退下了才女的光环，却也镀上了一层更柔和的光芒。

人生从来不是一成不变的，也绝对不会按照你最理想的样子往下走，总会在你最意外的地方拐弯。

中秋节前就已经得到消息，蓝娘已经打算要见杜曼秋，但是不知道为了什么一拖再拖，如今都到了这个时候居然还没有见面。更为蹊跷的是清水庵那边也没有什么动静，一切安静得有些诡异了。

越是平静，就代表着翻起时的浪越大，梓锦从吴嬷嬷那里问过几次，吴嬷嬷说静谧师太没有主动联系过她，只是前些日子问过她那熏香还用没用。

梓锦冷笑一声，看来这位静谧师太还没有打算放过杜曼秋，让她的儿子能生育子嗣。只是她究竟打的什么主意，梓锦却真是想不透了。

入了秋，天越发地冷了，梓锦现在除了帮着楚氏料理侯府的家务，不管什么事情都不会出门应酬，但凡是有人相请，一律都会婉言拒绝。这天天气晴朗，丫头们拿出冬里要穿的衣服晒一晒，免得放得久了有什么味道。

一大院子里人忙得不可开交，梓锦坐在屋子里做针线，没想到楚氏和沈氏居然联袂来访，梓锦笑着站起身迎了出去，说道："大嫂二嫂今儿个怎么有空过来了？"

不管杜曼秋什么脸色，至少楚氏跟沈氏跟梓锦还是保持着友好的交情，只不过大家都是在这后院生存的女人，平常当着杜曼秋的面也是会演演戏，装装不对付，私底下倒是比以前还亲近不少。

楚氏跟沈氏也不矫情，两人进来坐下后，笑道："今儿中午没事过来扰你一顿饭吃，你可愿意？"

"求之不得呢。"梓锦笑道，只见楚氏穿一件海棠红遍地散花镶三指宽边亮绸的褙子，系一条百花裙，梳着偏云髻，带着金凤钗，倒真是喜气洋洋的模样。沈氏今儿个也是水蓝色折枝花褙子，双膝襕群，百合髻簪着金镶玉钗，面上也是笑意融融。

梓锦觉得有些可疑，故意使劲打量着二人，问道："哟，今儿个打扮得这般俊俏，是不是有什么好事啊？"

梓锦打趣道，转身吩咐丫头让厨房准备酒菜，水蓉泡了茶上来，纤巧端了茶点心，精致的枣泥馅山药糕糖、蒸酥酪、桂花糖蒸新栗粉糕、松穰鹅油卷，热腾腾的正新鲜，看着就让人食欲大增。

楚氏叹道："要说起吃的来，这府里再也没有谁的小厨房做出来的点心比你这里好吃，只是闻着味道就比我们厨子做的好多了。"

梓锦倒也不谦虚，得意地说道："我从小贪嘴，就爱吃点好吃的，说来也巧，这安园里管厨房的卫嫂子就有这么一手好手艺，我只要给她说了做法，就没有做不出来的，真是一个手巧至极的人，倒真是便宜了我。"

"那也得有嘴巴刁钻的主子，才能有百炼成钢的奴才，卫嫂子在你手下估计也费了不少脑筋。"楚氏笑着说道，倒也不客气地捡起一个松穰鹅油卷放进嘴里，边吃边说道，"这味道就是挺正的，跟百年老店做出来的差不了多少。"

"吃我的好东西还要听你埋汰我，我真是费力不讨好的。"梓锦笑着说道，自己也捡起一块酥酪放进嘴里，又将桂花糖粉新栗粉糕推给沈氏，笑道："这是二嫂爱吃的，你尝尝，卫嫂子最近新练出来的手艺，我正想再过几天手艺练好了，新做出来给你送去呢。"

沈氏十分欢喜地说道："亏你还记着我爱吃什么，嗯嗯，这味道真不错，都能比得上我娘家的厨子了……"

三人说说笑笑，一壶茶，四碟小点心，很快就用了大半。楚氏摸着肚皮说道："在你这里住十天，准能胖一小圈。我说你整天好吃好喝怎么也不胖啊。"

"那我还不到长肉的时候。"梓锦笑道，拿过帕子擦擦手，这次看着二人，道，"好了，吃也吃了，喝也喝了，有什么事情就直说吧。"

楚氏谨慎地往门口一看，见到在门口站着的是寒梅，这才心里稍安，压低声音看着梓锦说道："今儿来是要告诉你一个喜讯，只是还没有证实，本来不想说的，只是心里实在是憋不住，只好拉着二弟妹跑来了。"

梓锦摸摸下巴，瞧着楚氏说道："最近没听说家里出什么事情啊，有什么要紧的事情大嫂这般郑重的。"说完就看看沈氏，就看到沈氏一直笑，梓锦再看看两人鲜艳的衣裳，楚氏又说是喜讯……心里突然冒出一个念头，瞪大眼睛看着楚氏，顿时高兴不已："大嫂，你可是……可是有了？"

楚氏分外的不好意思，忙拉着梓锦坐下，低声说道："葵水已经过了十多天还没到，我这心里也没底，又不敢说，生怕让婆婆跟祖母空欢喜一场。可是一个人琢磨心里难受，就只好拉着你跟二弟妹说道说道。"

梓锦心里默默地算了一下，距离查出熏香的事情差不多也有半年了，看来吴嬷嬷说得一点也不错。

看着楚氏十分开心的样子，梓锦笑着说道："那肯定是了，错不了，恭喜大嫂，贺喜大嫂。这可真是天大的喜事……"梓锦说到这里突然脸色一白，坏了，有件事情可不好解释了。

静谧师太下了黑手不让侯府的人生育，杜曼秋并不知道这件事情，楚氏跟沈氏更不知道。如果这个时候楚氏传出有身孕的消息，那么吴嬷嬷就会有危险了。

更为关键的是，如果楚氏怀孕的事情不能公开，梓锦该用什么样的理由说服她们？

梓锦可不想吴嬷嬷母子二人的性命毁在自己手里，但是这件事情事关重大，又牵涉到杜曼秋，杜曼秋又是楚氏沈氏的嫡亲婆婆，梓锦忍不住扶额，我的神啊，谁来救救我！

梓锦自从来到这个时空，就面对过不同情况的各种纠结的事情，不管是娘家的时候面对姐妹兄弟，面对婚姻大事，还是成亲后面对侯府的各色人等，面对大皇子诸人，梓锦一步步地走过来，费尽了多少心机，可是面对此刻的情况，依旧觉得自己有些头痛。

侯府目前就分为两块，一块是长公主这边，一块是杜曼秋那边。两边表面上看着是不对付，但是私底下梓锦跟楚氏沈氏的关系却越来越和谐，越来越亲密。要命的是，杜曼秋并不知道静谧师太最后做的动作，楚氏跟沈氏也并不知道这事情里面的复杂性。

只是觉得怀了身孕是偶然，是幸运，却不知道梓锦夫妻在这里面出了多少力，费了多少手脚，做了多少事情。

如今怀孕这件事情的确是件大喜事，而且更重要的是这是侯府期盼已久的第一个嫡孙，怎么能够瞒着不报？如果没有合适的理由，梓锦不能劝说楚氏放弃这个想法。

但是如果说不出实情，梓锦眼前也没有更合理的解释。如果要说出实情……这里面的牵涉就太广了。

但是梓锦很庆幸，楚氏还没有把这件事情公开，还有挽回的机会。不然的话消息一旦散播出去，引起静谧师太的怀疑，牵连吴嬷嬷母子不说，梓锦更担心的是会不会因此而震动梓锦一直想要找的那个人。

梓锦现在所有的希望，后半生的幸福都压在了蓝娘的身上，所以容不得半点不慎。

梓锦的神色越来越严肃，看得楚氏跟沈氏莫名其妙，两人也有些不安起来。

梓锦重重叹息一声，看着楚氏说道："大嫂，如果我不跟你说原因，但是请你先瞒住你怀有身孕的消息，你会不会同意？"

楚氏一愣，没想到梓锦会说出这样的话，一时间很是不解，下意识地问道："为什么？"

"原因我现在还不能说，但是我是有苦衷的，就算是我求你，大嫂你能愿意吗？"梓锦放下身段乞求道，这里面牵涉到杜曼秋，杜曼秋又是叶锦叶繁的亲娘，一两句话真是说不清楚的。

楚氏微蹙眉，却不知道该怎么说。

沈氏看着梓锦，疑道："三弟妹，你该不会是不开心有这个孩子吧？"

沈氏是怀疑梓锦会不会暗下黑手对付楚氏！

梓锦苦笑一声，看着沈氏说道："二嫂，咱们妯娌相处不是一日两日了，你说我是那样的人吗？我不能说是因为这里面真的有别的原因，我不方便说，但是我敢用我的生命起誓，我绝对不会对大嫂肚子里的孩子有任何的歹心，不然让我天诛地灭，永世不得轮回！"

这么重的誓言，倒是让沈氏有些讪讪的，不好意思地说道："你别这样说，我不过随口一问。但是……但是三弟妹，就算是大嫂能答应你，可是大哥呢？大嫂怀孕的事情能这样最多两三个月，而且怀孕初期夫妻不能行房，想要瞒住别人容易，但是瞒住同床共枕的人可不容易，你让大嫂怎么跟大哥交代？大哥盼孩子不知道盼了多少年了。"

梓锦只顾着自己苦恼了，浑然忘了这一层，不由得苦笑一声："倒是我糊涂了，是啊，总是瞒不住大哥的，没有原因大哥怎么会怎么肯不把这个好消息说出去。"

楚氏看着梓锦的模样，知道梓锦一定遇到了难题，不然的话梓锦绝对不会说出这样的话，于是探问道："如果说出来，这孩子会有危险吗？"

如果梓锦卑鄙一点，可以利用这句话唬一唬楚氏，让她不往外说，但是这个孩子楚氏也盼了多年，整天担惊受怕的，梓锦真的怕她精神压力过大，保不住这个孩子，就真是罪过了。

"大嫂，这个问题我也不知道，因为我不知道那个人知道了这个消息会有什么反应。但是有一点我肯定地告诉你们，咱们三个一直无孕是有原因的，大嫂能怀上孩子，是因为我跟溟轩除了那祸患。如今大嫂能怀上孩子，二嫂想必也快了，只是我跟溟轩设了一个计，想要把那人追根究底地拽出来，因为害得咱们不能生育的人并不知道我们已经知道了她的阴谋，所以……如果这个时候侯府里传出大嫂怀孕的消息，那么那人一定知道她的计谋被识破，那么我安排的人就会被人发现甚至于灭口，而且她还会做出什么事情，连我也无法预料。就如同我现在还查不到，她究竟为什么不让我们生育一样。"梓锦大略说了一说。

楚氏下意识地抱着肚子，沈氏也是脸色苍白，她们早就知道熏香有问题，但是一直不知道梓锦跟叶溟轩已经查出了幕后黑手。

楚氏的声音有些苦涩，看着梓锦的眼神有些受伤："三弟妹，你查出了事情的真相居然都没有告诉我们……为什么？是信不过我们？"

梓锦摇摇头，很是无奈地说道："有的时候不说是为了更好地保护，因为说得太多反而露得太多，给我们的敌人更多察觉的机会。大嫂，我不是不信你们，而是不信你们身边的人。吴嬷嬷有问题你们是一早知道的，许青家的一家被逐走，现在你们应该想明白是为什么了。"

楚氏睁大眼睛看着梓锦，惊道："原来吴嬷嬷婶侄那次失踪就是你下的手？那个时候你就知道了是不是？"

梓锦点点头："是，那次我就动手了。请大嫂二嫂原谅我没有告知你们原因，但是请相信梓锦，我绝对没有坏心的。"

"你要有坏心大嫂也不会怀孕了。"沈氏脱口说道，其实沈氏是心里真这么想的，也是信任梓锦的，所以才会脱口说出来。

梓锦看着沈氏，脸上有了点笑意，其实沈氏也挺可爱的。

"是啊，二弟妹说的没错，你要是有坏心我怎么还能怀孕？说不定二弟妹的肚子里也有了小宝贝，没有你们夫妻，我们不知道什么时候才能有自己的孩子。好，我答应你瞒着这件事情，我知道你这么做有你的理由，可是我只能答应你两三个月的时间，因为肚子一旦显怀，瞒也瞒不住。"楚氏觉得梓锦一向比较靠谱，不能说出原因也是有苦衷的，这个苦衷也一定是非常大，牵连非常多，不然的话以梓锦的性子绝对不会瞒着她们。

梓锦能够幕后做了好事，不让她们知晓，还让她怀了身孕，她就算是投桃报李还梓锦这个恩情，也要咬牙答应下来。

梓锦看着楚氏，满脸的感激，她没想到楚氏这样的仗义，这样的直爽，握着楚氏的手泪眼盈眶："谢谢大嫂，梓锦真的很感激，请相信我最后一定会给你一个满意的答案，也请相信我，这个消息不说出去一定是有最大的益处的。只是大哥那边大嫂要怎么说才好？"

楚氏就皱皱眉头，想了想说道："后院一向不太平，妻妾相争也是有的，而且现在还说不准究竟有没有怀孕，等再过个十天半月真的确定了，那个时候我再跟你大哥说，我想你大哥对这个孩子也是十分珍惜的，头三个月最是凶险，后院又不安宁，只要我好好地说一说，应该能劝说他帮着我瞒着。"

楚氏这个办法就比较被动，但是也是没有办法的办法。

沈氏就点点头说道："也只能这样了。只是还有件事情……"沈氏看着梓锦跟楚氏扭捏半天还是说道："最近婆婆脾气不太稳，要是万一有什么事情责怪大嫂，又要罚你站，处罚你可怎么好？有了身子可不比以前，这万一要是有点意外……"

这也是事情的关键所在，因为杜曼秋并不知道楚氏怀孕，对待她就跟以前一样，一不开心罚站也是很平常的，孕妇第一胎头三个月是要格外的精心的，容不得一点差池。

屋子里又沉默了，楚氏有心要帮梓锦，但是想到杜曼秋最近比较古怪的脾气，一时也不知道该说什么了。

梓锦是比较担心吴嬷嬷母子的安危，但是楚氏肚子里的孩子就不是生命了？如果因为要保密，这孩子真的被杜曼秋折腾没了，梓锦大概会内疚死，也说不定楚氏从此跟梓锦也结了仇。

梓锦越想越是觉得不妥，脸色越发难看，因为事情实在是太棘手了，左也不是右也不是，怎么做都会有意外发生，还是致命的意外，怎么能不小心一点？

梓锦轻轻地摇摇头，看着楚氏说道："二嫂说的是，绝对不能因此让孩子有什么意外，如果孩子有了意外，我是万死难辞其咎。"

楚氏第一次做母亲，虽然很想帮着梓锦，但是实在是太令人纠结了，抬眼看着她，道："那该怎么办才好？这也不行，那也不行，难不成真的一点办法也没有？"

沈氏素来是跟着楚氏行事的,这时见到楚氏跟梓锦都没有办法,她就更没有办法了。

梓锦咬咬牙,看着二人说道:"还有一个办法!"

楚氏跟沈氏同时看向梓锦,顿时欣喜不已,就如同久旱逢甘霖般雀跃不已。

梓锦也是想了又想,绝对不能拿楚氏肚子里孩子开玩笑,也不能视吴嬷嬷母子为无物。要想在不惊动静谧师太的情况下又要妥善地保证楚氏母子的安全,就只能需要一个人的帮助,那就是叶锦!

梓锦看着楚氏跟沈氏说道:"这件事情需要大哥的支持,而且有些事情我想也应该让你们提前做个准备。我跟溟轩一直瞒着不说不是我们有什么不好的心思,只是觉得能少一个担惊受怕也是幸福的事情,只是我们真的需要三个月的时间,所以这次不能再瞒下去了。既然大嫂二嫂要留在安园用饭,最好也能请大哥二哥过来热闹热闹才是。"

梓锦笑了,既然不能再瞒了,就不要瞒了,索性说清楚,到底叶锦跟叶繁会选择怎么做,就不是她跟叶溟轩能左右得了的。而且大家都是大人了,做事情也不是毛头小子了,做选择也都是很慎重的事情,相信叶锦跟叶繁也会做出对他们最有利的决定。

楚氏跟沈氏明白梓锦的意思了,这是要坦诚布公的交代了,于是就笑了。

梓锦看了两人一眼,笑了笑,站起身来走到门口,看着院子里正忙着的杜若说道:"告诉厨房的卫嫂子,大少夫人跟二少夫人晚上留在安园用饭,做些精致的饭菜上来。再找两个丫头去外院给大少爷二少爷的小厮传个话,如是晚上无事一起过来用个便饭。"

杜若忙笑着应了,转身就去了。梓锦的行为跟以前一样看不出有什么区别,更何况楚氏跟沈氏在安园也不是第一次用饭倒也没让人觉得意外,倒是厨房忙了起来,卫嫂子又找了几个相熟的小丫头过去帮忙。

梓锦看着素婉一直在院子里帮着收拾东西,头也没抬很是本分的模样,转身之际低声对寒梅说道:"今晚上盯紧她,若是她突然告假出门,半推半就地允了。提前给陈安送个信,让他找两个人守在侯府的前后门,若是素婉真的告假就给我盯死了。"

寒梅看着梓锦十分严肃的神情,也不敢跟以前调笑,忙点头应了,隐隐约约地,好像真的要有大事发生了。

梓锦回来就坐，楚氏叹道："到底是你做事周到，里里外外这么一说，只怕别人也不会轻易地起疑心。只是你就这么肯定素婉晚上要出门？我记得这个素婉是母亲跟前的人，后来送来了安园，是不是她有什么不对？"

到底是后院生存多年的人，一点点的气息就能让楚氏很是警觉。

梓锦点点头，看着楚氏说道："是有问题，今晚上我就跟你们说清楚。如果我判断不错，今晚上素婉只要有行动，我想要的东西应该也快有结果了，我等了很久了一直没动静，正焦心呢。也算是今晚上借着你们的手推她一把，送她一程吧。"

梓锦最喜欢做的事情，一箭N雕，既然要出手，总不能所获太少。不动则已，一动便是雷霆之势。只要今晚上把所有的事情说开，梓锦也已经做了最坏的准备，如果叶锦跟叶繁不合作，她会让叶溟轩用点手段让两人不得不合作。

不是她小心眼，只是母子天性，她相信叶锦跟叶繁总会偏向杜曼秋多些。但是目前最不能惊动的是杜曼秋，从而触动静谧师太，如果这兄弟二人一定要惊动杜曼秋，那就只好对不住了，梓锦真的要下黑手了！

梓锦觉得人活着本来就是一件十分辛苦的事情，委屈自己只要是能有希望，暂时的委屈也不算什么。但是如果有人想要破坏梓锦的好事，梓锦也是不会允许的。大家都想要好好地活着，所以还是要好好合作才是。

天色渐黑，梓锦也给叶溟轩送了信，让他无事早回。在叶溟轩的回音送到之前，叶锦的回音首先到了，晚上会过来，叶繁的紧跟着也到了，嚷着要喝叶溟轩藏在地下的美酒，梓锦听着就笑了，倒是沈氏有些不好意思地笑了，看着梓锦说道："这个没出息的，只惦记着好酒了。"

梓锦跟楚氏就笑了。

叶溟轩的回音最晚送到，但是也答应早回。

因此当华灯初上的时候，屋子里梓锦已经让丫头摆好了酒菜，她们妯娌三人说笑的时候，三兄弟倒像是约好的一同走了进来。各家的去迎各家的男人，屋子里一下子热闹起来，叶繁看着梓锦大嚷："我要的好酒呢，三弟妹准备了没有？三弟最小气，平常都舍不得拿出来给我喝。"

叶溟轩轻哼一声，道："就你那牛饮，我这点存货没几天就被你糟蹋光了。"

叶繁嘿嘿笑了，使劲地拍拍叶溟轩的肩膀，道："小气！"

叶溟轩看着叶繁说道："回头等我有时间给你整一坛上好的竹叶青，虽不及金华酒名贵，但是醇正的竹叶青味道不比金华酒差。"

叶繁笑道："你说的是真的？可不许哄人玩。"

"我又不是幼稚的三岁小孩！"叶溟轩轻哼一声，叶繁怒目圆睁，狠狠地瞪了叶溟轩一眼，但是想想竹叶青只好握握拳作罢！

叶锦只是看着两个弟弟你来我往，笑而不管。回头看到桌子上丰盛的晚饭，看着妻子说道："忙了一天还真是饿坏了。"

楚氏看着丈夫，又看看梓锦笑道："三弟妹的厨子可了不得，这饭菜做的都是极好的，看着就很有胃口。赶紧都坐下吧，边吃边说话。"

楚氏身为长嫂笑着招呼大家落座，因为三兄弟之间的关系已经跟以前不太一样，因此这三对到没有跟上次一样分开而坐，而是三对夫妻团团而坐，看着一桌子满满当当地倒也真是热闹。

还是按照惯例，梓锦只留了陪嫁的丫头伺候，杜若今晚上没有跟以前一样提前回了，而是一直在跟前伺候着。看到酒过三巡，饭菜吃了过半，梓锦朝她使了个眼色，就带着水蓉跟纤巧到了门口守着。

此时众人都已经吃了个七七八八，叶溟轩本来没觉得有什么异常，梓锦好客也属正常，再加上最近她们三妯娌关系很好，因此没有往深了想，只想着吃完饭赶紧睡觉，这两天累坏了，卫所里的事情特别多，不知道是皇帝的意思还是万荣自己的意思，以前很多不属于叶溟轩分内的事情都转给他来做，因此叶溟轩的工作量增加了很多，再加上不同的范围就需要下更多的功夫去了解你新接下的任务，叶溟轩最近几乎要跑断腿了。

梓锦搁下手里的碗筷，看着众人都吃得差不多了，就抬眼看向了楚氏。楚氏自然明了，就朝着梓锦点点头。

梓锦这才笑吟吟地看着叶锦说道："大哥二哥，你们不问问今天晚上这顿饭为什么会在安园？"

叶繁挑挑眉，满不在乎地说道："我只是为了喝好酒来的，今儿晚上的酒三弟妹很大方，比老三好多了，上次给我喝的可不如这个好。"

叶锦却知道梓锦不是一个省油的，这样问肯定就是有事情要说了，听了叶繁的话只是一笑，就看向梓锦问道："安园你是主，若问原因我可不晓得。不知道是不是三弟要升迁了？"

梓锦笑着摇摇头，看着叶锦说道："梓锦给大哥道喜了。"

叶锦就是一愣，给他道喜？

"给我道喜？为何？"

叶繁也有些摸不到头脑，摇摇头说道："你鬼心眼最多，不知道你又捣鼓什么呢。"

叶溟轩的眼睛闪了闪，看了叶锦一样，又转头看向楚氏，就见楚氏的眼睛里带着藏不住的笑意，但是这笑的背后却还有那么一丝丝的隐忧……心中似乎有点光亮闪过，然后又看向梓锦。

梓锦感受到叶溟轩的目光，抬眼与他对上，几不可察地点点头。

叶溟轩的嘴角有了笑容，的确是一件喜事。但是看着梓锦弄了这样大的排场来说这件事情，这根本就不是梓锦的作风，除非是发生了什么事情……瞬间叶溟轩的脸色一变，狐疑地看向梓锦，就见梓锦朝着他苦笑不已。

叶锦看着梓锦跟叶溟轩的眼神交流，心里涌起一种难以言语的感觉，好像有什么大事要发生。

梓锦转开眼眸，看着楚氏笑道："还是大嫂自己说吧，这样的事情就是要大嫂亲口说才有意义。"

楚氏面颊微红，抬眼看向叶锦，却有些不好意思，微微垂了头，小声说道："我……我可能有了……"

叶繁手里的调匙一下子落在碗里，发出清脆的碰撞声，碗里的火腿竹笋汤溅了一身。沈氏忙拿着帕子替他擦拭，梓锦翻翻白眼，又不是你媳妇有了，你激动个屁啊……

叶锦被这碰撞的清脆声给震醒了，狂喜地看着楚氏，眼睛落在她的肚子上，声音竟然有些微颤："有……了？真的？我要当爹了？"

楚氏点点头，低声说道："奶娘说我葵水迟了这么些日子，大约是有了，我心里没底就找了二弟妹过来跟三弟妹说话，然后就留在这里用饭了。"

这回答得有点前言不搭后语，跟吃饭有什么关系。可见人激动的时候，都是有些偏弱智的。

叶锦自然不会注意到这些，只是被这要当爹的消息给震得七荤八素的，上上下下打量着自己媳妇，这样冷静的一个人居然会有这样失常的表现，在梓锦看来已经是十分的意外了，须知道叶锦这厮素来是最冷静的。

这么多年没有孩子，一直盼着有孩子，只是几乎绝望的时候，突然知道自己有孩子了，那种绝处逢生的喜悦还真是让人有些癫狂的。看到素来理智的叶锦紧紧地握着妻子的手，却一个字没说出来，只是眼眶里荧光频闪，这一刻就连梓锦都觉得有些心酸的味道。

"母亲、爹爹跟祖母还不知道吧？咱们赶紧把这个好消息告诉他们去，他们知道了一定会非常开心。"叶锦笑着说道，眼睛深处都带着暖暖的气息。

楚氏不说话了，转头看向了梓锦。

叶锦顺着自己媳妇的眼神看向了梓锦，心里不明白自己媳妇看姚梓锦做什么？

正疑惑间，梓锦缓缓说道："大哥，你先坐下，我跟溟轩有事情要跟你们说。等听我们说完，你再决定要不要跟大家说大嫂怀孕的事情。"

梓锦的语气很郑重，就连一向神经短路的叶繁也有些惊讶，转头看向梓锦说道："你又想做什么？"

梓锦看着叶溟轩，四目相撞，梓锦带着歉意地说道："很抱歉，没提前跟你说一声，我就擅自决定要把事情公开了。我知道这样有极大的风险，但是我没有办法看着事情这样发展下去而不去管，大嫂有了身孕就会影响到我们之前的计划，所以……"

看着梓锦内疚的神色，叶溟轩却是毫不在意地一笑，柔声说道："不管你做什么，我都会支持你站在你这一边，你想的你所顾虑的我都明白，那没什么抱歉不抱歉，对得起对不起，我们之间不需要这样的话。"

叶繁无语地翻白眼，这个没出息的老三……

梓锦却笑了，只是这笑容里多少加了那些不能对外人道的心酸。梓锦用力地点点头，说道："你说还是我说。"

叶溟轩伸手拍拍梓锦的手，笑道："还是我来吧。"

两人商议完毕，叶溟轩对上叶锦疑惑的眼神，又看着叶繁说道："我的确有些事情隐瞒了你们，本来想等着事情都结束后再跟你们说，又或者你们一辈子不知道就这样生活下去也挺好。只是没有想到大嫂这个时候怀孕了，就只能现在把事情说出来了。"

"是什么事情？"叶锦觉得叶溟轩能说出这样的话很不寻常，脸色就变得郑重起来，方才所有的兴奋跟喜悦被他极力地压下，这才能稳住心听他说话。

"事情要从我们从外院查出香料有问题开始，但是事情真的有进展就要从吴嬷嬷跟许青家的失踪那次开始讲起……"叶溟轩娓娓道来，把事情讲得很仔细，从吴嬷嬷到静谧师太，从静谧师太到杜曼秋，再到梓锦去清水庵的发现，再到清水庵的秘密被皇帝知晓，又讲到梓锦目前的处境，所有的事情讲得很清楚，枝枝叶叶，一字一句，却听得叶繁失手打破了茶盏，叶锦捏碎了酒杯。楚氏面色苍白，沈氏惊恐不已。

满室压抑!

叶锦看着梓锦,又看看叶溟轩,把所有的事情想了一遍,这才徐徐说道:"你是我们叶家上了族谱的儿媳,生是叶家的人,死是叶家的鬼。而且又不是你招惹是非让叶家蒙难,我跟叶繁也还不至于混蛋到这种地步,让一个女人出头顶祸。"

"大哥……"姚梓锦低声轻喊,"谢谢你们,我一直挺内疚,就觉得是我连累了你们。"

"关你什么事情?你不过是一个最大的受害者而已。你方才说不让我们公布喜讯,究竟为何?你担心的是什么说来听听,方才老三说他已经派人南下,为的又是什么?"叶锦不是不生气不是不震怒,只是他这人也有个最大的毛病,护短!

要解释这个问题就要说到一件事情,那就是杜曼秋、静谧师太还有杜清怡的复杂关系,还要说出对于杜清怡没死的怀疑。而这几个人可都是叶锦跟叶繁嫡亲的外祖家的人啊,一个弄不好,就不定有什么误会。

叶繁这时似乎也缓过神来了,看着梓锦说道:"你说我娘喊静谧师太为姑姑,你说静谧师太是我外祖的义妹,还曾经是姑姥姥的贴身丫头,什么乱七八糟的,我怎么不明白?"

这里面的事情的确是很恼人,梓锦想了想,决定干净利落地说个清楚:"大皇子就是你们姑姥姥的亲生儿子,只是当年先皇不允进宫,生了孩子后孩子被抱回了宫……"

梓锦就把这几个人的关系细细地说了一遍,这颗重磅炸弹,让大家再度白了脸。谁又能想到大皇子居然跟他们之间还有这样的关系,而且更没有想到还有这么多的宫闱秘事,一件接着一件地让人接受不了。

楚氏下意识地抱住肚子,脸色一片惨白:"三弟妹,你说是静谧师太下的手不让我们生育?这是为什么?我不明白……"

"我也不明白,因为静谧师太跟母亲之间的关系也算得上是亲人了,我想不通她究竟为了什么要做这样的事情。重要的是这件事情母亲还不知道,如果大嫂怀孕的事情透露出去,静谧师太一定知道吴嬷嬷叛变了,那么吴嬷嬷母子的性命也就难保了。更为重要的事,我们不知道静谧师太这么做的原因,所以也无法预料她知道大嫂怀孕之后还会做什么心狠手辣的事情。"

梓锦说到这里顿了一顿,看着楚氏安慰道:"大嫂不用担心,本来这件事情我跟溟轩不想让大家知道，就是不希望你们跟我们一样整天生活在这样的惊恐中。但是如果不说清楚，又怕你们贸然把怀孕的事情捅出去，不知道会招来什么样的祸事，如今说了，也希望大嫂不要紧张，肚子里的孩子最重要。你只要记住一点，这件事情对谁也不要说，就是娘家的人也不要说。只要咱们能瞒住几个月，只要能证明你们的姑姥姥还没有死，也许一切都能够大白于天下，我们的危机就都没有了。"

"姑姥姥真的还活着吗？"楚氏觉得这件事情简直就是比说话本的还要悬念迭出，世上怎么就会有这样离奇的事情，简直就是太不可思议了。

"我也不知道，现在我跟溟轩正在求证中。"梓锦苦笑一声，转头看向叶锦，就看他眉头紧锁，五官有一种说不出来的压抑覆于其上。叶锦是大房所有人的正中心，只要他做出一个决定这件事情也就尘埃落定了，梓锦现在不知道叶锦会怎么去做。

心里有点不安，下意识地在桌下握住了叶溟轩的手，手心里微微地带了汗意。叶溟轩垂眸看着自己的小丫头，温柔一笑，捏了捏她的手指，示意她不要紧张，不要害怕，一切还有他！

"大哥，事情都已经说清楚了，我跟小丫头也没什么隐瞒的了，你打算怎么做？"叶溟轩开门见山，意见若不能达成统一，也是件很棘手的事情，因为关系到梓锦跟叶溟轩的大局。

叶锦缓缓抬眸，看着叶溟轩，两兄弟四目相对。

没有噼里啪啦的火光，只有更加凝重。

"三弟，我问你，你最后的打算是什么？"

梓锦的心顿了一下，叶锦果然是最老谋深算的，撇过所有的纠结，所有的困难，直达最后的结果，因为这中间所有的过程在他看来都不重要，最重要的是结果如何。

而这结果，又关系到叶家的内部斗争，因为杜曼秋已经卷进了静谧师太的阴谋中，不管是有心还是无意，都已经是引狼入室的罪人。叶锦只是想要护住亲娘，所以拿这个跟叶溟轩做交易。

天下没有不是的父母，杜曼秋不管做过什么，不管手段如何，她对自己的两个儿子而言是最称职的母亲。叶锦可以帮着叶溟轩，但是前提是最后叶溟轩不能动他的母亲。叶锦拿自己可以放弃的牺牲的用来换取叶溟轩手里的筹码，两人各有各的执着。

叶溟轩其实还真没想过要把杜曼秋怎么样，听到叶锦这么问反而是愣了一下，想了想说道:"长辈的事情我不想插手。"

叶溟轩不是不讨厌杜曼秋的,但是一来就算是杜曼秋有再大的过错,都是叶溟轩的长辈,二来杜曼秋虽然平常小动作不断,最终也没有对叶溟轩造成实质性的伤害。三来……叶溟轩知道,事情大白之后,哪里需要他出面动手,自会有人收拾善后的,晚辈只要静听吩咐就好。

叶繁看看这个看看那个,不明白两人在说什么,沈氏也有些迷迷糊糊的,楚氏跟梓锦心里却是明白。楚氏看着梓锦,眼神之中带了些说不明白的祈求。梓锦握着楚氏的手,低声说道:"大嫂,咱们做晚辈的做好咱们分内的事情,长辈的事情咱们就说好都不要插手好不好?到时候咱们各尽各的心,如此便罢了。"

楚氏低叹一声,听到事情的整个经过,她心里明白,这件事情里最大的受害者是梓锦。她不明不白就卷入了这一场是非之中,还脱身不得,要说对长辈的怨恨,谁又能比得过梓锦。但是梓锦却说长辈的事情她们做晚辈的不予置评,不去插手,只管做好自己本分的事情,想到这里心里就是微微一动,看着梓锦的眼神就有钦佩,能有这样的心胸她是比不了的。

"三弟妹,你是我见过的最豁达的人。"

"不,不是我豁达,而是生命让我不得不这样做。大嫂,我也希望每天快快乐乐地过日子,我也想早起看朝阳,暮赏夕阳落,可是既然陷入了泥潭中,怨天尤人是没有用处的,我只想尽自己的能力把自己解救出来,我不会把这份怨恨抛给别人,只是希望上天能开开眼,给我们这些可怜的一条生路。我说不管长辈的事情,是将来如果事情真的按照我想的去发展,是非功过,我跟溟轩不会落井下石,但是……我们亦不会给谁求情。"

梓锦其实并没有那么伟大,将来如果东窗事发,杜曼秋必定是受到牵连,到时候梓锦看在叶锦几个的面子上不会落井下石,但是也不会真的善良到给她求情,这个时候把话说清楚免得将来心生怨愤。

叶府的特殊情况造就了这种特殊的场面,在座的几个人本来就是壁垒分明的两方,如今关系日渐和谐,但是如果将来真的因为长辈的事情闹翻脸也未必不可能。所以梓锦这个时候把这件事情全盘托出也是冒着风险的,但是这个风险一定要冒,因为越到后面事情的发展会把所有的人都牵进来,谁也逃脱不出去的,与其到时候措手不及不如先共结联盟。

叶溟轩看着叶锦,这两兄弟都不是没有脑子的笨蛋,相反地都是极有智谋的,这么大的事情前面，谁也不会一下子就拿定主意。

"现在谁也不清楚这件事情里谁扮演了什么角色，静谧师太跟她之间的关系看着挺亲密却背后下黑手，你不觉得这件事情有些蹊跷吗？你不想把事情查清楚吗？"叶溟轩始终对杜曼秋心有怨恨，所以连一句母亲也不想称呼，只用她来代替。

所有的关键都在这里了，静谧师太究竟为什么要害杜曼秋？

"我自然想知道。"叶锦说道，明明是亲密无间的亲人，却要下这样的狠手，而且这么多年来为什么杜曼秋都没有跟他们两兄弟说过静谧师太跟杜家的渊源？这里面的疑团让叶锦觉得很是不解。

"我只希望叶家能繁荣昌盛，所以杜家的事情我没有兴趣插手，杜家的恩怨也不愿意去了解。但是现在小丫头已经成为你们杜家恩怨的最大受害者，所以我不得不插手，如果你能保持理智还想着自己是叶家的子孙，只要你能冷静地对待这件事情，凡事以叶家为先，那么今天我也给你一个承诺，我今生今世不会朝着她下黑手，以前的恩恩怨怨就此揭过，只要我的小丫头能够度过此劫，以前的就都算了。等到将来我们就搬回公主府住，或者另外买处宅子，也不会在这里跟她有什么纠葛，你说如何？"

这是叶溟轩做出的最大的让步，而这种让步就是梓锦也是颇感意外，惊讶地看着叶溟轩。没有谁比她更清楚，叶溟轩在杜曼秋手上吃过不少亏，不管是前世还是今生。叶溟轩能够放下所求的不过是她平安而已。

一个男人能为一个女人牺牲的，不能牺牲的，能放的，不能放的，叶溟轩都做到了，梓锦还有什么不满意的，得夫如此，夫复何求。

叶锦显然也是一愣，看着叶溟轩觉得心里有些发堵，没想到为了一个姚梓锦他能够放弃这么多。相反地，如果姚梓锦真的在这一场劫难中出了意外……叶锦忽然不敢去想，到那时候叶溟轩会做出什么疯狂的事情来。

"好，一言为定。"叶锦说道，拍板定案。

"既然这样的话，你们大嫂有孕的事情就绝对不能往外说。"叶锦环顾众人，但是他心里也明白只能瞒一时，肚子显形了，也就瞒不住了。

沈氏看着叶锦磕磕巴巴地说道："大哥，那个其实还有件事情，我不知道……那个，大嫂平常有没有跟你诉苦。这段时间母亲的情绪很不稳定，大嫂经常挨训，有的时候也会罚个站什么的。要是寻常也是无碍的，但是现在大嫂有了身子……又不能跟母亲说，这样的话万一母亲要是生气的时候，又要责罚大嫂，这要是出了意外怎么办？"

叶锦闻言转头看向楚氏，他从不知道这些！

楚氏有些不安地看着叶锦，忙说道："不是什么大事，做儿媳妇的惹得婆婆生气，挨罚是应该的，也没有经常，真的，真的。"

恍然间，叶锦明白了，突然想通为什么姚梓锦一定要把事情都抖出来。显然是姚梓锦想要说服楚氏瞒着有孕的事情，但是在不告知众人的情况下，她们没有办法阻挡住她母亲对楚氏忽好忽坏的态度，怕楚氏肚子里的孩子有意外……

楚氏有些不安地扭着帕子，前些年婆婆对她也是真不错的，只是最近情绪无常脾气暴躁了些……她又不能当着自己丈夫的面数落自己的婆婆，所以有些事情也就只能自己咽下去了。

叶锦看着叶溟轩护着自己媳妇的架势，再看看自己媳妇受了这么委屈他居然都不知道，高低立见。

"我知道了。"叶锦看着叶溟轩跟梓锦，又道，"你们该做什么就做什么，这件事情我会处理好。还有如果别的事情需要我帮忙的就只管说，虽然我身上流着杜家的血，但是我是叶家的子孙，孰轻孰重分得清楚。"

叶锦做事果断利落，梓锦也是佩服的。听到叶锦这样承诺，一颗心就安定了，只要他应下了，就一定会有办法的。

叶溟轩也说道："目前还不需要，未来可不好说，我也不会客气的。"

叶繁这个时候虽然有些迷茫，但是也赶紧表态："大事我不成，小事还是能跑腿的。"

梓锦笑了，人这一生总要做些有意义的事情。

送走了叶锦叶繁夫妻，已经是后半夜了。

梓锦跟叶溟轩睡意全无，两人对视一眼，看着对方，梓锦先说道："你说大哥会怎么做？"

叶溟轩拥着梓锦笑道："在不能告诉杜曼秋的情况下还要保证自己媳妇的安全，那么就只能一个办法——把人送走呗。"

梓锦一愣："这怎么成？如果没有合适的理由，只怕杜夫人不会愿意的。"

"所以叶锦一定会找到合适的理由。"叶溟轩笑道。

果然第二天一大早，整个侯府都传遍了大少夫人年纪一大把了居然发水痘了，为怕传染，大少爷连夜将人送到了大少夫人的陪嫁庄子上养病。

梓锦知道后看着正在吃早饭的叶溟轩说道:"大哥果然有好办法。"

"他素来最狡猾。"叶溟轩一槌定音。

梓锦想想也是,像叶锦这样严于律己的人,又是杜曼秋跟叶青城比较信任的人,这样的人说出来的话几乎没有什么人怀疑的。叶锦这样一说,只要再找个郎中附和,楚氏就被安安全全地送走了。

为了表示夫妻恩爱情深,叶锦还决定特意过去陪着妻子小住一段日子,就近照顾,楚氏娘家的人知道那个感动啊,这样的女婿难找啊。

梓锦笑喷了,世上最可怕的事情就是,从来不撒谎的人忽然撒了一个弥天大谎,满世界却没有一个人怀疑,还要对他各种赞扬,人做到这个份上,那就是极其成功了。

所以说,梓锦一直说叶锦这厮素来是个最可怕的对手。

楚氏被连夜送走,她手上的事情就交给了沈氏,杜曼秋自然是不愿意交给梓锦的。梓锦也乐得偷闲,难为了沈氏忙里忙外操持。

送走了叶溟轩,梓锦把寒梅找了进来,寒梅自然知道梓锦要问什么,不等梓锦开口就忙说道:"少夫人说的果然没错,昨晚上素婉果然请假回家了。"

梓锦点点头,看着寒梅说道:"陈安那边可安排好了?"

"都安排好了,素婉出了侯府究竟有没有回家奴婢就不知道了。"寒梅道。

梓锦就笑道:"这个自然,你做的不错,素婉当时给谁告的假?"

"周妈妈,周妈妈也按照您的吩咐,不软不硬地把人打发了。"

"去把水蓉喊来。"

"是。"寒梅转身去了,很快水蓉就来了,梓锦看着她说道:"你立刻跑一趟铺子,看看陈安在不在,如果在的话把昨天晚上跟着素婉的事情细细地问一遍。"

水蓉经常两边跑,顺了腿,就说道:"奴婢这就去。"

梓锦摆摆手水蓉就走了,素婉果真是按捺不住了。梓锦就是想要知道素婉给静谧师太报信后,静谧师太会做什么?如果素婉报了信,要不要让吴嬷嬷也动动嘴?但是想想吴嬷嬷毕竟是在浆洗房应该不用做这份工作。

果然很快水蓉就带来了消息,素婉真的是连夜去了清水庵。至于去清水庵说了什么找了谁就不知道了,毕竟男子晚上进不去清水庵的。

梓锦看着水蓉问道:"素婉告了几天的假?"

"就只有一天,今天晚上就能当差了。"水蓉回道。

梓锦点点头,道:"你回去休息吧,这几日多仔细她的动作。"

现在梓锦就很好奇静谧师太会有什么动作，之前已经透过吴嬷嬷跟素婉把杜曼秋要见蓝娘的事情捅了出去，现在三兄弟又聚会吃饭，这两下里本来没什么联系，但是只要一想还是有些令人怀疑的。

静谧师太在清水庵清修这么多年，又插手侯府的事情，杜曼秋不仅不知道，还被人愚弄，将来如果知道真相不知道会不会羞愤至死？

偌大的侯府，每天依旧忙忙碌碌，长公主无事连院子也不会轻易跨出一步，叶青城最近跟叶溟轩相差不多，都是忙得半夜三更回家。杜曼秋现在注意力转移，基本上不跟以前一样只盯着叶青城不放，就连叶青城去长公主院子里也没什么表现了，倒是叶老夫人觉得叶青城冷落了杜曼秋数落了叶青城一顿，叶青城有苦难言，索性一个月里大半时间在书房，就连去长公主院子里也没有以前那么频繁了。

梓锦摸着下巴，看着这古代的典型的婆婆儿子媳妇的生活，不禁感叹，在这侯府里自己真是挺幸运的，有长公主这样的婆婆，又有叶溟轩这样的丈夫，若不是有皇家那些烂事，她该是多么幸福的一娃啊。

第二十四章
太意外梓锦封诰命，挖陷阱万荣受磋磨

一转眼已经进了腊月，梓锦越发焦躁起来，因为蓝娘一再拖延跟杜曼秋见面一事，杜曼秋最近的神色很是不好看，整天阴阳怪气的，可怜了沈氏。

有几次沈氏都是一脸乌黑地来找梓锦诉苦，梓锦除了好言安慰也不好多说什么，毕竟是隔房的，总要有点顾忌。

沈氏比任何人都怀念楚氏，多少次想有大嫂的日子多美好。

生活就像旋陀螺，在不停地旋转着，梓锦从没有出过侯府一步，眼看着要到腊八了，就吩咐杜若一定要让卫嫂子细细熬了八宝粥，一大早送回姚府去，虽不能亲见，到底是自己的一番心意，梓锦真的想老太太了。

琐碎不安的日子终于在腊八这天被打破了，叶溟轩奉旨调查罗林收受贿赂一案，没想到一石激起千层浪，陕西一地就牵连出十几名官员涉案，皇帝震怒，下旨严办。

要说起这个罗林，还是当年大皇子对梓锦下黑手，姚家众人联手打击大皇子的臂膀，把原是大皇子心腹的陕西布政使隋棠拉下马，而后皇帝亲自派了心腹罗林坐了这个位置。

罗林此人是真有才，但是就是爱财，以前在天子脚下自然是多有收敛，如今到了陕西哪里还有顾忌，施展手脚，赋税徭役，横征暴敛，搞得民怨滔天。

罗林跟叶溟轩素来不对付，接到密旨检举的皇帝，不知道哪根神经搭错了，偏偏派了叶溟轩去调查此案，叶溟轩一查，哪里还有罗林的好果子吃，三下五除二，短短的半月工夫罪证收集一箩筐，桩桩件件在朝堂上一一说出来，朝臣巨震，一时间严惩罗林的声音滔滔不绝。

皇帝大怒，罪证确凿之下，判了斩立决。

此案叶溟轩立了大功，不仅得了赏赐兼任刑部右侍郎一职，还特意授梓锦为诰

命夫人。

圣旨下达分外意外，提前没有一点消息传来，梓锦接旨的时候叶溟轩甚至都还没有回家。

也就是说这是皇帝故意而为之，在众人都没有准备的情况下，授诰命予梓锦。

整个侯府沸腾起来，长公主的神色有些不安，叶老夫人面上带着笑容，可是眼睛深处却有看不透的浓墨。杜曼秋面色有些说不出来的诡异，只有不知情的下人们欢呼不已，安园瞬间成为侯府最热闹的地方，不少人削尖了脑袋想要进来当差。

梓锦摸着沉甸甸的圣旨苦笑一声，看着金光闪闪的诰命服只觉得头晕眼花，这就意味着梓锦今年三十要进宫恭贺新春。

一直想要躲着，谁知道最后居然还是没有躲过，这也就让梓锦越发感觉一定要将杜清怡的事情查清楚，不然的话，进了宫会发生什么事情，在皇帝的地盘上，梓锦还真没有办法预料，皇帝那个变态谁知道会不会做出什么疯狂的事情来。

叶溟轩知道消息赶回来的时候，梓锦正看着诰命服发呆，听到声音抬起头来，看着这样寒冷的天里叶溟轩居然满头大汗，心里又有些心疼，忙站起身来给他擦拭汗渍，又道："先坐下喝口茶。"

叶溟轩一把将梓锦拥进怀里，低声呢喃："大皇子说过，这不是我们能躲得过的，果然诰命的旨意还是来了。"

"他毕竟是九五至尊，谁又能违抗他的意思？"梓锦低声说道，握着叶溟轩的手说道，"我不怕，我一点也不怕，真的。"

"是，不要怕，大不了寻个借口不进宫就是了。"叶溟轩皱着眉头道。

"这个计策已经用过一次，这次只怕是不能用了。"梓锦缓缓说道，皇帝只怕会有什么动作的，"杜清怡的事情有进展没有？"

梓锦最关心的就是这个了，只要能证实蓝娘就是杜清怡，所有的危机都会在眨眼间消失，所以梓锦不能不着急。

"还没有消息，最近大雪封路，就是有消息也得晚个一两天才能到。前些日子我已经接到过一封信，说他们在当地细细查询，事情的确是有些出入的，但是最后的结果以及证人想要找到还需要时间，距离过年还有二十几天，咱们还有时间，不要着急。"叶溟轩安慰着梓锦，可是他自己却比梓锦更加着急。

梓锦苦笑道："皇上当初让你查罗林一案，只怕就已经预谋好了，你一定会将案子查清楚，到时候升官荫妻理所应当。皇帝一步步走得极稳，放松了我们的警惕，一招而致命，不愧是九五至尊。"

　　叶溟轩脸色铁青："本来这件差事说给万荣的，但是万荣却突然摔了马折了胳膊，然后我才顶上，要是一开始就让我去也许我会起疑。只是没有想到为了让我上当，万荣还真是下了血本了。"

　　"君叫臣死，臣不得不死，不过折了胳膊，算得什么。"梓锦冷哼一声，眸光一闪一闪，万荣……她记得万荣好像有个挺得宠的外室来着，恩，大过年的要给万荣添点堵，你给我挖坑，我也得让你蚂蚁跑热锅。我不能到你门口骂你，我只好亲自动手送你一程！

　　男人大多是贪花好色的，古今皆同。吃着碗里的看着锅里的，家花哪有野花香。

　　梓锦实在是不喜欢被人处处算计，早就觉得万荣这厮是有些问题的，现在看来果然是有问题的。这次的敕封就让梓锦很是恼火，这次过年进宫朝贺只怕真的是躲不了了。

　　叶溟轩看着梓锦的神色，缓缓地说道："万荣的日子过得太舒坦了些，该给他找点事情让他也乐呵乐呵，大过年的太冷清不好。"

　　什么叫做天生一对？看这俩人就知道了。

　　梓锦正有这念头，叶溟轩也正在打这个主意，梓锦看着叶溟轩笑了起来，低声说道："我刚才正这么想，咱们总不能白白被人算计了，总得回送人家点什么不是？"

　　所谓狼狈为奸，正是如此。

　　"你打算怎么做？"

　　"我听说万大人的夫人是个挺有意思的人。"万夫人十分彪悍，生性善妒，手段素来跟出身锦衣卫的丈夫堪堪一比高下，在京都也是小有名气。

　　"我知道万荣有个外室，就是不知道其夫人知不知晓？"

　　"笨，既然是外室，自然是不知道的。"

　　"有道理，我做回好人送个信，让万夫人把人客客气气地迎家去好了。"

　　"此计甚好。"梓锦装模作样地点头应道，心里却已经笑开了花，她已经迫不及待地想要看一看万夫人发飙的传闻了。女人啊，总是这么爱八卦。

　　又过三五日，梓锦接到消息，杜曼秋跟蓝娘已经约好见面的地点，正思考着要怎么样才能听到她们谈话的内容，这个对梓锦很是重要。

　　吴嬷嬷有些不安地瞧着梓锦，打着送衣服的招牌，瞒住素婉的眼睛，这才将消息说给梓锦知道。

"约在哪里见面？靖海侯府？"梓锦瞧着吴嬷嬷低声问道。

吴嬷嬷忙摇摇头，说道："不是，约在了小东园。"

"小东园？"梓锦一愣，小东园也算是权贵云集之地，虽然不如靖海侯府所在的位置金贵，但是小东园那一带住的可都是跟勋贵有关系的人家，盘根错节很是复杂。提起小东园，就连梓锦都皱了皱眉头，正因为小东园鱼龙混杂，所以才更令人头痛。

没有想到蓝娘居然把地点选在了小东园，梓锦看着吴嬷嬷，问道："小东园具体的地点知道吗？"

吴嬷嬷点头应道："知道，就在三元楼二楼尽头的小雅间。"

梓锦笑了，看着吴嬷嬷说道："有劳嬷嬷了，那这次嬷嬷也要跟着去吗？"

"是，本来不用老奴去的，但是昨晚上刘家的不知道吃错了什么拉肚子起不来炕，夫人那边又只能用自己信得过的人，因此老奴就顶了刘家的一同跟着去。"吴嬷嬷神色不变地说道。

梓锦觉得吴嬷嬷真是一个人才，知道自己想要知道这两人的谈话内容，刘家的出了这事一定跟吴嬷嬷脱不了关系，这样尽心尽力的人，梓锦又怎么会不喜欢？

"嬷嬷辛苦了，我就在这里等嬷嬷的好消息了。"梓锦笑着说道，伸手打开暗格，拿出一袋子银子递给吴嬷嬷，缓缓说道，"你虽然能跟去，未必能在屋子里伺候，想要知道更多的消息，就只能靠这个了，嬷嬷拿着应急。"

吴嬷嬷也不推辞，伸手接过去，道："少夫人请放心，老奴一定不负所望。"

梓锦点点头让吴嬷嬷去了，看着她消失的背影心里阵阵紧张，蓝娘终于答应要见杜曼秋了，只是不知道蓝娘究竟是不是杜清怡，她们姑侄会不会相认？

如果蓝娘真的是杜清怡不知道有多好，梓锦觉得自己头顶上的乌云正一片片的散开，消失不见。

解铃还须系铃人，系铃人来了，梓锦也就安然无恙了。

"少夫人。"杜若悄悄地走了进来，看着梓锦压低声音说道，"素婉要告假，说是她娘有些不舒服，要回去伺候几天。"

梓锦眉头轻皱，这边蓝娘刚要答应见杜曼秋，素婉就告假回去伺候老娘，要说这里面没有猫腻梓锦打死也不信。定是素婉知道了杜曼秋要跟蓝娘见面的消息，要赶着给静谧师太送去。

梓锦心里慢慢琢磨着，杜曼秋跟蓝娘见面要不要让静谧师太知道？这个问题还真是有些不好决定，因为梓锦不知道静谧师太知道后这件事情会如何落幕，会不会影响自己的计划。

梓锦决定还是不要冒险的好,这个时候不能让静谧师太搅局,如果真的需要静谧师太出面的话,到时候再给她送消息比较好。想到这里梓锦看着杜若说道:"既然是素婉的老子娘病了,我这个做主子的怎么能不关心一下?这样吧,你带着郎中亲自去素婉家走一趟,要好好给素婉娘看看。"

杜若一听这话就知道梓锦的意思了,忙说道:"是,奴婢这就去办。一定会好好让素婉尽尽孝的!"

梓锦让杜若去了,素婉倒是对静谧师太尽忠尽职的,只是她却忘记了谁才是她的主子。梓锦想让她送消息的时候自然不会为难她,若是不想的时候,能有一千种办法绊住她的脚。

端着茶进来的纤巧在门口跟杜若打了个招呼,杜若急匆匆地就走了,纤巧也不以为意,最近因为过年的缘故都忙得不可开交。

给梓锦奉上茶,纤巧立在一边,低声问道:"少夫人,您还要不要用些点心?"

梓锦就摇摇头,道:"我不饿,陈安那边最近有消息没有?"

纤巧就抿嘴一笑,道:"这个可要问水蓉,陈安有什么消息都是说给水蓉听,咱们人家可信不过的。"

梓锦一愣,看着纤巧抿嘴直笑,一时间就觉得这里面是不是有什么她不知道的事情发生了?

"那水蓉什么意思?"梓锦看纤巧直接问道,自从上次水蓉替梓锦抛头露面顶替被掳一事,水蓉的婚事就有些不好说,男人总是爱面子的,听说女孩子被人掳走过,就不怎么愿意。

纤巧摇摇头。"这个奴婢可不知道,水蓉平日看着嘴角尖利得很,能说能笑的,可是在这事情上嘴紧得很,什么都打听不到。"纤巧说到这里微微一顿,又道,"不过听说陈安对水蓉倒是一片真心,来送消息的时候时常带着礼物,我们都没少得了陈安买的点心,倒是便宜了我们的嘴巴。"

纤巧这么一说,梓锦倒是有些释然,看这样子陈安应该是对水蓉有几分真心的。能够不在乎这些事情还敢执着地追着自己喜欢的女子,这个陈安想来应该是个不错的,改天让叶溟轩试一试,如果双方都有意,这件婚事也该定下了。

梓锦想到这里看着纤巧说道:"水蓉也许跟我不好直说,你问问她心里究竟什么打算,如果她也同意的话,我就做主把这门婚事定下了。你们跟着我年数不短了,我总是希望你们能够一辈子幸福开心的，不管你们哪一个，如果喜欢哪个小伙子，就偷偷告诉我，我帮你们看看，总得把你们风风光光嫁出去。"

听到梓锦这么说，就是纤巧也脸红了："奴婢不着急，再待几年也使得。"

自来大丫头一般都要留到十八九，有的人家也留到二十岁才送出去嫁人的。梓锦知道一般主母跟前的大丫头是最吃香的，晚一年出嫁并无大妨，就笑道："随你们，要是有合适的就跟我说，我虽然也会过问你们的婚事，但是如果你们自己有两情相悦的岂不是更好？"

内外院的小厮丫头也不是没有来往的，梓锦并不是古代的封建的人，如果真的郎有情妾有意的，她是一定会撮合的。

纤巧纵然落落大方，这会子也是羞红了脸，忙应了一声就躲了下去，梓锦却是轻笑出声，最美不过此时，这个时候的女子才是最美丽的。

梓锦在安园静静地等待着吴嬷嬷的消息，因为梓锦不能出门，所以就没有办法去小东园看看。更何况就是能出门梓锦也不能去，免得打草惊蛇，所以就只能按住性子等着。

杜若那边一个多时辰后就回来了，面上带着笑容，先给梓锦行了礼，这才说道："素婉这小蹄子果然是撒谎，她娘活蹦乱跳地在家里呢，哪有什么急病。素婉撒谎蒙主，奴婢已经将她关进柴房，等候少夫人发落。"

梓锦早就想到会是这样，淡淡说道："先关着吧，不要说怎么处罚她。"

杜若笑道："少夫人说得是，您越不发话怎么处置她，这小蹄子心里就越没有底气，这样耗上两天，再盘问她就容易多了。"

这就是最简单的攻心计，梓锦看着杜若笑道："最了解我的还是你，跑了一圈你也累了，去休息吧。"

杜若这才躬身退下了，又是一室寂寥。

用过了午饭，还是没有消息传来，梓锦纵然着急，也只能默默地等着。想要拿出绣活打发时间，可是心里静不下来就无法下针，索性丢开了手。只是没有想到这个时候叶溟轩回来了，一进门就是一长串的爽朗的笑声，隔着帘子就喊道："小丫头，给你带了个好消息。"

话音还未落，叶溟轩就打起帘子走了进来，梓锦正趿了鞋还没站起来呢，看着叶溟轩走了进来，笑道："什么好事情你这样开心？"

叶溟轩走到梓锦身边将正欲起身的梓锦按了回去，他又坐在梓锦的身边大笑道：

"今儿个可是上演了一出好戏，我们亲眼看到了，哪有不高兴的道理。"

梓锦睁大眼睛看着叶溟轩，能让他开心成这样，能有什么事情？

梓锦心里慢慢地思索着，已经倒了一杯茶递给叶溟轩，这才说道："难不成是万荣家的后院着火了？"也就这件事情能让叶溟轩兴奋成这样吧？

"这个你都能猜到？"叶溟轩笑着说道，又拍着大腿说道，"可不是吗，这几天我算是没有白白的辛苦。"

梓锦正等消息等得无聊，忙着问道："你快说说看，究竟是怎么回事，你在这里面动了什么手脚？"

叶溟轩那是相当的得意，看着梓锦说道："万荣一直以为他自己瞒得贼好，养的外室藏得也挺深，但是架不住有我这样拆台的。"

梓锦听到这里就忍不住地笑了，看着叶溟轩说道："万荣包养外室的事情，的确是挺严密的，要不是以前你跟我说过一次，我还真不知道。不过要想把消息给万夫人，又不能让万荣知道有人动了手脚，这件事情的确不太容易，你怎么做的？"

"是人啊，就会有弱点。其实我也没做什么，就是听说万夫人有个嗜好挺喜欢逛首饰店，而万荣包养的外室也有这么个爱好。我就在从这里下功夫了，说起来连老天都帮我的，我让人查到了万夫人跟这个小妾都同时看中了宝玉楼的一套首饰，也都下了单子，只等着宝玉楼来了物件过去看看。我就让掌柜的在同一天给这两人送了消息，又约了同一天来看首饰。"叶溟轩笑得那个春风得意。

梓锦忍不住笑了起来，看着叶溟轩说道："你倒是挺会捣鬼，不过这两人谁也不认识谁，就算是碰面了只怕也不会想到别的地方去。"

"那是，这一点我自然也想到了。不过这个万荣倒真是大方得很，居然把万家祖上留下来的一对玉镯中的一个给了这个小妾。万夫人手上戴着一个，这小妾手上戴着一个，两人碰在一起，你说能看不见吗？"

女人跟女人见面，都是下意识地想要打量一下对方的穿着，不仅古代，就是现代也这样的。梓锦摇摇头，叹道："这个万荣在公事上雷厉风行，没想到在女人间这样糊涂，家传的东西怎么能给一个妾？万夫人瞧见了一定会起疑，这追问下去只怕就是要露馅了。"

"可不是这样，那小妾也是个张扬的货色，三两句就漏了底，这下子可真是热闹了，养外室不慎兜了底，万夫人怒砸宝玉楼。那闹得叫一个热闹，整整堵了半条街的人，我这辈子都没见过这样泼辣的女人，都不用身边的人动手，她自己一个又是拉又是拽，不仅动手还动脚，那外室更令人惊讶，看着柔柔弱弱的，不承想打起架来倒也有几分力气，这两人打在一起半斤八两，真真是让人叹为观止。"

"啊？那外室见了正头老婆居然还敢动手？"梓锦很是吃惊，这女人了不得啊，就搁现在一小三见到原配老婆，那也得夹着尾巴做人啊。这可是在古代，这外室真是胆子够大的，就是莫姨娘那样彪悍的，都不敢朝着海氏动手。

"可不是，要不怎么说热闹得堵了半条街。"叶溟轩哈哈大笑。

梓锦吞口口水，又问道："后来呢？谁赢了谁输了？我听说万夫人彪悍无人能敌，这外室就是拼力气也拼不过万夫人吧？"

"这次你可猜错了，万夫人居然不是那妾室的对手。万夫人好歹也是膘壮人肥，只是我们谁也想不到，万荣这偷养的外室居然是唱戏出身。这戏子可都是从小练身架，也会几招花拳绣腿，打不过男人，但是对付一个只懂蛮力不会巧招的万夫人也足够了。而且啊，这妾室应该是万荣极喜欢的，虽然是养在外面，但是身边伺候的人不少，万夫人身边的人见主母吃了亏，自然是一拥而上，这两边的仆人打在一起，居然也是不相上下。"叶溟轩啧啧两声。

梓锦是挺佩服万荣，把一个妾室养得跟正妻一样，不仅在知道正妻的身份后还敢大打出手，居然身边的仆人也都这样张狂，这下子万夫人可真是吃了亏了。

"那后来呢？"梓锦好奇地问道，她很想知道是东风压倒西风，还是西风压倒东风。

"这样热闹的场面怎么能少了万荣呢？"叶溟轩嘿嘿一笑。

"你把万荣也给骗去了？"梓锦看着叶溟轩显然是十分的兴奋。

"那是，他不去我倒腾个什么劲。"叶溟轩嘿嘿奸笑一声。

"那万荣去了究竟是站在妻子这边还是小妾那边？"梓锦比较关心这个，事实证明再英明的男人，在家务事上也是一塌糊涂。这个万荣更是奇葩，把妾室当正妻对待，嗯……要是她是万夫人也得着急上火，大闹一番。

"这个更好玩了，我都没想到万荣居然是这德行！"叶溟轩十分不屑地说道。

梓锦心里痒痒的，一把抓着叶溟轩说道："你倒是说啊，究竟怎么回事啊？他到底站在谁那一边？"

叶溟轩叹口气道："这万荣赶到的时候，两边正打得不可开交，我想着不管怎么样总得先吼一嗓子，把场子镇住了，然后两边收拾一番带回家窝里斗去。"

梓锦很是同意地点点头，这事一般男人都这样做。

"谁想到万荣这一到场，还没说话呢，万夫人眼尖瞧见自己丈夫来了，那满肚子的怒火扑上头，想也不想抬头就给万荣一脚丫子，嘴里还骂你个死货，你当初是怎么答应老娘的？居然敢给我养外室，还养一个敢打主母的外室，你说，这事怎么办？你要不把这小贱蹄子给我到当众打死，老娘就让你天天跪搓板！"

梓锦惊讶得张大嘴巴，万夫人威武！要知道这万荣可是锦衣卫啊，居然敢朝着这样一个没人性的男人这样大发雌威，得是多少女人的楷模啊。

"然后呢？"梓锦再追问，心痒啊，这戏太引人了，只可惜没能亲眼看到，真可惜了！

叶溟轩接着说道："这边万夫人河东狮吼，那边的妾室也是不甘下风，指着万荣就哭你个没心肝的，当初你是怎么答应我的？你说要一生一世待我好，养在外面不用在家里的母老虎跟前伏小做低，让我舒舒服服过小日子，虽然顶着外室的名头，却是享着正妻的威风，如今你看我这样子被她打得还怎么见人？你要不好好地给我个交代，这辈子你休再进我房门！"

梓锦笑抽了，唉呀妈呀，这万荣真是个人物啊，这一妻一妾更是不得了啊。梓锦穿越来这么多年，还真没见过男人雄风这样不举的时候，这个万荣在女人面前实在是太怂了吗，唉呀妈呀，实在是太好玩了！

梓锦笑得肚子都痛了，趴在叶溟轩的怀里一抽一抽的，还不停地催促道："那万荣听到后有什么举动？真没想到威风凛凛的锦衣卫一把手，令无数朝臣闻风丧胆的铁血杀手，在女人面前居然这样软，果然是人不可貌相，海水不可斗量，惧内成这样子，这万大人也算是头一个了。这以后在同僚面前，在朝臣面前，只怕都有几分抬不起头来吧？你也太损了，只怕早就知道这些，所以才安排这一妻一妾在大庭广众之下闹将起来吧？"

梓锦能十分肯定，这一定是叶溟轩提前预谋好的。

叶溟轩嘿嘿一笑，看着梓锦说道："那是，不动手则罢，一出手必定是雷霆万钧，万荣数次暗算于我，我这算是先收点利息。"

梓锦就知道小气的男人惹不得，因为他们会记仇啊，会记一辈子的！

"后来呢，快说怎么样了。万大人是站在万夫人一边，还是站在外室的一边？"梓锦笑道，觉得这事实在是太欢乐了，只可惜没看到万荣的怂样，可惜了。

要说起来妻妾之争一般来说，按照规矩都是妻大于妾当家主母想要整治一个小妾实在是太容易了，主母跟前哪有妾室的地位？但是问题就出在万荣这人把外室当成正妻养着，这外室也是相当了不得，深得万荣的喜欢，自己就没把自己当妾，因此碰上正妻那是底气壮得很。

万夫人本就是个火爆脾气，自己男人背着她养了个外室不说，居然还当成正头太太供着，放在哪一家也是天大的事情，因此万夫人就恼火了。大街上也顾不得体面了，跟万荣吵吵起来，想当年万荣没发迹的时候，这万夫人跟着丈夫没少吃了苦。这万荣贪色是不假，如今位高权重倒也不嫌弃糟糠妻又肥又壮又矮又丑，每月里也有一半时间回家住。

这万府里被万夫人看得篱笆特别严，就连个苍蝇都恨不得是个公的，万荣想要在自己家偷个腥，就是他有这色心，估计丫头们也没有贼胆，谁敢招惹万夫人这头名正言顺的母老虎。

所以说在这样三妻四妾成群的年代里，万夫人背着老婆在外面养个外室就不是多大的事情了。

但是问题在于这对万夫人来说是天大的事情，尤其是那小狐狸的手上居然还戴着万家祖传的玉镯，这可不得了了！

万夫人又胖又肥跟外室打起来总有些吃亏，这妾室戏班子出身，那身段溜滑得很。于是万夫人满腔怒火就撒在了万大人头上了，有些男人其实就是很古怪，在外面威风凛凛，说一不二，但是对着自己的媳妇就是硬不起来，别看万夫人又矮又丑又胖又肥，但是万大人就是对这原配夫人又敬又怕，真是让人想不通，这万夫人究竟有什么驭夫手段，能让威风凛凛的万大人怕成这样。

"好你个万荣，你当年还是泥腿子做混混的时候，老娘跟着你一天福没享，三天两头的就被人恐吓，三更半夜人家往家里扔死人骨头，老娘都没跟你和离改嫁，你当年怎么答应我的？你说这辈子绝不纳妾，那这骚狐狸哪里蹿出来的？"万夫人一把扭着万荣的耳朵一边河东狮吼，这万夫人的嗓音实在是彪悍，震得半条街的人都听到了。

那妾室看着这一幕一点也不惊讶，只是在一旁冷哼道："做妻子的哪有你这样对丈夫的？大人如今好歹也是朝廷重臣，你这样撒泼让大人以后怎么见人？无知愚妇！"

万夫人一听怒火越发盛了，怒骂道："呸，你个骚狐狸，你如今看着他有权有势倒贴上来了，当年他吃了上顿没下顿跟他一起挨饿的是我们母子，跟他刀里来雨里去的是我们母子，你算哪根葱在这装洋相，我告诉你，姑奶奶活着一天，谁敢踏进万家大门做妾，我叫她竖着进来横着出去！"

"你当我稀罕进万府的大门，我在外面好好的日子过得挺舒坦。大人可不是拿我当妾对待的，你问问我院子里伺候的人都喊我什么？可是大人吩咐喊夫人的，可没人叫我姨娘！"妾室挺嚣张，丝毫没有把万夫人放进眼里，总觉得这个愚蠢又丑又肥的女人哪里配得上气宇轩昂的万荣。

万夫人转头看向万荣，眼睛里满是熊熊的怒火："万荣，我问你，她说的是真的？你真这么做的？"

万荣此刻恨不得立刻找条缝钻进去消失才好，他为什么赶过来，他就该躲得远远的，等到风平浪静再回来。听到发妻的质问，万荣立马摆手："我就只有你一个妻子，没第二个，没第二个。"

万夫人得意地看向外室，只见那外室柳眉一竖，怒道："你这是什么话？你当初应承过我，要把我当正头娘子对待的，怎么见了你老婆就怕成这样了，你的威风呢？"

"威风？狗屁威风，在老娘跟前谈什么威风。"万夫人早就看着这外室极不顺眼，看着她转头质问万荣，二话不说上前就是狠狠的一巴掌。这一巴掌可了不得，万夫人体壮膘肥，这一巴掌很有力气，那外室猝不及防，只觉得漫天的星星飞舞，一下子跌倒在地。还没反应过来，万夫人的无敌猪脚又踹了过来，心口一下子被踹个正着，一口气没缓上来差点晕过去。

"你们都是死人哪，看着你们夫人挨打不动动手？"那外室缓过气脱口骂道。

外室带来的人往前涌，万夫人一脚踢在那妾室的半边脸上，转头看着围过来的仆人，两道扫帚眉一横，双手一掐腰，怒吼："谁敢上前动一根指头，老娘剁你们一只手，别说你们就是这骚狐狸都是任凭我打骂发卖的货色，谁敢上前？"

万夫人气势滔滔，一众仆人顿时被吓了回去，那外室脸上被踢了一脚，顿时肿成猪头，牙齿也被打落几颗，嘴角鲜血淋淋，看着不争气的仆人怒从心起，横眉看着万荣。

万荣看着这一对母老虎，想要说什么又咽了回去，手心后背上全是冷汗，周围的人哄笑连连，这一辈子算是完了，以后没法见人了。

万荣也很想当一回男子汉，风光一把，可是一看到发妻那一道扫帚眉一横，一双厉眼一瞪，想起年轻时在发妻手里遭的罪，那就是腿也软胆也寒。背着媳妇的时候，还能威风一把，这当着媳妇的面，这该死的跟小玻璃似的胆子它就是壮不起来。

想当年，万荣还是一个痞子的时候，整天混街头，不好好上进，他父母为了好好管教他，特意去了张屠户家求娶了张屠户唯一的宝贝女儿。这张氏在他们那一带也算是小有名声，十岁就跟着亲爹杀猪，十五岁的时候一个人拎起一头猪去毛刮皮、开膛破肚手法干净利落，那是连男儿都自愧不如。张屠户就只有这么一个女儿，看得跟眼珠子似的，偏生长得极丑，二八年华也没人敢上门提亲，眼看着就成了老闺女。

这时候万荣老两口托媒人上门了，张屠户那个兴奋，只是想起万荣的德行又有些不乐意。万荣爹娘就说了，只要媳妇过了门，进门就管家，他们夫妻房里的事情，他们老两口一概不管不问。

张屠户估摸着就他女儿这身手，万荣那小子应该打不过，于是就狠狠心点头答应了。

要说起来张屠户还真是有眼光，他女儿果然是厉害非常，新婚夜就把丈夫揍了个猪头。原因吧其实很简单，那就是万荣虽不成器，好歹也是玉树临风一小伙子，你说他爹娘给他取了这么个母夜叉媳妇，实在是让他张不开嘴，下不了手，看着媳妇肥壮的身子，就想起那挂在张屠户家膘肥肉厚的母猪。

万荣于是勇敢地揭竿起义，表示宁可睡大街也绝对不失身给这么个媳妇。张氏不乐意了，想她虽然丑了点，肥了点，但是嫁妆丰厚，四里八乡没个比得上的。再说了她好歹也是名声清白的一姑娘，肯屈尊嫁给这么个小混混那是万家祖坟上冒青烟，几辈子修的福分，不好好地珍惜居然还给老娘摆谱，我呸！

张氏怒了，三下五除二就把万荣剥干净了，扔进床，万荣好歹也是个练家子，但是架不住张氏彪悍啊，而且人家张氏特聪明，你不是跑吗？老娘先扒了你衣裳，不要脸你就跑吧！

万荣爹娘老两口，听着儿子儿媳屋子里的动静跟杀猪似的，那是着急得跟热锅上的蚂蚁一样，焦躁不安，那好歹也是他们儿子。但是想想自己儿子不争气，是要有个人收拾，就又忍下了。

玉不琢，不成器，儿不打，不上进啊！

第二天这小两口来给他们请安的时候，瞧着儿媳妇春风满面，再看看自己儿子走路都有点站不住的怂样，心里就疼得不得了，也不知道儿媳妇怎么就把儿子折腾成这样了。万荣娘心疼儿子，想要数落儿媳，万荣爹一声咳嗽给憋了回去，说了些夫妻和顺，开枝散叶的话，万荣垂眉耷拉眼没什么力气地应了。

张氏就恼火了，重重地咳嗽了一声，万荣咬咬牙跺跺脚，又干净利落地应了一声。

瞧着小夫妻回去的背影，万荣娘长叹一声，面带菜色。万荣爹脸色也不怎么好，但是总是还盼望着儿子能够改邪归正的，虽然媳妇厉害点，你说你要娶个温柔的也镇不住他那混账儿子，有得总有失，认命吧。

张氏虽然是杀猪出身，但是她娘却是识几个字的，张氏虽然粗鲁，彪悍，但是也懂得些道理。成亲后就督促着丈夫习武上进，争取考个武状元回来。只是这万荣虽然有两把刷子，但是却没有吃苦的心思，练了两天不是嚷着这里痛就是那里酸，躺在床上装病就是不肯吃苦。

万荣爹娘心疼儿子，想着就这么算了吧。张氏不乐意了，开口说道："我虽然是杀猪的出身，可也知道男儿志在四方，光宗耀祖。读书不成用，习武嫌辛苦，难不成功名利禄能从天上掉下来？文人举子还要十年寒窗苦读，这男人习武更要下几分真功夫。一个大男人还不如我一个女人家，要脸不？他要是这样游手好闲的一辈子，现在我们就和离，我宁愿卖一辈子猪肉，也不跟一个没志气的狗熊！"

万荣爹娘好不容易给儿子讨了媳妇，哪里肯答应，于是就再也不管儿子儿媳的事情了。万荣整天被张氏盯着扎马步，练刀枪，还让他爹请了邻县最有名的教头过来教他功夫。

万荣比张氏小三岁，张氏又凶悍，万荣打也打不过，骂也骂不过，只好跟着师傅每日的练习武艺。一晃五六年，万荣倒也小有所成，这一年去考武举人，居然真的拿了个举人回来。

这下子万荣觉得扬眉吐气了，自然不能再看媳妇的脸色了，想要重振男人雄风，于是对张氏的态度就有那么点变化了。饭来张口，衣来伸手不说，还想要纳一房小妾，万荣始终对自己媳妇那张丑脸有些抵触，想他如今功名在身，人又长得英俊，一辈子只有张氏这么个媳妇哪里甘心。

再加上万荣自从发达后，身边的狐朋狗友又迅速围了过来，知道万荣的想法后自然是想要讨他欢心，于是就从青楼赎了个清倌给万荣做妾，敲敲打打把人送来，街坊邻里围得那叫一个水泄不通，谁不知道万家媳妇彪悍，都想看看这小娘子能不能进万家的大门。

万荣瞧着那小清倌的颜色，心里那个痒痒啊，开心得不得了。这个时候张氏猛地推开门出来了，站在院门口，横眉冷目一扫，鼻孔里哼出一声，嘴角扯起一个似笑非笑的弧度，右手从腰间刷的一声拿出一把杀猪刀，瞧着几个送人来的小混混，在墙上磨磨刀，发出吱吱拉拉的声音，让人心里不由得心惊胆寒，这时就听到张氏说道:"我这辈子只跟着我爹杀过猪,热水滚过刮猪毛,开膛破肚取五脏,我还真没在人身上试试。今儿个谁敢给我找不痛快,把这狐狸精抬进我家门,我就让街坊四邻看看我的手艺!说起来多年没杀猪了,要是手艺生疏了,各位别见怪!"

众人的口水不由得吞咽一声,太他妈彪悍了!张氏生就肥壮,又素来彪悍,此时手里拿着一把寒光凛凛的杀猪刀,那架势只把众人吓得双腿发软,额头冒汗,抬轿子的几个吓得把轿子都给扔地上了。轿子里的小清倌一下子摔到了地上,痛呼一声,满面含泪地瞧着万荣,真真是昔日横波目,今做流泪泉,男人那都是怜弱的主,万荣就忍不住地想要出头。

这身子才一动,就只觉得眼前寒光一闪,低头一看,老婆手里的杀猪刀已经准确无误地插他的脚前一指处,顿时汗如泉涌,刚增肥的小胆子,顿时泄了气。

"老娘早就防着你这个忘恩负义的白眼狼,你敢把这狐狸精抬进家,今儿个我就让你血溅五步,同归于尽!"张氏大步地往万荣走来,不小心踏上了那清倌的一双纤纤玉指,一声哀号声响彻半空。

万荣愣是不敢露出一个怜惜的表情,立马摆起脸瞧着一众小混混说道:"闹什么闹,我还要努力上进,争取拿个武状元回来,你们送我女人不是毁我前程吗?把人抬走抬走!"

嘴上这么说,心里泪如泉涌啊,他的美人啊……

张氏这才满意地点点头,瞧着万荣说道:"既然人送来了,花钱买的,再送回去太浪费了,就留下吧。"

万荣那个兴奋啊,没想到母老虎还能松口啊,结果张氏接着说道:"我正缺一个使唤的丫头,倒是省了钱了。"

结果那娇滴滴,白嫩嫩十指不沾阳春水的小清倌就在张氏跟前做起了粗使丫头,但凡劈柴挑水,做饭洒扫一概都是这小清倌去做。整日的有这么个角色在万荣跟前晃悠,可就是不能吃,那叫一个心碎啊。

没过一年,这小清倌哪里还有当初的风韵,因为要干许多的活,就吃得越来越多,体重蹭蹭地上涨。当年白嫩嫩的小手也变得龟裂干燥,一层层的茧子,当初俏如寒梅的小脸也在风雨的摧残下逐渐凋萎,还真不如张氏那圆圆的胖脸看着滋润。

万荣因为这事跟张氏闹别扭,索性搬去了他师傅在的邻县去习武去了。不曾想这厮就不是一个安分的主,在邻县招惹了一个恶霸,人家打不过他,就跑来找他爹娘老婆的麻烦,半夜三更往他家里扔白森森的死人骨头,还不时地让手下的地痞流氓前来骚扰。不是今儿个大门被劈坏了，就是明儿个院墙被推倒了，再不就是房子着火了。

要不是张氏彪悍，舞着一把杀猪刀，抓住了几个小喽啰，逼问出了真相，打上门去讨个公道。万荣这厮还不知道自己家出了这么多的事情。从那次后看着受惊病倒在床的父母，看着护她父母弄得满身是伤的张氏，这才正儿八经地把张氏当成了媳妇，然后努力上进，才有了后来的万指挥使。

这惧妻的毛病就是那时落下的，一晃几十年了，还真改不了了。所以后来纵然是养了个外室，也不敢让张氏知道的，谁知道还是走了风声，万荣只觉得完了，完了，这次不晓得还能不能有口气活下来。

张氏冷笑一声瞧着万荣，那几十年如一日的肥壮身板抖了三抖，又看着地上牙尖嘴利的外室，问道："你说该怎么办？"

万荣干笑一声，讨好地说道："夫人，咱们回家去说，你看好不好？"

"呸！回家去说？你做了这等不要颜面的事情，还想着我给你擦干净屁股，做梦！你不给我个交代，今儿个我就不走了，有我没她，有她没我，你自己选吧！"张氏怒容满面，那叫一个心碎啊，这几年实在是太大意了，居然有了这样大的疏漏，让这厮偷养了别的女人，这口气憋的。

万荣小心翼翼地赔着不是，拿着帕子抹着冷汗："夫人啊，我知道错了，你就饶了我这一回吧，我保证再没有下回了，我发誓！"

"发誓？得了吧，你发的誓够多了，我要全信你得哭死几回了？废话少说，赶紧给个痛快话，否则今儿个我让你血溅五步，同归于尽！"

想当年张氏也是这样说的，当年的老话一下子被翻了出来，万荣就是一愣，垂眸瞧着地上满身污泥，脸肿了半边曾经柔情无限的外室，又看看跟着自己一路走来的发妻，鬓边微白。万荣本就比张氏小三岁，女人不经老，张氏看上去就好像比万荣大十几岁一样，再多的胭脂水粉也遮掩不住的岁月的摧残。

一个如花美眷娇弱如兰，一个徐娘半老风韵不存。

张氏看着万荣居然犹豫了，刹那间就觉得心里很不是滋味，这么多年了，眼看着万荣一步步地荣华富贵，眼看着他步步登高，眼看着他一日比一日更有魅力，可自己却越来越衰老，脸上有了褶子，身段从不曾窈窕过，说话的嗓门几十年如一日地高，跟这些娇艳的女子比起来，她就是那烂白菜。

千防万防，最终还是防不住的。女人啊为一个男人奉献了一辈子，临了红颜衰败，却只能眼睁睁看着夫婿头养外室，如今捉奸在手，只觉得心灰意冷。

万夫人看着粗俗，彪悍，却是个极骄傲的人，看着万荣说道："我爹一辈子就只有我娘一个人，我就曾经说过我找夫婿一定要找一个我爹那样的。所以这辈子我管你甚严，但是管得再严也架不住自己男人有外心，好，好，我老了，本就比你大三岁，配不上你了。我也不耽搁你娇妾在怀，美人成群，你我和离吧！"

听到这里梓锦实在是惊讶无比："和离？万夫人说和离？"

一个已经步入中年的女子居然有勇气说出和离二字，不能不让梓锦惊讶。须知道在这个世上有多少女子在婚姻里苦苦挣扎，谁又能有万夫人的勇气。姚月当年虽然要强说过和离之类的话，不是还是将女儿送了回去。姚冰的婚姻也是危机重重，不也依旧在混日子。

但是万夫人一个杀猪出身的女子，一个没有强势娘家背景的女子，如果真的跟万荣和离，就意味着以后一无所有，再也不是高高在上的万夫人，只不过是一个民妇罢了。

"是啊，当时万夫人这话说出口的时候，当场所有的人都惊呆了，就连我都吃了一惊。万夫人不是不知道自己的情况，这和离之后她的日子只怕不会好过。但是万夫人却对万荣说，当年我嫁你的时候，你不过是街头耍狠的小混混，我图的不过是跟你一辈子安安生生过到老。我就想着不管是富贵还是贫苦，我们夫妻都是和和美美的，虽然我脾气不好又善妒，可我一颗心里面装的全是你。如今我老了又丑了，本来你也没瞧上我，如今违背誓言养了外室，这日子不过也罢，没有你我还是那个会杀猪的女人，饿不死自己，也不用堵心了。我找人去写和离书，你安排好你的宝贝美人就来签字，从此后你我各不相干！"

梓锦一时愣在那里，其实女人要的很简单，不管是吃糠咽菜还是山珍海味都希望自己的枕边人想的只有自己一个，爱的只有自己一个。万夫人虽然粗俗，杀猪出身，却对爱情的要求极高，能在这把年纪还依然和离，可见她真的不在乎荣华富贵的，有这样的女子为妻，应该是幸事，只可惜男人在乎的永远不是这些，他们更在乎的是女人的外貌。

"后来呢？万荣和离了没有？"梓锦的声音有些苦涩，突然觉得自己做了一件坏事，她不该去破坏万夫人的美好生活，这样的女子自己不该去招惹，若她真的和离了，梓锦心里总会愧疚的。

"这个就不知道了，只知道万夫人走了，万荣也跟着追去了，后面的事情还要静待发展。"叶溟轩摸下巴笑道。

梓锦轻轻地摇摇头，叹息一声："男人总是这样，总觉得要左拥右抱人生才是圆满，可是我觉得这不好，这真的不好，夫妻恩恩爱爱的，一生一世有什么不好。女人虽然比男人更容易衰老，可是她的一颗心却不会变的。真心是这世上最难找到的东西，不去珍惜的才是傻子。如果万荣有天遭了难，我敢打赌万夫人一定会不离不弃，但是那位外室却不好说了。"

"男人贪花好色的有，女人追求权势的也有，男人忠于爱情的也有，你可不能一管窥豹，连我也怨恨上了，那我可真是冤枉了。"叶溟轩笑着说道，伸手将梓锦紧紧地拥进怀里，"不管将来，变老或者变丑，不管你会不会比我先老，在我眼里没有谁能取代你，你是我这辈子下辈子，永生永世唯一会爱的小包子。"

梓锦听着叶溟轩低声呢喃的情话，她知道他这么说一定会这么做："永生永世？溟轩，你说如果将来我回了我的时空，你会找到我吗？如果你投胎再转世，等你长大的时候我一定很老了。君生我已老，那可怎么办才好？"

"不会的，不管你到哪里，我一定会找到你，就算是我生你已老，我也不在乎，我爱的永远是你，老与不老又有什么关系？只要你还在我身边，只要你还等我，就足够了。"叶溟轩半眯着眸，这个问题很重要，他得好好地想想，如果这一世两人白头到老走到了生命的尽头，梓锦要回到她的时空去，而自己却要坠入轮回……他得好好谋划下才是，他记得他重生的时候是见过有些人没有进轮回的……

寒风卷过窗口呼啸而过，斑驳的树影在窗上映着乌黑的影子，梓锦跟叶溟轩听着吴嬷嬷的回报，一时间愣在那里默默不语。

吴嬷嬷心里没底，看着两人心里有些胆战心惊，又加了一句："老奴能听到的，打听到的就这么多了，万万没有想到姑娘她……居然还活着，老奴的心现在还一跳一跳的，简直不敢相信是真的。"

姑娘这个称呼其实有些不妥，吴嬷嬷应该喊杜清怡为姑奶奶，只是当年杜清怡假死并未出嫁，虽然未婚生子却不能称为姑奶奶，因为只有出嫁了的姑娘才能称之为姑奶奶。虽然后来杜清怡又嫁给了靖海侯，但是多年的老习惯并没有让这些老仆人改过口来。

"这么说杜夫人跟靖海侯夫人相认了？"梓锦良久才缓过气来低声问道。

"是，本来靖海侯夫人是不打算承认的，但是夫人拿出了当年将军留下的遗物，靖海侯夫人看见后就哭了，这才相认了。"吴嬷嬷长吁短叹，杜清怡跟杜将军的关系那是真的很好，只可惜世事无常，悲欢离合乃是天注定。

叶溟轩看着吴嬷嬷问道："那靖海侯夫人有没有说当年为何要诈死？"

吴嬷嬷想了想说道："是提到过一点，说是当年并不是姑娘自己愿意诈死的，而是先帝为了让当今圣上死了心，拿着杜将军一家的性命要挟，姑娘这才瞒着所有人诈死离开，而这一切都是先帝安排的。所以这么多年杜家人都不知道姑娘还活着，要不是我们夫人在靖海侯夫人进京的时候车帘被风撩起无意中见了一面，怎么也不会想到姑娘还活着的。"

梓锦这才恍然大悟，难怪杜曼秋想尽办法要见靖海侯夫人。

"这件事情杜夫人是怎么吩咐你们的？"叶溟轩又追问道。

"夫人说今日的事情不让老奴等漏出去一点风声，因为靖海侯夫人不想让当今圣上知道她还活着。"吴嬷嬷回道，手心里却是满满的汗，知道了这么多的秘密不知道还能不能活下去，但是为了儿子只得咬着牙撑下去。

梓锦看着吴嬷嬷神色不宁的模样，知道其担忧，就安慰道："你放心，等事情解决后，我一定会安排你们母子远离京中，安享后半生的富贵。"

吴嬷嬷这才缓了一口气，狠狠地给梓锦磕了头，这才退下去了。

夫妻二人对视一眼，梓锦首先说道："现在怎么办？既然已经知道蓝娘就是杜清怡，如果真的要把事情告诉当今圣上，咱们要不要先给吴祯通声气？"

叶溟轩神情有些复杂，振奋中又夹杂着担忧，担忧中还有着兴奋，在屋子里不停地走来走去，最后顿住脚看着梓锦说道："先不要说，等江南的消息来了再说，至少咱们得人证物证齐全。人证物证齐全的情况下，最好能说服吴祯劝说他母亲出来为你解除灾难。我也不想强加于人难处，但是如果杜清怡不出现，你就意味着危险之极，只要杜清怡肯现身，让皇帝知道她还活着，又嫁了人，兴许皇上反而放下了。"

这是最理想的结果了，但是……"杜清怡会出面吗？她现在毕竟是靖海侯夫人，如果出面怎么跟靖海侯交代？日后又如何在京中立足？大皇子又该如何自处？"

梓锦抚额叹息，想要劝说杜清怡出面并不是一件容易的事情。但是在劝说杜清怡之前，还要先把事情的真相告诉吴祯，梓锦跟叶溟轩也不知道这样的事情他能不能接受得了。

这个世界实在是太玄幻了，就连梓锦都觉得人生实在是太扭曲了。

若是以前，叶溟轩大可以把吴祯叫出来开门见山地说，没有丝毫顾忌。但是现在不成，吴祯对于他已经不是敌人，所以叶溟轩不想伤害吴祯，也不想失去这样的一个朋友。

让梓锦解脱的办法，却是要让吴祯一家陷入危机，这样的事情你让他们怎么做得出来？

世事两难，不外如此。

"还是等江南的消息来了再说吧。"梓锦压低声音，能拖一刻是一刻，她不希望因为自己伤害了吴祯，如果要以吴祯一家的幸福换取她的幸福，梓锦怎么能这么自私地夺取别人的幸福？

上天又给了他们一个难题，梓锦实在忍不住落泪了，想要好好地相守实在是太难了，为什么上天就不能放过她？

原来只是一心想着只要证实蓝娘就是杜清怡，如今真的证实了，可是又陷入了两难之地。

"小丫头，莫急，还有二十几天的时间，兴许能有一个万全之策呢。"叶溟轩安慰道，"我先去探探口风，看看吴祯那边对这件事情知道多少，然后再多做打算吧。"

梓锦除了点头，目前也想不出什么好的办法。

"也只能这样了，但是还有件事情，你说静谧师太为什么要这样对付杜曼秋？不查清楚这一点，我始终不能安心，总是觉得似乎要有什么大事发生，但是脑子里却抓不住重点，捋不清楚这条线。"梓锦对于静谧师太的怀疑从没有放下过，现在杜清怡已经浮出水面，看来应该不是什么心怀不轨之人，那么静谧师太就实在是太令人想不透了。

叶溟轩的五官在烛火中一明一暗地闪着幽光，听到梓锦的话对上她的眼睛笑道："我也正在想这个问题，也许我们该利用素婉做些什么。"

"引蛇出洞？"梓锦眸光一闪，"但是风险比较大，静谧师太这人心机极深，能在清水庵这种地方待这么多年，可见耐性是一等一的，想要把她引出来，要费些心机。"

"费心机不怕，就怕她不上钩。"叶溟轩冷哼一声，"静谧师太究竟为了什么要让叶家断子绝孙？叶家应该跟她没有仇才对，实在是令人想不透。"

"叶家是没有跟她结仇，但是叶家有一个跟她关系极深的人，杜曼秋！"梓锦琢磨着事情的关键还是在杜曼秋身上。

"但是杜曼秋似乎并未察觉静谧师太的阴毒。"叶溟轩皱起了眉头，越想事情越是一团谜，越是抓不到一点有用的线索。

"杜曼秋应该跟静谧师太没有深仇大恨,不然的话杜曼秋也不会跟静谧师太走得这么近了。问题就在这里,杜曼秋并不知道静谧师太的用心,一直把她当亲人,可是静谧师太究竟为了什么要害杜曼秋?她有什么理由这样做?没有一个合适的理由,一个人绝对不会处心积虑费尽心机这样谋害杜曼秋,谋害叶家!"

明明知道真相就在迷雾之后,但是这重重的迷雾还是没有办法让人迅速地拨开。

叶溟轩跟梓锦无力地看着对方,梓锦想来想去,说道:"既然摸不清楚,就只能按照你的办法引蛇出洞了。只是这个时机选在什么时候好?"

叶溟轩思量半晌,这才说道:"如今你将素婉关押起来,却不审问她,只怕素婉心里正没着落。先关着她,让她日渐恐惧,然后等到江南那边消息确定之后,你再故意透露消息给她。等到年关前的几天,家里忙碌不堪,正好可以给她一个逃脱的机会。只要她逃离侯府,一准会去清水庵,到时候咱们盯死了就是。"

梓锦也觉得这个办法是没有办法中的办法了,接下来,唯一要做的就是,等!

过了小年,越发忙碌了,因为楚氏不在侯府,沈氏整天跟在杜曼秋身后处理家务,这段时间杜曼秋的神色明显好了很多,对待沈氏也是宽和,沈氏做错了事情基本上也就是一两句挨训,杜曼秋还颇有耐心地教导她该怎么管理家务。

日子就这样在波澜不惊忙忙碌碌中悄悄滑过,等到腊月二十六的时候叶溟轩派去江南的人终于回来了。

看着一摞摞的物证,全都是当初杜清怡所住的村子居民的口供,还有仵作的供词,以及当初下棺殓葬的人的口供,一应俱全。叶溟轩这段时间也没有闲着,从锦衣卫的秘密档案中,查出当年先帝派了谁去江南要挟杜清怡假死令当今圣上死心,只要这个人能愿意出山作证,一切不成问题。

万事俱备,只欠东风!

其实东风也有了,只是梓锦跟叶溟轩实在是不忍心让吴祯为难。

接到证据的这天晚上,看守素婉的两个婆子跟往常一样随口说家常,然后压低声音说了一段悄悄话,被关在柴房里的素婉隔着门板偷听,脸色煞白,身形摇摇欲坠。

后半夜天寒,守门的婆子去了不远处的小屋子里喝酒取暖,不一会儿守院门的两个婆子也来凑热闹,四个人喝了两壶小酒,就酒后壮胆耍起钱来。素婉隔着门缝看着外面的动静,心跳如擂鼓,轻轻地晃了下门,却发现门闩比以往松了一些,不由得心里大喜。

慢慢打开门,才发现原来是婆子们把锁链少绕了一圈,想来是想着素婉也不敢逃走，因此警备心格外地松懈。素婉屏气噤声，悄悄地把门开到最大，看着不远处的小屋子里依旧笑声不断，这才缓缓地侧着身子往外钻。

虽然素婉并不胖，但是这门缝也着实并不宽敞，素婉咬着牙使劲往外钻，脸都挤白了，这才钻了出去，又悄悄把门关好，绕过柴房，偷偷潜往后门。每一处院子都有一个后门通往侯府的后巷，安园自然也有，这后门本就是方便安园的人出入。此时守着后门的婆子也早去了小屋子里取暖，因此素婉并没有遇到任何阻碍，开了后门逃了出去。

素婉一逃走，小屋子的喧哗声立刻就停止了，守门的婆子就立刻给梓锦汇报了。

叶溟轩亲自带人追了出去，尾随着素婉一路而去。

一夜无眠。

天不亮梓锦就起了床，因为担心叶溟轩实在是睡不着，直到给叶老夫人请安的时候叶溟轩也没有回来，梓锦只好先去给叶老夫人请安，叶老夫人的精神头越来越不如从前，梓锦尽量地陪着老人多说说话，讲些开心的事情，人到暮年总是寂寥，不管叶老夫人以前如何，至少在梓锦嫁进侯府后，叶老夫人从没有为难过她，不管叶老夫人是看在姚老太太的面子上，还是真的喜欢她，梓锦都想好好地对待自己的长辈。

尽心尽孝，是各自的心意，不需要攀比，不需要计较。人谁无老的时候，上梁正则下梁不歪，自己立身正，子孙自效仿，所谓言传身教，不外如是。

梓锦并不觉得自己有多伟大的情操，只是觉得人都有老的时候，将心比心而已。

叶老夫人很喜欢跟梓锦说话，最近梓锦去请安，常常拉着她说话，一说就是很久，常说一些叶溟轩小的时候的事情，讲得是眉开眼笑，生动无比。梓锦一直以为叶老夫人是不喜欢叶溟轩的，但是没有想到叶老夫人居然对叶溟轩小时候的很多事情都知道得很清楚，也没有想到叶溟轩小的时候那样的调皮，因此也并不觉得烦闷。

其实人看到的表象未必就是真的，叶老夫人对叶溟轩冷淡并不是不关心，不然怎么会知道叶溟轩那样多的事情？

一颗心，想要读懂它，不能只去看，你要静心去聆听。

陪着叶老夫人说了许久的话，梓锦这才去玫园给长公主请安。梓锦走后，叶老夫人看着梓锦的背影默默出神，良久才说道："锦丫头日后是个做宗妇的料。"

宋妈妈浑身一震，看着叶老夫人脱口说道："老夫人，您要将侯府的大权交给三少夫人？"

平北侯府的公产一直在叶老夫人的手上，这么多年从没有交给杜曼秋，纵然是杜曼秋管理中馈多年，也从未沾手过。宋妈妈一直以为叶老夫人就算是不给杜曼秋也要交给大少夫人的，没想到最后居然看中了三少夫人。

叶老夫人轻轻地点点头："管理侯府公产的人，必须要有一颗公正的心。"

"可是侯府将来是大少爷要承爵的。"宋妈妈提点到，这不是祸乱的根源吗？

叶老夫人默然不语，并未回答宋妈妈，公产跟侯府有的时候也可以分开的，只要写一份公契在手就是了。

梓锦对于长公主从来没有隐瞒，等待叶溟轩回来的时候，还是把杜清怡的事情细细地讲了一遍。

长公主瞬间就惊呆了，足足有半盏茶的时间没有回过神来。

杜清怡居然没死！

"那你跟溟轩打算怎么办？"长公主自然想得透这里面的玄机，神情有些凝重。

梓锦苦笑一声："走一步看一步吧，溟轩想着先跟吴祯通声气，毕竟吴祯为了我们的事情没少费心费力，我们总不能忘恩负义。"

长公主看着梓锦，这丫头怎么这么苦命，明明已经有了转机却又摊上好友的家人，就连她也不知道该怎么选择才好。

"不管怎么说，杜清怡没死，总算是给咱们留了缓冲的机会，总算是有了希望。"长公主面色缓了缓，虽然依旧在夹缝中生存，但是至少比前段时间的毫无希望好多了。

"我跟溟轩也是这样想的。"梓锦笑道，"现在只等着静谧师太那边的动静了，说不定从这边可以有什么收获。"

"最近太后倒是时常招静谧师太进宫讲解佛法，只盼着这人能一心向善才是。"长公主叹息一声，缓缓说道，满口讲佛经的人，希望能渡人渡己。

梓锦微皱了眉头，太后？梓锦随即心中有点不舒服的感觉，但是也并未多想，后宫贵人招有名望的庵主进宫讲解佛法历来有之，不是什么稀奇之事。

就在这时叶溟轩回来了，知道梓锦在玫园就直接到了这里。

梓锦忙站起身来，看着他问道："可有什么发现？"边说边倒了茶递给叶溟轩。

叶溟轩接过来大口的一饮而尽，这才说道："素婉只是进了清水庵再也没有出来，清水庵直到天亮也没有人出来，一切安静得很。"

梓锦狐疑地皱起了眉头，长公主这时说道："你们别着急，是狐狸总会露出尾巴。静谧师太心思缜密，只怕会猜疑有人盯梢，说不定缓个一两天才会有行动，要有耐心。"

"母亲说得是。"梓锦笑着应道。

叶溟轩看着长公主跟梓锦，缓缓地说道："我想了很久，决定还是要跟吴祯说个明白，不管吴祯做出什么选择，我都不会怪他。而且这样的事情毕竟事关他母亲的声誉，还是不能瞒着吴祯行动。"

梓锦松了口气，她也是这么想的，就笑着看着叶溟轩说道："你做主就好。"

长公主皱皱眉头，但是还是说道："你们年轻人有自己的想法，那就放开手脚去做吧。"

此事注定没有两全其美的办法，注定要有一方做出让步。不管是吴祯会不会答应叶溟轩说服自己的母亲见皇帝一面，把事情说开，叶溟轩都想要有备无患。如果吴祯真的拒绝了，他也好想其他的办法，毕竟时间有限，刻不容缓了。

腊月二十八居然下起了小雨，寒冬下雪常见，下雨倒是有些稀罕了。

吴祯坐在叶溟轩的对面，笑着说道："你这个大忙人今天怎么有空约我出来？"

叶溟轩倒了杯酒递给吴祯，又给自己倒了一杯，举起酒杯笑道："先喝一杯，再说正事。"

吴祯挑挑眉头，并未拒绝，道："我正好有事要找你，喝完再说！"

酒杯相碰，发出清脆的响声，两人一饮而尽，霎时屋子里酒香弥漫，熏人欲醉。

"你先说什么事情。"叶溟轩看着吴祯，他怕自己先说出口，吴祯的事情就再也说不出来了。

吴祯失笑一声，道："你还是这副德行，好，我先说。"声音一顿，换上衣服表情十分凝重地看着叶溟轩："不管你想什么办法，总而言之除夕夜绝对不能让阿梓进宫，我不能说出理由，我只能告诉你，如果阿梓进了宫，就会有灭顶之灾。溟轩，就当我求你，不管用什么办法，一定要阻止阿梓进宫！"

叶溟轩看着吴祯眼睛里一闪而过的绝望，心里顿时波涛顿起："你不肯说个明白，我怎么信你？"不是叶溟轩不相信吴祯，而是听着吴祯这话好像有种感觉，吴祯似乎知道了蓝娘的真实身份，他想要试探一下，不然的话吴祯为什么要这样说。

吴祯很想说啊，他想要告诉叶溟轩，除夕夜皇宫会起火，梓锦的身影就消失在火中，他不敢冒这个险。更何况当初他答应过教授不能说出事情的真相，不然就会在这个时空消失。他还想拯救梓锦，所以他不能消失。如果叶溟轩不能阻止梓锦进宫，至少他还要在宫中出手相助。

他只盼着，叶溟轩能做到这一点！

"溟轩，我有苦衷，不能说出原因。但是请你相信我，绝对不能让阿梓进官。"吴祯几乎是恳求道。

叶溟轩越发怀疑了，使劲盯着吴祯，然后说道："你其实都知道了是不是？"叶溟轩以为吴祯知道了他母亲的事情，知道他母亲的真实身份。

听这话吴祯唬了一跳，看着叶溟轩镇定的神色，抿抿嘴说道："你什么意思？难不成你也知道了什么？"吴祯以为叶溟轩知道梓锦会遇到什么，心里不由得怀疑难不成叶溟轩当年重生的时候也得到预告？

这两个人都不肯把话说透，结果却造成了误解，叶溟轩看着吴祯，然后慢慢站起身来，说道："我不怪你做了这样的选择，你能让我阻止小丫头进官已经很感激了，从现在开始，我们不要再见面了。"

叶溟轩认为吴祯还是选择了站在他母亲一边，维护靖海侯府的利益，其实这样做乃是人之常情，他不怪他。

吴祯却有些满头雾水，好像他跟叶溟轩想的事情有些出入，看着叶溟轩的背影消失在门外，吴祯立刻追了出去，不行，他得问个清楚。他不过就是恳求一番，怎么就要落得不要再见面，这是什么意思？

当吴祯追出来的时候，哪里还有叶溟轩的影子，不由得跺跺脚，这个急性子的家伙。吴祯沿着路一路追去，却没有追上叶溟轩，心里顿时有些失落，叶溟轩应该会记住他的话，阻止梓锦进官的吧。

按照祖宗规矩，除夕这一晚，有诰命在身的夫人都要进官守岁，等到子时才能各回各家。女眷在内宫，外臣在前朝，寓意与民同乐，共祈我天朝岁岁平安，年年富足。然而这样长一段时间，足够发生很多事情，多到可以改变所有人的一生。

到了年三十这一天一大早，梓锦就在屋子里看着诰命服发呆。

一个人坐在窗前，对着铜镜梳妆，她已经很久没有自己梳过妆了。今日进官不知道吉凶，梓锦想着也许今日后平平安安到老，也许今日就是魂断后宫之日，在这样的日子里，梓锦不想让丫头们给她梳妆，她想自己，慢慢地挽起自己的头发。

叶溟轩回来的时候，站在院子里抬眼就看见小轩窗里，梓锦对镜梳妆。乌黑顺滑的头发倾泻于肩头，梓锦对着铜镜嘴角微弯，手里的玉梳一绺绺地把头发盘结于顶，用发钗固定住。淡扫蛾眉，轻拂胭脂，香艳的口脂凝于唇上。梓锦本就倾城貌，这一打扮，端的是好比瑶池仙子突降人间，叶溟轩站在院中居然就这样看着梓锦一点点地梳妆完毕。

梓锦从自己的沉思中回过神来,这才感觉到有两道极浓的视线落在自己身上。不由得转头望去,就看见皑皑白雪中,叶溟轩一身官服气宇轩昂地立在院中,正目不转睛地看着自己梳妆,不由得俏脸一红,却看见叶溟轩大步走到窗前,隔着窗子与梓锦两两相望,轻声呢喃道:"小轩窗,正梳妆……"

梓锦心里咯噔一声,叶溟轩情不自禁地一声呢喃,却让梓锦有种不好的预感。

这句话出自苏轼的《江城子》,而《江城子》却是苏轼悼念爱妾王朝云过世十年所作。梓锦兴致突来隔窗对镜梳妆,却不曾想招来叶溟轩这样忘情的一声呢喃。就如同晴天打了个霹雳,梓锦的脸色顿时一白,这个兆头真是不好。

叶溟轩似乎并未察觉这些,男人在这样的事情上总是粗心大意。而梓锦也不想让自己心里烦忧给叶溟轩造成困扰,索性抛开心头的不安,隔窗看着叶溟轩笑道:"小轩窗里的美人美不美?"

"美,美极了。"叶溟轩弯眉,璀璨的眼光下映照着脸上的弧度显得那样地柔和,后来想起,梓锦才惊觉,这是她在这个时空最后一次看见叶溟轩笑得如此开心愉悦,而这个笑容成了梓锦后来唯一的念想。

如此灿烂的眉眼,灼痛了谁的心扉,念念不忘。

叶溟轩转身大步进了屋,立在梓锦面前,只知道傻笑,他的小丫头今天真美。

梓锦拉着他的手坐下,虽然有些羞怯,却依旧还是转了话题,问道:"静谧师太那边还是没有动静?"

叶溟轩听到梓锦说起正事,就点点头,道:"是啊,一连几天都没有动静,真是令人匪夷所思。难不成我们一开始就想错了,静谧师太其实并不是阴险恶毒之人?"

叶溟轩虽然这么说,但是语气却不是这么回事,很显然还是认定静谧师太有问题的,只是还没有查出来。

梓锦心头的不安越发浓重,看着叶溟轩说道:"静谧师太真是一个让人看不透的人物,这几日她除了日日进宫为太后讲解佛经,真的没有别的动作?"

叶溟轩点点头:"是啊,只要她出了宫我的人自然盯得死紧。自从万荣他媳妇跟他闹和离以来,万荣最近所有的心思都在讨好媳妇身上,倒是让我能够自由地伸展手脚。人员调动比较随心,分三班盯着,绝对不会有闪失。"

"那在宫内呢?"梓锦皱眉问道。

"想在宫里安排人手并不容易,不过我们也有通消息的人,如果真的有什么危险,也不会一无所知的。"叶溟轩看着梓锦安慰道,旋即眉头又皱得紧紧的,这次除夕守岁没想到不仅皇上下旨所有命妇进宫,就连太后也特意给长公主打了招呼,让她带梓锦进宫去看看,如此这般不说就连太医给叶老夫人请脉的时候,还顺便给梓锦把了脉,因为是毫无预兆的太医就到了,梓锦连个装病的时间都没有。

这次真的是不得不去了!

溟轩拥着梓锦小心翼翼地嘱咐:"一定要跟在母亲身边,不管是谁让你去别的地方一定不能去,如果非去不可一定要跟母亲说一声。母亲是公主,在宫内有皇后娘娘有太后看顾,别人对你总得有三分的情面。宫里嫔妃都是主子,哪一个也不能随便地得罪,你到时候一定好好地应对。不管发生什么事情,你都不要怕,就算是有人要陷害你,谋害你,大不了闹出来,闹得越大反而越容易活下去,你知道了?"

闹得大了,就要面对无数悠悠众口,梓锦明白。看着叶溟轩紧张不已的面孔,轻声一笑,握着他的手说道:"你放心吧,真正的杜清怡并没有死,所以如果事情真到了危急关头我也不是傻子,自然明白如何保身的。"

叶溟轩轻叹口气,道:"吴祯的选择也没有错,我们不怪他,事情不到万不得已,我们就不要搬出蓝娘的事情。至于那个静谧师太,这样的日子她是不会进宫的,应该起不了幺蛾子才是。"

夫妻二人换上品级大装,梓锦一身命妇冠服,只觉得浑身上下重了不少,尤其是脖子被翟冠压得都痛了。

叶老夫人、长公主、杜曼秋、沈氏再加上梓锦可谓是全家出动了,因为皇帝的旨意,就连叶老夫人也不得不进宫了,以前像叶老夫人这样岁数的人,是会被体谅不用进宫,准许在家守夜。

看着叶老夫人虚弱的身影,梓锦心里很不是滋味,越发觉得皇权之下真是没有自由了。

坐着马车一路到了宫门口,就要下车步行进宫。梓锦小心翼翼地搀扶着叶老夫人下了车,那边长公主杜曼秋沈氏也下了车,叶青城、叶溟轩、叶锦、叶繁也都下了车。只是男女有别,叶青城要带着儿子们在前朝候着,梓锦等女眷要进后宫去,在宫门口就此分开。

梓锦搀扶着叶老夫人,回头看了一眼叶溟轩,金色的阳光披洒在他的身上镀了一层光芒,背着光深邃的五官露出一个浅浅的微笑,跟梓锦告别。梓锦不由得嘴角一弯,盈盈而笑,仿若整个世界在这一刻也变得格外柔和起来,却不知道这竟是两人在这世间最后一个微笑。梓锦后来想,如果当时知道后来发生的情况,她还会不会抱着那样大的希望进宫也许能躲过灾难？梓锦也不知道，无法去回答，因为她无法预料如果不进宫会有什么灾难。

自有小内监出来领着叶家诸女眷往后宫而去，一路上遇到了很多的熟人，公卿之家大多相识，只是彼此见面在这深宫里也只是点头而过，并不敢大声喧哗。这样的气氛越发令人压抑，梓锦的心慢慢紧张起来。

"诸位夫人请先在光华殿候着。"小内监高声说道，引着众人进去。

光华殿里有桌椅，也有宫女准备好的热茶，总算能歇歇脚，暖和暖和。梓锦这才松了口气，扶着叶老夫人坐下，转头打量着屋子里坐着的人十有五六是相识的，不由得朝相识的人面带微笑。

到了这里大家就不像是在外面这般拘束了，还能小声地聊起天来，气氛颇为融洽。

这边刚坐下，就有一名身穿粉色衣衫的宫女进来请了长公主出去。长公主身份尊贵，大约是太后或者皇后要见她了，众人的眼睛里看着叶家就有些羡慕。

梓锦心里却叹息一声，这华贵的背后谁又知道她们付出的是什么。人们往往能看到光鲜的一面，却看不到悲哀的一面。

杜曼秋坐在叶老夫人跟前，低声说着话，梓锦跟沈氏坐在两人身旁俱是沉默不语。沈氏抬眼看着梓锦压低声音说道："大嫂不用进宫真是好福气。"

梓锦觉得这句话很对，怀着身子的女子要在宫里这样折腾的确不是一件好事情。楚氏的命倒是不错的，能不用进宫了。

"是啊，不过大嫂有病在身也是没有办法。"梓锦朝着沈氏笑道，沈氏自然会意，就应了声是。

这边说这话的时候，就有素来交好的人家前来跟叶老夫人说话请安，一时间叶家所在的位置就热闹起来，梓锦跟沈氏也不敢怠慢忙忙立在叶老夫人跟杜曼秋的身后服侍着。

"太后有旨，宣平北侯府三少夫人觐见。"

被这突然的喊声吓了一跳，光华殿内立刻安静下来，所有人的眼光立刻停在了梓锦的身上。梓锦哪敢说不从，忙跪下接旨，这才跟着宣旨的小内监往外走去，一颗心忽然不安定起来。

第二十五章
大年夜梓锦入火海，回现代梓锦几疯狂

金色琉璃瓦在阳光下闪耀生辉，汉白玉铺就的台阶透着高贵尊严。梓锦走在上面心里却越发不安起来，宫斗剧看过无数，里面的太后一般都是很变态的，但是太后是长公主的亲生母亲，就是看在女儿的面子上也不会为难自己才是。

但是想归想，梓锦还不至于这样天真，真的以为天家骨肉亲情很重要，同样的如果让太后在女儿儿子之间选一个，不用想也知道太后会选谁。梓锦轻笑一声，恍惚刹那间所有的不安悉数离开。

如果今天真的是在劫难逃，就算是现在担心又有什么意思？如果命数未尽，她跟叶溟轩自然能相守到白头。尽人事听天命，梓锦人事已尽，剩下的也就只能听天命了。

与此同时，在梓锦去见太后的路上，秦文洛正在急三火四地找吴祯，没想到吴祯居然也进了宫。秦文洛又一路追进宫来，他有件重要的事情要说，很重要很重要，他需要吴祯的帮助。

秦文洛策马狂奔，额头上隐隐见了汗珠，早知道这样就该提前先给吴祯送个信才是，也不至于现在这样手忙脚乱。

到了宫门口，秦文洛身为自小到大进宫出宫就跟自己后花园一样的便利，没想到居然被拦截在了门外。

"……你们胡说什么？谁不许我进宫？"秦文洛额角跳着青筋，简直就是晴天霹雳落在头顶，他居然被阻拦在了宫门外！"你可知道我是谁？我自小进宫的次数数都数不清楚，你居然敢阻拦小爷的路？活得不耐烦了！"

"小王爷，不是小的跟您作对，实在是宫门已关。"守门的将士为难地说，这可是上面的命令，他不敢违抗啊。

"这才什么时辰就关城门，你哄小孩呢？"秦文洛暴走，奶奶的，没想到那该死的老尼姑居然这样狡猾，只是她怎么能有办法让宫门在这个时候关闭？邪门！

但是越是这样，秦文洛越发地觉得自己得到的消息是真的。磨破了嘴皮子，软硬兼施，就是没能让守城门的将士通融放他进去，秦文洛死盯着这扇宫门，不过是一道门，却像是天堑般难以跨越。

溟轩、梓锦、叶锦、叶繁……只要想到他们即将面临着危险，秦文洛就不能安定下来，无奈地看了一眼规规矩矩的守门兵丁，冷哼一声上马离开。既然这条路行不通，他就只好走另外一条路！

吴祯进了宫就四处寻找叶溟轩，等找到叶锦询问叶溟轩的下落，这才发现就连叶锦叶繁也没找到，远远地看到叶青城，吴祯硬着头皮上前行礼："小侄见过侯爷。"

叶青城见是吴祯，就笑着问道："贤侄也来了，令尊可还好？"

"家父家母都挺好，多谢侯爷关怀。"吴祯耐着性子说道，陪着叶青城聊了一会儿这才寻到机会问道，"怎么不见溟轩？他今日没进宫吗？"吴祯希望自己猜得没错，叶溟轩夫妻二人最好没有进宫。

"方才被人叫走了，也不晓得是什么事情，应该一会儿就回来了。"叶青城笑道，这种事情并不少见，叶溟轩进宫次数频繁，在这里也是颇有根基，被人找很常见，因此叶青城并没有放在心上。

吴祯面色微变，但是没有十足的把握又不敢轻易地开口，只得干笑两声这才告辞。转身出了大厅，吴祯立马四处打听叶溟轩的下落，询问了好几个人，这才知道好像去了慈宁宫。

吴祯仰头望天，慈宁宫那是太后居住的地方，寻常人谁能轻易进得去？

不过如果是去了慈宁宫应该暂时不会有什么危险，吴祯松了口气，只是静谧师太今日进宫的消息，也不知道溟轩跟梓锦知不知道……吴祯正想着要找个人给叶溟轩送个信，远远地就看到了大皇子秦时风正往这边走来。

吴祯对秦时风并无好感，因此并不想跟他有什么来往，转身装作没有看见正欲走，却不巧被秦时风逮个正着，开口叫住了他。

"微臣见过大皇子。"吴祯走不脱只好行礼带着惊讶的模样，好像真的是刚见到秦时风一样。

秦时风挥挥手让身边的人退后几步，这才看着吴祯问道："吴小将军方才神色着急，不知道在找什么？"

吴祯知道秦时风极难缠，更没有想到方才居然被秦时风看个正着，只得苦笑道："微臣正在找叶三少爷，只是并没有人看到他去了什么地方，这才有些着急。"

对付聪明人就得一半假话一半真话，不然秦时风只要找人问一问，他方才跟谁说了话就能猜出个大概来，这样容易被戳破的谎言还是不要说的好。

秦时风显然没想到吴祯居然在找叶溟轩，抬头打量他一眼，这才徐徐说道："方才我见到叶溟轩好像去了柔仪殿，你不如去那里看看。"话音一顿又说道："父皇很快就要升座，时间紧得很，你速度快一点。"

秦时风转身离去，吴祯还有些回不过神来。

柔仪殿……脸色刹那间血色全无！

他知道大火发生的地点就在柔仪殿，他还知道叶溟轩被关进柔仪殿，姚梓锦进火场救夫再也没有出来！

所有的事情都还是按照轨迹在走，吴祯根本没有力量阻止，在这一刻他真是恼恨自己，为什么就这样无用！再也不敢耽搁，吴祯就往柔仪殿的方向奔去。得益于皇帝这段时间对吴祯的召见十分频繁，因此吴祯对皇宫内的情形还是比较清楚的，柔仪殿更是他关注的重中之重，甚至于连柔仪殿内的布局都是了如指掌，就怕有一日真的会用上。

太后很和蔼，对梓锦的态度也十分柔和，这让提着一颗心的梓锦心生安慰，对话也慢慢地放松下来，纵使这样后背上也是密密麻麻的一层汗珠。

长公主在一旁笑着说话，太后的下手，长公主的对面坐着皇后，皇后跟顺宜公主长得并不怎么相像，顺宜公主乖顺地坐在皇后的身边，偷偷地对着梓锦挤眉弄眼，这让梓锦心里偷笑不已。

只是隔着一层帘幕，长公主跟皇后并不知道在那后面还有一个人，正盯着梓锦冷笑，那眼眸中迸发的杀意源源不绝。这人正是静谧师太，她这么多日子以来，费尽苦心讨太后的欢心，为的就是今日。

等待猎物上钩，就如同深水钓鱼，需要的不仅仅是智慧还有耐心。她足足等了二十九年，终于等到了今日。

梓锦觉得怪怪的，她很想抬头看看太后身后的帘幕后面是不是有什么人，因为她总觉得有一道视线黏在自己身上，就如同隐藏在暗处的毒蛇，看不见却能感受得到，梓锦在这一刻手脚冰凉。

"……你们虽然年纪还小，但是也要好好保重身子，等到了哀家这般年纪，就会懊悔年轻时不懂得珍惜自己的身体。"太后看着梓锦说道，因为梓锦上次没进宫就是因为生病，所以这次特意多说了两句。

梓锦忙应道："太后教诲的是，臣妾以后一定多加注意。"

太后看着梓锦倒是有几分真心的喜欢，转头看着长公主说道："那个时候我记得你也是这样淘气，总不知道好好地照顾自己，哀家不知道费了多少心思在你身上。"

长公主想起以前的事情，也是一阵唏嘘，跟太后说起了小时候的事情。

梓锦心里纵然不安，也得坐着等着，脸上也不敢露出丝毫痕迹，那种被人窥视的感觉越来越重。

顺宜公主悄悄地挨到梓锦的身边，低声跟她说笑，梓锦借此机会，忙低声问道："公主，太后娘娘的宫里今日可有什么生人在？"

顺宜公主不明白梓锦为什么这么问，就皱着眉头说道："应该没有吧。"

没有？梓锦心里有些失望，如果没有生人，难不成自己的感觉是假的？出现幻觉了？"公主，你再想想，就是按理说今儿个这种时候不该出现在宫里的人有没有？"

顺宜公主看着梓锦的模样虽然一如平常，但是口气确有几分着急，就说道："你别着急，我替你打听下就是了。"

"谢谢公主。"梓锦松了口气，幸好有顺宜公主在还能帮上忙。

顺宜公主慢慢地坐回了皇后的身边，看着太后跟长公主还有皇后聊得正欢，这才悄悄地对自己的侍女吩咐了几句。那宫女就点点头转身出去了。

梓锦不敢四处乱看，只能用眼角的余光打量着周围的一切，手心里湿腻一片。

很快那小宫女就回来了，在顺宜公主的耳边低声说了一两句。顺宜公主也没什么表示，依旧默默地坐在那里，梓锦心里暗叹一声，顺宜公主年纪虽小，可是做事倒是很缜密，不管有没有事情发生，但是能在人前努力地维持自己的形象不被人发现什么猫腻，就这一点做得就很不错了。

又过了一盏茶的功夫，顺宜公主就好像坐不住的模样，四处走走，又挨到了梓锦的身边，低声说道："今儿个还真来了一个人，就是平常总被皇祖母召进宫的静谧师太！"

梓锦心中的震惊在此刻已经不能用言语来形容，没想到静谧师太居然在这个时候还能进宫，而她进宫要做什么？

想起之前静谧师太知道杜曼秋跟蓝娘见面的事情，一点也没有反应的行为，再想想现在静谧师太居然进了宫，梓锦心里真是有一种难以言喻的感觉，心中的不安正在逐渐地扩散，深入到她的脑子里血液里。

顺宜公主不知道梓锦打听这个做什么，叹道："这个静谧师太可不得了，皇祖母挺信她的话，就连柔仪殿都专门腾出来让她研习佛法，里面摆满了经书，我最讨厌她，总是看着别扭得很。"

梓锦心里苦笑一声，面上却不能显露，她也很讨厌静谧师太，但是梓锦却不能这样说出口。

"那靖海侯夫人这次有没有进宫？"梓锦尽量地让自己的语气听起来很柔和，两人在一边窃窃私语，因为并没有摆动身形，也没有大声，因此并没有引人注目。顺宜公主喜欢姚梓锦的刺绣人人皆知，因此就是看到顺宜公主跟姚梓锦说话也没人觉得奇怪。

顺宜公主一身正红的袄裙，越发映衬得她俊颜如玉。歪着脑袋想了一想，然后讶道："我好像听到过静谧师太跟皇祖母提起过这个人，好像是请皇祖母一定要让人进宫。"

梓锦听到这里双拳紧握，垂眸望地，良久才说道："那公主知不知道靖海侯夫人来了没有？"

顺宜公主想了想，然后摇摇头说道："这个我没注意啊，我又不认识她。"

是啊，她是高高在上的公主，怎么可能跟梓锦一样盯着一个人？梓锦失笑一声："谢谢公主给我的这些消息，帮了我大忙了。"

能帮上梓锦的忙，顺宜公主很是开心，笑着说道："小事一桩，你要是想要知道靖海侯夫人来了没有也简单，我派人打听下就是了。"

其实这个时候已经不需要去查探了，因为梓锦知道靖海侯夫人一定在宫里了。静谧师太究竟要做什么？太后居然这样宠信她，还专门拨出一座宫殿给她做研读佛经的地方，可见静谧师太实在是一个相当令人吃惊的人，这样的人似乎总有办法让别人吃惊。

看着天色不早了，皇后要升座见诸位命妇，太后这才挥手放人，长公主跟梓锦这才出了慈宁宫。前脚刚出了慈宁宫，皇后就派人把长公主叫走了，姑嫂二人好像有话要说。梓锦就按照长公主的吩咐先回等待的宫殿。

顺宜公主这样的时候也不能随便乱跑，免得丢了皇家的颜面，只能紧紧地跟在皇后的身边。皇后虽然很疼爱顺宜公主却从不宠溺她，因为皇后知道身为皇帝最喜欢的公主，不知道多少人多少双眼睛盯着顺宜公主，一点差错也不能有。

梓锦在小内监的引路下往回走，刚拐出长廊，就听到有人喊道："叶三少夫人请留步！"

梓锦心里咯噔一声，但是还是顿住了脚，回头望去就见一名宫女追了出来，一溜小跑到梓锦的面前这才弯腰行礼，说道："有人让我将这个给夫人。"

那宫女说着就把一张纸条递给了梓锦，然后迅速地离开了，好像怕梓锦要拉住她问什么一样。

梓锦觉得有些怪异，但是又不能追上那宫女不让她走，只得眼睁睁看着她离开。打开手里的纸条，打眼一看，梓锦瞬间变得脸色一白。

引路的小内监瞥了一眼梓锦，说道："三少夫人，赶紧吧，皇后娘娘升座的时间可要到了。"

梓锦努力挤出一个微笑，看着小内监说道："公公，实在是不好意思，我有件急事想要去柔仪殿，不知道公公能否引一下路？"梓锦说着就拿出一张银票塞进小太监的手里。

小太监垂头一看银票的面值，脸上笑成一朵花，道："三少夫人，这柔仪殿您还是不要去了，那是太后娘娘清修的地方，这要是坏了规矩……"

"我明白，我并不是进柔仪殿，只是有位故人在柔仪殿旁边等我，我想跟她一起去先前来的大殿，还请公公行个方便。"梓锦尽量保持平静，面带笑容。

那小内监打量了梓锦一遍，觉得没什么不妥，又收了银子，就爽快地带着梓锦七拐八拐到了柔仪殿。梓锦在距离柔仪殿不远的地方，找了个借口打发了小内监，等到人走远了，脸上的神情这才垮了下来。

楚氏……居然进宫了！

梓锦想不明白，楚氏明明在庄子上养胎，怎么就会毫无预兆地进了宫？

能悄无声息地瞒过叶家人，把人轻而易举地弄进宫，梓锦觉得静谧师太的嫌疑最大。梓锦接到这个纸条，不用想也知道一定是静谧师太派人送来的，只是梓锦不知道静谧师太究竟要做什么。

本来梓锦是打算要通知叶溟轩，但是一来梓锦接到静谧师太的警告，如果她找救兵楚氏一定一尸两命。梓锦想起楚氏，心里叹息一声，觉得所有的事情都离开了轨道，跟她和叶溟轩估算的一点也不一样。

而此时梓锦并不知道柔仪殿内叶锦叶繁叶溟轩都在！

梓锦将身子隐在花草间，想着有没有什么办法偷偷潜进柔仪殿伺机救人！

梓锦素来不喜欢莽撞行事，而且明知道是陷阱，明知道一定会进去，但是怎么进去要讲究个策略才是。

梓锦太入神思考，突然肩上被拍了一下，整个人吓得差点尖叫出声，幸好自己的行动比脑子要快，等脑子反应过来嘴巴已经被自己用手紧紧地捂住了。

回头一看，竟然是秦文洛，梓锦忙松开手，问道："你怎么在这里，秦大哥？"

"我正找你，跟我来！"秦文洛低声对梓锦说道，想要拉着梓锦往回走。

梓锦忙挣脱开，压低声音急道："我不能走，我还要救人。"

秦文洛就是一愣，睁大眼睛看着梓锦说道："你都知道了？"

梓锦点点头，面带无奈地说道："当然，咦？秦大哥你也知道了？"

秦文洛叹口气，道："你别着急，人是一定要救出来的。只是柔仪殿是太后专门请皇上清出来修身养性、念佛的地方，而且静谧师太经常在这里给太后讲解佛经，所以柔仪殿的守卫很是严密。想要进去总得想个办法，你硬闯是不行的。"

梓锦很是同意地点点头："秦大哥说得是，我方才就在想怎么神不知鬼不觉地进去。"

秦文洛拉着梓锦绕过一大片的花树，边走边说道："长杰这次真是无意中办了大事，没想到静谧师太居然还是一个狼子野心的人，幸好他今日进宫来跟我说了一切，不然的话我还真不知道这些。"

"我哥？"梓锦惊道，没想到姚长杰居然神通如此广大。

听到梓锦惊讶的声音，秦文洛道："具体的经过我也不知道，只是长杰对靖海侯夫人有些怀疑，然后顺藤摸瓜，没想到居然查出了静谧师太一些事情。长杰进不了后宫，就辗转托人给我送了信，幸好我找到了你，不然我真没办法跟长杰交代了。"

梓锦听得稀里糊涂，但是有件事情她知道了，原来她大哥一直默不作声并不是什么都没做，只是她跟叶溟轩并不知道罢了。

"原来是这样。"

梓锦皱眉，又道："大嫂被静谧师太关进柔仪殿，我绝对不能见死不救，所以一定要想办法溜进柔仪殿。"

秦文洛的脚步顿住了，看着梓锦面带惊讶："没听你大哥说你大嫂也进宫了啊？"

"不是我娘家大嫂，是婆家大嫂。"梓锦忙解释清楚，还真是有些乱套。

"婆家大嫂？叶锦媳妇？"秦文洛满脸震惊。

梓锦闻言转头看着秦文洛，狐疑的表情在面上一闪一闪："秦大哥，难道你说的不是这个？"

秦文洛这才恍然大悟，难怪梓锦还能这般镇定，就有些苦涩地说道："我说的的确不是叶锦媳妇，我还以为你都知道了，没想到最后居然牛头不对马嘴。"

"那你说的究竟是谁啊？"梓锦急道，"难道柔仪殿里还有旁人？是谁又被静谧师太弄进去了？"

梓锦的亲人就那么几个，如果不是楚氏，那会是谁？沈氏……应该不会，梓锦来的时候沈氏还跟在杜曼秋的身边，如果是沈氏，杜曼秋这头老狐狸应该会有察觉。

如果不是沈氏，自己娘家人那边好像还没有女眷进宫，姚老太太已经上了乞病的折子，不用今日进宫。如果这些人都不是，那会是谁？

梓锦想了很久也不知道秦文洛说的是谁，索性不去猜了，直接问道："秦大哥，你直接告诉我，柔仪殿里还有谁？"

秦文洛瞧着梓锦，虽然有些为难，但是还是说道："五妹妹，我说了你切莫着急，咱们再想办法，千万不能鲁莽行事，你要知道这是宫里。"

梓锦听着秦文洛絮絮叨叨就有些不耐烦，道："秦大哥你快说究竟是谁？"

"是溟轩！"

梓锦想过所有的人，唯独没有想到会是叶溟轩！

想起在宫门口，叶溟轩还殷殷嘱托梓锦如果出现什么事情一定要好好保护自己，他怎么就让自己身陷险地？

瞬间呼吸就好像被人夺走一般，梓锦的脸色变得苍白。同时耳边传来鼓声，皇后娘娘升座了！梓锦苦笑一声，皇后娘娘升座，身为命妇居然擅离不朝见皇后，这就是死罪一条！

但是梓锦现在已经顾不得这些，只是看着秦文洛说道："我要去救溟轩，不管用什么没办法，我都不会放弃。"

秦文洛早就料到梓锦不是一个无情无义之人，听到这话心里一缓，面上却更加地严肃了："五妹妹，柔仪殿不是你想进就能进去的。没有太后的令牌闲杂人等谁都进不去。"

梓锦面带菜色，冷笑一声："没有门还有窗户，不能正大光明地进去，我还会迂回绕路。秦大哥，这件事情跟你无关，虽然你跟溟轩是兄弟，但是这件事情事关重大，我想溟轩也不希望廉王府被卷进来。如果你还当我是亲人，就请你帮我一个忙，想办法通知长公主。"

秦文洛张口就要拒绝，梓锦却先一步说道："秦大哥，我知道你的为人，绝对不是贪生怕死之辈，但是事急从权，我们俩不顶用，长公主是太后娘娘的亲生女儿，只要长公主出面说不定就能拿到令牌，你说是不是？"

秦文洛摇摇头："你去找长公主，我潜进去寻找溟轩跟叶锦媳妇。"男子汉大丈夫怎么能让女人涉身险地！

梓锦佯装怒道："这个时候就不要跟我争了，我一定会好好地保护自己的，秦大哥就当我求你了。你是皇后娘娘的侄儿，你出面总比我好一些。"

能一路畅通无阻地进皇后娘娘的宫殿，也就只有秦文洛能办到了。

秦文洛咬牙道："那你不要轻举妄动，我很快就回来。"

梓锦忙点点头让秦文洛安心："你放心我就在这周围观察地势绝不乱跑，时间紧急，不要磨叽了。"

秦文洛转身就跑，梓锦这才长舒了一口气，透过浓密的花丛看着门禁森严的柔仪殿，面色黑如碳石，梓锦怎么可能在这里干等着？

楚氏迷迷茫茫醒来的时候，就看到自己被绑住手脚关在了一间屋子里，迷迷糊糊的一时间还没有想明白，她明明在睡午觉，这是怎么回事？

楚氏想要大喊，这才发现嘴巴被堵住了，这才惊觉并不是梦境，自己真的被绑住了！

这是怎么回事？

楚氏有些慌张，想要用力坐起身子，但是手脚被捆得严严实实的，再加上她身怀有孕，又不敢做大幅度的动作，折腾了好半晌也没有起来，仰头望着头顶上的陈尘，色彩斑斓的彩绘映入眼帘，脸色就是一白，她不是第一次进宫，这样带有九龙纹的彩绘只有宫里面才有！

她在宫里？

这是什么状况？

楚氏就算是脑子再机灵，一时间也懵住了。

喘了口气歇了一会子，攒足了力气，用舌头狠狠推出堵在嘴里面的破布，又转过头用牙狠狠地咬住落地的帐幔，借力使力这才坐起身子来。纵然这样一个简单的动作，额头上也隐隐地冒出了汗珠。

大口喘着气，楚氏转动着被压麻的手腕，等到能够自由转动了，这才尝试着想要解开绳索。因为是反捆着，这个动作就比较艰难，又是系的死扣，也不知道过了多久，又是解又是在墙角突出的瓦石上磨，但是最终也没能解开绳索，反倒是把她累得气喘吁吁。

"你别费力气了，想要逃走简直就是做梦！"

楚氏在这寂静的屋子里待了这么久，猛地听到声音还真是毛骨悚然："你是谁？"

隐隐约约觉得这声音好耳熟，楚氏回过味来脸色大变："师太？是你吗？"

静谧师太慢慢揭开帐幕缓缓走了出来，青布葛衣做成的道袍披在身上，年数多了颜色就有些洗得发白但是很干净，猛地看去还真是一个道行高深的尼姑！

楚氏已经从梓锦那里知道了许多关于静谧师太的事情，但是楚氏又不是傻子，她没有跟静谧师太对上，这个时候为了保住性命面露出惊讶之色："师太，您怎么会在这里？我婆婆呢？请您帮帮忙，赶紧通知我婆婆一声，也不知道是怎么回事我居然被人给绑进了宫，请师太看在我们往昔的情分上搭把手，大恩大德不敢忘记。"

静谧师太瞧着楚氏，嘴角的讥讽越来越厉害，最终抑制不住地大笑起来："报信？我说你脑子坏掉了吧？不要怪别人心狠手辣，要怪就怪你为什么是叶家的儿媳！"

此时此刻楚氏才真正地害怕起来，两只大眼死死地盯着静谧师太，惶恐道："师太您说什么我听不懂，我真不晓得您是什么意思，我不过是请您帮忙送个信，您至于不帮忙还说这样的话吗？"

"你肚子里的孩子你说还能不能见到天日？"

屋子里除了楚氏惊恐的呼吸声，再也没有别的声音！

楚氏怀孕的事情如此的机密，没想到居然还会被静谧师太知道了。楚氏忽然间明白了自己为什么会在这里了，一定是静谧师太捣的鬼！

楚氏想要环住肚子，一用力这才想起来胳膊还被反绑着，脸色越发苍白了，没想到千算万算最后居然还是栽在了静谧师太的手里。

"师太，我跟您往日无怨近日无仇，您为什么一定要这样对待我？您要是想要什么只管说，只要我能做得到，一定去做！"楚氏现在最大的愿望就是能够保住肚子里的孩子，这个孩子她盼了那么多年，好不容易老天开眼了，要是这孩子有个三长两短，楚氏不知道自己该怎么办。

静谧师太似乎很享受楚氏这样惊慌的神态，看了楚氏一眼，然后才说道："我要的很简单，只要你亲手杀了叶青城，我就放过你们母子一命如何？"

"什么？"楚氏大叫一声，这实在太荒谬了！

"你没听清楚，要不要我重复一遍？"静谧师太冷笑一声。

"为什么？"楚氏想不明白，静谧师太为什么一定要置叶青城于死地，这是怎么回事？

静谧师太听到这一句为什么神情有些激动，好半晌才说道："你只说你做不做得到，如果做不到……明年的今日就是你的忌日！"

"你分明是要逼我上绝路，我怎么能做这样的事情？"楚氏恼怒之极，看着静谧师太说道，"我夫君一定不会放过你的！"

"你夫君？"静谧师太似乎听到了什么大笑话一样，一个人几近疯狂地笑个不停，楚氏甚至于都看到了她的眼眶里溢出的泪珠，"你放心，我绝对不会让你跟肚子里未成形的孩子孤孤单单地上路，在这座宫殿里还有很多人陪你一起上路。这其中就有你口中的夫君！"

如果说人能在逆境中坚强地生存下去，那是因为心中还有不能放弃的希望！

楚氏最大的希望就在叶锦的身上，但是此刻听到静谧师太这一句话，只觉得天都塌了！

"你这个疯子，快放开我，你说我夫君在哪里？"

"想要知道？哈哈哈，那九泉之下再去找吧，奈何桥上你们一定会见面的！"静谧师太手里拿着火折子慢慢地靠近楚氏，嘴角带着狰狞的笑容，"凭什么你们能开开心心幸幸福福地过日子，而我却要忍受失去挚爱之人的痛苦，凭什么要用他的死换取你们的幸福？你们一个个地都要去给他陪葬，不然他会孤单的！"

楚氏不明白静谧师太这是什么意思，但是她也知道一件事情，有个人死了，还是跟他们息息相关的人。所以静谧师太报仇来了，但是楚氏实在不知道那人究竟是谁，就这样死了岂不是太冤枉了？

楚氏想起静谧师太的话，知道这座宫殿里还有叶锦，不知道叶锦在哪里，楚氏也不知道哪里来的勇气，几近疯狂地开口高喊："叶锦、叶锦……"

静谧师太神色大变，一个箭步上前猛地捂住了楚氏的嘴巴！

楚氏看到静谧师太苍白的脸色，心中大喜，这说明一件事情，那就是叶锦还没有被静谧师太控制住，还有，那就是叶锦真的在这座宫殿，不然的话自己这一声喊，静谧师太不会这样慌张。

这次真的是看到了希望，楚氏用力地想要挣脱开静谧师太的钳制，张嘴狠狠地咬在了静谧师太的手心，鲜血带着浓浓的血腥气扑鼻而来，楚氏一时受不住这个味道，整个肺腑都要反转起来，脸色苍白如鬼！

静谧师太没想到楚氏这样的彪悍，居然一下子咬住了她，剧痛袭来，下意识就松开了手，额角冷汗直冒。

楚氏趁机缓口气，压下胸腔里的憋闷之气，再一次地呼喊起来，只要有一丝的希望，她就绝对不会放弃的！

人在绝望的时候，总会迸发出更强大的力量。如果只有楚氏一个人也许她还没有这样的爆发力，但是她肚子里还有一个盼了多少年才有的孩子，她是绝对不会让这个孩子有任何差池的。

楚氏这一声撕心裂肺的呼喊，几乎要穿透了宫殿的砖瓦。

梓锦本就在柔仪殿不远的地方，说来也巧，梓锦坐在的地方就跟关押楚氏的地方只有一墙之隔，所以梓锦正绕着宫墙走的时候，猛地听到这一声呼喊，整个人似乎就僵住了一般。

大嫂？梓锦脑海里很快地就冒出了楚氏的身影，静谧师太的话没错，楚氏果然被关进宫了！

她还怀着孩子……梓锦顿时着急不已，也不知道叶锦跟叶溟轩究竟有没有在柔仪殿，但是听着楚氏近乎绝望的呼喊，梓锦知道楚氏一定面临着极大的危险，当下哪里还敢磨磨叽叽地，但是她没有令牌有进不去柔仪殿，伫立在梓锦面前的是高大的宫墙，要是等着秦文洛搬了救兵回来，也不知道楚氏到时候会怎么样了。

梓锦看看四周，就见柔仪殿的后面有死角的地方，堆着一小堆干柴，也不知道多久没打扫过了，看上去就很脏，梓锦眼睛一亮，拿出随身携带的火折子就点着了那堆干柴，然后捏着嗓子大喊起来："来人啊，走水了，走水了……"

梓锦边喊着人就跑到了花丛深处绕过一条小路，到了柔仪殿的正门前，随手在地上摸了两把泥土往脸上一抹，就对着看守柔仪殿的内侍说道："柔仪殿后殿着火了，快去救火啊……"

梓锦身上穿着命妇服装，守门的内侍狐疑地打量着梓锦，其中一个比较慎重地问道："夫人，这个时候您应该正在给皇后娘娘叩头，怎么会在这里？"

梓锦心里就咯噔一声，这家伙心够细的，梓锦也不是纸糊的，就猛地一阵剧烈的咳嗽，然后说道："是静谧师太跟太后娘娘请了御旨邀我相见，谁知道我从慈宁宫走来就看到这边起火了，就忙着让人救火，不信你往后看看，浓烟都飘起来了。"

顺着梓锦伸手指的方向两人一瞧，神色大变，梓锦就立刻说道："还不赶紧去救火，要是柔仪殿真的被烧成平地，你们还有命吗？"

被梓锦这样一吓，两人拔腿就跑，还招呼着院子里的人拿着水桶去救火，一时间柔仪殿的人忙成一团，乱乱哄哄地如同没头的苍蝇。

梓锦就趁机钻进了柔仪殿，估摸着楚氏声音传来的方向寻去。

梓锦天生谨慎，再加上又在皇宫里，也知道柔仪殿后面自己点的那把小火根本碍不了大事，很快就会被扑灭，因此梓锦的行动就更加迅速。一间房一间房地寻去，梓锦终于听到了楚氏的声音再度传来，只是这次声音虚弱了很多。

梓锦顾不得别的，提着裙角一路狂奔过去，还未走到门口，就听到里面传来一道声音："你安心地去吧，黄泉路上你们一家会团聚的，不会让你孤孤单单形单影只，你看我是不是大发慈悲？"

妈的！这老尼姑就是变态！

梓锦二话不说，抄起院子里立在墙边的一根木棍，一溜小跑地上了长廊，然后一脚踹开房门，进门还不等喘过气来就看到楚氏双手反绑身后，静谧师太双手扼住楚氏的喉咙，楚氏一张脸死白死白的，眼看着就要不行了。

说来也巧，静谧师太正好背对着门口，因此听到踹门声，还没有回过身来就觉得似有乌云压顶一般的压力袭来。

静谧师太下意识地躲向一旁，梓锦一棍子打空差点打在了楚氏的身上，忙用力收住棍子倒是把自己搞得狼狈不堪，差点摔倒在地。

楚氏鬼门关前捡回一条性命，但是毕竟是受到了惊吓，额头上阵阵冷汗冒出来，抬眼看到了梓锦惊喜不已，沙哑着嗓子喊了一句："三弟妹……"

"你莫怕大嫂，有我在这老尼姑绝对不会伤你一根汗毛，你要保重自己还有肚子里的孩子，一定要咬牙撑住！"梓锦忙安慰楚氏，就怕楚氏真的出什么事情。

楚氏知道现在危险重重不想让梓锦分心，就用力地点点头："你放心，我还撑得住。"

梓锦这才松口气，转头看向已经站稳身子看着自己的静谧师太，梓锦用棍杵地，冷笑道："师太，好久不见！"

"三少夫人别来无恙。"静谧师太似乎又恢复了以前的从容优雅与世无争的模样，只是那一双眼睛里却有了梓锦看不懂的光芒。

"师太约我来此不知道是为何事？"梓锦在努力拖延时间，她要等着秦文洛把人请来。

"三少夫人有勇有谋，居然能一路闯进此处，真是不简单，让贫尼刮目相看。"

静谧师太皮笑肉不笑，看着梓锦的目光又多了丝丝的猜疑。

梓锦轻笑一声："真正令人刮目相看的是师太才对，师太在清水庵这么多年一定很憋屈吧？只是不知道地下有知的杜将军知晓师太的举动又会有什么想法，会不会懊恼自己有眼无珠引狼入室。"

梓锦提到了杜将军，静谧师太的脸色就是一变，双眼眨眼间就露出凶光，狠狠地盯着梓锦，就好像饿了十几天的野狼突然看到了一块肉，恨不得扑上去一口食下！

梓锦纵然是机灵胆大，这个时候也忍不住地浑身一颤。

梓锦不知道为什么自己一提起杜将军静谧师太的反应会那么大，难不成这里面还有什么不得不说的故事？一般来说，所有的恩怨情仇都是一场最大的狗血，梓锦想着她们该不会撞进了什么狗血的情节里成为了最炮灰的牺牲品？

人生来就是要饱受磨难的，有很多时候也许不是因为你本身犯了错，而受到了惩罚。梓锦估摸着叶家几个孩子跟静谧师太一看就是两辈人，叶锦他们得罪静谧师太的可能性非常小，更多的应该是受了牵连。

而看静谧师太的神色，这件事情十有八九跟已经阵亡的杜将军有不得不说的故事。

哎哟我的妈呀，梓锦只想喊娘，看着楚氏硬撑的模样，就壮着胆子说道："我来替大嫂，我留下你让我大嫂离开，怎么样？"

梓锦不伟大，并不会觉得自己这样就是舍己为人了，而是可怜楚氏肚子里的孩子。而且先让楚氏脱身梓锦一个人也能见机行事，行动利落些不会拖泥带水有顾虑。

楚氏听到梓锦的话，顿时泪盈于眶，忙说道："不行，不行，要走一起走，要留一起留！"楚氏很感激梓锦这样的大义，但是她也不能做这样没有良心的人，如果因此梓锦真的有个三长两短的，这一辈子她也不会原谅自己的！

静谧师太看着二人你谦我让，顿时冷笑出声："进来了就甭想出去了，为了这一天我等了这么多年，你以为我会让你们脱身吗？简直就是做梦！"

"我说老尼姑，你是不是脑子有问题啊，我们跟你往日无怨近日无仇的，你为什么要这样对我们？事情总得有个原因，就算是要死也得死个明白吧？"梓锦问道，面上带着气愤，脑子里却在想着秦文洛这个家伙怎么还没有回来，这个时候应该早就到了皇后的院子里了。

静谧师太并没有因为梓锦出言不逊而恼怒，只是冷笑一声："谁让你们成为叶家的人，要怪就怪你们命不好！"

静谧师太并没有打算说出原因，只是看着梓锦跟楚氏冷笑一声，大步往外走。梓锦一看脸色微变，快步地追了上去，只可惜还是晚了一步，静谧师太先一步地反手关上门，利落地上了锁！

梓锦苦笑一声，没救出楚氏倒是把自己陷在这里面了。

"静谧师太，我还有句话要跟你说，我不知道你为什么要这样对待我们，但是你知不知道你昔年的主子也许还活着，这个你知道吗？"

梓锦一直没有弄清楚静谧师太知不知道靖海侯夫人就是当年的杜清怡，这个时候这样一喊也不过是抱了仅剩下的一丝希望，希望能拉住静谧师太离开的脚步，因为梓锦听得出静谧师太脚步匆忙，应该是有事情发生了。

等了好半晌没有回声，梓锦叹息一声："流年不利！"

楚氏看着梓锦很内疚："都是因为我，要不然你也不会在这里了。"

梓锦看着楚氏说道："大嫂，你莫这样说，静谧师太针对的就是咱们叶家的人，就算是没有你也会有别的事情，只是我不知道溟轩跟大哥二哥究竟在不在这里，若是他们在就好了，兴许咱们还能有活着出去的机会。"

楚氏一听忙说道："方才我呼喊叶锦的名字，静谧师太很是慌张，我想着你大哥一定在的，但是三弟在不在我就不知道了。"

梓锦想起秦文洛的话，就说道："如果大哥在这里，那么溟轩跟二哥一定也在了。求人不如求己，咱们一定要逃出去，跟我来！"

人这一辈子总会遇到各种各样的困难，遇到各种各样不能躲开的是非。梓锦从没有想到过自己这一次的穿越不仅会遇上重生的二手货，还遇上了一个杀人不眨眼的女疯子。

最坏的结果梓锦已经预料到了，梓锦知道，大不了就是一死而已。只是……不到绝地她是不会走这一步的，因为她舍不得叶溟轩，所以她会拼尽所有努力地生存在这里，尽管十分艰难。

楚氏因为有了孩子，求生意志特别的坚强，因此听到梓锦这样一说，精神顿时高涨起来："你说得没错，绝对不能就这样死在这里，我的孩子还没有出生，还没有见过他的爹爹，还没有呼吸过这个世上的一口新鲜的空气，还没有看这个世界一眼，我不甘心。"

"我也不甘心，我还没有跟溟轩白头到老！"梓锦看着楚氏相视一笑，低头看着自己握在手心里的棍子，这是冲进屋子时从院子里顺手牵来的。

楚氏的眼神也在跟着梓锦落在那根棍子上，犹疑地问道："你想利用这根棍子？可是这棍子能做什么？"

"撬窗户！"梓锦坚定地说道，抬眸看着楚氏道，"大嫂你且退后，别伤着你。"梓锦边说边走到楚氏跟前先给她解开绳索，然后再站在窗前，古代的窗户都是木头做成，窗户上糊的窗纱并不是很牢固。只是窗户上的小格子特别多，最宽的地方也只能伸出一只拳头，梓锦就想着用这根棍子击破窗户上的透雕框架，击出一个洞，也许就能钻出去了。

楚氏依言往后退了几步，就见梓锦挥起棍子用力地砸向了窗户，只听得一声巨响，梓锦手里的棍子断成了两截，再看看窗户，只击断了几根比较脆的栏杆，充其量只能伸出两只胳膊，连头都不能钻出去。

楚氏失望地叹息一声，双手环着肚子，面带焦急。

梓锦愕然，没想到这窗户居然这样强悍，这样都不能砸出一个大洞，可见这木材是极好的。

梓锦愤然将手里半截木棍掷在地上，看着楚氏安慰道："大嫂不用着急，再想想别的办法。"

"现如今着急也没有用，出不去能怎么办？"楚氏记挂着丈夫担忧着肚子里的孩子，她长这么大就没有遇到过这样的情况，人生过于顺利，就会让人有的时候产生惰性，因此面对危险的时候就会少了敏锐，不然的话楚氏也不会身陷深宫了。

在这个时候楚氏还能说出这样的话，在梓锦看来也很不错了，至少没有哭闹慌乱，就让梓锦省了不少的力气，更能集中精力想脱困的办法。眼睛在大殿里转了一圈，除了香案上那一个三脚铜香炉还有些分量，只要能抱得动，掷得起来，就能砸破窗户逃生，其余的东西都是没用的物件。

梓锦瞧着那铜香炉估摸着怎么也有百余斤，自己这身板想要抱动百余斤的东西掷起来砸破窗户简直就是笑话！

楚氏顺着梓锦的眼神又落在了铜香炉上，脸色煞白，惶恐不安地说道："三弟妹，你不会……不会是想搬起这香炉吧？"

"是，除此之外还有什么办法？"梓锦皱眉，这是没有办法的办法。

"可是……就凭咱俩，只怕是搬不起来。"楚氏的声音低落下去，别说她现如今怀着身子不能搬重物，就是以前她也搬不动这东西啊。

"大嫂，你开什么玩笑，你怀着身子自然不能动手的。"梓锦开口说道，要是方才的棍子没有折断就好了，可以利用杠杆的原理一路撬过去。但是现在……梓锦摇头叹息一声，抬脚走到了香案前，伸手推了推香案上的铜香炉，这一推居然推不动，脸色又是一变，估算错误，这铜香炉只怕是有两百余斤！

"推都推不动。"梓锦苦笑一声，面带无奈。

两人面面相觑，一时间不知道该怎么办好，如果不能砸破门或者窗户逃生，那么两人就只能呼救，但是呼救就会有个难题，会不会惹恼敌人反而束缚住自己的手脚。

一时间真是进退两难了。

且说这边吴祯一路往柔仪殿寻来，担心着梓锦跟叶溟轩的安危，不曾想正遇上秦文洛，两人撞在一起，面色各异。

"是你？"两人异口同声。

两人一愣，秦文洛着急赶路，便抢先说道："没空跟你磨叽了，我有正事先走了，回头再跟你细说。"

吴祯一把拉住秦文洛，也不管这些铺头盖脸地问道："你见过阿梓跟溟轩没有？"

秦文洛已经知道一些吴祯跟溟轩的瓜葛，这时就说道："我正为此事去皇后娘娘那里求救，溟轩跟叶锦媳妇都困在了柔仪殿，柔仪殿有人把守进不去，我得去要令牌才能救人。梓锦正在那里盯着，你要找她就赶紧搭把手帮个忙也成。"

吴祯在听到梓锦也到了柔仪殿的时候，只觉得大脑一片空白，远远地又看到了柔仪殿的方向冒起了浓烟，脸色更是大变，拔腿就往柔仪殿跑，边跑边喊："快去请圣驾，就说叶溟轩夫妻被困柔仪殿，柔仪殿起火了……"

秦文洛愣愣地看着柔仪殿方向的浓烟，又看着吴祯火速消失的身影，咬咬牙往金殿赶去。虽然他知道得不多，但是也知道皇帝对溟轩媳妇是很关注的，再加上吴祯被皇帝天天叫进宫，只怕是知道些什么，哪里还敢耽搁，救人如救火。

吴祯赶到柔仪殿的时候，整个柔仪殿已经被火海包围，柔仪殿虽然不是皇宫最大的宫殿，却也是规模不小，而且地处偏僻，远离群殿，再加上这边又是太后礼佛的地方，寻常人等根本就不会到这里来，因此就算是柔仪殿走水，一时间前来救火的也是寥寥无几。

吴祯哪管什么危险不危险，拔腿就往里面钻，边跑边喊梓锦的名字，大火引起的各种烧焦的味道扑鼻而来，浓烟夹杂着烈火让人退避三舍。

而此时火海里的梓锦也没有想到静谧师太居然反手锁了房门就放了火，楚氏跟梓锦被困在屋子里,浓烟透过窗子钻了进来,两人跑又跑不出去,只得蹲下身子避免浓烟的伤害。

"是不是有人在喊我的名字?"梓锦轻轻地摇着几乎被熏得昏迷的楚氏问道。

楚氏咳嗽一声,侧着耳朵细细听去,在烈火噼啪的燃烧声中果然听到一声声着急而又急促的呼喊声。楚氏大喜,一把攥着梓锦的胳膊道:"没错没错,是有人来了,三弟妹,有人来救我们了吗?"

梓锦同样的兴奋不已,使劲拍着门板,大声地喊道:"我在这里……我在这里……"因为火是从外院烧进来,因此一时间还没有烧到梓锦跟楚氏所在的地方,不过就是浓烟多而已,两人乍然闻到有人呼喊的声音,求生的意志自然是无比的强烈,让自己的声音尽量地散播出去,让别人更容易找到她们。

吴祯一路从火海中狂奔而来,似乎不敢相信自己的耳朵,他好像听到了梓锦的声音。刚跑进二院,就听到身后有轰然倒塌的声音传来,还隐隐约约地听到了柔仪殿的周围聚集了很多人,他猜想着秦文洛的动作不会这么快,那么搬救兵的会是谁?

吴祯这个念头不过是在脑子里一闪,立刻就抛在了一边,眼下最重要的还是要将梓锦救出来。

吴祯用力地呼喊梓锦的名字,果然他没有幻觉,真真切切地听到了梓锦的呼救声,顺着声音传来的方向就往前跑去。火势蔓延得很快,虽然是冬天却一点也不影响大火的破坏力。吴祯自认为动作已经很快了,但是大火跟随而至,还是让他颇有威迫感。

梓锦用力抓破了窗户上的窗纱,远远地就看到了火海中吴祯那矫健又带着狼狈的身影狂奔而来,不由得挥手喊道:"吴祯,这里,这里……"

吴祯看着梓锦伸出摇摆的双手,立刻奔了过来,用力地撞开门,就只听到轰拉的声音门板被撞倒在地。梓锦忙扶着楚氏往外走,看着吴祯说道:"你先把我大嫂救出去,我去找找溟轩跟大哥二哥。大嫂说他们也在这里,但是丝毫没有听到他们的声音,我害怕他们中了静谧师太的暗算。"

梓锦忙把楚氏交到吴祯的手上,拔脚就要走。

"阿梓,站住!"吴祯一手扶摇摇欲坠的楚氏,一把拉住梓锦。

梓锦着急不已,看着吴祯说道:"吴祯,我不能耽搁了,我害怕他们真的遭了暗算,我得去救他们。我大嫂有身孕了,我一个弱女子背不了她,我就把我大嫂跟她肚子里的孩子交给你,我求你先把她救出去。"

梓锦看着火势蔓延过来，越发着急了，推着吴祯说道："别磨蹭了，我求你了成不？"

吴祯想起这场大火的后果，咬牙拒绝："不行，我去找溟轩他们，你带着叶锦媳妇先走，你们从后面走，后边还没有烧起来。"吴祯怎么能让梓锦涉险，更何况他是知道这场大火的最终结果，所以不管怎么样都要阻止，想了想又道："文洛已经去搬救兵，而且柔仪殿外面也聚集了不少人正在救火，就算你找到了溟轩他们，你一个女子又能救几个？还是我去，听话，赶紧地离开，不然大火烧过来谁也跑不了。"

吴祯边说就搀扶着楚氏，拽着梓锦往后院走，梓锦不想同意，但是吴祯态度坚决，而且他说得有道理，梓锦不能感情用事，看了一眼楚氏现在的状态相当的差，脸色苍白如鬼，就道："好，我先带大嫂逃出去，这里就拜托你了，你自己也多加保重！"

吴祯这才松了口气，又往前面安全的地方送了送她们，这才折回身子又跑回了火场内。吴祯也有种古怪的感觉，梓锦说的一定没错，不然以溟轩跟叶锦叶繁的身手，就算是被困在柔仪殿也能顺利逃生，怎么大火烧了这么久一点动静也没有？想到这里吴祯的心里就咯噔一声，心里想着柔仪殿的地形部署快速寻找着。

梓锦搀扶着楚氏，两人尽力往前走，楚氏有身孕又受了惊吓，又遭遇火灾，不管是精神上还是体力上都是极大的消耗。看着梓锦说道："三弟妹，你别管我了，你自己逃生去吧。我怕是……怕是跑不出去了，我不成了，走路都没力气了……与其两个人都死在这里，还不如能活一个是一个。"

梓锦顿住脚用力地喘着气，虽然是寒冬，但是浑身上下都已经湿透了，抬眼看着楚氏咬牙说道："大嫂，吴大哥让我们先走，可不是听你说这样的话，就算是你自己不要命了，好歹想想肚子里的孩子。"

梓锦不知道能劝什么，她已经看出了楚氏的体力透支，就是她这个没怀孕的人都已经很吃力了，她也只能用孩子激起楚氏的求生意志。

楚氏的眼神闪了闪，眼眶里泪花浮动，早已经散乱的发髻在肩膀上披散着，发钗七零八落地丢失了好些。看着梓锦坚毅的面庞，用力咬着唇，鲜血顺着牙印沁了出来："好，我走……"

梓锦这才松了口气，用力地搀扶着楚氏走到了柔仪殿的后院，后院有一个角门，只是此时角门被一把大铜锁锁住了，唯一的生路又被堵住了。梓锦面色铁青，楚氏硬撑着的一口气，看到这把铜锁，一下子似乎被抽干了，顺着墙壁缓缓地坐在地上，苦笑道："天要亡我们。"

"我就不信邪了！"梓锦怒斥一声，弯腰搬起一块枕头大的石块，用力地举到胸口的位置，只觉得双臂都是颤抖的，瞄准了铜锁用力砸了下去！

柔仪殿外面密密麻麻地站满了人，梓锦没有想到后门居然也有那么几个人，而且凑巧的那么几个人里还有自己最不想见到的静谧师太。而此时静谧师太正一脸凄苦状看着被焚烧的宫殿，好像完全不知道发生了什么事情一样。在看到梓锦跟楚氏灰头土脸，脚步蹒跚地出来的时候面色一惊。

梓锦冷笑一声，瞅了一眼静谧师太，还没等说话，就听到一声脆喊："三少夫人！"

梓锦不用抬头也知道是顺宜公主，心头一松，抬眼看去，就看到皇后的銮驾正急急忙忙地赶过来。銮驾旁边还有长公主跟顺宜公主的软轿，轿旁还有快步跟着的杜曼秋等人，不是所有的人都能在宫中乘轿，而顺宜公主正是坐在软轿上远远地呼喊梓锦。

梓锦心头一松，脚下就好像是踩了一团棉花，差点跟楚氏一起跌倒在地。旁边不远的静谧师太就要作势来扶，梓锦眼眸一闪，也不知道哪里来的力气，想也不想的立刻站起身子来，一脚将静谧师太踢了个倒仰，怒道："老贼尼，你给我等着，要是我夫君有个三长两短，我扒你的皮，吃你的肉！"

"三少夫人这是什么意思？"静谧师太脸色苍白地卧在地上，梓锦这一脚踢得不轻，她只觉得胸口一阵阵的发闷。看着皇后的銮驾落了地，这才一脸无辜地开口。

梓锦没有时间跟她磨叽，扶起楚氏脚步艰难地走到杜曼秋的身边，喘着气说道："杜夫人，大嫂有了身孕却被静谧师太关进柔仪殿企图烧死，现在柔仪殿里还有大哥二哥跟溟轩生死不明，请您照顾好您儿媳妇肚子里叶家唯一的子嗣！"

梓锦一字一句地说道，根本无暇顾及杜曼秋刹那间变色的脸庞，下意识地搀扶住楚氏，杜曼秋身后的沈氏忙窜出来把楚氏接了过去，眼眶里含着泪，瞧着梓锦问道："叶繁他……夫君……"因为太过害怕，竟然语不成声，看着楚氏的神色就有些晦暗不明中带着惊恐，下意识地就躲开静谧师太远一点。

长公主下了轿，一把拉住梓锦，惊慌地问道："溟轩，溟轩他在里面？"手指颤颤巍巍地指着被大火包围的柔仪殿。

因为这边的动静，远远地就有人群往这边移动，皇后首先跪拜下去："臣妾参见皇上。"

众人只得跟着跪了下去，梓锦却直挺挺地站在那里，此刻，面对着这位九五至尊，梓锦的眼睛却被皇帝身边另一名女子吸引了去，乍一看这女子跟梓锦还真有些相像，细细一看又不像了。

"靖海侯夫人？"梓锦下意识地脱口而出。

那妇人一愣，抬眼看着梓锦，眉目轻锁，不胜哀愁。眉宇间似乎笼罩一层江南烟雨般的气息，虽然跟梓锦看似相像，但是气质却是南辕北辙。看着梓锦微微有些惊讶之后，靖海侯夫人疑惑地问道："你是？"

梓锦苦笑一声，怎么看自己跟靖海侯夫人也不是一类人，貌似很像细细一看其实根本不像，否则当初吴祯还是楚君秋的时候，又怎么会察觉不出来自己跟他的母亲相像？正因为吴祯太熟悉靖海侯夫人，所以看梓锦也就不像了。反之，皇帝因为太多年的距离，倒是看着梓锦的容颜似像非像，越发觉得跟自己记忆中的一样了，这就是人类的一种记忆错觉！

梓锦觉得人生不仅有惨剧更多的还是悲剧，只因为似像非像，却让她如今几乎万劫不复。

梓锦没时间解释更多，她想着若想有人能制住静谧师太，大约就只有这位曾经是静谧师太主人的靖海侯夫人了，所以张口说道："靖海侯夫人，您唯一的儿子目前就被困在柔仪殿的火海中，你知道他为什么在里面吗？那就请好好地问一问你曾经的侍女，你哥哥曾经收的义妹静谧师太吧！我们叶家跟杜家还是姻亲，不知道静谧师太为什么要火烧叶家三子，还要害死我跟大嫂。还请皇上，皇后，太后给你们的臣民一个交代，你们的臣子为了江山社稷流血在沙场，难不成如今你们还要他们流泪吗？"

梓锦看着摇摇欲坠的长公主，上前一步握住她的手，哽咽道："儿媳不孝，不能陪在您身边伺候了，我要去找溟轩，若是福大命大平安归来，梓锦就服侍您到老，若是……不能，还请母亲且看开，我跟溟轩就是在天上也会希望您开心幸福。"

梓锦扔完所有的炸弹，再也不管在场诸人还没有回过神来的面孔，撒腿就往满是火光的柔仪殿奔去！

在后门的入口处，不承想遇到了吴祯，就见他一手拽着叶繁，一手架着叶锦，脚步蹒跚地往外拖。梓锦看着没有叶溟轩的身影，张口问道："溟轩呢？"

"还在里面，他非要我先把他们拖出来。你……你别进去，我再进去救他……"吴祯的话还没有说完，就见梓锦已经往火场奔去，忙大声喊道："阿梓，快回来，危险！"

梓锦哪里肯停住脚步，头也不回地往里冲，她只知道叶溟轩还在里面，就算是死……两人也要死在一块！

生同寝，死同椁！

吴祯忽然觉得这一幕那么地熟悉，原来自己曾经看到的一幕就这样发生在眼前，原来他果真是眼睁睁地看着梓锦奔进火场……眼泪再也抑制不住地流了出来，阿梓……

吴祯想要跟进去，但是看着叶锦跟叶繁，他不能丢下他们不管，因为他答应过叶溟轩，叶家不能后继无人，没有人知道，叶溟轩受了伤，断了腿，不然的话吴祯就是拼死也要将他一起救出来的。

难不成这真的是天意？人不能逆天？纵然是他明知道一切的结果，硬要回来想要阻止却终不能阻止最后的结果？

男儿有泪不轻弹，只因未到伤心处……

吴祯架着叶锦叶繁二人出来，早就有侍卫看到他们迎了上去接过二人。吴祯二话不说回头就往火场里钻，周围的救火声此起彼伏，一桶桶凉水泼在滔滔的烈火上，根本就是无济于事，转眼间就被火势焚烧殆尽。

梓锦不知道叶溟轩在哪里，但是她记得吴祯寻找的方向，一路在火海中躲避前行，纵然这样也被随时砸落的火星子灼伤了皮肤，烧焦了头发，引燃了衣服。

这样不行，这样的话还没等找到叶溟轩她就先地府报到了。梓锦不知道第几次扑灭身上引燃的大火，深一脚浅一脚地往前走，大火烧断的木头随时都会从头顶砸落，梓锦只能顺着墙根走，弯着腰，捂着鼻子，浓烟呛得梓锦眼泪横流，咳嗽不已，浓浓的烟雾也辨不清楚方向，好不容易穿过长廊，就看到院子里七零八落的全是乱七八糟的残垣断壁，院子里有口大缸，梓锦大喜，不知道里面有没有水。

奔过去一看，只剩下了不到一小半的水，梓锦搬不动大缸，寻来一个毁了一半的破瓦罐，弯腰探进水缸，舀起水就从头顶浇了下去，直到浑身上下全都湿透了这才住了手，在院子里大喊："溟轩，你在不在？溟轩……溟轩……"

因为身上浇了水，走在火中就没那么难受了，梓锦不敢耽搁，一边大喊着叶溟轩的名字一路往里寻去。被砸落的木头击中了手臂，梓锦差点丧命，浓重的黑烟呛得她嗓子干哑，却依旧不屈不挠地呼喊着叶溟轩的名字。

梓锦这一辈子，不，两辈子也没有这样绝望过，泪水抑制不住地往下淌，危险随时都会袭来，但是她却不肯退后一步。

也不知道找了多久，当听到极其虚弱的一声回应时，她几乎都要蹦起来。

叶溟轩被一根烧焦的木头压在腿上，整个人动弹不得，透过层层的火光，浓密的烟雾，看着一步步靠近的身影，有千言万语要说却被憋在心口，一句话也说不出来。

他的小丫头，就是这样倔强，就算是刀山火海，终究还是寻来了……

"溟轩！"梓锦扑了过来，幸好叶溟轩被砸的地方靠近墙角，被凌乱的石头木块支起了一个狭窄的空间，反而给叶溟轩留了一个生存的小空间。但是只要大火烧过来，就完了。

梓锦用力去搬走叶溟轩身边的障碍物，木头上还冒着烟，双手一碰上去就被烫得松开来，石头都是大块的，她根本搬不动，忽然就明白了，为什么吴祯先救走叶锦跟叶繁。

"没用的小丫头，别费力气了，你快走……快走……"叶溟轩推着梓锦，让她赶紧离开这危险之地。

"我不走，我不走！"梓锦大喊着，却依旧不肯停下手里的动作，尽力想把叶溟轩救出来，只要还有一丝希望她就不会放弃。

熊熊大火散发出炙热的气息，梓锦只觉得自己好像被放在炭火上烤，浑身的皮肤似乎要裂开来，生疼生疼的。两只手上早已经没有往日白葱玉指的模样，血迹斑斑的煞是吓人。

叶溟轩腿被压住，手还能动，一把扯住梓锦，怒道："你看我现在的样子，根本就出不去了，你快走，小丫头快走，我不能让你陪着我一起死在这里，你走，你走！"

梓锦很是恼怒自己的没用，如果她寻常多健健身就不会这样手无缚鸡之力，就不会在这个时候连自己心爱的人都救不了，她没用，她真的没用……眼泪刷刷地往下流，手指早已经疼得没有知觉，紧紧地握住叶溟轩的手，坚定地说道："要活一起活，要死一起死。生同寝，死同椁，你说过我们生生世世，永生永世都不分离。"

梓锦执拗起来就连叶溟轩也没有办法，周围不断吞噬的大火，在这断壁残垣下，两人苟安一角，灭顶之灾随时会来。不管叶溟轩怎么劝说，梓锦就是不肯走，软的硬的全都用遍了，梓锦就是不肯离开叶溟轩半步，紧紧地抱着叶溟轩半截身子，十指紧扣，只说一句话："你若再让我走，我就立时死在你面前。这个世上若没有你，我留在这里活着还有什么意思？"

"傻瓜！"除了这两个字，叶溟轩却不知道自己还能说什么。

因为深爱，所以生死相随！

心有不舍，许下生生世世！

梓锦闷哼一声，从天而落冒着青烟的木块正砸在梓锦的后背上，灼痛的感觉袭上心头。叶溟轩用力地将梓锦背上的木块挥落,疼惜地问道:"怎么样,还疼不疼,疼不疼?"

因为担忧声音有些颤抖,眼眶里的泪珠再也忍不住地浮起。若是己身面对生死,男子汉大丈夫,生当作人杰,死亦为鬼雄,但是看着心爱的人在自己面前忍受着伤痛跟危险,他却不能护她周全,这样的感觉简直就是生不如死。

"小丫头,就当我求求你,离开这里好不好?坚强地活下去,我也会含笑九泉的。"叶溟轩颤抖着说道,他明知道梓锦还有生还的希望,怎么能看着她陪他赴死?

梓锦却转开话题,看着叶溟轩婉转一笑,这明媚的笑容在火光的映衬下格外耀眼。

"溟轩,你说我是会投胎转世还是回到我自己的世界去?教授说在这个时空我一旦死亡,就会回到我自己的世界去。可我怕,我怕没有你我不知道怎么才能在漫漫的时日里煎熬。"梓锦啜泣不已,在这一刻,她多么希望她能够跟叶溟轩一样,赴黄泉,过奈何桥,进入轮回,共约来生。

但是她不能,她还要回到现代去,可是现代没有叶溟轩,所以她怕,她不想回去,她只想跟叶溟轩在一起,哪怕是灰飞烟灭。

叶溟轩瞧着梓锦,面露哀伤:"拉紧我的手,不管是谁都不能分开我们。"他也怕,他怕梓锦回到了现代他找不到她,亦或者等他投胎梓锦却已经不在,他们之间隔着一整个时空的距离,那是完全不能触摸的地方。

火光蔓延过来,灼热的气息扑面而来,梓锦已经能闻到大火中一股股难闻的味道。满眼里全是耀眼的光芒,看得她眼花不由得闭上了眼睛。呼吸逐渐地困难,头发烧焦的味道迎面而来,周围噼里啪啦的燃烧声腐蚀着两人的听觉,就像是一首怪异的哀悼歌。

"如果有来生,你一定要找到我。"梓锦垂眸哽咽,面色凄惶,头紧紧地挨着叶溟轩的肩膀相拥在一起,十指紧扣不曾松开一丝一毫。

"我发誓,你在哪里我在哪里。如果你回到了你的世界……若是有蝴蝶落在你的肩膀,那是我在守护着你,跟你打招呼。"叶溟轩忍受着身上传来的钻心的痛楚,语气尽量平静地说道。

"我不要蝴蝶,我不要蝴蝶,我只要你……你要跟我一起回去,回到我的世界好不好?我们生生世世不分开,永生永世相依相随。没有你我该怎么办?"

"好,不分开,我跟你一起回去。"叶溟轩轻声附和,明知道这是不可能的事情,他们两个本就是分属不同的时空,而他本就是重生的一缕亡魂,今生已到尽头,也该去地府报到了。而他的小丫头也要回到她的世界去了。

可是他不甘心，不甘心，凭什么到最后他们却落得这样的结局？

"老天爷，你不公平！"叶溟轩怒喊。

泪如雨落，梓锦只觉得眼前模模糊糊，什么都看不清楚了，周身传来蚀骨疼痛，一口银牙几乎咬碎了。可她不能喊痛，她不想让叶溟轩担心，听着叶溟轩那最后一声怒喊，半昏之际，只觉得脸上有湿润的泪珠滑过。

"不要哭。"梓锦费力地说道，双手跟叶溟轩十指紧扣，同是血肉模糊的双手紧紧地黏在一起，分也分不开来。"不要哭……我会心痛……溟轩，不要离开我……跟我回去……跟我回去……"

漫无边际的黑色吞没了梓锦最后的理智，无边的疼痛让她深陷黑暗之中，原来被火烧死是这样的滋味……真的好难受……好难受……姚梓锦发誓，她回去后一定要跟教授讨个公道，为什么她是被烧死的？

"梓锦……梓锦……醒一醒……"

昏昏沉沉之中，梓锦只觉得耳边不停地有人在呼喊她的名字，这声音好生熟悉，好熟悉……

"你还睡，再睡就真的成了睡公主了。"

这人好唠叨，她疼……浑身都疼……好像被火烤一样……

被火烤？

梓锦猛地睁开眼睛，双眼的焦距还在涣散中，就听到耳边一声尖叫："教授，教授，梓锦醒了，她醒了，您快来看看！"

教授？

双眼的焦距慢慢地恢复，原先模糊的影子逐渐地清晰，头顶上是白色的屋顶，四周上摆放着各类稀奇古怪的器材，这里很熟悉，很熟悉！

她回来了！

也就是她在古代死了！

所有的神智在刹那间归位，她回来了，那么叶溟轩一定是去投胎了？

梓锦立刻坐起身来，这才看到她的手腕上还有输液针，当下哪里还顾得了疼痛，一把将针头拔了下来，双腿就下了床，只觉得一阵天旋地转，腿一软整个人跌倒在地上。

"梓锦！"小牧一进门就看到梓锦这副狼狈样子，忙奔过去扶她起来，吼道："你

294

不要命了，你都昏迷三天了，医生说你再不醒来就再也醒不过来了，谢天谢地你终于醒了。"

"小牧。"梓锦开口喊道，她最好的同学死党。

"是我，老天保佑你还记得我。"小牧夸张地双手合十对天祈祷，翻翻白眼数落道，"你说你究竟怎么回事，人家穿越一趟回来平平安安的就完事了，倒是你三天前身体就不停地滚来滚去，老喊着疼，嘴里不停地喊就是不肯睁开眼，可把我们吓坏了，几个教授轮流守着你，连家都不敢回。"

"教授呢？"梓锦一把抓住小牧的手问道，声音中带着急切哪里还能坐得住，就要站起身来往外冲。

小牧可真是吓坏了，没见过梓锦这样疯狂的样子，死死地抱住她："你别急，别急，教授马上就来了！"

梓锦正在挣扎中，就听到门口有声音气急败坏地传来："姚梓锦，你这是做什么？你就不能省省心，醒了就老老实实地待着，闹什么啊！"

进门来的正是守了姚梓锦一整夜不敢睡的秦教授，秦教授今年四十岁，身材有点发福，一头长发扎成马尾又绕了一个圈在头顶上稳稳地盘住。秦教授脾气急，本来就没休息好，姚梓锦醒来就闹，她有些吃不消。

"秦教授，秦教授，我求求您把我送回去吧，我求您把我再送回去吧。"梓锦扑过来一把拉着秦玉就要跪下。

秦玉唬了一跳，方才的脾气一下子没了，一把托住梓锦："你这孩子说什么呢？你不是不知道你在那边的肉身已经没有了，怎么还能回去？"

"可我爱他，我爱他，教授我求您让我回去吧，让我回去吧，我给您磕头了。"梓锦什么也不想，就想着立刻回到叶溟轩身边去，"教授，我不求您让我在那个时空继续活下去，就求您把我送到叶溟轩投胎的地方，让我俩好歹同生共死一回，我求您了。"

小牧完全惊呆了，梓锦魔障了吧……

秦玉瞪大眼睛看着姚梓锦，似乎不敢相信梓锦说出的话一样，还真没见过穿越回来的学员有这样的。

"梓锦啊，有件事情我得跟你说说。你昏迷三天了，你知道三天这个概念吧？咱们这里三天，在别的时空那就是一年，你昏迷三天就代表着你穿越的时空已经过去三年了，叶溟轩早就投胎转世了。"

秦玉抹一把汗，精神高度紧张，就怕梓锦一个承受不住出什么意外。

三年？梓锦两眼一合，昏了过去！

时空并不是同步的，在博古学院的穿越时光机里面设定的是，在现世一天在古代就是一年，就算是穿越过去的在古代活到百岁，等到穿回来现在不过是三个多月，并不影响她在这个世界的继续生存，这才是正常穿越之旅的体验。

如果时空是同步的，那就无法跟学生的家长给出交代。

这一点梓锦是知道的！

当再度醒来的时候，梓锦的身边围满了人，博古学院的学生跟教授挤满了一屋子，看着梓锦这副衰样，小牧就叹口气，接着劝道："梓锦你别闹了，当初穿越的时候教授们就说过的，你怎么还能把自己变成这副模样？"

大家七嘴八舌地劝说着，梓锦只觉得头顶嗡嗡直响神思无属，好一会子才说道："我想静一静，可以吗？"

梓锦的直属教授许教授挥挥手，让大家安静下来，看着梓锦说道："姚梓锦，你应该知道这就是穿越定律，不管你心里怎么想的，你以后再也回不去那个时空，除非是发生奇迹，你能借着某一个时空的错乱点穿越回去，但是这一点你应该知道几率只有千万分之一。更何况，时空错乱能让人穿越回你想去的时空，但是同时也能让你在宇宙黑洞中永远消失，最重要的是这样的契机并不是我们能掌握的，想要就会　有的。"

梓锦的双眼无神地盯着淡蓝色的屋顶，教授说的她都知道。

"教授，我明白，可我……不甘心，如果不是所谓的穿越定律已经既定叶溟轩跟我是必须死亡的，其实我们能活下去的是不是？我们已经尽最大的努力去排除所有的困难，眼看着就要胜利相伴，一世无忧，可是为什么你们一定要设定成叶溟轩为死亡模式？为什么一定要分开我们，我知道穿越定律，我也明白有些事情不是谁能做得了主，但是我们真的很努力啊，我们这么努力为什么……为什么却是这样的结果？我恨你们，恨你们！"梓锦痛哭出声，他们真的很努力地去想要活下去，一生相守，可是最后还是没有办法改变命运。

许教授看了秦教授一眼，有些事情并不是他们能做主的，他们也尽自己最大的努力了。

秦教授脾气急，听到梓锦这样说就很是生气，怒道："姚梓锦你翅膀硬了是不是？居然敢这样跟教授说话，要是我们能做主，我们能不希望你们的穿越旅行快快乐乐的？你明明知道有些事情就是我们也做不了主，你嚷什么嚷，当初既然决定要体验，就要承担得起后果。你看看你周围的同学，她们中间也有跟你一样失败回来的，你就这么无法面对失败？我真是看错你了！"

"我不是无法面对失败……"梓锦坐起身子看着秦教授，无助地说道，"教授，我是真的爱上了啊……"

时间戛然而止！

呼吸似乎一下子也了无踪迹！

真的爱上啊……一众同学教授的神情似乎都有些不可思议，明知道是穿越旅行，姚梓锦居然真的交出了心……

姚梓锦不再说话了，索性又躺了回去，呆呆地看着屋顶，良久才说道："你们都回吧，我想自己冷静下，谢谢大家的关心。"

许教授看着梓锦的模样就看着大家说道："都先回去吧……"

小牧跟姚梓锦一个宿舍自然不用走的，等到人都走干净了，这才看着姚梓锦瘦弱的背影嘟囔："你说你这么聪明的一个人怎么净干傻事，当初咱们还说过的谁也不要让自己真陷进去，你怎么就把自己弄成这熊样？"

倒了一杯水放在姚梓锦的床头，小牧顺势坐在她的床边，看着梓锦茫然的神情，也觉得有些心疼，顺嘴说道："你就是一根筋，睁开眼睛看看这花花世界，这里多好啊，不要再想那些让人伤心的事情了，过去的就过去了。"

"小牧，你是回来了还是还没穿越呢？"

"嗨，我还没轮到。"小牧傻傻一笑，"不是每一个人说走就要走的，要等着另一个时空有与你气场相合的生存空间，我还没轮到。"

"真好，那你还想去吗？你看我这样子，你还敢去吗？"梓锦苦笑一声索性闭上眼睛，她是不会放弃的，她一定要找到回去的路，哪怕只有千万分之一的几率。

"我又不是你傻乎乎的，真的把自己赔进去，我就当是去旅游了。"小牧没心没肺地笑了。

梓锦从这次醒来后，就好像变了一个人，整天专心于寻找时空交错的点想要回去。

1918年3月4日，美国海军当时最大的军舰之一"独眼龙号"从西印度群岛驶往诺福克。军舰上配备全套无线电通讯设备。船上300多人，船长是个有28年航海经验的老手。但"独眼龙号"仍然消失在魔鬼三角茫茫大海之中，甚至连SOS求救信号都来不及发出。

锦绣盈门 下

　　1925年4月18日，满载着小麦的日本远洋货轮"来福丸号"，驶进了魔鬼三角海域。突然，从无线电里传来了呼叫声："哎！快！死亡就在我们眼前，快来救命啊……"声音戛然而止。从此，这艘日本船也在大海中销声匿迹了。

　　1973年3月，天气晴朗，海况平静，一艘载有32人的摩托快艇驶入魔鬼三角海域的平静海面，瞬间，快艇旋转下沉，32人无一幸免。

　　失踪的船只数不胜数，从空中经过这片海域的飞机，也很多次地神秘失踪。梓锦第一个目标就锁定了百慕大，一个人租了一艘潜艇，在百慕大来来回回转了三圈，可是怪事没有发生，第一次失败而归！

　　关于百慕大神秘三角还有一个超时空说，1991年，一架波音727客机从东北方接近迈阿密机场，机场的塔台正以雷达追踪飞机。突然飞机从屏幕上消失，10分钟后又出现，最后安全降落。塔台人员对此大惑不解，便登机做一番检查，结果发现机上人员的手表与仪器上的计时器，都比正确时刻晚了10分钟。换句话说，这架飞机与乘员，有10分钟不存在于我们这个时空之内。他们认为："神秘三角"地带的形成，实际是自然现象。在磁气涡动中，多维空间与我们存在的时空间出现交集。有的交集比较大，所以船舰进入多维空间便告消失。有的交集小，在短暂的消失后，又回到我们的时空里来。

　　第一次失败而归，梓锦第二次做足了准备，查找了很多证据，再次信心满满地出发。这一次是动用了所有的积蓄租了一架飞机，然后按照资料所说的原版演绎一遍。可是奇迹没有发生，梓锦不死心，恳求人家又跑了一遍，结果还是安然无恙地落地。

　　飞行员只当梓锦是探险爱好者，反而安慰她，这种事情是可遇不可求的。

　　梓锦再一次失败而归，许教授实在是看不下去了，把梓锦叫过去狠狠地训了一顿。许教授脾气好在学院里是出了名的，能让他气成这样，姚梓锦也算是头一个了。

　　所有的积蓄都花光了，梓锦面临着生存的问题。马上就要毕业了，就不能住在学校的宿舍里了。这次穿越之旅让梓锦也没有了当初留校任教的远大志向，她只想快快地离开这里，更何况她的毕业成绩也远远达不到优异的标准，留校任教也不够格的。

　　小牧的毕业穿越旅行安排在了九月份，看着梓锦收拾着行李往外搬，格外伤感。

　　"梓锦，你真的不打算留下来？教授说可以给你申请一个助教，你就这样搬出去你往哪里落脚？"小牧很是担忧，梓锦是个孤儿，没有家人，这些年所有的学费都是半工半读的，她的勤奋在学院里也是有名的。

"车到山前必有路，总会想到办法的。我不想再待在这里，小牧，你还是想想我的话，穿越之旅不要也罢，爱情这东西谁能说得准呢？"梓锦的东西并不多，收拾了一个大旅行箱，一个双肩背包居然就完事了。

博古学院的教授知道梓锦目前的情况，都想要让她留下来做助教，至少不用找房子，不用担心生计。可是在梓锦眼里，在这里就会让她时时刻刻地想起那个人，她不想让自己的神精一天到晚都紧紧地绷着，再这样下去，她怕自己会疯掉，所以她需要一个工作，一个能让她没有精神去想任何事情的工作。

梓锦带着行李离开了博古学院，不是不留恋，只是伤心太过，无法在这里再待下去。看着这里的师长跟同学，她时时刻刻地活在那些记忆中，永远无法解脱。

这一生，她永远不会放弃寻找时空的黑洞，她相信，有志者事竟成。上天便是看在她这般的诚心分上，也许某一天真的会开开眼，给她一个机会。也许，真的能得偿所愿，回到当初年岁小，从头来过，幸福一生。

金色的夕阳，将夜晚的身影拉长，街道两旁的高大法桐之下堆满了落叶，风吹叶起，卷过梓锦的脚边。草木清新的香气在空气中慢慢流转，梓锦被风卷起的衣袂，像极了翩翩飞舞的蝴蝶。

叶擎番外：吾家表妹初长成

时空的阻隔，我们彼此站成了岸。

尘缘如水，彼岸花开，她坚信，所有的苦难，只为等待下一次的相逢！

我叫叶擎，我的父亲是本朝唯一一位异姓王爷，长公主唯一的儿子，芙蓉王叶溟轩。我的母亲是晓谕天下被皇上敕封为郡主，芙蓉王唯一的王妃姚梓锦。

我今年十五岁了，我母妃要为我选世子妃，可我不想这么早就成亲，很是有些苦恼。

我自小被人称为神童，有过目不忘的本事，三岁识字，七岁成诗，十岁的时候就已经是四川最年轻的秀才。

考科举不是为了博功名，只是想要证明自己实力，江南文人举子众多最是清高孤傲，瞧不起咱们皇亲贵胄，我便不服这口气，却非要拿个功名出来。

我父王跟母妃都是本朝曾经赫赫有名的人物，身为他们的儿子表示很有压力。哎，父母太优秀，做儿子实在是很忧伤。

正在我第一千一百零一次忧伤的时候，我最可爱美丽的妹妹叶明玉提着裙角飞一样地朝我奔来。

明玉是我的大妹妹，聪慧淘气，调皮堪比男孩，母亲在她身上没少费了心思让她改正，只可惜没什么功效，父亲总是护着妹妹，说芙蓉王的女儿就应该是肆意飞扬，欢快愉悦才好。每当这个时候，母亲就说不出话来，看着大妹妹的神情带了几分复杂的神色，后来我听爹爹说，母亲小的时候也是当年京都有名的活阎王呢，真是好大的一个新闻。

明玉下面是我们的弟弟，行三，名唤叶枭，真是个霸气的名字。只可惜他的性子若是能跟大妹换换就完美了。叶枭是我们兄弟姐妹中，性子最严谨，最少话，最毒舌的一个，一句话能把人气死又憋活了，身为大哥，没少因他跟人道歉，收拾善后，我这个当哥哥的自己都觉得伟大。母亲说，三弟神肖大舅舅，提起大舅舅，哎，听说当年父亲都是大舅舅的手下败将，比爹爹还厉害的人，战斗力真是令人向往啊。

四妹是最小的孩子，有个很烂俗却很甜蜜的名字，叶宝儿，他是全家手掌心的宝贝。娇娇糯糯的嗓音，听一声都会甜到心里去，一双明亮的大眼睛像是最美丽的琥珀，纯净中带着让人无法拒绝的诱惑。

"大哥，大哥，母妃让你过去呢。"明玉直接跨过栏杆，一跃蹦到我跟前，面上灿烂的笑容像是午后明晃晃的太阳。

我心里哀叹一声，看着明玉问道："母妃可说为了什么事情？"

"为了未来大嫂的事情呗。"明玉一点身为女子该有的害羞之意都没有，狡猾的眼睛里带着浓浓的揶揄。

所以说，弟弟妹妹太聪明什么的，身为哥哥同样有很大的压力。

知道从明玉的口中得不到什么有价值的线索，我只得认命地往后院走去。

芙蓉王府占地很广，府中开满了遍地的芙蓉，此时正是芙蓉花开的季节，行走在花海中，鼻端是浓郁的花香，让我无奈的心情再次飞扬起来。

我跟母妃一样，特别喜欢芙蓉花，有一种格外的迷恋，好像与生俱来，无法割舍。

明玉不知道跑哪去了，等我回头找她，早已经没了踪影，这丫头片子，真是一刻也安静不下来。

我无奈地笑笑，穿花拂柳往母妃的院子走去。走到半路，远远地就看到一身穿白衣的女子，正弯腰轻嗅大朵妖冶的芙蓉花瓣。

她的肤色洁白如玉，在阳光下几近透明，靠着火红的花朵时，那炽烈的艳色映衬着雪白的容颜，是那样的相得益彰，美丽如同天边的流霞，让人移不开眼睛。

这一刹那，我竟有些失了神。

那女子仿若花中精灵，尽管只有一个侧影，却美得让我的心扑通扑通直跳。

母亲说过一句话，她说，每一个人都会遇上让自己心跳加速，无法拒绝的人。

这一刻，我听到了自己的心跳，无法抑制。

那女子似是没看到我，摘了一朵大红的芙蓉花，转身往母妃的院子缓缓走去。纤弱瘦削的身影，却给人一种铮然之气的感觉，好奇怪的感觉。

母妃院子里很热闹，三弟跟四妹都在，父王数年如一日，没有公务的时候总是跟母妃形影不离。

哎，我就想不明白，老夫老妻这么多年了，这俩人怎么就还能这样情深如初。随着母妃年岁渐长，各地官吏送给父王的美人越来越多，燕瘦环肥，各有妖娆。可是父王从不看一眼，大手一挥全都配了大头兵。

鲜花插在了牛粪上，当真是可惜。

父王说，他对母妃是一往情深痴情不悔。

我听祖母祖父说过一些父亲母亲的故事，我被他们的爱情深深感动，我向往自己也能找到能让我心动，想用一生去呵护的爱人。

"擎哥儿。"母亲笑着朝我招手，面上满是欢愉之色。母亲这般年岁，可是却保养得极好，跟大妹妹在一起，绝对不会令人想到是母女，大约都会以为是姐妹。

"娘。"我快步走了过去，恭恭敬敬地行了礼，我是王府的世子，要明事知礼，恪守规矩，还要教化一方子民，安稳一方局势，不可肆意妄为。

这副担子有点重，我其实不太想接过来，我的性子爱自由，喜欢天高云阔，向往名山大川。我倒是觉得三弟的性子，才是最适合接管王府的，我现在就等着三弟长大，等他长大了，能替爹爹分忧了，我也就能自由了。

母妃笑着看着我，指着身边的女子说道："这是你表妹，你舅舅收养的干女儿灵儿。"

我抬眼望去，不由一怔，原来正是我在园子里看到的那女子，不由得脸上一热，忙俯身见礼："见过表妹，表妹一路风尘，辛苦辛苦。"

姚灵儿半垂着眸，蹲身行礼，对着我说道："灵儿见过大表哥，不敢言辛苦，倒是给姨母跟表哥添麻烦了。"

母妃的心情很好，握着她的手说道："一家人说什么麻烦，你能来我开心得很。回头让你表哥表弟表姐表妹带着你玩去，咱们蜀边有好多好看的风景，比在京都有意思多了。"

灵儿表妹似是有些吃惊的样子，一双眼睛看着母妃有些怔怔的，倒是多了几分可爱。于是我便笑着说道："咱们南边的女子比起京都来可自在多了，带上纱帽，护院跟丫头婆子，就能坐着马车或骑着马儿上街呢。"

宝儿这时从母妃的怀里探出头去，看着灵儿表妹甜笑如蜜："灵儿表姐，我哥哥说的都是真的哦，明天咱们去逛街，去跟大姐姐的朋友玩曲水流觞，击鼓传花，可好玩了。"

宝儿的声音甜甜糯糯像是最好的窝丝糖，让人心里也甜如蜜一般。

灵儿表妹似是还有些怯怯，不过却挺直脊背，点头说道："恭敬不如从命。"

母妃看着灵儿笑道："十里乡风各不同，你不用拘束，这边的孩子都这般，不是那没规矩的举止。你们到底是青春年少的大好时候，就应该过些舒坦的日子，等休息好了就出去玩，让明玉几个都去，几日下来就能适应了。"

母亲笑靥如花，衬着旁边几上的芙蓉都失了几分颜色。

我在旁边陪着说话，不好直愣愣地盯着表妹看，只好不时地用眼角瞥一眼，一番契阔下来，才察觉原来灵儿表妹还是个颇有几分才华的才女，心中又欢悦了些。我心里想着，这个时候表妹来家里做客，再加上明玉说母妃要为我挑选世子妃，也许就是为着这个母妃把人从京都特地叫来的，想到这里，只觉得一颗心都能飞了起来。

说了好一会子的话，母妃便让身边的大丫头带着表妹去休息了，又把我们兄妹几个打发了，却跟父亲关起门来说悄悄话。

我心里有些着急，可是又不敢妄自探听，心只跟猫爪抓一样，却又无法可解。

我这个人天生就有些傲气的，虽然灵儿表妹给我的第一印象相当好，可是也没到了一见钟情的地步。我向往的婚姻，是爹爹跟母亲这样能琴瑟和鸣，一生相守的。

只是，第二日情况却令我有些大为惊讶。

明玉受了母亲的指派，便下了帖子邀请一众好友去流芳坞玩耍。流芳坞是一处极美的所在，四周鲜花遍地，有条小溪从山顶流淌下来，正从流芳坞跟前而过。这里的名门闺秀大多都会选在此地玩耍，身下铺了毡席，在河的两边随意而坐，玩曲水流觞，不少闺中女子都从这里扬名。

我原以为蜀边风气开放，女子大多喜爱读书，对于诗词歌赋一道要比北方的女儿更加的精通。据我所知，北方的闺秀更侧重于学习管家中馈一道，于诗词上并不十分看重，心中便暗暗想着，这次只怕灵儿表妹说不得要吃些亏，心里便想着明玉玩起来就是个疯丫头，大约会忘记了照顾表妹，宝儿年纪还小，说不定时候我要帮衬一二。

不承想，灵儿表妹却是腹有诗书，几个回合下来，几首诗作很是令人惊艳，当时便震慑得很多人懵了，便是明玉对着这位表妹也是打心里多了几分喜欢。

母妃似乎很热衷让明玉带着灵儿表妹四处参加朋友的聚会，有时还会亲自带着表妹出门，不过三个月，表妹的大名在蜀边的官宦人家已经是十分的有名，人人都知道芙蓉王府有一位很有才学的表姑娘。

这一日，母妃把我叫去房中，我心里忽然有些惴惴，隐隐约约觉得好像有什么事情要发生了。

表妹虽然住在我家，可是内外院有别，我并不能时常见到她。再者说表妹是个十分知礼的人，从不会主动在我这个已经要说亲的表哥面前露面，有的时候甚至是特意避着我的。

正经的闺秀，就该是这般，到底是大舅舅家教养出来的孩子，规矩上当真是一点也错不得。

"娘，您找我。"我掀起帘子走了进去，母亲正斜倚着橘色的软枕闭目养神，一听到我的声音，就睁开了眼睛，笑着说道，"你来了，过来坐。"

我在母亲跟前的锦杌上坐下，笑着说道："瞧着母亲的气色不错，可是有什么喜事？"

听着我这般说，母亲便是一笑，开口说道："你年岁到了，我便想着为你订一门亲事。倒也不急着成亲，再过两年也使得，不过亲事却要先定下，这也是规矩。"

我心里明白，心里本就有些猜测，没想到真被我猜中了，虽然我是个男子，但是提及婚事，一时间倒也觉得有些不好意思："母亲做主就是。"

媒妁之言，父母之命，婚姻大事自当是父母做主。

"我知道你是个孝顺的，不过婚姻大事是你一辈子的事情，我便想着先问问你，若是你不愿意，母亲不强求，若是强扭的瓜，反而害了你一辈子，我是不乐意见到的。"

许是因为父母的婚事当年一波三折，所以如今母亲对待儿女的婚事上便比别人家多了几分宽容。即便这样，我也没想到母亲居然会征求我的意见，一时间很是惊讶。我们兄妹虽然性子被教养得很是开朗，但是规矩上也是极严格的，母亲这人最是是非分明，一旦虎起脸来，连父亲都要退一箭之地。

所以我们兄妹都有个共同的特点，那就是在父亲跟前比在母亲跟前更自在。

我垂着头不说话，因为我不知道该怎么说这事儿。你要问我行军打仗，诗词歌赋，我张口就来，可是问我这个我还真有些不知道该如何开口，哎，脸皮再厚一点就好了。

母亲瞧着我的样子，捏着帕子抿唇一笑，低声说道："这里没有旁人，你有话大可以直接跟母亲说。我在规矩上严格督促你们，是不想你们疏于懈怠而惹出大祸。"

"是，儿子知道。"我心里有些蠢蠢欲动，母亲这样说了，就有些放开了，虽然脸有些红。

瞧着我的神色，母亲只是笑没有再开口，我便轻咳一声，厚着脸皮问道："娘这般说了，我只好厚着脸皮说一句了。其实我这辈子就想娶一个跟我琴瑟和鸣如同您跟爹爹一样感情美满的妻子，我……我瞧着灵儿表妹很是不错，就是不知道表妹有没有定下亲事……"

其实我心里能肯定表妹一定还未定亲。以母亲的聪慧，若是表妹定亲了，怎么会让人家千里迢迢走一遭？不过，这面上的话还是要问的，这也是一种礼仪。

母亲颔首，对我的话很是满意，笑着说道："原来你这兔子要吃窝边草。"

我顿时大囧，脸红如血。

"行，我替你问你舅舅一句。你舅舅的性子最是刚直，为人做事一丝不苟，虽然灵儿不是他亲生的，可是对她却是视同己出，她的婚事上，自然也是慎之又慎。虽然你各方面的条件优厚，不过你舅舅也未必愿意将灵儿嫁给你呢。"

我心中一凛，想起舅舅的性子，还真是母亲想的这样，不由得心里叹息一声。以前的时候舅舅就已经很威武，听说自从进了内阁，就越发老成持重，寻常在家连个笑面都没有……想想我都觉得不容乐观，别人觉得是大喜的事情，可是在舅舅眼睛里，也许就是避之不及的麻烦呢。

我从母亲院子里出来的时候，眼角瞥到一抹嫩黄的一角在回廊处飘过，脚步不由得一顿，我知道那是灵儿表妹，我今早给父母请安的时候，远远地看过一眼，她就是穿的这个颜色。

我心头一暗，她始终是避着我的，头也不回地大步离开，不愿意因为我，让她在长廊尽头的拐角晒太阳。

自从那日以后，我日夜期盼着，足足过了两个月才有消息从京都过来，这门婚事定下来了。

听说一开始舅舅是不同意的，但是母亲却为我做了说客，一封一封的信往京都送，我听说后，心中感激不已。得了消息，我脚步匆匆地往母亲的院子里去，不承想在院门口遇上了正走出来的灵儿表妹。

灵儿表妹大约也没想到我会突然出现在这里，冷不丁的一见我，先是脸色一白，很快有些面色泛红，然后快速跟我行个礼，就脚步匆匆地离开了。她甚至都没有正经看我一眼，我知道她是害羞了，瞧这样子，母亲应该是把这件事情跟她说了。

我回过头看着她的背影，湖绿色滚亮绸镶边的对襟褙子，系一条粉色的月华裙，头上梳着倭堕髻，鬓边缀着小巧精致的金钗，在阳光下别有一种令人心动的感觉。

我收回眼神，这才抬脚进了院子，院子里正忙碌的丫头婆子齐齐向我行礼，我点点头，早有丫头打起帘子，我便大步地走了进去。

没想到父亲也在。

"儿子见过父亲母亲。"我忙行礼，越是这样的时刻，我告诉自己越不能慌，可不能被我亲爹笑话了去。

"你来得正好，你舅舅已经同意你跟灵儿的婚事了，三日后灵儿就要回京备嫁，是不能在咱们家待了，不然传出去可不好。"

母亲柔和的笑声在耳边回荡，我先是一愣，但是很快地就点点头，这是规矩。不过听着母亲亲口把这话说出来，我心里还是激动异常，这婚事还是最终定下了。

"多谢母亲为儿子操劳，这些日子让您费心了。"我十分真诚地道谢，母亲对我们的爱一向是十分浓厚的，我心里素来明白，可是事到临头，反而感受得更清楚。

我爹说道："你心里知道就行了，我跟你娘也是希望你们都能幸福安康。三日后你亲自将你表妹护送去京都吧，让你舅舅也见见你，总不能咱们看过人家闺女了，人家还没看过我儿子，这可失礼了。"

想起古板严肃的大舅舅，心里暗暗叫苦，但是还是挺直脊梁："是，儿子遵命。"

三日后，我踏上了北上的征途，那是爹爹跟娘亲长大的地方。仰慕已久，却无缘亲临，如今终能踏上那片土地了，心里很是激动。

我是堂堂芙蓉王的儿子，绝对不能丢了爹娘的颜面，也一定要得到舅舅的欢心，忽然觉得任重而道远。

回头看着奔跑的马车，豪气顿生，马鞭一扬，朝着不可预知的未来缓缓靠近。

京都那边早就得到消息，到了通州的时候，大舅舅家的大表弟姚珩已经在等着了。

姚珩生得一表人才，眉眼如刀，唇薄鼻直，一身淡蓝的直裰衬得他长身玉立，引得码头上很多人驻足观望。

"可是京都姚家的大表弟？"我笑着上前打招呼，我们北上走到半路，便从扬州坐船，走水路要快一些。

姚珩眉眼端正，不像是爱笑的人，听到我的话也只是淡淡地点点头："正是，大表哥，幸会。"

这几年母亲跟舅舅家通信频繁，我早就知道这位大表弟是个跟我家三弟一般的人物，惜字如金。此时听到他说了这么多字，居然还有种荣幸的感觉。

头上戴着纱帽的灵儿表妹此时缓缓地走了过来，蹲身行礼："灵儿见过大哥哥。"

我在一旁看着，就瞧着姚珩原本板着的脸露出几分柔和之态，只见他点点头："一路辛苦，上车，咱们回家。"

下意识的我就感觉到，这位大表弟对灵儿表妹很是关怀，他们兄妹之间的感情应该很好。灵儿表妹是大舅舅收养的孤女，大表弟能这般对待她，可见母亲说大舅舅门风刚正真是一点也不假。

灵儿表妹笑了笑，又询问了舅舅舅母还有其余表姐表弟，这才在丫头的搀扶下回了马车。我跟姚珩骑马，这一路上我们说过的话十根手指头都能数得过来。不过我也知足了，比起我三弟，好多了，我三弟十日也跟我说不了这么多话。

我们在驿站住了一晚，第二日中午到达了京都。

于是我见识了一场盛会，我远远地望见姚府门前里里外外林立的身影，不由得面色一僵，好多的人。

姚珩显然也有些意外，侧头看了我一眼，斟酌一番才道："都是自家人，姨母们的孩子。"

我点点头，笑眯眯地说道："在蜀边多年，早就想见见家中的亲戚，只是一直无缘，今儿个倒是随了我的心愿了。"

姚珩听我这般说，十分严肃的面上难得地露出一丝微笑，看得我受宠若惊。看来我的态度，这位老成持重的大表弟很是满意啊。

我们一下马，就被围了起来，几乎是挤得水泄不通。一番的介绍下来，我都要成了蚊子眼，亏得这些年母亲跟外家通信频繁，我才能一一对得上号。

这里面年岁最大的是大姨母的儿子冯琮，长得很是白净，性子和缓，说话不急不躁，是个让人一见便能生好感的人。二姨母家的致泊表哥，肤色微黑，一双眼睛很是漂亮，格外的有神，说起话来也很幽默，听我母亲说过，二姨母是几个姨母中的黑美人，看着致泊表哥深以为然。

三姨母家的奚笙表弟可真是个爆竹性子，爽快得很，我喜欢这样的人，结交起来心里痛快，嗯，母亲还说过三姨母是个烈火美人，儿随母亲果然没错。四姨母家的绍辉表弟生得风流倜傥，一表人才；别有一股书香气，芝兰玉树一般，母亲说四姨母满腹诗书有才华，儿子也这般的出色，果然是基因好啊。

剩下的两个就是大舅舅的儿子，二表弟姚珣跟三表弟姚驰，姚珣倒是跟绍辉表弟有些相像，姚驰跟奚笙表弟合拍，果然是物以类聚人以群分。

大家相互见过，这才簇拥着进了门。我回头看了一眼灵儿表妹的马车，不知道什么时候已经没了踪影，想必是从侧门直接进府了，心里微微有些失落。

先见过大舅舅跟几位姨父,大舅舅果然如同母亲说的一般,神色严谨,面如阎罗,我打起精神一点也不敢含糊。

"你父母身子可好?"大舅舅问道。

"家父家母身体康健,让外甥给您以及几位姨父问好。"我恭敬地回道,大舅舅已经是阁老,身上散发的那股子气质,压得人心头一跳一跳的。

大舅舅面色和缓了一些:"你母亲这些年可曾四处走动走动?"

"并无,不过我爹爹说,等到我跟弟弟接管了王府,便带着母亲游山玩水去。"临走前爹爹嘱咐过我,没想到大舅舅果然问起这句,老爹威武,我更加谨慎了。

我抬眼看着,只见大舅舅神色有些不虞,唇抿得紧紧的,想起爹爹的话,我又追了一句:"这些年蜀边常常不稳,爹爹身负重责,并不敢四处玩乐,时常觉得委屈受累,原本是想当个闲王,奈何美梦未能成真。"

我夸大爹爹的苦楚,果然就看到大舅舅的神色十分神奇地平复过来,若是我眼神没花的话,居然还看到了大舅舅的嘴角微勾,这是多么惊悚的事情啊。

据说当年爹爹在大舅舅手里吃了不少亏的,听说大舅舅对母亲很是呵护,几个姨母中最疼的就是母亲,如今看来传言果然不虚啊。

几位姨父立刻就打了圆场,我才松了口气,心里暗暗想到,亏得来的是我,要是换成三弟……两个闷葫芦可怎么对话,我是想也不敢想了。

我从蜀边带了许多的礼物过来,都堆在外面的马车上,分了给长辈的礼物,又转达了父母亲的问候,就被大舅舅打发来给祖母祖父请安问好。祖父的身子这两年有些不好,多是待在内院,我恭恭敬敬地给两位长辈磕了头行礼,语气诚恳感情真挚地表达了父母对二老的思念跟问候。

母亲说祖母是个性子有些急躁,反应有些缓慢但是心肠很好的人,果然听了话,拉着我的手语气哽咽着问了父母的情况,最后叹息一句:"这么多年没见了,也怪想的,不知道有生之年还能不能再见一回。"

祖父的脸色有些微妙,轻咳一声:"你要是真的这般想,溟轩两口子非宣召不得入京,不过你我还是可以南下的。"

祖母的脸顿时就有些乌黑,很久憋了一句:"我……我晕船。"

祖父:"……享受惯的人,真是一点苦也吃不得!"

我心中大笑,可是嘴上却说道:"母亲也很想念祖母,若是祖母千里迢迢去蜀边,一路辛苦奔波,母亲知道了不定多伤心呢。只要祖父祖母身体康健,母亲远在蜀边心里也是开心的。"

祖母十分得意地瞧着祖父，那神采飞扬的模样还真是有几分童趣："就知道锦丫头最是孝顺的，哪里能舍得我长途跋涉的，要说起来这丫头最是贴心的。"

祖父很想说什么，大约是我在跟前的缘故，却转了话题："去给你舅母还有几位姨母见礼吧，回头咱们一起吃饭，再好好地说话。"

"是，外甥遵命。"我躬身行礼，笑着退下了。

舅母是个很温和的人，眉眼间始终带着淡淡的笑，我小的时候在舅舅跟舅母跟前时常见面的，虽然是很小的时候，记忆有些模糊，但是那种亲切感却是抹不去的。其余几个姨母却是真真正正第一次见，一下子面对这么多的妇女亲友团，我表示压力很大，从头到尾努力假装淡定，面带微红地回应着七嘴八舌的问话。

"你母亲这些年身子可还好？听说生四甥女的时候不是很顺。"舅母拉着我的手很是关怀地问道。

不等我回答，旁边眉眼艳丽的三姨母就抢先说道："大嫂，五妹妹最是福泽深厚，定然早就被五妹夫养得白白胖胖的，哪里需要咱们劳心，是不是擎哥儿？"

三姨母果然是直言直语，我微微有些发窘，不等我回答，四姨母却说道："三姐姐，你这直脾气可别吓坏了孩子。"说到这里四姨母看着我笑："你三姨母就是这样的性子，莫要见怪才是，要说起来我们姐妹几个中跟你母亲最闹腾的就是你三姨母了。"

我心里松了口气，忙笑着说道："四姨母说得是，母亲在家中也时常说几位姨母，很是想念，几位姨母外甥虽然未见过，早已从母亲口中听了无数次，神往已久，如今见了几位姨母真是倍感亲切，好似见过许多次一样。"

"到底是五妹妹的孩子，瞧这话说得，真是让人欢喜。"大姨母爽朗地笑道，"你母亲小时候就是最能言善道的，要真是辨起是非来，你几位姨母加上你舅母也敌不过你母亲的。"

我心里真是觉得开心，虽然我的性子是有点跳脱的，可是这回来还关系着终身大事，所以我尽力展现出自己最好的一面，果然赢得一众人的好感。后来用饭的时候，又见过了几位表妹，一个是三姨母的大女儿凤姐儿，性子温和柔润跟三姨母一点不像，倒是像极了三姨父。另一位是四姨母的长女兰姐儿，一双眼睛跟四姨母很像，笑起来像是春天的风，温暖阳光。

跟灵儿表妹坐在一起的是大舅舅的长女云朵表姐，云朵表姐生得很美丽，眉飞入鬓，眼如秋水，肤如白雪，圆润润的像个小包子，雪团一般明亮大方，看着就好像很熟悉的感觉，忽然恍然大悟，难怪有一种很熟悉的感觉，云朵表姐像极了我的母亲。

"表弟好，你大约记不得了，小的时候我们见过面呢。"

云朵表姐朝着我见礼，我忙侧身回了一礼，就连声音也像极了："当时年岁小，模模糊糊有些记忆，表姐莫要见怪才是。"

云朵表姐细细地打量我一番，眉眼间的笑意越浓："这可如何能怪你，原是后来爹爹回京任职。"

大舅母就笑道："你大舅舅把她纵坏了，连你大舅舅都怪上了。"

"才不是，爹爹在这里我也这般说的。"云朵表姐努努嘴，用力晃着大舅母的胳膊，嘟着嘴撒娇的模样煞是可爱。

"你要说什么？"

大舅舅的声音忽然传来，厅堂里的人顿时都站了起来。我的眼睛落在灵儿表妹的身上，没想到她正瞧着我，两下里正对上，灵儿表妹顿时红了脸，忙转开头去。瞧着她这般，我开心得紧，那口绷着的气松缓开来，她对我看来也并不是一点好感也无呢。

"爹爹，我正在说大表弟不记得我是因为年岁小，那时候爹爹调回京都，跟表弟再也没有见过面，他自然是记不太清楚我了，是不是这个道理？"

我在旁看着，只见大舅舅带着柔和的笑意，伸手摸摸云朵表姐的头顶："就你调皮，莫要被你表弟笑话。"

我大感吃惊，看着大舅舅面上的笑容，又听他说这样长的一句话，再看着云朵表姐跟母亲肖似的模样，心里有些明白了。

一顿饭吃得很是欢乐，二舅舅跟三舅舅都谋了外任，并不在京都，因此并不能见上一面。母亲的姨娘在三年前就病逝了，安葬在了老家，心中惆怅也不能祭拜一番，很是遗憾。

在京都的日子过得很欢快，听闻我来了京都，皇上特意宣召我进宫，我第一次得见天颜，只觉得当今圣上也是一个不苟言笑的人，威严肃重，我回话的时候越发小心。

"你很像你母亲。"问完了正事，皇上看着我的脸忽然轻叹一声，冷凝肃穆的面上突兀地展现出丝丝柔情，眼角犀利的弧度也变得柔和了些，眼神有些空空的，不复方才的犀利。

我心里有种古怪的感觉，嘴上却说道："我们兄妹四人，只有我最肖似母亲。"

"兄妹四人……"皇上轻轻说道，"你父母很是恩爱。"

"是。"我十分干脆地应道，面带微笑。

皇上的眼睛在我的脸上停顿了好一会儿，才挥挥手说道："退下吧。"

等我出了宫，回到了姚府，后脚皇上的赏赐就到了，是一个紫檀木雕花的锦盒，四角包着赤金，很是华丽。打开一看，里面大红的绒布上静静地躺着一柄如意。

一时间我不知道这是什么意思，便悄悄地去问舅舅。

舅舅看着那柄如意，上面刻着大朵的芙蓉花，良久舅舅才说道："你收着吧，很快就会用到了。"

舅舅进了宫，第二天便有旨意传来，皇上为我跟灵儿表妹赐了婚。

这天大的好消息突然降临，我一时间都没回过神来，后来才明白舅舅的话，果然是要用到的。而且，很少见如意上会刻着芙蓉花，我心中顿时一凛，在京都行事越发小心了。

许是因为皇上赐婚的事情，舅舅没有让我在京都多做停留，半月后就让我回蜀边。

"皇家赐婚，非比寻常，两年后灵儿及笄你就来迎亲吧。她是个好姑娘，你要好好对她。"舅舅看着我说道。

难得舅舅说这样长的话，我立刻说道："舅舅放心，我一定会对表妹好的。"

得了我的承诺，舅舅宽慰地笑了笑，第二日就打发我回了蜀边，送行的时候依旧是那一大群人，半月相处下来，还真有些舍不得，我邀请大家去蜀边做客，真心实意的。

我上了马，所有的侍卫随从立在我身后，我回头跟大家告别，远远地看见侧门旁有一抹浅色的身影。

我不由一笑，没想到她会来送我，虽然只是在众人看不到的角落，可我却像是吃了蜜一样甘甜。

其实我一直有些不能释怀，灵儿表妹对我好像很冷淡，在京都的时候别的表姐表妹对我都很热情，也不曾当真避讳些什么，也时常众人在一块儿喝茶说话。可是灵儿表妹总是躲着我，避着我，我心里还是有些失落的，在京都半个月，我们说的话都能数得出来。

不过现在看到她来送我，又想起灵儿表妹毕竟是大舅舅收养的孩子，她这般小心翼翼也是应当的，这般宽慰之下，倒也放开许多。

告别了大舅舅一家还有几位姨母一众表兄表弟，我一路风尘回了蜀边。

父母看着锦盒里的玉如意，良久才说道："两年后就拿这个做第一抬的聘礼。"

母亲想要说什么，可是没有说出来，笑着将锦盒盖好，然后还给我："你收好，这是皇上的赏赐，就按你爹爹说的办吧。"

母亲又询问了京都诸人的情况，听着我一个个地说，面上的笑容不曾断过："多少年了都没回去过，不过知道她们过得好，还是很开心的。"

我告辞出来，隔着门板听着母亲低声说道："你又生什么气，这么多年了，你这醋也忒无趣了点。"

"雕着芙蓉花的玉如意，亏他想得出来。"父亲语带微怒，紧接着又叹息一声，"不过这也算不得什么，你嫁的终究是我，便是下辈子他也没机会的。"

母亲的声音又传来："其实他也算不错了，这一世帮了我们很多，再多的怨恨也该消了，你又何必执着当初的那些事情。"

我有些听不懂，什么叫做这一世？人不就是活一世吗？

正在我迷惑不解的时候，母亲又说道："我问过哥哥了，灵儿的确是枭寒的孩子，是当年他的侍妾有了身孕瞒着他生下的。那侍妾生了孩子得了一场大病，缠绵病榻许久，临终前将孩子放在了姚府门口，夹了一封信，我哥哥就收养了她。现如今想想，也亏得她没说，不然枭寒连个后人都没有了。"

"果然是秦枭寒的孩子，第一次见她的时候，我便觉得眼熟。"父亲的口气有些不好，还有些咬牙切齿的样子，我不由得唬了一跳，不晓得为了什么，心里有些惴惴不安。

"你别这样，孩子无辜，更何况我跟擎哥儿都是因为他才获救。而且，这桩婚事并不全是为了报恩，擎哥儿对灵儿的确心仪，正是两全其美。"

"我知道。"父亲的声音有些苦涩，"都是命，现在想想难怪那孩子在咱们家的时候有些拘束，想来是从大舅兄那里知道些什么。"

"我哥哥素来光明磊落，灵儿又是个聪慧的，与其让她自己猜测，倒还不如直截了当地跟她说。"母亲的声音也有几许疲惫，我在门外却是听得胆战心惊，难怪灵儿对着我的时候一直是若即若离，是怕落个携恩图报的名头吗？原来灵儿的父亲对自己还有母亲有救命之恩呢，只字不提此事，她果然是个心地良善的好女子。

我的心情顿时如雨后阳光般明媚，原来我跟灵儿之间早就被月老牵了姻缘线，不然的话哪会有这样的因果。

　　我缓缓地迈开脚步，走在繁花如锦的芙蓉园，仰头看着天空，心情如同鸟儿飞翔一般，快活极了。

　　再过两年，她就是我的妻。

　　人生如此，夫复何求。